当代中国小说榜

永升斋

王志学 著

中国文联出版社

图书在版编目（CIP）数据

永升斋 / 王志学著 . -- 北京：中国文联出版社，
2017. 12（2023. 3 重印）

ISBN 978 - 7 - 5190 - 3324 - 8

Ⅰ. ①永… Ⅱ. ①王… Ⅲ. ①长篇小说—中国—当代
Ⅳ. ①I247.5

中国版本图书馆 CIP 数据核字（2017）第 312541 号

著　　者　王志学
责任编辑　刘　旭
责任校对　李佳莹
装帧设计　中联华文

出版发行　中国文联出版社有限公司
地　　址　北京市朝阳区农展馆南里 10 号　　邮编　100125
电　　话　010 - 85923025（发行部）　　　85923091（总编室）
经　　销　全国新华书店等
印　　刷　三河市华东印刷有限公司

开　　本　880 毫米×1230 毫米　　1/32
印　　张　11
字　　数　246 千字
版　　次　2023 年 3 月第 1 版第 2 次印刷
定　　价　78.00 元

内容提要

长篇小说《永升斋》，以大运河为背景，描写了百年鞋庄永升斋从 1895 年至 1945 年艰难创业的坎坷历程；讴歌了一代儒商，老北京千层底布鞋创始人王焕章秉承民族大义，宁死不当亡国奴的爱国情怀；表达了小说作者以一个画家的视角对不同历史时期人性的真与假、善与恶、美与丑的冷静审视和深刻思考。

第 一 章

一

光绪二十一年（1895），大邓各庄的秋天来了。那无垠田野里的稻子、谷子、玉米都熟了，沉甸甸、黄澄澄的，在秋风的吹拂下，滚动着金色的浪花。

一天傍晚，晚霞挂在天边，田野余晖照耀。这时，从庄稼地尽头的土路上飞驰而来一辆马车，跨过西河，往南一拐，在王焕章家大院的门前停了下来。

只见一个黝黑的中年汉子跳下马车，将马缰绳急速地绕了两圈，拴在马桩上，跨步来到门前。抡起双拳"当当"地砸在门环上，操着一口沧州话高喊："宗廉兄，宗廉兄！俺栓柱来啦！"

大门没上闩，中年汉子话音未落，人已闯进大院。

当地名医王宗廉正坐在堂屋给病人把脉问诊，扭头笑着说："栓柱弟来啦，瞧你着急忙慌的，我张叔没事吧？"

中年汉子满头冒着汗，瞪着眼急切地说："不，不是，我爹好着呐！是你家要出大事！我爹派我前来报信。"

王宗廉听后，心中一惊。开好药方送走病人，站起身说："栓柱弟别急，大老远地跑过来，累坏了吧？先喝杯水，坐下慢慢说。"

张栓柱站在原地，不肯坐下，心情稍稍平复，说起话来也顺畅了："是这码子事，沧州城里三天前跑过去一伙人，据说是被官府追捕的逃犯。说是你家大院里藏着啥宝贝，都急红了眼，正在打我焕章侄子和王四爷家公子的主意，要绑他俩的票。估计那伙人也该回到他们通州的老窝了。"

王宗廉倒吸了一口凉气，坐在椅子上仔细听完张栓柱叙说的细枝末节，心中暗想：我行医多年，治病救人，四哥在北京老三顺斋鞋铺当掌柜，行得端坐得正，堂堂积善之家怎么无中生有，摊上如此劫祸。要说跟黑道上的恶人斗智斗勇，打打杀杀，那还得是宗清四哥。可他远在北京城里，这会儿去报信也来不及呀！虽说焕章、泽民会些武功，可终究是俩未成年的孩子。王宗廉眉头紧锁，在青砖地上踱着步，沉思不语。

王宗廉来回走了两圈，忽然想起邻村小邓各庄杨廷方的大儿子杨继业是通州警局局长，刹那间眼前一亮，计上心来。他把张栓柱领到后院，安顿妥当。换上青灰色长袍，辫子一甩迈出王家大院，直奔小邓各庄杨廷方家。

说来话长，大邓各庄学堂里有一位教书先生，姓刘名连喜，河北安新县人。他为人师表，清高正直，深得学生和家长们的尊重、爱戴。王焕章、王泽民和杨廷方之孙杨康都是他的得意门生。

刘连喜的一个远房外甥叫朱布儒，他的祖父人送外号"朱老大"，凭着会几手武功结交了地痞流氓，在保定城抢占地盘，强收商户保护费发了家，在老城前街开了一家当铺和一个酒楼。这当铺专门黑典当人的钱和物，当地人有苦难言。那酒楼明里做吃饭住宿的生意，暗里是个妓院，早已骂名远扬。后街镖局二当家在酒楼里喝花酒，与朱老大争女人结下仇，大年除夕之夜，趁着朱老大喝得大醉，连捅数刀将其杀死。二当家连夜逃到张家口一带，隐姓埋名，没了音讯。

朱老大一命归天后，当铺、酒楼逐渐衰败，到朱布儒这辈儿，祖上的基业没留下来，坑蒙拐骗、奸诈狡猾的恶习却继承了不少。

朱布儒在保定城里读过几年私塾，有学问的不良之人，干起坏事来更是可恶。他专门给当地的恶人出坏点子，给商家挖坑下套，巧取豪夺商铺、摊位。保定城东门里的糕点铺东家，不但被他们拐骗走了铺面，而且被打得遍体鳞伤，躺在家中连气带恨，不到十天就含恨离开了人世。他们的恶行被受害人联名告到府衙，正赶上从高碑店过来走马上任的潘大人接到此状，新官上任三把火，他责令捕快即刻追查严办。这伙恶人被一网打尽，捉拿归案，判朱布儒坐了七年大牢。

朱布儒从大牢里被放出来后，自知保定城里混不下去了，北上来到通州。在西门外给一家做秋梨膏买卖的店铺当账房先生。他恶习不改，暗地里勾搭漕运码头上的河匪，抽上了鸦片烟。为能有更多的钱吸食鸦片，他私下里做假账贪污店里的钱财，既坑东家又骗客户。后来被掌柜查账发现了问题，报告给东家。东家召集手下人用皮鞭、木棍一通毒打，朱布儒跪在地上叫苦不迭，连忙招供，抱头求饶。东家看他已是不可救药，命令几个伙计连拉带拽，把他扔到通州城外运河东岸的杂草丛中。

朱布儒命不该绝，当他一瘸一拐地从杂草丛中爬出来的时候，被漕运码头上的河匪撞见，把他抬到河匪老大郑三炮的眼前。郑三炮领教过他的鬼点子，觉得留着他有用，就让手下把他抬到运河东岸沙古堆古庙老巢收留下来。

鱼找鱼，虾找虾。朱布儒凭着满脑子坏水，在漕运码头河匪里站住了脚，有朱布儒这个狗头军师加盟，郑三炮如虎添翼。先是在一个夜黑风高的晚上砸了秋梨膏铺，打残了掌柜，为朱布儒报了一箭之仇，后又在漕运码头欺行霸市打劫商船，无恶不作，惊动了官府。通州警局局长杨继业亲自督阵，直抵沙古堆古庙，打得河匪如丧家之犬，仓皇逃窜。

郑三炮带着朱布儒和几个侥幸逃脱的手下，沿着运河往南，逃到沧州城，找到同为黑道上的把兄弟汤木仁，在他的大车店停住脚，暂避一时。

这位汤木仁是黑道上的高手，他利用开大车店消息灵通的优势，从四面八方来往的客流中打探各地的宝物和家藏，伺机下手盗窃，屡屡得手，人送外号"汤下手"。

汤木仁设宴款待郑三炮，酒过三巡，郑三炮来了兴致，端起盛满沧州老白干的大海碗，站起来一扬脖"咕咚！咕咚！"喝进肚里，大声说："汤大哥，这辈子没白拜你这个兄弟，我郑三炮被官府追得是屁滚尿流，汤大哥不嫌弃收留了俺哥儿几个，在这儿谢谢了！"说着，他双手抱拳，躬身施礼。坐在郑三炮旁边的几个手下也端着酒碗站起来同敬汤木仁："多谢汤大哥收留！"

汤木仁伸手制止，满口沧州话，咧着大嘴，龇着黄牙说："三炮老弟外道了，拜把子的弟兄，没的说，喝酒，喝酒！"

汤木仁坐回原处，欠着身子，发黄的眼球乱转，神秘地说："三炮老弟，天底下有那么多可打的食，干啥非要把脑袋拴在船帮上啊？我听说通州北运河东岸不远处的大邓各庄，有个王家大院。据说王家的老祖宗是元大都忽必烈手下的重臣，到了明朝崇祯年间，王家又出了一位奇人，有钻天入地的本领，他从运河东岸一个跟斗翻过去直达西岸，在大运河里一个猛子扎下去，要在十里开外才能见到他，人送外号'王飞龙'。"

汤木仁连说带比画，越说越来劲，唾沫星子满天飞。郑三炮他们一桌子人，大眼瞪小眼，如听天书一般。

汤木仁看郑三炮更是伸着脖子，咧着嘴听得入迷，想给他来个下马威。他推开酒碗，抄起一支筷子嗖的一声扔了出去。那只筷子一头猛地扎进郑三炮眼前碗里的红烧肉上，溅出的肉汤落在他的脸上直往下流。郑三炮猝不及防，心中一惊，仍摆出一副镇定自若的姿态，抬手擦着脸上的肉汤，不动声色地笑着说："没想到汤大哥如今下手还是如此之快！小弟佩服！"说着，他抓起汤木仁甩过来的筷子，一扭腕，将筷子尖上扎着的红烧肉放进嘴里，边吃边开着玩笑说，"好香的红烧肉，老兄还是当年的那个汤下手呀！"

郑三炮的手下被汤木仁的举动吓蒙了，听郑三炮如此一说，收回准备掏凶器的手，都应和着大笑起来。

汤木仁半举着手，龇着牙说："我是怕三炮老弟光顾着听了，不吃菜，这碗红烧肉可是沧州一绝呀。各位兄弟，先吃一会儿，再听我接着往下说。"

吃了几口菜，汤木仁神秘地说："那个王飞龙有多厉害，听我一说你们就明白了。明崇祯年间，李自成攻打北京城，那仗打得是人仰马翻、血流成河。王飞龙和城外的人一起帮农民军攻城，那时他年轻啊，力大过人，双臂一较劲儿，举起五百斤重的大石礅子砸进护城河，一帮农民军就是靠这块大石礅子当跳板，杀进了城门。"

酒桌上的人都扬起脸听着，汤木仁卖着关子说："哥几个猜猜，那王家祖传最值钱的是个啥？先喝碗酒吃口菜，听我慢慢说。"

郑三炮耐不住劲儿了，大声冲着汤木仁喊："汤大哥，你这说得也太邪乎了，那王家的宝贝是啥，别兜圈子了，就直说吧！"

汤木仁用手抹了一下嘴，压低嗓门接着说："王家那两件宝物，一个是唐伯虎的弓马人物画，叫《柳营春试马，虎帐夜谈兵》；另一件是北宋年间官窑大清花瓷碗。据说是王飞龙在大运河上做镖师时，在船上救过一个明朝的大太监，这个大太监为报恩，临上岸时特意把这两件宝物送给了他。江湖上传说的这两件宝贝，如今就在大邓各庄王家大院的两兄弟手里。我说三炮，你若是能弄到手里，那可够你这帮兄弟吃上几辈子呀！"

郑三炮听得心里直痒，半信半疑地盯了一眼朱布儒。朱布儒坐在郑三炮的侧面，冲郑三炮点了一下头，脑子里已经有了鬼点子。

酒足饭饱，汤木仁招呼大车店的伙计打扫出几间空房，把郑三炮他们安排停当，带着保镖，又到夜来香酒楼寻欢作乐去了。

二

郑三炮被汤木仁说得鬼迷心窍，心里嘀咕："在漕运码头混了这么多年，王家大院这事咋就没听说呢？"他把朱布儒叫到自己房间，问："刚才听汤木仁那小子说得有鼻子有眼的，你在通州也待了几年，听说过这码子事吗？"

"大哥你先别急，听我细说。"朱布儒望了望窗外，掩上门，转身来到郑三炮身旁，低声说，"王家大院的事在通州地界儿早有流传。我当账房先生的时候还专门去过大邓各庄。暗地里一打听，王家是有两兄弟，老大王宗清的家在后街，家大业大，光地就有几百亩。听说他在北京城里一家鞋铺当掌柜，人称王四爷。这王四爷可了不得，他十岁拜京城飞镖大侠刘承武为师，十五岁时在天桥武馆登台比武打擂，一袋烟的工夫将号称城南拳王的陈二牛踢下擂台。后来飞镖大侠把飞镖绝技传给了王四爷。他不仅武艺高强，而且人缘好，黑道上的人都高看他。王家老二叫王宗廉，是通州北运河一带有名的中医，他医术高超，有一套点穴针灸的绝技，针到病除，他住在村西头河边王家的祖宅。就这两兄弟的名望，再厉害的黑道也没人敢打王家的食吃！"朱布儒说着，欠起身向外张望，窗外一片漆黑，没有一丝响动。

朱布儒放下心来，抬高嗓门接着说："在酒桌上，我一看就明白了。汤木仁明着是收留咱们，暗地里他恨不得让咱们立马消失，他那鬼心眼儿我早看出来了，怕留咱时间一长，占了他一亩三分地，就鼓动咱们往火坑里跳。"

郑三炮点着头，咬着牙根说："我看汤木仁没憋好屁，这孙子是激将法，想把我引上道，借刀杀人，要了咱们的小命。这回就给他来个将计就计。大邓各庄那个王家大院我还真他妈吃定了！等得了手就杀个回马枪，看我怎么回来收拾这个蠢猪！"

"大哥你先别急，在酒桌上就看出你对这事儿动心了。我当时琢磨，王家大院有宝贝的事儿都传那么多年了，是真是假还真没有说法，反正咱们也是被官府追杀的人，与其待在这儿等死，还不如再杀回通州，捅一捅王家大院这个马蜂窝。"顿了一下，朱布儒双眼冒着贼光，接着说，"我盘算了，第一，那个王宗清已是奔六十岁的人了，这人一老，身上的武功也就快废了。他在北京城里当掌柜，一时半会儿也回不去，远水解不了近渴，咱就来他个措手不及。等真的得手，他即便知道了也白搭，到那时黄花菜都凉了。这第二呢，庄里有一个教书匠，是我远房舅舅，他叫刘连喜，在老家时他就不待见我，也没见过几面，我那次去大邓各庄可巧撞见了他，婆婆妈妈地教训我，听得我心烦意乱的，水都没喝一口就从他那儿跑了出来。他毕竟是我表舅，可利用这层关系，施苦肉计，让他把我带到王家看病，借机把王家探个究竟。假若这招儿得不了手，咱们就把王宗清和王宗廉的儿子绑了，这两个孩子都是我表舅的学生，他俩是王家的宝儿，盗不出宝物咱们就用这俩孩子做筹码，实在不行就撕票，谁也别想舒坦。"

郑三炮点头称是，忽又皱着眉头说："不行，官府正在追捕咱们呢，这阵子风声正紧，若是再杀回去，这不是瞎鱼撞网死定了吗？"

朱布儒狡黠地望了一眼窗外，低声说："大哥，这个你放宽心，官府下黑手追捕咱们，做梦也想不到咱敢再杀回马枪。咱就神不知鬼不觉地再回到沙古堆老庙，你带着弟兄们先在那儿暂住两日，我直奔大邓各庄，等探好虚实后再下手。"

郑三炮转着眼珠，想了想，粗声粗气地说："就这么着，明儿一早就和汤木仁辞行。可有一样，你去的时间不能太长，若走漏了风声，那我们可是王八吐白沫一锅烩啦！"

"大哥你放心，给我两天的时间，一准儿搞定。您就瞧好吧！"朱布儒歪斜着眼珠望着窗外，猛地想起什么，忙捂上嘴，把脖子缩了回去。

没有不透风的墙，朱布儒和郑三炮说的这番话，被汤木仁派去的眼线听个正着。

听完这些话，两个眼线蹲在漆黑的窗台下，向更暗处挪了挪，小声嘀咕几句，其中一个一蹿身，消失在夜幕中。

汤木仁在夜来香酒楼正搂抱着包养的小翠花推杯换盏，小伙计张二虎在旁边沏茶倒水侍奉着。"嗵"的一声，跑来的眼线推门而入，喘着粗气说："不好了！汤老爷，有急事向您禀报！"

汤木仁有些扫兴，一把推开小翠花，不耐烦地说："有屁快放！"

眼线看了一眼张二虎，停顿下来。

汤木仁回过头催着说："都是自家人，别他妈跟小鸡子似的！"

眼线一口气把在大车店听到的话叙述了一遍，汤木仁点头听着，不但没生气，反而哈哈大笑："这就是他妈的上了贼船，你小子还想黑我，没门！郑三炮，你离死不远了！"说着，抄起酒杯就往小翠花嘴里灌，灌得她直叫亲爹。

无巧不成书，张二虎的爷爷在小邓各庄杨廷方家做过长工。有一年正赶上旱灾暑热，得了伤寒病。若不是王宗廉全力医治相救，早就命丧黄泉了。他爷爷回到老家沧州，一直不忘王宗廉的救命之恩。常跟儿子张栓柱和孙子张二虎念叨："这做人要懂得感恩，到啥时候都给我记住，大运河北头有个大邓各庄，庄里的名医王宗廉是咱家的救命恩人，无论何时都要把王家记在心上。"

就这样，张二虎的父亲张栓柱每逢春节，都赶着马车，拉着一车沧州土特产，去给王宗廉拜年。

张二虎听着眼线对汤木仁说的一番话，手一抖，把茶水洒在汤木仁的手上，汤木仁甩着手瞪了他一眼，喊道："没规矩！给我滚犊子！"

张二虎正愁找不到脱身的机会，连忙退了出去，一口气跑回家，推醒正在酣睡的爷爷，连咳带喘地把刚刚听到的消息一股脑儿说了一遍。

老爷子披上外衣，从炕沿上站起来说："这下坏了，王家要出大事！快，赶紧把你爹叫起来，让他套上马车备好马料，连夜赶往大邓各庄，去给你宗廉叔报信儿。"

这才有了张栓柱前来报信，王宗廉到小邓各庄找杨廷方求救的情节。

小邓各庄坐落在西河的西岸，与大邓各庄只是一河之隔。乍听起来，小邓各庄要小上许多。其实不然，素有"大邓不大，小邓不小"之说。

小邓各庄人口总数是大邓各庄的三倍，庄里豪绅显贵云集，杨廷方就是出身于显贵之家。他侠肝义胆，文武双全，在一次和倭寇的肉搏中倒在敌人的屠刀下，被王宗清拼死从血泊中救了出来。杨王两家在生死患难中结下了亲如兄弟般的情谊。

杨廷方坐在书案前，静静地听王宗廉一口气说完了从沧州传来的口信，沉思了一会儿，说："这帮河匪真是可恶，前两天继业回来说他们刚端了一个漕运码头的河匪老巢，那个郑三炮带着几个随从逃出了通州地界，再借他们几个胆儿也不敢回来闹事了。没想到这几个歹人还真是财迷心窍，胆大包天，转眼的工夫就想杀回马枪。"

杨廷方仰着头，吐了一口烟圈，接着说："宗廉弟，不用怕。既然知道了来龙去脉，也就把这几个河匪给亮在明处了。明儿一早我就派人去给继业报信儿，让他们安排人蹲守沙古堆，瓮中捉鳖。至于你们王家大院这边的事儿我自有办法。咱就演他一出打匪戏，关起门来打狗，叫他们有来无回。"

顿了一下，杨廷方站起来，冲着窗外喊："老潘头，快去后院把我孙子杨康叫过来，我有话要说。"

老潘头正提着茶壶准备进来，听到杨廷方的喊声，答应着转身退了回去。

一会儿的工夫，杨康一挑门帘说："爷爷，啥事儿？您快点吩咐，我和焕章、泽民二兄弟正在探讨老庄哲学，争论的正热闹呢！王爷爷好，您也在呀！"杨康看见了王宗廉，恭敬地打着招呼。

杨廷方招呼着王宗廉喝茶，冲杨康说："噢，他俩也在咱家？正合适，你快去把他俩叫过来，一块儿说。"

王焕章和王泽民紧随在杨康身后来到客厅，杨廷方示意他们搬着凳子围坐过来，把王宗廉叙说的河匪要来王家大院盗宝、绑票的事情简单描述后，加重语气说："对付沙古堆老庙那几个河匪的事儿交给杨康父亲去办，王家大院这边的事儿如何处理，也想听听你三个的想法，都十四五岁的大小伙子了，焕章、泽民又练了几年的武功。谁先说说，这回可要动真格的。"杨廷方炯炯有神的双目扫视着眼前三个英俊的年轻人。

客厅里静得出奇，过了一会儿，王泽民、杨康的目光不约而同地转向了王焕章。王焕章神情镇定，胸有成竹地望着杨廷方和父亲王宗廉说："二位长辈，你们放宽心，我已有了对付这帮歹人的办法。"

王焕章把想的计策向杨廷方和王宗廉低声述说着，他二人频频点头。杨廷方拍着王焕章的肩膀，爽朗地笑着说："好计谋！焕章真是长大了，有勇有谋，将来必成大器！这边的事就交给你们三个小伙子了，要相互帮衬，配合好，不容有半点闪失！"

王焕章冷静地说："请二老放心，我们已经不是孩子了。这回要真刀真枪地练练！爸爸，还请您给我几枚银针，我四大爷传授给我的飞镖神功，到时候会派上用场。"

王宗廉不放心地说："焕章，杨康没练过武功，你俩可要保护好他，若稍有闪失，可对不住杨家呀！"

王泽民挥着拳头说："二叔您放心，我和焕章哥哥会保护好杨康的。"

"好吧，宗廉弟尽管放心。到时候我从庄里找几个会武之人，配合焕章他们一起干。这几个毛贼想打咱的主意，没门！"杨廷方大笑着，站起身接着说，"时候不早了，杨康，和潘大爷一块儿去送你王爷爷。"

"杨兄你留步吧！"王宗廉一行走出杨家大院，王泽民和杨康开着玩笑说："杨康弟，我叔管你爷爷叫杨兄，你爷爷让你叫我叔王爷爷，可你和我们俩又是兄弟相称，这辈分都乱了。哈哈！"

王焕章大步朝前走着，笑着说："那也没啥，到哪儿说哪儿，咱们小哥仨永远是兄弟相称啦！"

告别了杨康和潘管家，王焕章、王泽民一左一右陪着王宗廉，转眼间消失在月色朦胧的树影里。

三

一声鸡鸣，迎来了大邓各庄的早晨。朝霞从东方原野的尽头冉冉升起，那袅袅的炊烟，在村庄的上空缓缓地飘动、升腾。一簇簇挂着露珠的殷红的鸡冠花、洁白的玉簪花和爬满学堂篱笆墙的牵牛花，在晨风中摇曳，那芬芳的醇香，伴着从学堂里传出的朗朗的读书声，向空中飘去，美丽村庄充满着醉人的生机。

学堂上，教书先生刘连喜正倒背着手，弓着身子，仔细地听弟子们朗诵《论语》的发声，不时地叫停，纠正不规范的吐字、断句和语气。忽然，从篱笆墙外面传来两声高喊："表舅，表舅！

快救我，快救我！"循声望去，只见一个衣衫不整，头发散乱的中年人，连滚带爬地闯了进来。刘连喜一撩大褂，从学堂里跨出来挡住了来人，高声说道："这儿是学堂，闲人莫入！"

来人顺势一歪，躺在刘连喜的脚下，一手捂着胸口，一手揪着刘连喜的大褂哀号："表舅，我是你的外甥朱布儒呀，您不认识我了吗？我被黑道上的人给打了，求你救救我！"

刘连喜低头一看，认出眼前这个满脸带血之人正是那个不务正业、游手好闲的表外甥。不耐烦地说："你快起来！我又不是医生，装神弄鬼的，别吓着我的学生。"

朱布儒坐在地上不肯起来，仰着头哀求说："表舅，我哪敢装神弄鬼呀，我正在小堡村给人打卦算命，突然就围过来几个黑衣人，不问青红皂白，先是砸了我的卦摊，随后就是拳打脚踢。我抱着头躺在地上直喊饶命，有一个木棍子"忽"的地一下，打在了我的鼻梁骨上，您看我这满脸的血，一直止不住地流，恐怕腰腿也被打断了。这边儿只有您一个亲人，只能过来找您，求您救我一命。"

刘连喜看着朱布儒满脸痛苦的表情，心也软了下来，说："庄里倒是有个名医，可我正给学生上课，也脱不开身送你去看病呀。"沉默了一会儿，接着说，"这样吧，名医王宗廉家的少爷王焕章在我这里念书，就让他先带你去看病吧。"说着，刘连喜冲着学堂高喊，"焕章，你出来一下，我跟你说点事儿。"

学堂里的目光早被门外的情景吸引过去了，都探着头向老师这边张望。听到刘连喜的喊声，王焕章离开课桌，跑出门外，王泽民、杨康互相对视着，也跟了出来。

"焕章，地上这位是我的远房外甥，被人打伤了，把他带到你家，让你父亲给治一下。"刘连喜指着朱布儒说。

"刘老师，我和杨康陪着焕章一起去吧，您看他伤得不轻，焕章哥一个人可扶不动他。"王泽民拽了一下朱布儒，扭头对刘连喜说。

刘连喜吩咐着："好吧，你俩陪焕章一起去，快去快回，别耽误读书。"

"您放心，就把这位先生交给我们吧。"王焕章弯腰伸手抓住朱布儒的左臂，一使暗劲，呀的一声，朱布儒鲤鱼打挺从地上蹦了起来。咧着嘴，歪着脖子说："轻点，这小伙子咋这么大劲呀！差点把我胳膊给拧下来！别再拽了，我能走。"

来到王家大院，王宗廉正在给病人诊脉。朱布儒捂着胸，两只眼珠向上翻着，用余光瞄了一眼王宗廉。只见王宗廉天庭饱满，地阁方圆，一脸威严，气度不凡。吓得他身子一抖，向后倒退了半步，满头直冒热气。

王宗廉给病人开好药方，用手揉了一下眼睛，抬起头目视着朱布儒，平静地说："这位先生好眼生呀，从哪儿来的？满脸的血迹，咋整的？坐下来，先号个脉吧。"

"多谢您了！"朱布儒踉跄着往前挪了两步，坐在木凳上，装出一脸痛苦的表情。

王宗廉不动声色地号着脉，盯着朱布儒，说："你只是受了点外伤，没大事。焕章，你把这位先生请到后院，用清水把伤口洗一下，我再开几服汤药，喝上两天就无碍了。"

朱布儒巴不得到后院看个究竟，心中暗喜，紧随在王焕章的身后向后院走去。

杨康从后院的深井里打上一桶凉水，放在王泽民搬来的板凳旁边，王焕章右手拿着盛满凉水的水瓢，左手按住被脱光膀子的朱布儒，哗的一声，一瓢凉水泼在朱布儒的脸上。朱布儒紧缩着身子，脸上的伤口被凉水一激，钻心地疼痛。他"呀"的一声从板凳上跳了起来，双手向上乱抓着："唉呦！这是啥治病的法子呀？疼死我了！"

"这叫痛浇落汤鸡！"王焕章按着朱布儒的头，伸手又舀了一瓢凉水，顺势泼了过去。朱布儒被这两瓢突如其来的凉水激得浑身乱抖，心里骂道："小兔崽子，算你狠，让你再蹦跶两天，我这哑巴亏可吃大了！"

"你这病已好了大半，我爹治你这种病最拿手。泽民、杨康，你俩先用毛巾把他的身子擦干，我回屋去再给他找身衣裳，这会儿我爹也开好了药方子，等抓好药咱就把他给刘老师带过去。"王焕章冲王泽民、杨康使着眼色，抬腿向东厢房走去。

王泽民攥住朱布儒的两只手，用内功发力，将朱布儒的整个身子像木桩子一样钉在板凳上。杨康用毛巾不慌不忙地擦着朱布儒的头、脸、前胸、后背，和王泽民聊了起来："四哥，昨儿晚上听我爷爷说，你奶奶再过四天就九十大寿了，打今儿起咱俩就得住焕章兄家，咱三个童子要陪着老奶奶睡三天，我爷爷说这是你们王家的习俗，叫作给老寿星守岁。"

王泽民点头应和着说："是这样，我爹还有三天就该从北京柜上回来了，到我奶奶九十大寿那天，全庄的人都会来祝寿，可热闹啦！"

杨康用力擦着朱布儒的脸，碰在伤口上，朱布儒又嗷嗷地喊叫起来，王泽民仍攥着他的两只手，开着玩笑说："瞧你都这么大人了，还挺娇气，若不给你洗干净，我们可没脸把你送给刘老师。"

朱布儒龇着牙，无可奈何地说："反正这疼在我身上，你俩下手能不能再轻点！"

杨康装作没听见，继续用力顺着朱布儒的脸部往下擦，说："四哥，有件事我一直没弄明白，趁着三哥不在，我想问问你，焕章的父亲平时给人家看病为啥不坐在椅子上，屁股底下坐着的是一个樟木箱子，得多累呀！"

王泽民神秘地说："今儿算你问对人了。我叔坐的那个大箱子里面装的可都是好东西。有祖传下来的医书、偏方，听说还有不少宝贝玩意儿，十几年了，我从没见那箱子打开过。算了，当着外人就别瞎问了。"

朱布儒眯着眼睛，不动声色地听着他俩对话。听到关键处，他似乎忘记了伤痛，心里盘算着下手的计谋。

王焕章手提一套秋装和几包中草药来到后院高喊："四弟，你俩把这身衣服给先生穿好，他是咱老师的亲戚，可不能慢待呀！"

"三哥你瞧好吧，刘老师再见到他肯定开心！哈哈！"

听着王泽民爽朗的话语，王焕章、杨康也都会心地笑起来。

不出所料，朱布儒在刘连喜的宿舍里，歇了半个时辰就躺不住了。借口到小堡村找回算命摊挣钱糊口，便匆匆而去。

朱布儒顾不上脸上的伤痛，天刚擦黑，就鬼鬼祟祟地钻进沙古堆老庙。

儒林村南口的沙古堆，是一个大沙滩，因洪涝灾害，被泥沙冲积而成。这个前不着村后不着店的沙丘，长了许多参差不齐的柳树，柳树下面的乱草丛中，就是那座破乱不堪的老庙。远远望去，既凄凉又阴暗，很少有人光顾。

午夜时分，七个黑影从乱草丛中一闪而过，朝老庙飞奔而去。

朱布儒听到动静，打开庙门，迎着郑三炮低声说："大哥，我已等待多时，一切顺利。"

"老弟受苦了，事成之后你是头功！"郑三炮拍着朱布儒的肩膀，一同向古庙后院走去。

朱布儒将去大邓各庄的经历向郑三炮一伙人描述了一遍。郑三炮沉吟着，顺着土炕沿转了两圈，猛回头，对手下说："听朱老弟这么一说，咱们不能再耽误着了，若是撞上北京那位王掌柜，咱可就白忙活了。从这里去大邓各庄要走几个时辰？"

朱布儒说："得一个时辰。"

"咱这几个弟兄跑得快，你们四个出列，带着家伙跟朱老弟直奔大邓各庄王家大院。对付那三个毛孩子和一个行医的绰绰有余。"郑三炮说着，瞪起了眼珠子，恶狠狠地说，"到了那里一切听朱老弟的指挥，不得有误！若是谁给误了好事儿，回来后我就废了他！"

和朱布儒站在一排的四个手下，挺直身板低沉地说："遵命！大哥放心，不成功则成仁！"

"好！立马出发。一个时辰后我带着余下的两个兄弟赶往通州城，在东城门口前等着你们。天亮之前离开通州，杀向张家口，待风声过后再去找汤木仁算账！"郑三炮话音刚落，朱布儒带着四个黑衣河匪蹿出庙门，直奔大邓各庄而去。

朱布儒他们几个前脚刚走，蹲守在沙古堆老庙树丛中的通州警员一齐出动，将老庙围得水泄不通，郑三炮和两个手下束手就擒。

不到一个时辰，朱布儒一伙五人就来到王家大院门前。一个黑衣人掏出匕首，插入门闩，"哗铃，哗铃！"门吱呀一声慢慢地被打开了。五个黑影一闪身钻进院里。朱布儒发现王宗廉的诊室仍亮着灯，一个端坐着的身影从窗户映出。他用手指着身影，冲四个黑衣人点着头。其中一个黑衣人用匕首拨诊室的门闩稍一用力，门"哗啦！"顺势开了。朱布儒一声令下，四个黑衣人手举腰刀，唰的一声跨进诊室向正在看书的背影扑去。就在这一刹那，只见背影一扭头，抬手一甩，"嗖！嗖！嗖！嗖！"四枚银针如闪电一般向黑衣人飞去。只听"呀！呦！呀！呦！"四声惨叫，黑衣人应声倒地。藏在门后的杨康双手抡起擀面杖朝倒在地上的黑衣人打去。朱布儒躲在后面见势不妙，拔腿就跑。王泽民已经锁住了大门，见朱布儒拼命朝大门口奔来，一个扫堂腿，唉哟一声，朱布儒被绊倒在门口的石阶上，一排门牙硌在石棱上磕得粉碎。王泽民飞起一脚，踢得朱布儒顺着石阶连滚数圈，趴在院子中央，昏厥过去。

诊室里看书的身影是王焕章，他假扮父亲，迷惑贼人。当黑衣人拨动门闩的一瞬间，藏在门后的杨康拉紧事先拴好的线绳，门顺势被打开。就在贼人向身影猛扑的危急时刻，王焕章将早已准备好的银针甩了出去，四枚银针弹无虚发，均打进贼人的咽喉。听到院子里的响声，埋伏在院外的两庄乡亲们呼喊着冲进院里，将已被抬到院子中央的五名河匪围住，五花大绑，装在马车上。王宗廉、杨廷方也从后院走出来，吩咐小邓各庄几个习武之人，押着马车，连夜赶往通州警局。一夜之间，在漕运码头作恶多端的八名河匪被一网打尽，得到了他们应有的下场。

四

王焕章、王泽民、杨康三个年轻人智斗河匪，在北运河两岸名声大振。大邓各庄学堂更是把他们三人奉为英雄偶像。

在这场生与死的较量中，觉得最没有面子的就是学堂教师刘连喜，是没出息的表外甥让他名声扫地。经过几天的闭门思过，要强、正直的心灵容不下朱布儒带来的屈辱，含泪提出辞呈归家。

王焕章他们三人，自从在学堂一起读书，刘连喜就是他们的教书先生，至今已四年有余。小哥仨好像绑在一起，情同手足。读书一起读，在两个庄子里玩耍，也是形影不离。说来也怪，这小哥仨，一个赛一个的聪明好学。刘连喜对这三个优秀的学生更是倍加喜爱，精心培养。师生之情溢于言表。

知道恩师去意已决，王焕章、王泽民、杨康相约去学堂拜见刘连喜。

恩师的面容有些憔悴，见到这三个风华正茂的得意弟子，欣慰地笑着，招呼他们坐在学堂的座位上。

刘连喜颤抖着双手动情地说："为师几十年了，能教出你们这三位勤学上进、踏实出息的学生，我终生无憾了。没想到我为人师表、清白正直的名声，被那个没出息的远房外甥毁于一旦。我愧对你们家长，愧对我的学生们啊！"

"恩师您用不着自责，您也是无辜之人，不知者不怪。您对我们多年的教诲终生不忘！"王焕章站起来，安慰着刘连喜。

王泽民、杨康也站起来，恭敬地看着刘连喜，杨康说："我爷爷让我们先来看您，陪您说会儿话，明儿一早他就来看望您。"

"老师，我们舍不得您走，还想听您讲课呢。"王泽民低着头说。

刘连喜示意他们坐下："有你们这些话，为师心里敞亮多了。我将告老还乡，回家照顾我年迈的父亲母亲。走之前有几句心里话要告诉你们，那就是今后做人做事要讲信誉，重情义，做一个光明磊落、清清白白、正直重德的人。"说着，他打开一个蓝布锦盒，"为师还要给你们讲最后一课，这锦盒里装着我亲笔抄写的三篇相同古文，送给你仨每人一篇。要把它读懂、学好、用好，当作一生的座右铭。有这篇奇文陪伴，你们定会有一个美好的人生。"

刘连喜把古文分发给他们，说："现在开始上课，都打开文章，跟着我朗读。"

寒窑赋

北宋宰相 吕蒙正

天有不测风云，人有旦夕祸福。蜈蚣百足，行不及蛇。雄鸡两翼，飞不过鸦。马有千里之程，无骑不能自往，人有冲天之志，非运不能自通。

盖闻：人生在世，富贵不能淫，贫贱不能移。文章盖世，孔子厄于陈邦；武略超群，太公钓于渭水。颜渊命短，殊非凶恶之徒；盗跖年长，岂是善良之辈。尧帝明圣，却生不肖之儿；瞽叟愚顽，反生大孝之子。张良原是布衣，萧何曾为县吏。晏子身无五尺，封作齐国宰相；孔明卧居草庐，能作蜀汉军师。楚霸虽雄，败于乌江自刎；汉王虽弱，竟有万里江山。李广有射虎之威，到老无封；冯唐有乘龙之才，一生不遇。韩信未遇时，无一日三餐，及至遇行，腰悬三尺玉印，一旦时衰，死于阴人之手。

有先贫而后富，有老壮而少衰。满腹文章，白发竟然不中；才疏学浅，少年及第登科。深院宫娥，运退反为妓妾；风流妓女，时来配作夫人。青春美女，却招愚蠢之夫；俊秀郎君，反配粗丑之妇。蛟龙未遇，潜水鱼鳖之间；君子失时，拱手于小人之下。

衣服虽破，常存仪礼之容；面带忧愁，每抱怀安之量。时遭不遇，只宜安贫守分；心若不欺，必然扬眉吐气。初贫君子，天然骨骼生成；乍富小人，不脱贫寒肌体。

天不得时，日月无光；地不得时，草木不生；水不得时，风浪不平；人不得时，利运不通。注福注禄，命里已安排定，富贵谁不欲？人若不依根基八字，岂能为卿为相？吾昔寓居洛阳，朝求僧餐，暮宿寒窑，思衣不可遮其体，思食不可济其饥，上人憎，下人厌，人道我贱，非我不弃也。今居朝堂，官至极品，位置三公，身虽鞠躬于一人之下，而列职于千万人之上，有挞百僚之杖，有斩鄙吝之剑，思衣而有罗锦千箱，思食而有珍馐百味，出则壮士执鞭，入则佳人捧觞，上人宠，下人拥。人道我贵，非我之能也，此乃时也、运也、命也。

嗟呼！人生在世，富贵不可尽用，贫贱不可自欺，听由天地循环，周而复始焉。

第二章

一

官称"王四爷"，北京城报子街老三顺斋鞋铺掌柜王宗清，确如朱布儒所说，十岁拜京城飞镖大侠刘承武为师，刀枪剑戟，斧钺钩叉，十八般兵器样样精通，并得到刘承武飞镖绝技的真传。从1840年鸦片战争到1853年太平天国运动，他豪侠仗义，抗击倭寇的民族气节，在京城如雷贯耳。时光飞逝，风云突变。他退出武林，行走于名山古刹，潜心修行。和北京西城妙应寺住持曾措法师结了善缘，应曾措法师俗家弟子邀请，当上了老三顺斋鞋铺掌柜。如今的王四爷，已经是家有良田五顷，住有深宅大院，在北京城鞋行里名声显赫，德高望重的欣欣长者了。

近两年，老三顺斋鞋铺的伙计们走马灯式地换了不少。特别是从辽东过来的三个老伙计，个个手艺精良，但因老家被日本人侵占，都嚷嚷着要赶回去。今天一早又找到王掌柜，坚决要辞职回辽东老家。

王四爷品着茶，思量着：日本人都打到家门口了，谁还能傻待在这儿呀。可放他们回去吧，这三位又都是鞋铺的老手艺人，肯定会耽误生意，到时候完不成订单挣不到钱不说，还坏了老三

22

顺斋的声誉。不放他们走吧，留得住人，也留不住心呀。家里都被强盗霸占了，若强留，那还算人吗？

想到这里，王四爷猛地从太师椅上站了起来，招呼伙计把账房先生请来，说："你赶快把陈五爷他们老三位的工钱给结算了，每人再捆上十双布鞋，明儿一早就送他们赶路吧。"

中秋节的前几天，王四爷料理好生意，套上马车回大邓各庄过节。一想起已经长成大小伙子的宝贝儿子王泽民和继承了他飞镖绝技的爱徒、爱侄王焕章，就归心似箭。

马车从西四牌楼出发，经过朝阳门裕顺斋饽饽铺，王四爷让赶车的刘二柱停下车，一跃身，从马车上跳了下来。

饽饽铺的伙计挑起门帘，笑着迎接王四爷："四爷，来了您呐！今儿回通州吧？"

王四爷点着头，撩着长袍大襟，抬脚往里迈着，说："再给我捆上五盒龙凤饼，你家的大饼子好吃，放上十天半月的还是软的。"

进了通州城，王四爷对刘二柱说："二柱，把车赶到大顺斋去，再买几盒糖火烧。"

刘二柱赶着马车，回过头来笑着说："王掌柜，您这是要把点心铺搬回家呀！"

王四爷也被逗乐了，说："你还不知道？杨廷方老爷子最爱吃这口儿。"

太阳落山了，王四爷的马车来到大邓各庄的家门口。王四奶奶听到马叫声，推开门，将丈夫迎进大院。

王四爷往前堂走着，问："这大晚上的，你出来做啥？儿子呢？"

夫人说："和焕章一起去杨康家了，杨廷方老爷子病得不轻，自打一入秋，心口疼的毛病已犯好几次了。宗廉劝他去城里大医院，老爷子不听，就信宗廉的针灸，真是犟脾气。"

王四爷一听就急了，没等进屋，转身往大门外走去："二柱，提着大顺斋糖火烧，跟我去趟小邓各庄。"

刘二柱正在大柳树下拴马，将马车交给王家长工胡二爷，提着糖火烧，追上王四爷，小跑着来到杨廷方家。

"杨老爷，王四爷来看您啦！"老潘头高喊着，撩起门帘请王宗清走进卧室。

见到王四爷，杨廷方来了精神："宗清来了！快坐下。"他欠起身，拉着王四爷的手不放。

王四爷坐在炕沿上，望着杨廷方，说："刚一进家门就听说您病了，我没歇住脚，急着来看您，好些了吗？"

老潘头指着放在八仙桌上的点心盒说："杨老爷，王四爷又带来您爱吃的糖火烧了！"

杨廷方用手拍了一下王四爷的胳膊，说："瞧我这个好弟弟，总是想着我。一听说我病了，看把你急的，满脸冒汗。我这病一犯起来总是这样，一会儿好一会儿坏的，没事，等宗廉来再扎几针就好了。"杨廷方说着，摸摸脑袋，"不服老不行呀，你看，我这头发全白了，气力也大不如前了。"

王四爷看着满头白发的杨廷方，心中感慨，岁月不饶人呀，安慰说："杨兄这就很不错了，七十多岁的人了，若不是您早年练得一身好武功，躲过那一劫，哪有如今这把老骨头呀！虽然有点小毛病，碍不着您的健康长寿，还得等着杨康给您抱大重孙子呢！哈哈！"

提起杨康，杨廷方叹着气说："有件事我一直放不下，自打杨康的老师辞职回家后，他和你的儿子泽民、侄子焕章也都不再去学堂念书了。他们三个每天都到我家书房里，一待就是一整天，天不黑不回去。听说焕章、泽民他们俩还教上我孙子武功了。如今我那孙子已经十六岁了，我琢磨着把他送出去找点事做，总在庄里待着都快成废人了。"

王四爷将桌上的茶杯递给杨廷方，说："干脆，我把您孙子带到老三顺斋柜上当学徒吧。您看我家泽民和侄子焕章也都长大了。原本想着等他俩读几年私塾后就接到北京城里再读两年，没想到城里兵荒马乱的，书也读不成了。这仨孩子打小就在一起念书，也合得来。把他们一起带到柜上，去学手艺长本事，将来也有个前程。"王四爷顿了一下，接着说，"自打和日本人签订《马关条约》，北京城里乱得一塌糊涂。但那里终归是天子脚下，咱们又是买卖人，孩子的安全方面贤兄大可放心。"

杨廷方听着王四爷的话，沉思起来。

王四爷见杨廷方有些犹豫，说："贤兄，您不必多虑。杨康这孩子乖巧伶俐，人聪明，心眼活络，我一直很喜欢他。现如今小日本在东三省闹得厉害，柜上有几个老技工都辞职回老家了，正缺人手。我这次回来还准备从庄里挑选几个年轻人去柜上学徒。"

听完王四爷说的话，杨廷方笑着说："好好！贤弟这个想法好。别怪我多虑，一来我是怕把杨康放在你那儿，会给你添麻烦，二来我还真舍不得把孙子放出去。这孩子放到你那儿，我一百个放心。就这么定了！你说啥时候带他走，全由贤弟定夺。"

王四爷高兴地说："那好，后天我就回去，把他们仨一起带过去！"

"好，那就后天走！三个小伙子刚从我这儿出去，一准都在后院书房。快，叫他们都别走，一块儿吃饭。"杨廷方从炕上一迈腿站到地上，病已好了大半，拉起王四爷大声笑着，"该吃饭了，今儿咱哥俩得喝两盅！"

入冬后的第一场雪，给睡梦中的北京城盖上了一层厚厚的白絮。

老三顺斋鞋铺朱漆大门"哐当"的响声，打破了绵绵长夜的寂静。

一位身材健壮俊朗，满脸英气的年轻人，手拿扫帚，从门楼的石阶上弯下腰，一步一挪地扫起雪来。那扫帚和地面摩擦声唰唰地响着。

当报子街上的积雪被王焕章清扫得干干净净的时候，他直起身，热气从嘴里、鼻孔中呼出来，像缕缕白雾升腾着。泛红的晨光洒在淳厚幸福的脸上，充满着青春朝气。

来老三顺斋做学徒，王焕章自觉长王泽民和杨康一岁，要做出大哥的模样。他跟着师傅学习，处处小心留意。早晨起床生煤球炉子、打扫庭院，凡脏活累活都抢着干。

来柜上的第一天，王四爷就给他们分了工。因王泽民是掌柜接班人，由王四爷亲自带着，主学买卖经营；杨康聪明灵透，就让跑业务的老伙计带着学销售；王焕章少年老成，稳重内敛又武艺高强，安排他跟着做鞋的师傅先学手艺。王四爷器重王焕章，想着等以后老三顺斋生意做大了，走南闯北的时候，他也是个帮手。

王焕章外表憨厚朴实，但内心灵透聪明。白天跟着师傅，从选料、打浆、放样，到打磨、裁剪、纳底、缡帮，一样一样地学。晚上，躺在被窝里还默记一道道流程、工艺。不到一年，他已把三年学徒的东西都掌握了。

一天上午，王焕章跟着师傅去前门大栅栏的一家鞋店送鞋。老掌柜接过鞋说："您回去后转告王四爷，如今这鞋不好卖了。看看人家内联升和步瀛斋做出的鞋多时兴，都抢着买。"

回到老三顺斋鞋铺，师傅把老掌柜的话向王四爷叙说了一遍。

王四爷无奈地说："咱们这鞋是不好卖了，人家内联升和步瀛斋做的鞋都是给那些达官贵人穿的。如今北京城从外地来了不少有钱人，可要面子了，啥时兴就穿啥。特别是那个大栅栏，每天来来往往的都是体面人，普通百姓谁总往那儿跑呀。"

王焕章站在师傅身后，听着王四爷说话。心里嘀咕：北京城还是普通人多呀，家里再穷也得穿鞋吧，咋就卖不过内联升和步瀛斋呢？

终于得到一个自己外出的机会。王焕章按照师傅的叮嘱，一溜小跑把几捆布鞋分别送到各商铺。他没急着回老三顺斋，而是来到崇文门内，看见内联升鞋铺的牌楼后，站在路边停了下来。他整了整衣帽，倒背着双手，挺直腰板，大大方方地阔步迈进了内联升的大门。

内联升大堂宽敞气派，两根盘龙红漆大柱，把销售台和展示柜分隔。大堂里人头攒动，买鞋人和看鞋人互不干扰，秩序井然。

这场景，王焕章还是第一次见，站在那里既惊奇又羡慕。

王焕章正在大堂一角发愣，忽然，一个穿紫红色缎子袍、头戴红顶蓝绒帽的小伙计弓身来到他的面前。

小伙计冲着王焕章礼貌地鞠了一躬后说："这位小哥，辛苦您呐！您想看啥样的鞋？请挪步往这边瞧。"

王焕章跟着小伙计来到展示柜前，各式各样五颜六色的鞋，像工艺品一样整齐地码放着，赏心悦目，目不暇接。

他摆出一副选鞋的架势，拿起一只鞋，由远到近，由左到右，鞋帮鞋底仔细地看，寻找其中的奥妙。抬头佯装满脸不屑一顾的样子，对小伙计说："你家这鞋样太花哨了，买回去也不敢往外穿呀！"

小伙计心里不服气，表面和气地笑着说："小哥，瞧您说的！您是没在皇城根儿下面转悠过。现如今这洋人都来了，城里人也都爱赶个时兴，越花哨、越新奇、越有特色的就越好卖。"小伙计越说越兴奋，"不瞒你说，我家这鞋光王公大臣和他们的家眷都侍候不过来。咱大清国得多少人穿鞋呀，我们东家一直嚷嚷着，想把这鞋卖出北京城，甚至想出国卖给洋人去。可就是腾不出手，力不从心。"

听着小伙计的话，王焕章灵机一动，心中暗想：若是把内联升想做而又没精力做的事做出个名堂来，可是个天大的商机呀！想到这里，他热血沸腾，有了一个大胆的决定：自己干！去开创一片新的天地！

王焕章把鞋放回原处，谢过小伙计，脑海里盘算着，走出了内联升，不动声色地回到老三顺斋鞋铺。

晚饭后，王焕章照常和王泽民、杨康一起读书、聊天，畅谈各自岗位上的见闻收获。他坐在那里，两眼发呆地想着心事。

杨康看出王焕章的异常，问："三哥，您咋不说话了？挨师傅训了还是咋的？"

王焕章觉得自己的想法还不成熟，还是等有了把握之后再告诉他俩吧。他搪塞着："没事儿，白天去大栅栏送鞋有点累了。"

王焕章心中有了目标，对老三顺斋鞋铺从生产到经营的一切细节都暗自关注起来。他琢磨着：比起内联升，这里的经营方式，鞋的造型样式和面对客户的服务方式确实有很大差距，就说老三顺斋生产的布鞋吧，既没考虑达官贵人的喜好，又没顾及普通百姓的需求，这鞋做的，达官贵人看不上，有钱也不愿意买，对普通人来说，鞋的价钱又偏贵，就是想穿也买不起呀。

"这样的鞋生产多了能不砸手里吗？"王焕章思量再三，更加坚定了另起炉灶，大干一场的决心。

二

依水而居的大邓各庄，是随着京杭大运河北端的通惠河漂来的。

京杭大运河北端终点漕运码头在通州张家湾，元世祖忽必烈建都北京后，又开挖了从元大都城至通州段的运河航道——通惠河。

通惠河有一支流，经过几道弯转后，又分出几个河汊。其中的一个河汊拐了两道弯，向前缓缓地流淌着。一会儿的工夫，那水流在一片芦苇摇曳的荷塘中停下来。随着水量的增多，宽阔的水面形成一条小河，滋润着这块平坦无垠的土地。也就是从那时起，一户邓姓人家迁徙至此，在小河的东侧垒屋筑墙，傍水而居。渐渐地，这里就有了村庄——大邓各庄，这条小河就是西河。

走南闯北的王姓祖先，几经辗转，跨过北运河，来到大邓各庄，靠勤耕俭读落下脚跟。经过五百多年的人世变迁，庄里的邓姓人家早已不在，这王姓倒成了旺族。

王焕章二十岁那年的初春，百草回芽，大自然万物已开始复苏。大邓各庄王姓家族迎来了喜庆的一天。

今天是王焕章成亲的日子。这位气度不凡的年轻人，身披红袍，头戴深棕色礼帽，胸前佩戴大红花，神采奕奕地骑着高头大马走在花轿前面。他坐在马背上，看着自家的院墙、门楼，是那么的亲切、幸福、美好。

鞭炮齐鸣，锣鼓喧天，娶亲的队伍被围观的人群簇拥着来到王家门前。王焕章被司仪扶下了马，花轿也落在铺着红毯的青砖地面上。

王焕章手牵着从花轿里走出、头罩红绸巾的新娘，迈过高台阶，跨过火盆，步履轻盈地走进贴着大红喜字、挂着红绸丝帐的正堂。

王四爷和弟弟王宗廉分坐在中堂前边的太师椅上，王四奶奶和王焕章的母亲分坐在丈夫的身旁。他们频频点头微笑，感受着喜庆幸福的时刻。

司仪宣布婚礼正式开始。接着，按照通州的习俗拜堂成亲。一切程序完成后，司仪提高嗓门说："最后，请德高望重的王四爷训话！"

王四爷捋着花白胡子，站起身，高声笑着说："今儿，可不叫训话。这是助兴，恭喜，祝贺！祝贺焕章侄子双喜临门！这第一喜呢，就是他成了亲，娶了个漂亮贤惠的媳妇。侄媳妇刚迈过了火盆，说明一对新人将迈向新的幸福生活，无论遇到啥挫折，啥坎坷，就是赴汤蹈火也不离不弃，白头到老。这桩亲事是我保的媒，姑娘是从胡各庄李家娶过门的。这李家可是鼎鼎大名的书香之家呀！我这侄媳妇，是在通州城里的洋学堂喝过洋墨水，见过大世面的！"

王四爷的讲话，迎来一片叫好声。他稍停顿了一下，接着说："这第二喜呢，今儿，也是焕章在老三顺斋出徒的日子。这个年轻人我是看着他长大的，他用心习武刻苦读书，以前的事就不用说了，就说他在柜上学徒这三年，勤奋用心，踏实上进，是个有抱负，有出息的孩子，将来在我们这个鞋行必有大的作为！"

喜宴散去，已是掌灯时分。两位新人坐在洞房里，四目相对，互相欣赏、爱慕着。王焕章看不够依在怀中秀美文静的心爱之人，内心里感恩上天赐予他如此美好、幸福的新生活。

三天后，王焕章匆匆告别站在西河岸边大柳树下，依依不舍、泪眼相送的爱妻，迈着坚定的脚步，跨上马车。转眼间，他的背影消失在去往北京的路途中。

王焕章从大邓各庄返回老三顺斋鞋铺，做的第一件事，就是要把单独开鞋铺的决定和打算一股脑地向王四爷说出来。

午夜时分，王四爷的书房。煤油灯放在八仙桌正中央，忽闪着长长的火苗。橘红色的亮光照在王焕章的脸上，暖意融融。

乍一听王焕章做出的决定，王四爷有几分诧异。听着王焕章有板有眼的讲述，他对眼前这个年轻人有了更深层次的认识。他借着柔和的灯光，仔细地打量着眼前这位坚毅、平和、志向高远、满脸豪杰之气、性格又如此沉稳持重的爱侄，发自内心地赏识和赞叹："焕章长大了，令我刮目相看。看来我那身武功绝技没白传给你。"

"焕章，你刚才说的这些想法我都听明白了，也能理解。要想干成一番事业，就得有你这种敢想敢干的劲头！"王四爷语重心长地继续说，"无论做啥，都要把事情考虑周全，把问题和沟沟坎坎想得多些，想出应对的招数，这样才能把路走宽、走远。"

王焕章用心地听着王四爷的教诲，站起身，把茶壶续满水，又把茶杯斟满。王四爷品了一口茶，若有所思地说："焕章，你这个决定我支持。新开鞋铺首先是资金，你父亲一直靠行医养家，家里人口又多，也拿不出钱来给你做买卖呀。"

王焕章鼓足勇气，恳切地说："四大爷，我想从您柜上支点钱，先干起来，等以后挣到钱，再连本带利还给柜上。"

一听这话，王四爷乐呵呵地说："傻小子，借钱压力那可就大了。这样，我给你出个点子吧，新开这个鞋铺你当掌柜，咱们利用亲戚的关系拉投资，共同入股凑钱，就可以把买卖做起来。"

王焕章思考着，眼睛盯着王四爷，似懂非懂。

王四爷解释说："泽民从小到大一直跟着你，你对他也好，他最依赖的人就是你。我多出一些钱，就算泽民入个大股，再联系几个本家亲戚投点钱。你家里不富裕，两个弟弟又小，就别投钱股了，算你两个人力股。咱们把投的这些钱合在一块儿，开这个鞋铺。等鞋铺开起来赚到了钱，就按股分红。若是没干好，赔了，就风险共担，自认倒霉。另外，我把杨康也交给你，他脑子灵活，主意多，能帮你做事。这样一来，我们这些人只投资入股，不管经营，柜上的事情全由你一人做主。你只管经营不管投资，这可是两全其美呀！"说到这里，王四爷开怀大笑，激动得把手一挥，险些把桌上的煤油灯碰倒。

王焕章眼疾手快，双手扶住灯座，高兴地说："多谢四大爷！我定不辜负您老的期望，把鞋铺开好！"

王四爷拍着王焕章的肩膀，爱抚地说："我相信你定会干好！你就甩开膀子干吧！"

开鞋铺入股的资金到位了。王焕章算计着，这些钱只够租一个临时铺面房。若把钱租房用了，可又拿啥去买做鞋的工具和面料呢？

第二天一早，王焕章找到王四爷，把犯难的事儿说了，请老人家给指条路。

王四爷说："别急，这事儿好办。你别去租铺面了，先在老三顺斋柜台上占一块地方做你的买卖吧。这里做鞋的工具齐全，花钱去买些布料。万事开头难，先开了张，等挣到钱再去捣腾别的事情。"

王焕章拱手连连道谢："那就先谢您了！等我挣到钱马上租铺面搬出去。"

王四爷笑了，拍着王焕章的肩膀："瞧我大侄子，总是这么懂事。这样，把入股的资金先放在柜上管着吧，需用钱随时来取，我单给你立个账本，抓紧时间把买卖先做起来。"

王焕章舒展着眉头，高兴地说："谢谢四大爷！明儿一早我就带着杨康去买布料。"

王焕章怀揣着从老三顺斋柜上支取的第一笔资金，带着杨康，第二天一早就来到新街口大街的一家小绸布店。店门还没开，一打听，半个时辰后才开门营业。

王焕章看着杨康说："二弟，时间还早，咱俩先去吃早点吧。"杨康揉着还没睡醒的眼睛，跟在王焕章的身后，来到一家早点铺，要了两碗炒肝，两屉小笼包子。小哥俩坐在方桌前，热气腾腾地吃着，聊起天来。

杨康咀嚼着包子说："三哥，就为省点钱，跑到这小店来买布，我可真服你了！光指望着这样挣钱，哪辈子才能发财呀？"

王焕章吃着炒肝，笑着说："嘿，咱这才刚起步，小本生意就得精打细算。你看，来这儿买布，最起码把咱俩的早点钱省出来了。"

杨康将头伸过来，贴着王焕章的耳朵，低声说："三哥，我听说在永定门外马家堡挖出来一个大石碑。那石碑上刻着'天下红灯照，大清归大清，谁是谁的主'多邪性，也不知是真是假。都说义和团要打到北京城了，这下子那些洋玩意儿可就要遭殃了。"

王焕章双手端着青花大瓷碗，扬脖把剩下的炒肝倒进嘴里，放下碗，说："咱是做鞋的买卖人，先干好买卖人的事儿。"

"前两天我到前门大栅栏又转了转，看大街上的人到底都穿啥样的鞋。嘿，我发现平底布鞋挺时兴的，穿的人不少。一会儿先买点布回去，试着做些平底布鞋，拿到街上去卖，看看行情再说。"王焕章说着，掏出铜钱，站起身交给柜台。

杨康也站起来，疑惑地问："这平底布鞋咱能做出来吗？"

王焕章露出神秘的表情，低声说："我那天坐在路边仔细琢磨了，不太难，和老三顺斋的鞋相似，我能试着做出来。"

一转眼，半个时辰过去了。他俩来到那家绸布店，买了一匹青带子布，一溜小跑回到老三顺斋。

有了这匹青带子布做原料，王焕章异常兴奋。他顾不得换工装服，找两个蓝布套袖，套在双臂上就开始干起来。

王焕章把青带子布打开，让杨康在一头抻着，他攥着另一头，用木尺量了几下，再拿起剪刀将布剪了个口儿，双手轻轻一拉，"刺啦"一声布被扯下一块，如此往复共扯下二十块。"够用了，布先放在那儿，留着做鞋面时再用。"王焕章示意杨康将剩下的布捆好，转过身，把裁好的布摞在一起。

杨康皱着眉，问："三哥，这光有做鞋面的布，鞋底咋办呀？"

王焕章走到作坊一头的角落里，提过一个布袋子，掏出零乱的碎布头，对杨康说："我在柜上学徒的时候，留了个心眼儿，打扫作坊时，把那些碎布头都捡起来，装在袋子里，一来二去攒了满满五袋子，做百十双鞋底没问题。"说着，他低下头，双手不停地将布头捋平、叠好，用青田石板压住、压平，"这样一层层地摞起来，做成鞋底子，得有十几层。鞋名我都想好了，就叫老北京千层底布鞋。"杨康被王焕章的话逗乐了，说："真是服你了，没想到三哥还有这么多鬼点子。"

王焕章拿着糨糊刷子，在叠好的碎布头上一层一层刷上糨糊，等过一个时辰，那糨糊半干时，用铁冲子一压，再用切布刀"哗"的一刀切下去，这一摞碎布头像变魔术一样，平平整整地成型了。他把鞋底的左右脚裁成同一个形状。一双鞋不分左右脚，可以随意穿。

王焕章忙着手里的活儿，笑着对杨康说："咱们这个鞋底子，形状都一样，都是直脚，左右脚咋穿都行。我早想好了，这样的鞋做起来容易些，穿起来也简便，叫作两全齐美。"

杨康瞪大眼睛听着，心里说：我这个三哥，哪儿来的那么多的主意呀！

鞋底裁剪压好了，下一道工序是用针线一针一针地把鞋底纳结实。王焕章学徒时就是纳鞋底的好手，他坐在木凳子上，双膝上盖了一块羊皮垫子，将鞋底放在垫子上，右手中指戴个大顶针，穿针引线上下翻飞，就像他平时练飞镖一样，执着的眼神是那么的专注、坚定，充满着无限的希望和力量。

晨鸡的叫声，吵醒了正在酣睡的杨康。他从床上一翻身坐起来，发现王焕章的被褥仍原封不动整齐地叠放在那里。

"三哥又是一宿没睡，一准儿还在作坊里，做他那千层底。"杨康揉着睡眼，嘀咕着跳下床，推门向作坊走去。

作坊里，微暗的油灯下，王焕章弓着身子，正一双一双地捆着刚做好的布鞋。

杨康被眼前的这一幕感动了，眼含着泪花，心中暗想："三哥呀，这辈子就是吃糠咽菜喝西北风，我也跟定你了！"

　　听到门响，王焕章回过头来，兴奋地望着杨康说："二弟，快过来看，这就是咱们鞋铺第一批老北京千层底布鞋。共二十双，我都捆好了，一大早儿咱俩就到大栅栏去卖。"

　　春末的北京，乍暖还寒。老槐树枝头上已吐出棕绿色的嫩芽。春风吹过，大街小巷散发着绿色的芬芳。

　　前门大栅栏的早晨，稀稀疏疏的人流在微寒的春风中匆匆而过。王焕章和杨康站在同仁堂大药房东侧的一块石阶上，放下布包，把羊皮垫子铺在石面上，取出两双鞋，整齐地摆放在羊皮垫子上。

　　杨康在老三顺斋学徒三年，没少跟着师傅在外面跑买卖，可那都是有商铺的坐商。今天跟着王焕章在大栅栏摆摊叫卖，还真是头一遭。刚刚开始叫卖，这脸还真有点挂不住，看着行人匆匆路过，脸红起来，刚张开的嘴又闭上了。

　　王焕章熬了几宿的夜，两眼通红，右手的两个拿针的手指肿得像小胡萝卜似的不能回弯。再加上又困又饿，还没等叫卖就坐在石阶上打起盹来。

　　杨康看着王焕章满身疲惫的样子心疼起来，埋怨自己没勇气没出息。这点脸面都豁不出去，将来还咋跟三哥闯天下呀？想到这里，他心头一热，深吸了一口气，冲着行人的背影大声叫卖起来："路过的朋友，快来瞧，快来看啦！最新产品，老北京千层底布鞋！底子厚，不怕磨不认脚，随便穿，穿着容易买着便宜啦！"

　　几个好奇的行人，还真让杨康喊得停住了脚步，转回身凑到鞋摊前面，有的还弯下腰伸手抄起布鞋端详一番。

"嘿！这北京城又出了个千层底布鞋，真稀罕，让我瞜瞜。"一个中年人领着一个穿戴艳丽的女人，拿起布鞋叨咕着。

两个时辰过去了，高高的太阳照射在大栅栏街面上，燥热起来。一位花白胡子的老先生，在对面肉食铺前坐着藤椅晒太阳，看这两个卖鞋的小伙子又喊又叫地忙活大半天了，一双鞋也没卖出去，实在看不下去了，就叼着烟袋锅，走过来和他俩搭讪着："小伙子，在这儿卖鞋就等于白费工夫。你们看，北街筒子里有步瀛斋，东北面那条街有内联升，能到这儿转的都不是怂主儿，你这没名没姓的鞋人家不认呀。"

王焕章和杨康都有几分失望地站了起来，王焕章抱歉地说"老先生，吵着您啦，您多包涵，对不住您了。"

老先生看这两个大小伙子老实巴交挺可爱，又多说了几句："这大栅栏我都住二十多年了，我看你俩还是收拾收拾回家吧。不是我瞎说，你俩在这儿喊一天也卖不了一双鞋。为啥呢？在这地界儿，你俩这卖法就不合时宜。我劝你俩找一个离这里远点的人多热闹的地方去卖，离这儿越远人越多越好卖。"

老先生这句话倒是提醒了王焕章。他想，北京城离这儿最远人最多的地方也就是马店了。那里不但有本地人，从内蒙古、张家口来的更多。对，干脆到马店马羊市场去碰碰运气。想到这里，他弯腰把鞋和羊皮垫子收拾好，重新放进布袋里，背起包，拉着杨康的手高兴地说："谢谢老人家！谢谢您！二弟，听老先生的，咱们不在这儿卖了。走，先到西口那儿吃点饭，吃饱喝足后我带你去一个又远又热闹的地方，去卖咱的鞋！"

两人都饿坏了，来到老北京炸酱面馆，每人吃了两碗炸酱面，又和老板要了两碗热乎乎的面汤。填饱了肚子，杨康也来了精神，他好奇地问："三哥，您刚才说，要带我去一个又远又热闹的地方，是哪儿呀？"

王焕章擦着嘴，神秘地说："那地方我十年前曾去过几次，是我四大爷带着我和泽民一块儿去的，就是德胜门外马店的马羊市场。那时我四大爷把我和泽民接过来，他教我俩练武术，还特意请教书先生教我俩读书学文化，我四大爷最爱吃马羊市场卖的蒙古大草原鲜羊肉，他带着我俩到那儿去买鲜羊肉，买回家涮着吃。那里可热闹了，北京人外地人都有。特别是从内蒙古拉着骆驼过来的人，在马羊市场一待就是十天半月的，咱到那儿去卖老北京布鞋，我琢磨着有人会喜欢。"

杨康看着王焕章说："三哥，您把飞镖都扔神了，都是王掌柜那时教的吧？"

王焕章说："六岁的时候，我四大爷就把我和泽民带到柜上，开始教我俩童子功。几年后，他看我武术学得比泽民好，就又多教了我几招，特别是飞镖绝技，是我四大爷亲传的。"

杨康羡慕地说："三哥真了不起，文武双全。"又催着说："三哥，咱快走吧，我也想去瞧瞧热闹。"

因为资金少，舍不得花钱雇人力车，小哥俩背着鞋，一路小跑儿，直奔马店而去。马羊市场对他俩来说，就是新的希望和梦想。

春末夏初的德胜门外马店马羊市场，没有了往日的喧嚣。来自张家口、绥远、包头各地的牲口贩子们，要在雨季到来之前赶回家，休养生息，培育选择良畜，待到入秋的时候再来马店交易。商贩们将各自的马店收拾妥当，已经开始陆陆续续地返程了。

当王焕章、杨康二人满头大汗、疲惫不堪地跑到马羊市场时，已是夕阳西下。

通往马羊市场的一条土路两侧，零散地摆放着摊位，大多是附近的村民，将自家的土特产拿过来叫卖。准备回家的外地商人都愿意顺便带些回去，送给家人和朋友。虽然已到该收摊的时辰了，大部分摊位上还是围着不少的买主。

他俩顾不上擦汗歇息，找了一个空着的摊位，把布包打开，将二十双布鞋全都码放在摊板上。杨康双腿发软，将双臂支撑在木板上，放松着腰臂，扯着嗓门喊起来："快来看呀，老北京千层底布鞋，穿着容易，买着不贵啦！"

一连串的喊声有了效果，一会儿工夫，这个小鞋摊已围满了人。

一个长着满腮浓密的胡须，光头圆脸大眼睛的蒙古汉子，抄起一双鞋仔细看着，操着并不流利的汉话问道："你给我说说这千层底布鞋，咋就穿着容易了？"

王焕章身子向前倾着，解释说："我们这种老北京布鞋，不认脚，就是不分左右脚，闭着眼都能把它穿在脚上，特别是上了年纪的老人家，穿上它别提多舒服灵便了。"

杨康俏皮地说："我们家这种布鞋叫千层底，一针一线纳的底子，经久耐磨，穿一双顶十双，最大的好处是一双鞋穿在哪只脚上都行，就是个傻子也能把它穿在脚上。"

杨康的话，把周围的人都逗乐了。

蒙古汉子说："我老爹就不爱穿认脚的鞋，嫌麻烦。这下可好了，我给老人家买回去，又是北京的鞋，他一定喜欢。我买五双，给我捆好。"

一下子就卖出去五双鞋，杨康冲着王焕章做起了鬼脸，喜出望外。

王焕章把五双鞋捆好，递到蒙古汉子的手里，接过钱刚要说话，人群中又传出买鞋的声音："小伙子，给我也捆上两双，我要带回银川去。要是穿着舒坦，等初秋回来再多买几双。"

"好嘞！"杨康接过钱，小心地捆好两双鞋，递给那个银川人。一袋烟的工夫，二十双鞋都卖了出去。王焕章舒缓着出了一口气，高兴地说："二弟，这一趟咱来对了，看来卖鞋还真得挑对地界儿。咱哥俩今儿是太累了，走，到那个羊肉馆，去开个羊荤。"

小哥俩收拾妥当，转身刚要走，忽听站在旁边的人冲着他俩说："小兄弟，你们这鞋啥时候还过来卖？我在这儿还要待上一个星期再回绥远，这几天若能来，我一个人就买二十双。"

王焕章心里估算着，三五天之内做五十双鞋应没问题，痛快地答应说："您放心，因为这两天缺货，三天以后我一准儿来。"

绥远人说："那好，咱们一言为定。我叫刘苍岩，这几天都住在杨家马店，哪天来了就到杨家马店找我。要不然先把二十双鞋的订金给你们。"

"那可不行！"王焕章一摆手，接着说："我们鞋铺向来讲信用，说啥时候来肯定就啥时候到。三天后二十双鞋一准儿送到杨家马店。"

太阳已经落山了，下垂的柳枝随风摇曳，入林的归鸟喳喳地鸣唱着欢快的歌声。

王焕章、杨康从羊肉馆里走了出来，步履轻盈地迈开凯旋的大步，顶着满天繁星，高唱着大清的军歌：

中国男儿，中国男儿，

要将只手撑天空。

睡狮千年，睡狮千年，

一夫振臂万夫雄。

长江大河，亚洲之东，

巍巍昆仑，翼翼长城。

天府之国，取多用宏。

皇帝之胄，神明种。

风虎之龙，万国来同，

天之骄子，吾纵横。

中国男儿，中国男儿，

要将只手撑天空！

……

那血性、壮美、高亢的歌声，在春暖花开的晚风中飘散着，飞扬着……

三

王焕章在老三顺斋鞋铺作坊里，又干了三个通宵。这回雇了个短工，帮助他把碎布条平整后，贴、粘、压、切再纳鞋底，加快了绱鞋的速度。第四天一早，五十双老北京千层底布鞋，已经平平整整地摆在操作台上。

吃过早饭，杨康从西四牌楼雇来两辆人力车。王焕章、杨康分坐在人力车上，每人抱着捆扎包好的鞋，直奔马店马羊市场而去。

来到马羊市场，几个早到的小商贩正在摊位上摆着物品。小哥俩跳下车，直接把鞋放在靠近马羊市场出口的一个摊位上。

"小伙子，你俩头一回来这儿摆摊卖货吧？这个摊位是东庄小黑子的常摊儿，这小子下手可黑了。这个摊位就是两年前他从别人手里抢来的。我劝你俩还是到后边老杨树棵子边上去摆，那

永升斋 /41

里稍偏一些，客人少，摊位没人管，谁来得早谁占。"一个驼背中年人，肩上挎着两篮子草莓，善意地说着，在旁边的摊位前停了下来。

王焕章提起鞋包，对驼背中年人说："多谢您的提醒指教，按照您说的，我们到杨树棵子那边去摆摊。"

"嘿，先别急着走，把东西放在我这摊位上就得留下一半，古人说得好，见一面分一半，你俩小子，我黑子的规矩向来没人敢破呢，驼子你说是吧！"王焕章提着鞋刚要转身，就听到背后传来粗声粗气的声音。

王焕章双眼盯着来人，说："对不住了，我刚来此卖货，差点占了您这个摊位，我正准备到老杨树棵子那边找个闲摊摆。"

小黑子放下一筐彩画葫芦，又把手中提着的一包风筝放到摊位上，抬头看了一眼王焕章。他眼前一亮，如此文雅俊气的小伙子咋也来此摆摊儿呀？怪不得说起话来客客气气的，可能是遇到难处了。想到这里，说："得嘞，一看你俩小子就不是痞子油条。我小黑子黑是黑，可从不欺负老实人，我那几句话就当是放屁了，既然见面了就是有缘分。你俩也别去老杨树棵子那儿摆了，和我这个摊位隔一个，老刘头今儿不来，你俩就在那儿摆吧。"

王焕章拱手笑着说："多谢老哥啦，一大早就遇上您这位贵人了，今儿的买卖肯定顺！"

小黑子挥着手说："别外道，快去摆摊儿吧，一回生二回熟，以后说不定就成哥儿们了。"

杨康提着鞋包先走几步，来到和小黑子隔一个的摊位，打扫干净摊板上的尘土，再铺上羊皮垫子，打开鞋包，将捆在一起的二十双鞋先拿出来，放在摊台一角，把包里剩下的五双鞋整齐地码放在台面上。

过了半个时辰，小商贩陆续多起来。他们大多都很熟悉，边开着玩笑边摆放自家的东西，整个市场顿时热闹起来。

王焕章说："二弟，趁着这当口客人还不多，我先去一趟杨家马店，把这二十双鞋给刘苍岩先生送过去，你先在这儿照应着。"

杨康答应着，冲三三两两的客人吆喝："老北京千层底布鞋，老北京千层底布鞋！"

王焕章背着包装整齐的二十双布鞋，敲开了杨家马店的大门。刘苍岩刚起床，正蹲在院子里水井旁洗漱。看见小伙子如约而至，高兴地迎上前来，说："真是守信之人，屋里请，喝口水。"

王焕章穿过院子，跨步迈进前厅，将布包放在八仙桌上打开，说："您数好喽，正好二十双。"

刘苍岩忙把鞋钱递过来说："真是谢谢了，拿着北京牌的千层底布鞋，回去送我老父亲和几位弟兄，保准有面子。我们那个地方有钱人不少，就是不方便出行，啥时候能把这鞋直接运到绥远归化城去卖，肯定成！"

王焕章接过钱，说："多谢您照顾我的生意，我叫王焕章，刚开始做鞋行的买卖。等以后有机会，一定把鞋卖到美丽的大草原。"

从杨家马店出来，王焕章正往摊位那边走，远远听见杨康的喊声："三哥，三哥，快过来！咱们的鞋又全都卖光了，有好多人围着要预订呢！"

王焕章穿过人群，紧走几步来到杨康面前。杨康兴奋地说："三哥，您刚走不一会儿就有三位客人买走二十双鞋，剩下的十双刚又被两位客人买走啦，您看这儿站着的老几位，不肯走。"

"各位贵客，都请放宽心，以后我们隔一天就来一趟，大家都能买上，我在这儿先谢谢啦！"王焕章说着，向大家拱手道谢。

在享受着卖鞋快乐的同时，王焕章油然升起一种压力和紧迫感。他告诫自己，只是刚刚起步，还要扩大规模，抓住商机，多挣钱！想到这里，对杨康说："二弟，咱早点回柜上，有这两趟做本钱，就可以多买几匹青带子布了。趁着还有一部分外地商人没走，咱再多做些鞋，多跑几趟，多挣些钱。等挣到更多的钱，可以多备鞋料，多做鞋。二弟你想，到入秋的时候，这来来往往人山人海的马羊市场，就是咱们老北京千层底布鞋挣大钱的市场！"

最难熬的，是北京城的夏天。憋闷了几天的雨意，又被滚烫的热风吹得无影无踪。

王焕章满头大汗，双手托着一块上等绸布面料，刚迈进老三顺斋鞋铺的大门，就被正在品茶纳凉的王四爷看见了。

还没等王焕章开口，王四爷摇着蒲扇说："焕章，这段日子你在外面跑，总也见不着影儿。来，到这儿来，我正有几句话要嘱咐你。"

王焕章把手中的布料包放在八仙桌上，坐下来，从大褂里掏出洁白的手帕，擦着汗，听王四爷说话。

王四爷压低了声音："听说义和团把西什库天主教堂给围了，四十多人都死在洋人的枪口下。城里好多卖洋货的店铺都关张了。这阵子你就待在柜上，别再乱跑了。等这阵风刮过去，再卖你的鞋也不迟。"

"我刚从大栅栏过来，那儿的不少洋货店都关门了。大街上行人也少了许多，都是急急忙忙的在赶路。"王焕章顿了一下，看着王四爷，"四大爷，天儿这么热，我看您还是穿着棉料大褂，怕把您捂坏喽，我刚从瑞蚨祥给您买了一块丝绸面料，一会儿咱到胡同北头张裁缝那儿量量尺寸，给您做一个大褂换上，丝绸的穿在身上凉快。"

"嗨，花这瞎钱干啥呀！我这老朽之身，穿啥不是穿呀。"王四爷嘴上埋怨，心里却热乎乎的。

王焕章擦着汗，说："这是侄子对您老的一片孝心，我早想给您换件大褂了，可那时没有钱，一直靠您帮衬着，如今侄子有这个能力了。"他打开桌上的布包，拿出闪光的丝绸面料，恭敬地放在王四爷的眼前，"四大爷，自从我独立出来做鞋的生意，一直在您柜上添乱。如今我挣了些钱，有点儿底了。准备选个合适的街面买块地，盖个前店后厂的鞋庄。我出生在大邓各庄，想把鞋铺叫成鞋庄，都带个庄字，以后不会忘本。四大爷，请您给鞋庄起个名吧。"

王四爷沉思着，说："焕章，你是越来越有出息了！这个想法好，自己买地建鞋庄，想得远。这可要花大价钱呀，鞋庄选在啥地界儿也有讲究。我和妙应寺曾措法师是故交，等城里乱劲儿过去了，我带你去拜见他。顺便请法师给打打卦，指点指点。"他手中摇着大蒲扇，喝了一口茶，顿了一会儿，看着王焕章，"这个鞋庄的名字呢，我就给你起吧。前门附近有个内联升，咱们就叫'永升斋鞋庄'吧。都带个升字，也图个吉利，预示着蒸蒸日上，买卖兴旺发达。"

王焕章高兴地点着头："听您的，就叫永升斋！"他站起来，将放在桌子上的布料拿在手里说，"四大爷，咱去裁衣服吧。"

王四爷喝着茶，笑着说："好，等我把茶喝了。瞧我这大侄子，没白疼。"王焕章扶着王四爷向胡同北头走去，王四爷叮嘱着说，"焕章，平时你还得记着健身习武呀，要想把鞋庄做大，身强体壮，武艺高强可是保障呀！"

王焕章认真地听着，答应着，脚步坚定有力地迈向前方。

一个暑热难耐的夜晚，潮热的空气好像凝固了，挂在空中纹丝不动，烀在人的脸上难以喘息。半个月亮静止在云层，散发着微弱的光。王焕章、王泽民、杨康三人，围坐在王四爷的身边，品茶、聊天、纳凉。

王四爷手摇蒲扇，驱赶着在眼前嗡嗡叫的蚊子，说："义和团跟洋人打了两个月了，西什库天主教堂还被义和团包围着，不知啥时能平静下来。"

王焕章说："我和杨康也十多天没出去卖鞋了。听说八国联军攻陷了大沽炮台后，正由天津向北京城进犯呢。"

杨康气愤地说："城里有那么多官兵和义和团守着，就他们几个洋鬼子，还想打进来，没门儿！"

王四爷喝着茶，说："看眼前这架势，那可难说。洋鬼子真要是打进来，咱们别说在这儿喝茶乘凉了，就连性命都难保。"

三个年轻人瞪大眼睛看着王四爷，都没说话。

王四爷语重心长地说："越是有灾难的时候，就越得守住气节。别像那些胡同串子，看到洋人比看见他爹还亲。要是没有了人格，那还算个人吗？"他喝了一口茶，接着说，"早先，我像你们这么大的时候，英法联军进犯北京城。打到通州时，咱们大清国军队在张家湾、八里桥打了两场漂亮仗，打得洋鬼子屁滚尿流。我们几个村庄的习武之人联起手来，手拿大刀跟在后面，营救伤员，送粮送水。在张家湾河堤，几个洋鬼子追杀村民时陷进了烂泥潭，被我和杨康爷爷他们围了起来，用大刀片子全都给收拾了。"

三个年轻人像听戏一样，用敬佩的眼神望着眼前这位虽已步入老年，但浑身充满豪气的王四爷。

夜深了，王焕章躺在床上，睁着双眼，翻来覆去地动着身子，没有一丝睡意。眼前浮现着大邓各庄，浮现着慈祥善良的父母亲，浮现着身怀有孕的爱妻。在这乱世的岁月里，都好吗？想到这儿，他的眼睛湿润了。四大爷说的那些话，深深地印在他的脑海里，默念着：越是大灾大难的时候，越要守住气节，做一个堂堂正正的中国人。

就在这个夜晚，八国联军攻到了北京城下。八月的北京，遭到一场被侵略者的铁蹄肆意践踏，烧杀抢掠，无恶不作的大劫难。

四

硝烟散去，北京城渐渐恢复了往日的平静。大街小巷叫卖声不绝于耳，门楼上挂着的大红灯笼，在寒风中忽闪着飘来飘去。

不知是谁家的孩子，调皮地将点燃的鞭炮扔进隔壁火烧铺的炉膛里，噼里啪啦炸个不停，被店掌柜拿着木铲追打着满街乱窜。孩子做着鬼脸儿，逗得店掌柜连喊带叫，哭笑不得。

快过年了，王四爷招呼王焕章、王泽民、杨康，备好年礼。今天，要带着他们三人到阜成门内妙应寺，给曾措法师拜年。

站在报子街街口向西望去，妙应寺那巍峨高耸的白塔尽收眼底。从老三顺斋鞋铺步行至妙应寺，也就是几百步的路程。

曾措法师见到故友非常开心，王四爷和曾措法师对面而坐，品茶叙谈。三个年轻人恭敬地站在王四爷身后，静静地听着二老的谈话。

王四爷接过曾措法师递过来的禅茶，抱歉地说："很早就想来拜见您，无奈战乱四起，到了年根儿才来，真是失礼。"

曾措法师用竹签剔着佛桌上的灯油捻，说："家国不幸呀！该来的不该来的都来了。芸芸众生岂容洋人来犯，星移斗转，谁掌乾坤？八国联军打进北京城的第三天，那帮强盗跑来将寺庙里的法器、供品抢劫一空，还打伤了几个护法僧人。我憋足力气一头撞向鹰钩鼻子，他们用枪托把我打晕在供案前。等我醒来的时候，这帮强盗早已跑得无影无踪了。"曾措法师说得有些激动，双手颤抖着，提高了嗓门说，"善有善报，恶有恶报，邪恶之人每时每刻都生活在罪恶的阴影中。"

王四爷将茶壶端起，给曾措法师的茶杯斟上茶，说："老法师息怒，您老保重贵体啊！"

曾措法师品了一口茶，扬起脸说："好啦，咱不说它了。老掌柜，您身后这三位年轻的施主，个个一脸英气，品貌不凡呀！"

王四爷站起身，指着三个年轻人说："让老法师见笑了，我给您介绍一下。他叫王焕章，是我的亲侄子；他叫杨康，是我老家把兄弟的孙子；这个是我的儿子王泽民。他们三个都在柜上做事。"

三个年轻人一起给曾措法师鞠躬，说："老法师您吉祥！给您老拜年！"

曾措法师坐直了身子，双手一托说："免礼免礼，后生可畏呀。"他看着王泽民说，"你父亲可不一般，他是位民族英雄。如今他上了年纪，当鞋铺掌柜，做起了民族生意。"顿了一下，又扫视着王焕章和杨康说，"王掌柜骨头硬，不随时，有见识，要好好跟着他学本事。"

王四爷摆着手，笑着说："法师过奖了，都是陈年旧事了，还得感谢法师的开悟，让我的身心有了归宿。"他挪了挪身子，用手指着王焕章："我这大侄子焕章，如今已单独做起了鞋庄的买卖。虽说刚起步，可做的真不赖，还创出一个老北京千层底布鞋的牌子。马店马羊市场的外地客商专认他的千层底，做多少卖多少，挣了些钱，想在城里买块地，开个鞋庄。鞋庄的名字我也给他起好了，叫永升斋。今儿来给您拜年还有一事相求，向您讨教，这个鞋庄选在啥地方合适。请您给打打卦，看看风水。"

曾措法师闭着眼，手捻佛珠，沉默不语。

禅房里一片寂静，梵香缭绕，香气袭人。

过了一会儿，曾措法师睁开眼睛，直直身子，若有所思地说："永升斋，这个名字叫起来响亮，有生命力。开鞋庄做生意，也是要随着心性来，顺其自然，福报多少，都靠自身的修行。"他顿了一下，接着说，"生意生意，有人气的地方才会有生机。我看围着白塔方圆几里都是风水宝地，把买卖开在哪儿，哪儿就有生意。"

王四爷说："您老再给指个明路。"

曾措法师捻着佛珠，说："前几天，来了一位施主，他说在锦什坊街北头有个四合院，临街有三间铺面房。他的两个儿子参加了义和团，在抗击洋鬼子进城时，都战死在朝阳门城墙下了。这位老施主无力再经营了，准备把那个院子和大东北杂货铺盘出去，回东北老家安享晚年。"他将佛珠捋在手腕上，看着王焕章，"锦什坊街离妙应寺最近，街上买卖人多，到这里敬香祈福的施主也多。那条老街可有几百年历史了，忽必烈建都时，它是白塔方圆几里唯一的南北通道，是元大都的主干道，必经之路，历朝历代商铺云集，人流不断，真乃风水宝地。这位小施主若有意买下店铺，既结了善缘，又有了鞋庄落脚之地，稍加修整就可以开张营业。

善哉，善哉。"

王四爷一行告别了曾措法师，走出妙应寺大门。王四爷向前走着，回过头说："焕章，锦什坊街离这儿没几步远了，你和杨康先去看看，做到心中有数。有泽民陪着我回去就行了。"

王焕章答应着，目送王四爷父子拐进胡同口，和杨康一起直奔锦什坊街。

站在锦什坊街北口往里看，确如曾措法师所言，商铺林立，行人如织。王焕章兴奋地对杨康说："二弟，快看，多热闹！这条街咱们没少来，从没想过要在这儿开鞋庄。"

杨康指着拱门上锦什坊街四个大字笑着说："三哥，您那时跟锦什坊街的缘分还没到，曾措法师给您结了缘。您先别急着定这事儿，咱们再仔细看看。"

王焕章拽着杨康往前走着："好，今儿咱就把这条街看个够！"

逛了十几个商铺后，靠锦什坊街北头的民康胡同口，"大东北杂货铺"的匾额映入眼帘。杨康仰着头兴奋地说："三哥，快看，大东北杂货铺，就是曾措法师说的那家铺面。"说着，杨康跑到门前，拽了一下挂在门上的铜锁："这家早就关张了。"

王焕章站在已上锁的杂货铺门前，向四周张望，大东北杂货铺坐落在地界儿宽敞、四通八达的十字路口边上，是开商铺的最佳之地。他坚定地说："二弟，这家杂货铺我买定了。这儿，就是咱们的永升斋鞋庄！"

第 三 章

一

阳春三月，春和景明。大邓各庄西河东岸的王家大院里，传出几声婴儿的啼哭。

"王老爷，恭喜啦！母女平安，您抱了个大胖孙女！"接生婆从堂屋里出来，用毛巾擦着双手高喊着，向王宗廉夫妇道喜。

一天的工夫，消息就传到了永升斋鞋庄。

"真是大喜呀！三哥，给你道喜啦！如今咱们永升斋刚刚揭牌营业，我三嫂子就给你生个大胖闺女，这可是双喜临门啊！"杨康乐呵呵地对王焕章说。

初为人父的王焕章，抬头望着金光闪闪的"永升斋鞋庄"朱漆大匾，心中无限感慨。二十一年的人生之旅，到今天才真正有了作为一个堂堂正正男子汉的责任感和使命感，新的征程将从这里扬帆起航。

这时，从锦什坊街南口走来两个头戴毡帽，短打扮，腰缠铁环钢丝鞭的黑衣人，直奔永升斋鞋庄而来。

两个黑衣人双手抱拳，向正在仰头看匾的王焕章躬身施礼，其中一个黑衣人说："您就是王掌柜？恭喜发财！俺俩是黑熊会的，我家大哥听说您在这儿新开了鞋庄，在富庆堂饭庄摆了一桌酒席，恭候您前去赏光。"

王焕章双眼盯着黑衣人，心中暗想，这一劫迟早会来。

黑熊会是西四牌楼地盘上的地头蛇，专吃商铺这一行。帮主是河北沧州人，名曰汤木仁，人送外号"汤下手"。早年在沧州城里以开大车店为名，专门偷盗大户人家的金银财宝，挖坟掘墓，做尽了伤天害理之事，在河南洛阳盗墓时犯了案，被官府追杀。沧州府衙接到报案，在沧州汤木仁大车店蹲守三天三夜。汤木仁潜逃回大车店后顽抗拒捕，被官军砍下右臂，侥幸逃脱。

汤木仁从江湖消失灭迹几年后，趁八国联军攻打北京城混乱之机，溜进西四牌楼一带，网罗地痞流氓，成立了黑熊会。威逼附近的商铺交保护费，有不听话的商家常遭他们暗算，锦什坊街的大小商铺更是黑熊会口中的美食。

"我王焕章既然敢在这里开鞋庄，就不信这个邪！借此机会就闯一闯这个熊窝！"想到这里，他平静地对两个黑衣人说："烦劳两位先走一步，等我打理完柜上的事情，随脚儿就到。"

王焕章送走两个黑衣人，转身回到鞋庄后院，把刚刚发生的事情向杨康简单说了几句，叮嘱说："初来乍到，这一关咱必须闯过去。你马上派个伙计，到老三顺斋找我四大爷，二弟你就在柜上照顾生意，像平时一样，别惊动伙计们。"

杨康不放心地说："三哥，您一个人去恐怕凶多吉少，咱们柜上也有几个习武的伙计，带上两个一块儿去吧。"

王焕章从抽屉里取出一把折扇，说："没这个必要，他们是冲着钱来的，不给他们点儿颜色看看，就不知道我永升斋王焕章的厉害！"

他身穿长袍马褂，手拿折扇，健步来到富庆堂门前，那两个黑衣人正在门口迎候："王掌柜，二楼请。"

黑衣人把王焕章带到二楼雅间，宽大的圆桌对面坐着的正是黑熊会老大汤木仁，他的身后站着三个黑衣人。

"欢迎，欢迎！年轻英俊的王掌柜，恕老夫身体多有不便，不能恭迎，请坐请坐。"汤木仁伸着左手，龇着满嘴黄牙，那泛着贼光的秃头上长满了脓包。

王焕章不动声色地坐在汤木仁的对面，扫视着这位黑熊会的老大，虽然感到心中作呕，但还是耐着性子和他寒暄着："幸会,幸会。"

静坐了十几秒钟，房间的空气有些窒息。汤木仁先开口了："王掌柜，喝茶，咱哥俩慢慢聊。"

王焕章品了一口茶，看着汤木仁："这位老兄，咱们素不相识，坐在这儿吃您的酒宴，晚生可担当不起呀！"

"这就见外了，黑熊会你可能早有耳闻，我们的规矩向来是先礼后兵。你在这地界儿上新开了鞋庄，我听说你永升斋开业大典，办得可是红红火火，高朋满座呀！你不把黑熊会这帮兄弟放在眼里，今儿咱倒着来，我汤某亲自请你王掌柜吃这桌酒席。"

王焕章把折扇放在餐桌上，慢声细语地说："我这个人有些较真儿，想先听个明白，您约我来，到底是为啥？"

"这你还不明白吗？今儿个我家老大请你喝酒，那是给足了你的面子，这酒可不是白喝的，以后我家老大的酒钱就得由你孝敬了。"一个黑衣人边倒酒边冲着王焕章说。

"笑话，我在锦什坊街开鞋庄,合规合法,照章程向朝廷纳税,不欠谁的酒钱！"王焕章抬高了嗓门，站起来准备离席而去。

汤木仁微微一笑，大声呵斥黑衣人："混蛋！你咋跟王掌柜说话呢？乱哄哄的，跟那只苍蝇似的。"说着，他单手从圆桌上抄起一根竹筷子，嗖的一声朝上戳去，一只趴在屋顶上的苍蝇和筷子一起，应声掉在茶壶盖上。

王焕章镇定自若，伸手从餐桌上抽出一根牙签，朝着在黑衣人头顶上飞过的苍蝇一甩手，那只苍蝇被串在牙签上飞了几下，"啪！"一头栽在汤木仁的眼前："这苍蝇满天乱飞，酒喝起来也不尽兴，改日，我请你们去砂锅居。"王焕章撩着大褂，又坐回原处。

王焕章这一举动，把全屋的人都镇住了。汤木仁心里一惊，满脸堆笑着说："王掌柜别误会，今儿把老弟请来只不过想交个朋友，都在一个地界上混饭吃，互相也有个照应。"汤木仁说着，扭头瞪着身边的手下说，"都给我滚出去！"

圆桌前，只剩下王焕章和汤木仁。

汤木仁挪了个位子，靠近王焕章："我就说嘛，谁有这么大胆子，一个二十出头的毛头小子，敢在这地界上开鞋庄。今儿我算是领教了，佩服！今后有用得着我们黑熊会的地方支应一声。来，我先干为敬。"

汤木仁单手按着桌沿，从椅子上站起来，抄起酒瓶，倒满一大海碗，"咕咚"一声，喝进肚里。

王焕章把酒瓶子抄起来，说："既然如此，我就这厢有礼了。"一扬脖儿，"咕咚、咕咚、咕咚！"把剩下的大半瓶老白干酒一饮而尽。

王焕章手摇折扇，从容镇定地从富庆堂走了出来。那几个黑衣人马上跑上楼，围着汤木仁问："大哥，那小子没把你咋着吧？"

汤木仁坐在那里，瞪着眼珠子说："没想到我打了一辈子大雁，如今反被大雁给鸽了一口。永升斋王掌柜，算你狠，咱们走着瞧！"

王四爷接到报信儿，带着柜上两个习过武的伙计急步赶到永升斋。杨康也招呼柜上几个伙计，备好棍棒，站在王四爷身边，等待着王焕章归来。

王焕章快步回到永升斋，把和汤木仁交锋的情况向王四爷简要叙述了一遍。

王四爷沉思片刻，说："这帮乌合之众，把西四牌楼地界儿搅和得乱七八糟，早晚得把黑熊会收拾喽！春节期间我去了趟天津，跟劝业场武馆潘师傅说好了，请他开春儿来京城一趟，一是让习武的伙计跟他再学几招儿，二来是请他做我的帮手，找机会除掉这个黑熊会。"

王焕章说："我看那个黑熊会独臂老大，奸诈狡猾，是一只老狐狸。今儿我和他过招，他不会善罢甘休，咱们不得不防。"

"有这次交手，他也领教了你的本事，眼前我想他不敢轻易下手，咱们更要多加小心，做好防备。"王四爷挥着拳头，"打蛇就要打七寸，只要他犯到咱手上，必叫他有来无回！"他站起来，说，"好啦，今儿这事就算翻篇儿了，我得回柜上了，先安排一下，潘师傅过两天就到北京了。"

送走王四爷，王焕章把杨康叫到书房，说："二弟，看这架势，锦什坊街的水还是很深的，咱们刚来至此，首先得把脚跟站稳。这条街上无数双眼睛都盯着咱们，人心莫测，咱可不能趴在这儿。既然有黑熊会，还会有白熊会黄熊会，我四大爷说了，一切更要多加小心。"

杨康点着头，说："是呀，永升斋开张没几天就遇上这事儿，以后还不知咋着呢。三哥，想咋着，您就直说吧。"

"今儿这事也给咱们提了醒，但咱不怕。黑帮土匪这些恶人，也只不过是吃软怕硬的家伙。"顿了一下，王焕章接着说，"二弟，我想这么做，首先要保质保量把鞋做好，内部不能出娄子，你把我的话转告给伙计们，尤其是那几个刚聘用的师傅，从选料、配料、切鞋底、鞋帮到绱鞋，每道工序都要有记录，每一双鞋都要打上永升斋鞋庄的标签和序号、出厂日期，一旦发货卖出，出现问题好有据可查，这是其一。其二，明儿一早请两个石匠，在鞋庄前立两个拴马用的石头桩子，远道而来的客人大多骑马或骑驴，有了拴马桩，客人在柜上选鞋就安心了。"王焕章喝了一口茶，说，"再请个手艺好的木匠师傅，在柜台前打两个长木凳，客人可以坐着选鞋、试鞋。"

杨康皱着眉，说："请木匠师傅打这长凳，也没有图纸样子，我怕跟他们说不清楚。"

"等明儿我跟木匠师傅说，我心里有数。长凳子的名字都想好了，叫'懒凳'，你就跟他们说，打两个懒凳。"王焕章看着杨康，接着说，"最后还有一点，你多给那几个习武的伙计一些时间，在后院习武练功，等潘师傅到京后，就把他们送到老三顺斋，跟他多学几招儿，今后做生意也多些安全保障。"

"三哥，您放心，您刚说的这三点我都听明白了，立马去办。"杨康答应着王焕章，抬腿走进前堂，将王焕章说的那几点都记录下来，准备去逐项落实。

永升斋开业大吉，顾客盈门，买卖兴旺。老北京千层底布鞋在马店马羊市场仍是供不应求。

汤木仁与王焕章的第一次交锋没占到便宜，眼见着永升斋的生意做得风生水起，在锦什坊街逐渐站稳脚跟，气得他牙根儿紧咬，伺机报复。

中秋节前的一天上午，锦什坊街人流如潮，商户们的叫卖声嘈杂交织,不绝于耳,一派节日景象。永升斋的拴马桩上拴着的两匹红棕烈马也在咬颈撕啃,前蹄蹬扬,调皮打闹凑着热闹。

马的主人是从内蒙古绥远来京城做皮货生意的客商刘苍岩。三十年前,他的父母从河北井陉苍岩山走西口,在绥远立足起家,如今已是当地皮货生意的旺门大户。王焕章当年跑马羊市场背包卖鞋时,与刘苍岩结下了友情。那时,刘苍岩看王焕章背着包跑来跑去很辛苦,就把他租住的杨家马店腾出一间空房,让王焕章雇马车拉一批鞋存在空房里,并且留王焕章和杨康一起住在杨家马店,给王焕章带来方便。王焕章为了感恩,在刘苍岩回绥远之前,包好二十双鞋送给他。刘苍岩收了鞋但鞋钱照付。他说:"焕章弟小本生意,赚点钱不容易。等你将来把买卖做大了,这鞋你若是不白送给我,我会跟你急!哈哈!"

刘苍岩长王焕章八岁,两人情同亲兄弟。这次他骑马来到永升斋,一是前来给王焕章开办永升斋鞋庄道喜祝贺,二是顺便买五十双鞋,准备回绥远时送给亲朋好友。

王焕章和刘苍岩坐在前堂的八仙桌旁品茶叙旧,兄弟俩多日不见,相谈甚欢。

刘苍岩品着茶,说:"焕章弟,永升斋开业那天我还在绥远,今天特来捧场助兴。你这鞋行生意做得有模有样了,看这柜上,客流不断呀!我为仁弟能有今日感到高兴!"

"这都是靠仁兄您这样的朋友们帮衬着,才有这点起色。您若不急着回去,中午就留下来吃饭吧,锦什坊街南头新开一家老北京饭庄,都是北京土菜。这饭庄还真火,我陪仁兄喝两盅。"

"焕章弟的美意我心领了,今天还真不行。中午已和大顺皮货店张掌柜约好了,在全聚德烤鸭店吃饭,要谈一笔生意。回绥远之前把有些买卖还得砸实喽。我先记上北京土菜这笔账，还有老白干儿，一样都不能少！"刘苍岩爽朗地笑起来。

这时，一个伙计提着点心盒掀开门帘，来到王焕章和刘苍岩面前，把点心盒放在八仙桌上："王掌柜，您交办的事儿妥了。"说完，退到后院去了。

王焕章将点心盒推向刘苍岩，说："刚从隔壁那家点心铺给您买的月饼。他家的五仁月饼挺有名的，您替我带回绥远，孝敬两位高堂。"

刘苍岩看着月饼盒，笑着说："仁弟的心意我领了。你每次让我带给两位老人的北京小吃，我爸妈可开心了！"

"王掌柜，刘先生要的布鞋已包装好了，走时您支会一声，我再给搬到马背上。"说着，伙计把分装捆好的布鞋放在懒凳上。

刘苍岩一口喝干茶杯里的水，站起来说："你这里客人正多，我就不打扰了，明年开春再见。"

王焕章陪着刘苍岩往门外走，刘苍岩停下脚步，扭头对王焕章说："仁弟，还有一事忘说了，记得早先跟你提过，可否到绥远去发展？这几年绥远那边从内地过去闯荡的人越来越多，归化老城的热闹劲儿不比锦什坊街差，你不妨把鞋运过去卖，若生意好还可以把永升斋开到绥远去。这是我家的地址，你收好，到时用得着。"刘苍岩从衣兜里掏出一个字条，递给王焕章。

王焕章接过字条看着："归化城小召前街永和皮货店。"他拥着刘苍岩的胳膊，迈过门槛，说："仁兄指点这事，愚弟也早有打算，等哪天真要是过去了，仁兄还得助一臂之力呀！"

刘苍岩拍着王焕章的肩膀痛快地说："仁弟放心，义不容辞！"

送走了刘苍岩，王焕章转身登上石阶，手搭门帘，正迈步往回走，突然听到怪异的喊叫声从锦什坊街北端传来："永升斋掌柜的，你给我出来！你卖的鞋都是破烂货，坑死人啦！"

只见两个中年人，每人手里高举着两只黑帮灰底的布鞋，跳着脚摇晃着头高喊，直奔永升斋鞋庄而来。

王焕章用身子挡住了鞋庄的大门。

两个中年人倚着王焕章向店门里冲，喊着："掌柜的，你给我出来！我们要退货！从你家买的鞋，还没走出北京城，这鞋帮就裂开了大口子，这不是坑人吗！我们要退货，赔钱！"

店里买鞋的客人听到喊叫声，也没心思买鞋了，都扒着窗户往外看，街上的行人商贩也被喊声吸引过来。永升斋门外顿时被围得水泄不通，一片混乱。

借着往里冲的惯性，王焕章不动声色，一使暗劲儿，那两个中年人哎哟一声趴在地上，手里的鞋也被甩在人群的脚下。

这时，杨康从店门里冲出来，一步跨到两个中年人身边，扶起他俩说："两位客人，你这是喝高了还是咋地？脚下咋没根儿呀？"说着他示意身旁的伙计把甩在地上的两双鞋捡起来，送到王焕章手里。

王焕章接过鞋，左右上下地翻转着仔细观瞧，心中暗想："他俩是找我敲竹杠的。"

王焕章走到那两个中年人身边，大声地问："两位客人，有话好说，请问这两双鞋是从哪儿买的？"

其中一个中年人站在那儿拍打着身上的泥土，歪着脖子看着王焕章，咧着嘴说："你是谁呀？我凭啥告诉你呀！"

王焕章镇定地说："我叫王焕章，是永升斋鞋庄掌柜，有啥话你跟我说！"

中年人眨着眼睛，搪塞着："啊？就那儿，就是在你家这鞋庄买的。"

王焕章看围观的人越来越多，高喊着说："我家柜上伙计都在，你去认一认，是谁卖给你的，指出来我好找他算账！"

中年人被王焕章严厉的喊声吓得低下头，小声说："不是我买的，是我家表哥买后送给我的。"

王焕章厉声说："你别再演戏了！我家鞋庄做出的每一双鞋，在鞋底鞋帮上都标注着序号、字码和永升斋鞋庄的名字。"他举起鞋，冲着围观的人群大声说："烦劳大家好好看看，他俩拿的这两双鞋上，有永升斋鞋庄这五个大字吗？纯粹是无理取闹！"

围观的人群静下来，"是呀，看，我穿这双鞋上不但有永升斋鞋庄五个字，还有数码日期呢！"人群中，一位单脚着地，一只手举着鞋的青年人高声地说。

两个中年人自知丑行败露，无趣地站在人群里像缩头乌龟，摇头晃脑不知所措。大家用鄙夷的目光看着他俩灰溜溜地退出了人群。

有人高喊着："快滚吧！别在这儿捣乱了！"

这时，王焕章对着围观的人群高声地说："各位客人，正好有这个机会，我向大家声明一下，我们永升斋做的每一双鞋都有专用标识，鞋帮里面的序号码子，也都是一双接一双按顺序打上的。就是走到天涯海角也有据可查。大家放心穿，如果有质量问题包退包换，假一赔十，永升斋凭良心做买卖，绝不坑人骗人！"

这场恶作剧，是黑熊会汤木仁一手导演的。为达到损坏永升斋的声誉，让永升斋在锦什坊街难以立足的目的，他派了两个手下，乔装打扮成买鞋人的模样，趁中秋节前锦什坊街最热闹的时候来滋事。

两个手下垂头丧气地跑了回来，汤木仁气急败坏，铁青着脸恶狠狠地说："我汤某人就不信治不了你！不把你王掌柜收拾喽，就不知道我汤王爷有几只眼！"

二

过了中秋节，天气明显见凉。街道两旁的树叶已变得金黄。那些被霜打的阔叶垂着头，在晚风中摇曳，有的已经开始脱落。那掉在地上时一刹那的"哗哗！"声，就像跳动的音符，吟唱着晚秋的歌声。

一天晚上，杨康从老三顺斋鞋铺出来，经过妙应寺白塔脚下，透着微弱的月光，看那巍峨的白塔依然是晶莹闪光，直冲云霄。

杨康走在被塔影遮挡得漆黑一片的胡同里，仰头看那白塔，心中暗想，这人要是和白塔相比是多么的渺小。

就在这一瞬间，杨康感到眼前一黑，晕倒在胡同里。黑影中钻出两个蒙面人，把杨康装进麻袋，一弯腰背起来，朝西四牌楼方向跑去。

原来，老三顺斋王四爷回大邓各庄过中秋节，在小邓各庄和杨廷方一起喝酒畅谈。老哥俩谈兴甚浓，不知不觉已到深夜。在回家的路上，因酒后受了点秋凉，一直感冒咳嗽。回到老三顺斋，病情仍不见好转。

这天傍晚，王焕章把杨康叫到身边，说："二弟，今儿晚上本想去老三顺斋，看看我四大爷，他的病至今没好，准备到同仁堂请吴景昭老爷子再看一看，吃几服汤药会好的快些。可我今儿晚上还要招待客商，你代我跑趟老三顺斋，不行的话，明儿一早就去请吴老先生。"

杨康答应着，手提王焕章买好的点心，来到老三顺斋王四爷的卧室。

杨康说明来意，王四爷躺在床榻上，咳嗽了几下，说："回去跟焕章说，让他安心做买卖，别总惦念我。我已老朽之人，身子骨弱了，出点毛病也属正常。"顿了一下，王四爷催着杨康回去："天都黑了，你也早点回去休息吧，在柜上忙了一天，够累的了。快回去吧。"

杨康站起来，把王四爷盖的棉被往上拉了拉，说："四爷爷，您多保重，明天一早我三哥就把同仁堂吴老爷子请来，给您开几服汤药，我就先回去了。"他走出房门，和王泽民一同走出老三顺斋。杨康说："四哥，别送了，快回去照看王爷爷吧。"说完，转过身大步朝妙应寺白塔方向走去。

王焕章在富庆堂饭庄招待完山西客商，回到永升斋后院，看杨康卧室的灯黑着，他又转身回到大堂问账房先生："刘先生，您看见杨康二弟回来了吗？"

账房先生正打着算盘结账，眼皮向上抬着，说："回王掌柜，我今晚从没离开这儿，没见他回来呀！"

"这都半夜了，黑灯瞎火的，二弟早该从老三顺斋回来了。难道四大爷的病又加重了？"王焕章心里嘀咕着，在院子里转了两圈，还是放心不下，迈开大步直奔老三顺斋。

杨康失踪了！王焕章急红了眼，抄起王四爷挂在墙上的双刃宝刀就要往门外冲。

王四爷半躺在床上，高喊："泽民，快把你三哥拦住。"他抬腿从床上跳下来，拽着王焕章，"焕章，先沉住气。没找到杨康，说明他还活着。他一准儿是被绑票了。这地界儿上，咱们也就得罪过黑熊会，这件事汤木仁脱不了干系。前一阵子潘师傅把咱俩柜上习武的伙计都捋了一遍，绝活也学了几招。这回咱们抄家伙，不打是不打，要打，咱就把他打趴下，赶出北京城。"

第二天一早，打扫卫生的伙计刚打开门，就看见在门板上插着一把匕首，刀尖上戳着一张纸条。吓得伙计连忙退回身去，连跑带喊："王掌柜！不好了，有土匪！"

王焕章从书房里走出来，跟着伙计来到大门前。他镇定地拔下匕首，抽下刀尖上的纸条，打开，上面写着："人是我们绑的，想要活人，十根金条。若要告官，人头落地。交接地点，通州八里桥头。时间，今晚八点。一手交钱，一手交人，过时不候。黑熊会。"

"不出四大爷所料，果真是黑熊会干的。"王焕章自言自语地说着，挥起右拳"嘭"的一声砸在门框上。

义和团运动的失败，孕育着辛亥革命的到来。北京城不再沉默，正发生着翻天覆地的变化。

锦什坊街的商户们联合起来，不但共同抵制繁重的苛捐杂税，也不再惧怕黑熊会的威逼利诱。黑熊会已成过街老鼠人人喊打。

汤木仁在西四牌楼一带，吃喝嫖赌，五毒俱全。作恶多端的独臂老大，又染上了梅毒，浑身上下皮肤溃烂，恶臭缠身。眼看着大势已去，他萌生回沧州老家苟且偷生之念。汤木仁回想在西四牌楼一带打打杀杀的场景，唯独永升斋鞋庄王掌柜，让他心有不甘。

"就是这个王掌柜，不把我汤某人放在眼里，弄得整个锦什坊街的商铺都敢跟黑熊会作对。如今，即使离开西四牌楼，也得再咬你一口！"想到这里，他精心安排策划了这场绑架杨康的事件。

王焕章手攥纸条走进书房，将纸条放在煤油灯罩上，点着油灯，纸条烧成了一股青烟。他把账房先生找来，交代清楚生意上的事情后说："您把张锡贵他们几个习武的叫到我这儿来。"

一会儿的工夫，五个习武的伙计都来到王焕章面前。

王焕章说："急着把你们叫来，是有件要紧的事儿，杨康昨天夜里被黑熊会给绑了。要想赎回他，今晚八点用十根金条到通州八里桥去换人。你们先放下手里的活儿，准备好防身的家伙，等吃过早饭，都跟我去八里桥救杨康，你们有没有胆量去跟我救人？"

"有！王掌柜，养兵千日，用兵一时！您和杨康待我们像亲兄弟一样，今日遇难，我们就是拼了命也要把他救回来！"张锡贵挥着拳头高声喊着。

王焕章把一切准备妥当后，快步来到老三顺斋，向王四爷说了救人的对策。

年迈的王四爷注视着王焕章，说："焕章，如今你真是长大了，成人了，有勇有谋。刚才说的这些安排我都赞同。我年纪大了，不能陪着你去会汤木仁这个恶人。当年我那几招武功没白传给你，你就放心大胆地去吧。"顿了一下，王四爷接着说，"不过，汤木仁一伙正是狗急跳墙的时候，听说汤木仁飞镖的功夫了得，潘师傅临走之前已把破解暗器的绝招传给了我的两个伙计，把他俩一块儿带上，也能助你一臂之力。"

告别了王四爷，王焕章一行八人，坐上马车，快马加鞭。天刚擦黑，在距离八里桥百步远的一家小酒馆前面停了下来。

时间还早，王焕章招呼马车，停在酒馆的后院，和随行的七个习武之人走进酒馆，点了几道菜，每人一碗炸酱面，边吃边坐在酒馆里休息。

结完账，王焕章走到后院，在墙角处找了两块砖头，从褂兜里掏出一块蓝布，将砖头包好，系了一个死扣提回酒馆。

张锡贵不解地问："王掌柜，您这布包里包的啥东西？"

王焕章笑着说："这就是换杨康的十根金条。"伙计们都被王焕章的话逗笑了。

将近晚上八点，一帮黑衣人跟着一辆带篷的马车，从小酒馆前面匆匆而过。

王焕章低声说："刚过去的就是黑熊会的人，杨康可能就在那辆马车上。大家准备好家伙，注意，动手时别伤着杨康。一会儿出去，跟在我身后，依计而行。"

伙计们答应着，跟随在王焕章身后，来到了八里桥头。

夜深人静，这里早已没了行人。黑熊会汤木仁的手下站在马车前，正列队等候。

王焕章手提蓝布包，直奔马车而来。站在前面的黑衣人拦住王焕章，说："王掌柜留步！"

王焕章把提着的蓝布包向上举着，说："金条我已带来了，我要见杨康和你们汤帮主。"

这时，从马车篷里钻出一个人来，手拿双截棍，跳下马车，直奔王焕章高喊："想见汤大哥，得先过我这关！"说着，双节棍"呼"的一声，劈头盖脸向王焕章打来。

说时迟那时快，王焕章身子向后一仰，右脚一撇步，左右躲闪着双截棍，右手的蓝布包顺势向来人打去。只听"啊"的一声，那人抱着脑袋滚躺在马车的轱辘下面。

紧接着，从马车篷里又跳出一个黑大汉，举起单刀向王焕章砍来。王焕章也不躲闪，冲着刀锋迎过去。在刀锋飞至头顶就要落下的瞬间，只见他单手托着蓝布包将刀锋顶住，飞起左脚猛地向黑大汉肋部踢去。黑大汉也顺势躲过，横扫一刀直向王焕章腰部砍来。王焕章跨步闪身，飞起左拳，照着黑大汉鼻梁骨就是一拳，只听"噔噔，噔啷！"黑大汉倒退两步，应声倒地。

"伙计们，给我抄家伙，揍扁这帮狗东西！"王焕章一声令下，七个伙计各施绝技，将站在车旁的黑衣人打得东倒西歪，连滚带爬，全部拿下。

王焕章拽起黑衣大汉，厉声问道："快说，你家汤木仁把杨康弄到哪去了？若敢不说实话，当场把你废在这儿！"

黑大汉双手捂着口鼻蹿血的脸，魂都吓没了，哆嗦着说："王掌柜饶命，汤木仁押着杨康在通州城南小楼饭庄里，我说的可全都是实话呀。"

王焕章揪着黑大汉的脖领子，向前推着："我谅你也不敢说谎。"回过头说，"锡贵，把这几个地痞流氓都先捆上，装在车里，拉着他们去小楼饭庄。若救不回杨康，就拿他们抵命。"

王焕章掸了掸身上的尘土，将蓝布包打开，把砖头放在树棵子下面，又从腰里掏出折扇，坐上马车，直奔通州小楼饭庄。

汤木仁的确狡猾，他吩咐两个贴身手下，埋伏在马车里，趁其不备，直接打趴王焕章，将金条抢回来后到小楼饭庄会合，再顺着北运河南下，把杨康扔到河里，逃往沧州。

汤木仁在小楼饭庄二楼，喝着酒，吃着烧鲇鱼，哼着小曲儿，专等手下得胜而回。

听到车轮声，汤木仁对手下说："快下去迎迎你二哥，叫他们上来喝酒。"

手下答应着下了楼，马车正好停在小楼饭庄的门口，张锡贵一把抓住来人的胳膊，手一抬，将其两臂反拽着向上背，按在地上，动弹不得。张锡贵低声问："你家老大在哪儿？"

来人趴在地上，颤抖着双腿，哆嗦着说："您看那儿，二楼，亮灯那间就是。"

张锡贵将他提起来推到一边，交给另一个伙计看管，和另外两个伙计一起，紧随在王焕章的身后跨步来到二楼。

听到脚步声，汤木仁冲着门口喊："弟兄们辛苦啦！大哥我先敬你们一杯！"

木门"嘭"的一声被撞开，汤木仁一看，进来的人竟是王掌柜，顿时傻了眼。上下嘴唇还没来得及闭上，王焕章"啪"的一声，将手中折扇直接顶住汤木仁的咽喉。

汤木仁倒背着仅有的那只胳膊，后退两步，眼皮一抬，两眼冒着凶光。

"王掌柜，小心暗器！"王四爷派来的那两个伙计，飞身护住王焕章，来了个二龙戏珠。一个双手托住汤木仁的单臂，向推碾子一样，"咔吧！"将汤木仁的身子拧了个大回旋。另一个伙计飞脚向汤木仁胯部踢去。汤木仁身子像一摊泥，蜷缩在墙角，一只刚从袖里抽出的飞镖应声落地。他身子一歪，趴在地上，双腿与单臂像绳子一样瘫软着，已成废人。

杨康被五花大绑着关在隔壁黑屋里，王焕章破门而入。"二弟，是我！"一把将堵在杨康嘴里的碎布团抽出，为杨康松绑。杨康终于见到了王焕章，眼泪夺眶而出。他抱着王焕章激动地说："三哥，你可来了，我真怕再也见不到你了！"

王焕章扶着杨康的身子，眼睛湿润着说："二弟，让你吃苦了！都是我连累了你！这下好了，那帮歹人都被咱们给废了。咱们先找个旅店住下，给你压压惊，调养调养。明儿一早咱就回永升斋。"

杨康抱紧王焕章的双臂，大声哭着，感激地说："三哥，我杨康再也不能离开你了！"

黑熊会被永升斋王掌柜赶出北京城的消息传遍了西四牌楼一带的大小商户。锦什坊街的商户们更是欢呼雀跃，压抑紧张的心情，终于放松下来。

又是一个风和日丽的早晨，王焕章一如既往地迈出永升斋大门。站在锦什坊街宽敞的街头，往北望去，那妙应寺高耸入云白塔上的风铃声，依然是那么的清脆悦耳。此时此刻，他的灵魂仿佛随着那悠远神圣的梵音，在高高的天际飘荡。

三

光绪三十四年（1908）的春节，京东北运河畔，白雪皑皑。冰天雪地的大邓各庄，家家结彩，户户张灯。炊烟袅袅和那炖炒、烹炸的年夜饭，香气袭人，一派生机。沉醉其中的庄里人，在推杯换盏中享受着尊严和快乐。

除夕之夜，温文尔雅，气宇轩昂的王宗廉老人，看着一大家人都围坐在他们老夫妇身边，脸上露出开心的笑容。尤其是大儿子王焕章能从永升斋赶回家过这个团圆年，老人更是心满意足。他破例多喝了几杯老白干酒，用慈爱幸福的目光注视着家人，说："咱们家该来的都到齐了，焕章呀，你姐每次来家里都打听你，等过两天你也去看看她。"

王焕章连连点头，答应着："一定去！我也想她了。"

王宗廉接着说："焕章呀，我如今年纪大了，行医看病基本不再出远门了。我一直想教你这两个弟弟学医术，将来好接我的班，可他俩一个赛一个的贪玩，就是对行医不上心。过年了，有句老话还得跟你们念叨念叨，那就是没啥都行，就是不能没人。事都是人干的，有人就有一切。有了人啊，还得下功夫读书，学习真本事，立德立言，人生的路才能走得宽，走得远，走得稳。镇平、俊山，要多向你焕章哥哥学着点儿，学他如何学本事闯天下，学他如何做人做事情。"

王焕章担心老父亲说话太激动伤了身体，从座位上站起身，端着酒杯说："来，咱们晚辈给父母大人敬酒拜年！"他的两个女儿端着茶水，跑到爷爷奶奶身旁。七岁的大女儿小娟双手托着茶杯，趴在爷爷的胸前说："孙女娟子给爷爷奶奶敬酒拜年啦！"五岁的二女儿小菊努着嘴说："给爷爷奶奶拜完年了，咋还不给压岁钱啊？"

小菊的话，把大家都逗乐了。

小菊的母亲赶快走过来，拉着她："咋这么没规矩？哪能直接跟爷爷奶奶要钱呀？"小菊不情愿地走着，回头看着爷爷奶奶，小嘴嘀咕："四爷爷家的小狗子早就得到压岁钱了。"

奶奶从怀里掏出红包，笑着说："乖孙女！爷爷奶奶早就把压岁钱包好了，来，一人一个。"小菊挣开妈妈的手，又跑到爷爷奶奶身旁，张开小手说："谢谢爷爷奶奶！"

爷爷一把拽过小菊的胳膊，低头亲了一下她白嫩的小手儿，疼爱地说："瞧我这小宝贝儿，长得多俊呀！"

可能是全庄人的年夜饭吃到了兴头上，"噼啪！叮咚！"的鞭炮声，如电闪雷鸣，划破寒冷的夜空。

王焕章的两个弟弟镇平和俊山也跑出门去，竹竿上挑着鞭炮在半空中鸣响，那橘红色的火花忽闪着，飘洒在洁白的雪地上，是那么璀璨夺目。

吃完了年夜饭，王焕章没急着回自己的房间，他搀扶着两位老人回到卧室。王宗廉坐在墙柜前的八仙桌旁，王焕章从墙柜上拿起暖壶给父母亲沏着茶说："您二老这一年辛苦了，您们开开心心地过年，也要休息好，保重身体。"

王宗廉没有睡意，让王焕章坐在身边："焕章，听你四大爷说，永升斋买卖做得不错，还要到关外去发展？有这事吗？"

王焕章说："父亲，我回家过年也想把这件事跟您说说，一直没有来得及说。"

王宗廉打开茶杯盖，热气冒出来，向上升腾着。

"这次杨康也跟我一块儿回来了，过两天他就会来看您，他爷爷近来身体不太好。"老娘已经躺在炕上睡了，他走过去拿着一床薄被给母亲加盖上，回过头接着说，"我准备明儿一早去给杨大爷拜年。"

"廷方老爷子转过年就八十岁了，上次听老爷子说，他的儿子杨继业正捣鼓着办寿宴。老爷子怕惊动乡邻，还犹豫着呢。"王宗廉站起来，打开墙柜，取出两包东西，"焕章，明儿你看杨老爷子时把这两包丸药带给他。这是保护心脏的药，让老爷子留着备用。"

王焕章接过药，说："父亲，等开春暖和些了，我和杨康就要用骆驼驮着鞋到内蒙古绥远去卖，先到那边蹚蹚路子，若是卖得好还打算在那边开个永升斋分号。"

王宗廉端起茶杯，感觉茶水还烫，又放了回去。看着王焕章："你这叫走西口呀！是选了一条把脑袋别在裤腰带上的无头路。历朝历代有多少人都倒在这条路上没回来啊！"

王焕章说："父亲，这路是人走出来的，您不是一直教诲我

70

要敢想、敢闯、敢干吗？"

"焕章，你这三头牛也拉不回来的拧脾气，从你小的时候我就看出来了。我只叮嘱你一句话，不管走到哪儿，都要把好人品放在头列。村东庙里的关羽关圣人早就告诉咱们了，秉承的就是'忠义'二字。你是个买卖人，更要处处讲诚信、讲良心、讲德行！"

夜深了，王焕章站起身，向父亲告退，转身回到夫人的房间。

王焕章望着两个正在酣睡的宝贝女儿，双手轻轻抚摸着两个圆润光滑的小脸蛋儿，心中升腾着幸福美好的情怀。

夫人坐在炕头，正在一针一线地做着针线活儿。王焕章靠近夫人，双手拥着她的双肩，爱怜地说："这么晚，咋还没睡？"

夫人歪着头瞪着他，说："还不是为等你。咋也盼不回来，这盼回来了吧，又觅不着个人影。"

王焕章心想，自己在城里做生意，把夫人扔在家里守空房，马上又要走西口，也不知何时能回来。深感愧疚，告别的话实在是说不出口。他深情地望着夫人，说："我常年不在家，父母、孩子和两个弟弟都靠你照顾着，真是难为你了。"夫人眼含热泪，低着头，仍一针一线地绣着。

王焕章也低下头，看着夫人手里做的针线活儿，大声地说："你绣的是小老虎鞋呀！这是男娃穿的，可咱还没有儿子呢。"

"小点儿声，别把孩子吵醒。你不是盼着要儿子都快盼疯了吗？这回说不准真是要抱大胖小子了。"夫人含情脉脉地盯着王焕章说。

王焕章一听这话，兴奋地拥着夫人亲了一口，说："谢天谢地，快给我生个大胖小子吧。"

夫人笑着说："你轻点儿，还这么没正形。等下次再回家来，从城里买几件男孩子穿的小衣服，咱家里都是女娃穿的。"

王焕章笑着说："遵命，你这圣旨一下，我就是跑遍整个北京城，也把它买回来。"

"得了吧你，还圣旨呢，咱爸咱妈的话才叫圣旨呢。就你这大孝子，媳妇孩子的事儿你啥时候管过？"夫人佯装不快地说。

王焕章一把将夫人搂在怀里，笑着说："老夫这厢有礼了，赔罪，赔罪！"

夫人娇嗔地捂着肚子说："小心着点，别伤着孩子。"

大年初一的早晨，天上仍飘着雪花。

几声鸡鸣和犬吠声，把刚刚进入梦乡的王焕章吵醒了。他揉了揉睡眼，轻挪着身子，悄悄地从炕上坐起来，穿好棉衣戴上老羊皮帽，走出房门。在鸡窝旁抄起一把扫帚，从屋门开始，唰唰地向院门口扫去。一口气扫到西河边的小桥上。他直了直腰，热气在头顶升腾。回过头一看，刚刚扫过的小路上又被飘下的雪花覆盖了。他折转过身子，弯着腰又从小桥顺着刚扫过的路往回扫。扫到自家门前，他搓着冻僵了的手，直起身看着朱漆大门上贴着的红纸黑字：忠厚传家久，诗书继世长。仰望雪花飘舞朦胧的天空，心底里油然升起一股暖流，自言自语地说："我爱故乡，我爱我的家。"

吃完早餐，王焕章提着从北京买来的稻香村点心盒，怀揣着父亲给杨廷方准备的保心药丸，直奔小邓各庄而去。

杨康正在门口扫雪，远远的就看到了王焕章的身影。他提着扫帚迎上前去："三哥！过年好！"

王焕章紧走几步，说："二弟，过年好！你爷爷好吗？"

"好着那！三哥放心吧。"杨康接过王焕章手提的点心盒，扶着王焕章的手臂，往家里走。

"二弟，咱俩去绥远的事儿，跟家里人说了吗？"

"刚回来时没敢说，我怕父母那关过不去，昨儿晚上我借着给爷爷拜年磕头请安的机会把这事儿说了，我想只要爷爷赞同，这事儿就好办。"他露出兴奋的表情，"您猜咋着，我爷爷不但没反对，反而夸我有出息。他老人家摸着我的头说：'好孙子，就得有这股子闯劲儿，如今我是老了，要是倒退二十年，我都想走一走这个西口。'"

王焕章也开心地笑了，说："一会儿给老爷子拜年，咱俩和他聊聊，老人家见多识广，咱得多学着点。"

杨康推开大门，高兴地说："没问题，我爷爷最疼我。小时候淘气，父母亲打我的时候，只要我爷爷一瞪眼，他俩肯定老实。别看我爹是警察局局长，到了家里见到我爷爷就跟老鼠见到猫似的，毕恭毕敬。我爷爷说了，等你来的时候，要和咱俩谈谈呢。"

将近中午，天晴了，太阳红彤彤的，大邓各庄热闹起来。成群的孩子们举着花灯，在横穿村庄的雪路上奔跑着尽情地玩耍。有几个小伙伴在一个高大的雪人旁嬉笑着打雪仗。几个大人揣着手边看孩子们打闹边聊着家常。

这时，从李家的大门里传出一阵锣鼓声，眨眼工夫，李大眼戴着大头娃娃的假面具从家里走了出来。家人跟在后面，踩着锣鼓点儿列队而出。顺着这条雪街，从东到西，跳着、扭着，招得大姑娘小媳妇都跑出自家的院子，花枝招展地跟在锣鼓队后边，蹦着、唱着、嬉闹着。

四

王焕章的夫人领着小娟和小菊，走出王家大院，穿过热闹的人群向北走去，准备带着两个女儿到后街，给王宗清一家拜年。

厚厚的积雪被人们踩成一条冰路，夫人小心翼翼地走着，恐怕滑倒摔坏身体，动了肚子里孩子的胎气。

突然，从北面传过来一阵急促的呼喊声："路上的人快闪开！我家的牛受惊了！"

夫人猛抬头，往前观瞧，一头老黄牛正朝着自己的方向奔来。她大喊一声："不好！"向右一把将小娟小菊推到墙角，"靠墙站着别动！"她再想转身跨到墙边已经来不及了。老黄牛低着头，一对半弯的牛角直向夫人刺。在这突如其来的一瞬间，夫人异常冷静，站稳脚跟直视牛头，伸出双臂，一把将牛角抓住，用力向左一扳。老黄牛因速度过快，路面又滑，被夫人的外力拨转了方向，一头向左边的老槐树撞去，"哞"的一声摔倒在雪地上。老黄牛喘着粗气，两只灯泡似的牛眼呆呆地望着夫人，好像在问："你是何方神圣，能把我老牛打趴下，莫非是王母娘娘下凡吗？"夫人也被这惊人的一幕吓蒙了，一屁股坐在雪地上，不知所措。

老黄牛的主人奔跑过来，拽住牛的缰绳顺势拴在老槐树上，转过身将夫人搀扶起来说："妈呀，吓死我了！让三嫂子受惊了！三嫂子能把牛给扳趴下，真是活神仙！"

夫人掸了掸身上的泥雪，走到两个女儿身旁，说："孩子，别害怕，你娘不是好好的吗！"两个孩子缓过神来，抱紧夫人的胳膊哇哇地哭了起来。

这时，闻讯赶来的庄里人围了过来，好奇地询问着夫人智斗黄牛的经过。听着目睹这惊险一幕的人绘声绘色的描述，人群中发出一片赞叹声："三大妈真是神人，好人有好报，阿弥陀佛。""我早就看出三婶儿不是凡人，你看平时三婶儿对咱们多好呀！"

一个叼着烟枪的中年男人，吐着烟圈，神秘地说："三大妈是仙女下凡，她年轻的时候，家里来了绑票的土匪，她想跳墙逃出去，可墙太高爬不上去。正在危急的节骨眼儿上，她家的大黄狗跑过来蹲在三大妈脚下，让三大妈踩着它的背爬到墙上，逃了出去。你们看，三大妈肯定不是凡人！"

　　夫人顾不上听大家的赞叹、品评，扬起手笑着说："没事儿了，谢谢啦！乡亲们请回吧。"说完，低头拽着两个女儿说，"咱们走吧，给四奶奶拜年去。"

　　推开王宗清家的大门，夫人感觉腹部有些隐痛，跟跄着挪到王宗清夫人的房间，痛苦地坐在炕头上，说："四大妈，刚才差点被受惊的老黄牛撞着，我当时一挣搏，可能是伤着肚子里的孩子了。"

　　王四奶奶一听吓了一跳，顿时神情紧张起来，顺着炕沿来回走着，着急地说："我说三侄媳妇，这冰天雪地的，怀着孩子就别出门了。这可咋整！你赶紧躺下，我让小德子把你公爹请来看一看。"她一挑门帘走出门外高喊，"小德子！你快过来！"

　　"唉！我来了，四奶奶。"家里的长工应声跑到王四奶奶身旁，弓着身子听王四奶奶吩咐。

　　王四奶奶急促地说："赶快去南院把王二爷请来，就说你三大妈来咱家路上被疯牛撞上了，身子不舒服，走不回去了，需要老爷子过来看病。"小德子答应着，转身向院外跑去。王四奶奶望着他的背影高喊，"过来时搀着王二爷，雪地路滑，可别再有个闪失。"

　　一袋烟的工夫，小德子挎着药箱，搀扶着王宗廉来到王四奶奶的房间。老人摘下棉毡帽，脱下棉袍，对小德子说："你把药箱放到墙柜上，先忙别的去吧，有事儿再喊你。"说着他坐在炕

永升斋 /75

沿上，示意儿媳妇伸出右手。他歪着头，神情专注地切脉问诊。一会儿的工夫，王宗廉微皱的眉头逐渐舒展，表情也显得放松许多。他抬起诊脉的手指，直起腰说，"脉象稍微有点弱，受了一点惊吓。喜脉正常，孩子无大碍。"王宗廉说着，站起身，冲着王四奶奶说，"四嫂子，让您受累了，娟子妈还得在您这儿多躺一会儿，等天黑之前再叫焕章来接她回去。"

王四奶奶拍着大腿说："哎呀，可吓坏我了，万一伤着侄媳妇肚子里的孩子，那我可罪过大了！母子平安，我就放心了，让她在我这儿多待会儿，有好多话要和侄媳妇说呢。"

王宗廉穿上棉袍，戴上棉毡帽，笑着说："四嫂子放心吧，咱们王家的子孙生命力都强着那。"

"我可没你这宽心眼！小德子，进屋吧，把你二爷送回去，路上多加小心！"王四奶奶说着，将王宗廉送出大院。

小德子挎着药箱，搀扶着王宗廉，回过头对王四奶奶说："四奶奶，您快回吧，您放心，我一定把王二爷平平安安送回家去。"

天刚擦黑，王焕章带着弟弟王镇平和王俊山来到王宗清家，王宗清刚从小邓各庄杨廷方家拜年回来。

"四大爷，我们哥仨给您二老拜年啦！快过来，给四大爷、四大妈磕头。"王焕章说着，招呼两个弟弟一起磕了三个头。

王宗清弯腰拉着王焕章，歪着头冲王镇平和王俊山说："快请起，请起，我的好侄子们。天都快黑了，快去后院接你嫂子回家吧。"

夫人回到家里，早先回来的小娟、小菊围着母亲问寒问暖。夫人抚摸着女儿们的头，疼爱地说："好闺女，没吓着吧？没事儿了，等吃完晚饭，妈带你俩去放灯。"

"太好了！和娘一起去放灯喽！"小姐俩高兴得又蹦又跳，

手拉着手，像春燕儿一样轻快地飞到前院，给爷爷奶奶报喜去了。

晚饭后，夫人带着两个女儿，在自家的灶台前，将点着的几盏小灯分别放在水井边、灶台上和门楼的石阶上。油灯在白雪映照的夜幕中忽闪着，宛如夜空中的繁星，散发着圣洁的光芒。夫人虔诚地传承着老祖宗留下的放灯习俗，用灯火祈祷王家一年的风调雨顺，驱妖避邪，迎奉新春的吉祥。

夜深了，大邓各庄又恢复了往日的平静。王焕章坐在炕头，慈爱地抚摸着香甜酣睡中的一对女儿的头，对正在收拾炕铺的夫人说："如今咱老父亲老母亲年纪都大了，我总是不在家，这个家就全靠你支撑了。"

夫人回过头，笑着说："家里有急事儿就到永升斋去找你。可不能像从前了，大半年也蹲不着你个人影儿。"

"春节就算过去了，我明天就得赶回柜上，有一件事儿，一直想告诉你，没得机会和你说，这会儿我得告诉你了。"王焕章满脸庄重地看着夫人。

夫人看丈夫那么严肃认真，停下手里的活儿，坐在王焕章对面，认真地听着。

王焕章深情地看着夫人："咱们这个永升斋鞋庄，在锦什坊街有几年了，生意越做越大。我一直琢磨着，北京城里像内联升、步瀛斋那些大鞋庄都挺红火的，咱们起步晚，不能跟在他们后面转。除了在北京城里做他们不做的平民百姓的鞋外，咱们得把买卖做到关外去。"

夫人瞪大眼睛，爽快地说："你就别跟我兜圈子了，你们男人在外做的那些事，我这老娘们家家的也听不大懂，就告诉我你要干啥吧！"

王焕章说："我打算今年一开春儿，就带着杨康二弟，用骆驼驮着鞋到内蒙古绥远去卖。说白了，就是要走西口。"

夫人一听"走西口"，眼圈顿时红了，"咚"地从炕上跳下来说："你要走西口？不要命了？你这是要把我们弄成孤儿寡母呀！"

王焕章也站了起来，扶住夫人说："别着急呀，还怀着孩子呢，你这一跳肚子里的孩子可受不了呀。"

夫人抹着眼泪，说："我在通州潞河洋学堂读书的时候，就知道走西口了。学堂教国文的张先生，他的父亲就是从河北唐山去绥远的路上，被土匪给害死的。那时听张先生说得可吓人了！他还教我们唱好几首走西口的歌呢。没想到如今你也要去走西口，这不是要了咱们全家人的命吗？"夫人越说越激动，抽泣着哭了起来。

王焕章拿过毛巾递给夫人，说："我开始没跟你说，也是顾虑你难以接受。你听我说，现在不像从前了。康熙年间那些走西口死在路上的人是很多，这都过去二百多年了，我在马店马羊市场卖鞋时，看到的都是来来往往走西口的买卖人，没听说谁一下子就回不来了。再说男人在外面闯天下天经地义，我这一身功夫也不是白给的。要是前怕狼后怕虎的，啥都别干了，就等着在家喝西北风吧！"

王焕章的一席话，把夫人说乐了。她"扑哧"笑了起来，说："你若真是个熊蛋包，我才不稀罕你呢。"

王焕章也乐了，微笑着说："我知道媳妇是个开明之人，再说我和杨康一块儿去，互相也有个照应。我们是跟着骆驼队走，雇有护镖的师傅跟着，没问题，你就安心地照顾好咱们这个家吧。"

夫人心里平静了许多，又坐回炕沿，说："我知道咋着也说不过你，更拴不住你。这一去猴年马月啥时回来也说不准，出门在外一定要多加小心。这一大家子人，还指望着你活呢！"

王焕章拉着夫人的手，坚定地说："我必须得回来，你这肚子里的宝贝儿还等着我呢。"

夫人撒娇地说："讨厌，别贫了。早点儿歇着吧，明儿一早还要赶路呢。"

鸡鸣声叫醒了刚刚入睡的王焕章夫妇，他拥抱着依偎在怀里的贤惠妻子，心有不舍。夫人把头埋在丈夫宽厚健壮的胸前，眼泪顺着眼角一滴一滴地从丈夫的臂膀上滑过。

王焕章爱抚地对妻子说："把张先生教你唱的走西口，也给我唱一段吧，就算为我送行。"

丈夫的话，刺痛了她难以割舍的心，泪珠更是成串地往下流。哽咽着说："这会儿我唱不出来，等送你走后，我教女儿们唱，告诉她俩，她们有一个非常棒的爹！"

听到这里，王焕章也是热泪盈眶，搂着夫人温情地说："你放宽心，等着我。我王焕章一定会回来！"

吃过早饭，王焕章告别了家人，坐上马车，顺着西河的东岸，往北再往西，顶风踏雪，马不停蹄地向永升斋飞驰而去。

王焕章的夫人拉着两个女儿的手，站在西河岸边的雪地上。那被寒风吹起的团团雪花打在脸上，迷住了双眼。她甩了甩头，依然翘首目送着远去的马车，越来越远，渐渐消失在茫茫的雪野中。

> 哥哥你走西口，
> 妹妹我实在意难留。
> 手拉着哥哥的手，
> 送哥送到大门口。

哥哥你出村口，
妹妹我有句话儿留，
走路要走那大路，
人马多来解忧愁。

紧紧地拉着哥哥的袖，
汪汪的泪水肚里流，
只恨妹妹我不能跟你一起走，
只盼哥哥你早回家门口。

哥哥你走西口，
小妹妹我苦在心头，
这一走要去多少时候，
盼你也要白了头。
紧紧地拉着哥哥的袖，
汪汪的泪水肚里流，
虽有千言万语难叫你回头，
只盼哥哥你早回家门口。

哥哥你走西口，
妹妹我实在意难留，
止不住那泪蛋蛋，
一道一道往下流。
……

第 四 章

一

惊蛰时节，乍暖还寒，万物开始复苏。

马店马羊市场人流涌动，商贩的叫卖声夹杂着牲畜的嘶鸣声，如交响乐，弥漫在市场上空，喧嚣涤荡，一派生机盎然景象。

永升斋鞋庄走西口的驼队，已整装待发。王焕章头戴青色毛毡帽，身穿青色棉袍马褂，足踏青色加厚长筒靴，胸佩大红花，青春朝气，坚毅沉稳地坐在高大硕壮的红棕烈马上，双手抱拳，向前来送行的人群拱手致意、道别。

随着马羊市场大当家田聚财"啪！啪！"两声清脆的鞭响，顿时，锣鼓声和鞭炮声响彻马羊市场。

王焕章骑着高头大马，走在驼队的最前面。他潇洒俊朗的英姿向前稍倾，高喊："田大人，多谢了！就此别过，回头再见！"

王四爷、王泽民、张锡贵和永升斋的伙计们列队拱手抱拳为王焕章送行。王焕章挥着手高喊："四大爷，泽民弟，永升斋让您们费心了，拜托！"

王四爷拄着拐杖，挥着手高喊："焕章，家里的一切尽管放心，祝你们一路平安！"

王焕章挺直腰身，左手持缰，右手高举马鞭，向天空一抖，"叭！"一声脆响，"驾！"带着整齐的驼队，迎着明媚的春光，朝北奔去。

因为是第一次出远门，又是马羊市场开年第一支走西口的驼队，王焕章对未来充满着憧憬和期望。他快马加鞭，恨不得瞬间就飞到遥远的蒙古大草原。

一会儿的工夫，红棕烈马驮着王焕章已远远地甩开了驼队。

"王掌柜，请留步！"驼队的镖主哈格旺丹拍马超过红棕烈马，掉转马头拦住王焕章，操着带有浓重蒙古口音的汉语说，"王掌柜，我事前忘记和您交代了，咱们骑马的要走在驼队的后面。马比骆驼走得快，马若在前面走，骆驼跟不上，遇到打劫的土匪咱们会吃亏。咱们的视线不能离开驼队，这样才安全。"

王焕章勒住马缰绳，点着头说："噢，对不住了，我是赶路心切，这一路您还得多指教。"两匹马停在路边，等着驼队前来。

骆驼队过去了，哈格旺丹和王焕章坐在马背上，并肩跟在驼队的后面前行，交谈起来："王掌柜，你这么年轻，在北京城里就有了买卖，如今又出来走西口，真是有志气有胆量之人。当时田聚财田大人找到我，给您出这趟镖，我估摸着您得是个年过半百之人呐。"

王焕章笑着说："田大人把您的情况也向我介绍了，他伸着大拇指夸您好半天。从北京到归绥这条路您走了十几年，听说您师父钢巴图尔老先生，在走西口的驼镖行，人称钢无敌，好生了得！"

提起师父钢巴图尔，哈格旺丹的心情沉重起来，低着头，沉默不语。

王焕章看他一脸沉重，抱歉地说："哈镖主，对不住了，我不该提您的师父。"

"没关系，王掌柜。我的恩师两年前被一伙土匪给算计了。那一天恩师带着驼镖队刚翻过北边燕山山脉，见天色已晚，就在一座古庙里歇了脚，准备第二天一早再启程。后半夜，我们睡得正香，那帮土匪将古庙团团围住。师父用身子挡住我们几位徒弟，小声叮嘱说，别怕，可能又是燕山王那伙子人，他们向来是劫财不害命，你们在这儿等着别动，我先出去会会这帮乌合之众。师父刚迈出庙门半步，就听一声大喊：'钢无敌，你也有今天！兄弟们，放箭！'就这样，恩师惨死在乱箭中。"哈格旺丹眼圈湿润，望着王焕章，接着说，"杀死我师父的那伙人，是燕山地界儿出了名的恶人，他们平时住在山上，专劫驼队镖行。他们的头目号称'燕山王'，会几手刀剑功夫，和我师父几次交手他都是手下败将，他们对我师父恨之入骨。两年前的春天，他们遭到官兵的围追堵截，燕山王被生擒活捉，死在张家口府衙的大牢里。从山上脱逃的二当家独眼龙，误认为是我师父向官府告的密，害死了燕山王。他归拢了残兵败将，在燕山西侧距古庙十几里地的山谷里，扛起了燕山王的旗号，发毒誓要杀死我师父，给燕山王报仇。"

王焕章听着，对哈格旺丹说："钢无敌镖师死得冤枉，一世英明就这样被他们毁了。"

哈格旺丹瞪大眼睛，咬着牙大声地说："这笔账早晚得算，我师父行走镖行二十多年，身正影直，德高望重。没想到死在这帮恶人手里，我这个做徒弟的，此仇不报，枉为人！"

一路走来，天色渐晚。

驼镖队二当家乌木奇跑了过来，仰着头对哈格旺丹说："哈大哥，前面的山路有冰溜子，驼队不能前行了。"

哈格旺丹抬腿跳下马来，对王焕章说："王掌柜，您请下马，暂歇一会儿，我到前面去看一看，立马回来。"

王焕章跳下马，原地站了一会儿，杨康骑着马走过来，也从马上跳下来问："三哥，咋不走啦？"

王焕章说："前面有点情况，哈镖主已到前面看去了，咱先稍等一会儿。"

哈格旺丹快步走了回来，说："王掌柜，无大碍，这刚开春，路上的积雪还没化净，前面那段山路背阴，见不到太阳。这一到下午温度低了，化了的积雪又冻成了冰，骆驼和马在冰上行走打滑，会摔倒摔伤，一不小心就可能掉到山崖下去。我看了一下，拐过这段山路就没冰了。我已让弟兄们从麻袋里拿出草席，这是特意为防滑准备的，已到前面的冰路上铺去了，骆驼和马踩着草席走就平安无事了。"

驼镖队的伙计们拉着骆驼在草席上缓慢前行，王焕章踏着草席，拉着红棕烈马在哈格旺丹的马后向前挪动，杨康拉着黑白相间的蒙古矮脚马紧随其后。

走过一段冰路，后边的草席要卷起来拿到前面重新铺在冰路上。来到山脚的拐弯处，天一下子黑起来。哈格旺丹向前高喊："兄弟们，打开驼灯，拉紧驼绳，小心路滑摔倒。"

一声令下，驼灯亮成一串。这时，一个伙计手提驼灯从前面跟跄着走到队尾，弯腰捡着踩过的草席。当他抱着草席转身欲往前走的时候，手中的驼灯往上一照，光束直射在杨康拉着的矮脚马的眼睛。那马一惊，抬起前腿，"嘶！嘶！"鸣叫着向路边奔去。杨康呀的一声，握紧马缰绳，用力向下一蹲。那马已跳出草席，猛踩在冰面上，四蹄一滑，向山崖方向摔去。

"三哥！快救我！"杨康被马缰绳猛地一拽，摔倒在冰面上，向山崖滚去。咚的一声，撞在山崖边上的一块巨石上停下来。他眼冒金星，抱紧石头大哭起来。

"王掌柜您别动，抓紧缰绳，我去救人！"哈格旺丹将马缰绳塞给王焕章，双脚跨步，伸手抓住巨石旁边的柏树杈，顺势跳到巨石脚下，倚靠着巨石，弯腰抓住杨康的胳膊用力一提，将杨康拽起，再用力一推，杨康连滚带爬，呆呆地坐在草席上，惊魂未定地缓不过神来。

哈格旺丹跨步来到杨康面前，安慰他说："小兄弟受惊了。好了，没事了。你是命大之人呀，是这块大石头救你一命。可惜我那匹上等的矮脚马，它摔下山崖，再也回不来了。小兄弟只能先跟着驼队往前步行了，等到了前面的张家村，再买一匹马骑吧。"

杨康擦着眼泪，慢慢地从草席上站起来，哭着说："多谢哈镖主，若不是您鼎力相救，恐怕我这小命也跟那匹马一样上西天了。"

哈格旺丹拍着杨康的肩膀说："我说小兄弟，这叫大难不死，必有后福。看来绥远城定有好运等着你呀！"

"哈镖主，您可别要笑我了。刚出来就差点没了命，只要能平平安安到达归绥，我就给您烧高香了。"杨康心情平静了许多，冲着哈格旺丹开起了玩笑。

"弟兄们，没事了，继续前进。木奇兄弟，你在前面把好舵！"哈格旺丹接过王焕章的马缰绳向前高喊着。

"哈大哥放心，我这里一切正常！"远处传来乌木奇的回应声。

"哈镖主多谢了！您救了我二弟一命。您可真是好身手呀！"王焕章拽着马缰绳，向前走着。

哈格旺丹摆着手，说："这没啥，王掌柜，去绥远的路还远着呢，咱们会成为好兄弟。"

杨康走在王焕章的身后，弯腰捡起一块草席，对王焕章说："三哥，反正我的马也没了，就在后边帮着驼队捡草席了。您把马拉好，注意安全。"

王焕章拉着红棕烈马，回过头对杨康说："好的，二弟。你刚才吓得不轻，可得多加小心，别再摔着！"

走出冰封的路面，驼镖队响起了欢呼声。王焕章紧张的神经舒缓了许多，双手举过头顶，扭着腰身大声地对哈格旺丹说："太险了！我这腰一直绷着，都有点酸了。哈镖主，多谢！"

哈格旺丹显得轻松起来，回过头笑着说："王掌柜不用客气，这点事情对于我们驼镖人来说不算啥。您瞧这山里，跟北京城里不一样，天一黑下来可吓人了，这才叫伸手不见五指。咱们还得快走几步，再过半个时辰就到张家村了。"他说着，又向前面高喊，"弟兄们，再加把劲儿，打起精神，再过半个时辰咱们就可以喝酒吃肉喽！"

"好嘞！大哥放心！"黑夜里，又传来乌木奇的回应声。

二

驼镖队跨过一条小河，抬眼望去，星星点点的灯光在前面闪烁。

哈格旺丹手指前方，说："王掌柜，前边就是张家村，您看灯火最亮处就是我的把兄弟张二牛开的驼运客店，咱们就在他家过夜。"

王焕章眼望前方，兴奋地说："好！驼镖队的兄弟们一路辛苦，到了那里让张二牛做些好吃的饭菜，喝点酒解解乏，再美美地睡上一觉！"

"哈大哥！一路辛苦啦！远远地看见一串亮光，我就知道定是大哥的驼队到了。"张二牛喘着粗气，跑到哈格旺丹的马前，接过哈格旺丹的马缰绳，"大哥您拿着灯，前面的路坑坑洼洼的，难走。""二牛兄弟，多日不见，买卖还好吧？"

"好啥呀，大冬天的，只接待了一些散客，你可是我的第一批驼镖队客人呀！"张二牛笑着，拉着马，和哈格旺丹并肩前行。

哈格旺丹说："是呀，数九寒天的，哪儿找人去呀！这开了春儿就好了，驼镖队陆续都要从京城马羊市场出来，你这张家驼运客店也要红火起来了。"

"对了，二牛兄弟，我介绍一下，这位是北京城永升斋鞋庄王掌柜。这趟镖就是王掌柜的。我的兄弟张二牛，刚才我已向您说了，今晚咱就住在他家。"

王焕章早已从马背上跳了下来，和张二牛拱手打着招呼："张掌柜幸会。"

张二牛扭着身子，双眼瞧着王焕章笑着说："王掌柜可是我们开客店的衣食父母呀！呦，您咋这么年轻呀？真是一表人才，幸会，幸会。"

来到张二牛的驼运客店，乌木奇招呼驼镖队的伙计们卸货，将骆驼拉到木栏围成的圈里喂水喂料，又带着杨康到马圈选了一匹乌黑发亮的蒙古马，待明天一早赶路时用。一切安排妥当后，来到客店的餐厅，满屋子的酒香、菜香味扑面而来。伙计们围坐在大方桌前，有说有笑，推杯换盏，尽情地享受着驼镖人的快乐。

隔壁的炕桌上，哈格旺丹、乌木奇坐在王焕章、杨康的对面，张二牛坐在桌子的另一头，陪酒吃菜。

"二牛兄弟，号称燕山王的那帮劫匪有消息吗？"哈格旺丹举杯和张二牛碰了一下。

张二牛喝完一杯酒，将酒杯放在桌子上，拿起酒壶先给哈格旺丹的酒杯倒满酒，又给自己斟满，望着哈格旺丹，说："哈大哥交办的事儿我从不耽误。春节前，我趁着客店清闲，走了一趟燕山高家庄。我的表哥是高家庄的铁匠。我问他是否听说过燕山王这个人，他说我问对了人。早先燕山王一伙人常去高家庄找我表哥打长矛大刀、箭头铁器，他和燕山王见过几次面，那个燕山王还算讲义气，去表哥那儿做活儿都是先讲好价钱，一手交钱一手交货。后来，他听说燕山王一伙在燕山北部一带做抢劫驼镖队的勾当，害得路人过客苦不堪言。据说燕山王的祖上也是镖行的镖师，当年在河北保定因为一风尘女子争风吃醋杀了人，一口气逃到张家口隐姓埋名，打家劫舍，成了让张家口一带闻风丧胆的土匪。他临死前告诫后人，因为他是镖师出身，只劫财，绝不可杀人害命。两年前燕山王被张家口警署抓去后死在大牢里，那一只眼的二当家独眼龙，心狠手辣。他在古庙里乱箭杀死了你的师父钢无敌，后来又打着燕山王的旗号，在燕山山脉强抢豪夺，欺男霸女。听说去年秋天在山谷里劫了一个马镖队，镖师带着五个伙计和独眼龙一伙打了起来，终因寡不敌众，镖师和五个伙计都死在独眼龙一伙的刀下。"

"这个混蛋！独眼龙，我非杀了你！"哈格旺丹紧握拳头朝饭桌砸去，圆睁怒眼大声喊叫着。张二牛接着说："我表哥说了，我去高家庄的前几天，独眼龙又找到他的铁匠铺，打了一批凶器，说专等今年一开春，走西口的驼镖队、马镖队将要经过此地，要把那些凶器派上大用场。"

哈格旺丹抄起酒杯一饮而尽，大声地说："我看这独眼龙是活到头了。这次我就要在燕山古庙跟他做个了断！"

王焕章和杨康坐在那里静静地听着。杨康心里有些紧张，右手在桌子底下捅了一下王焕章，冲王焕章皱着眉，又扫了一眼哈格旺丹。王焕章举起酒杯，和杨康的酒杯碰着，对视着杨康，示意他镇定，继续听哈格旺丹和张二牛的谈话。

乌木奇看出了杨康不安的神情，举起酒杯和王焕章碰着说："王掌柜，我敬您一杯，头一回给您做驼镖，很荣幸。您放宽心，我陪哈大哥走这条路也有几年了，保证妥妥地把您平安送到归绥城。"

哈格旺丹也举起了酒杯，对王焕章说："王掌柜，我俩说话吓着您了吧？俺干这个驼镖行，不但要顶风冒雪爬大山，还得过劫匪这道关。您放心，我哈格旺丹从不干没谱儿的事，对我的主顾从不食言。等这一路下来，王掌柜就知道我是个啥样的人了。对那些打家劫舍的恶人，咱也不能被动挨打，对付他们就得一剑封喉，让他们再也不敢在这条路上祸害人。我敬您一杯。"

王焕章把酒喝下去，说："哈镖主侠肝义胆，我已领教过了，这一路还靠您和各位兄弟多多照应。咱们既然同走西口，那就是有缘之人。不管这一路遇到啥情况，我都会和哈镖主并肩前行，有苦同吃，有难同当！"

哈格旺丹一口喝下白酒，握住王焕章的手大笑着说："好！年轻有为的王掌柜是个痛快人。我们蒙古有句古话，叫作勇士沿着山峰，可以爬上云端；懦夫沿着宽阔的梯子，也爬不上帐篷顶。古话还说，有朋友的人像草原一样宽广，没有朋友的人却像窄狭的手掌。王掌柜，你这个朋友我交定了！"

王焕章一扬脖也干了一杯酒，爽朗地说：“好！那从今儿起，我就叫你哈大哥！你也别叫我王掌柜了，就叫焕章弟吧。”

说到这里，桌旁的五个人都站了起来，端起斟满的酒杯。哈格旺丹高兴地说：“为今天的缘分，安达们，干杯！”

哈格旺丹的驼镖队一路前行，风餐露宿，翻山越岭。又赶上倒春寒的年景，每逢途经山口，凛冽的寒风夹杂着飞沙走石，向驼队打来，驼鸣马嘶。伙计们都依靠着骆驼，将头埋在羊皮大衣里，缓缓而行。劲吹的风沙打在脸上刀割似的疼痛。第一次走西口的王焕章和杨康，咬紧牙关紧跟驼队，经历着一次又一次的艰苦旅程。

走过一片杂草丛生的戈壁滩，抬头望去，高耸入云，山峦起伏的燕山山脉近在眼前。

“焕章弟，前面就是燕山，看那道山梁，咱们今天得翻越过去。下了那道山梁的不远处，就是我师父被独眼龙杀害的那座古庙。今晚咱就在古庙里过夜。”哈格旺丹扬起头，手里的马鞭向山梁的方向指着。

王焕章右手遮在眼眉骨上，仰头望着云雾缭绕的山梁，对哈格旺丹说：“好！这一路弟兄们也走乏了，咱们一鼓作气翻过去，早点歇着吧。”

杨康骑着马，跟在王焕章的后面高喊：“三哥，您瞧，从山脚下那片树林里，走出来一个马队，朝咱这边来了！”

哈格旺丹早就看见了那个马队，听杨康这么一喊，回过头，低声对王焕章说：“焕章弟，这一带向来是劫匪出没的地方。那个马队来者不善，咱不得不防。我到前面和木奇兄弟交代一下。”说着，他挥着马鞭，跑到乌木奇面前耳语着。

乌木奇把骆驼缰绳交给哈格旺丹，骑上哈格旺丹的马，朝马队的方向飞驰而去。

马队的头人发现一匹快马向他们跑来，勒住马缰绳，抬手向后一挥，示意停下来，扭头压低嗓门说："弟兄们，抄家伙！"

这个马队共有八匹马，马上的人一水儿的狐狸皮帽貂皮袄，肩挎长筒猎枪，腰佩短刀。一声令下，"嗖"的一声，齐刷刷从腰间拔出短刀，在太阳照射下闪闪发光。

乌木奇在距离马队十步远的一棵老榆树下勒住马缰绳停下来，和马队打起了招呼："前边的兄弟讨扰了！我是后面驼镖队的，走累了，请问要翻过前面那座山有好走的路吗？"

这只马队是独眼龙派下山打探驼镖队情况的劫匪。装扮成猎人模样，伺机下手抢劫或上山报信。他们在山坡上早就看到了驼镖队，正想前来探个究竟。

乌木奇一眼认出马队的头人刘小三，他原是燕山王的保镖，后来又成了独眼龙的左膀右臂。在一次和钢无敌交手中，起身挡住钢无敌劈过来的砍刀，保护了燕山王，他却成了独臂之身。

刘小三坐在马背上不动声色，看乌木奇也有几分眼熟，好像在哪儿见过面，但一时想不起来。他对乌木奇说："这位朋友，你可问对人了，我从小在这山里长大，要想翻过山梁可不容易！山上只有一条路，你那驼队得加快速度，天黑前若翻不过这道山梁，人困马乏的非得冻死几个不可！我还真不是吓唬你，每年这山上都有冻死鬼。翻过山梁不远处有座古庙，你们只能在那里过夜了。"说完，刘小三回过头高喊，"兄弟们，掉转马头，去河湾坝，那儿的野兔子多的是，多打几只回去给大哥下酒。"

乌木奇看出刘小三的心机，站在那里看着马队前队变后队返回的背影，咬着牙说："独眼龙，你的死期到了！"他掉转马头，赶到驼镖队，贴着哈格旺丹的耳畔低语着，又把马和骆驼交换过来，拉着骆驼继续前行。

哈格旺丹迎着驼队高喊："弟兄们，再加把劲儿，一定要尽快翻越那道山梁！"

刘小三打探好了消息，率领马队，快马加鞭，从另一条山路来到距古庙十里之遥的独眼龙老巢。

独眼龙听到刘小三的通报，从虎皮座椅上站起来，得意忘形地挥手大笑："哈哈！整整一个冬天了，真他妈素死了！一点荤腥都没有！今儿个好了，招呼弟兄们吃饱饭抄家伙，到古庙旁边的山洞里先埋伏着，咱就来他个守株待兔，大开洋荤！哈哈！"

驼镖队一行艰难地翻过山梁，太阳已经落山了，伙计们摘下头上冒着热气的棉毡帽，举过头顶，欢呼着："燕山，我们翻过来了！"

驼镖队来到古庙，烧火做饭，安置马匹骆驼，一切安排妥当，已是夜深人静。

哈格旺丹让王焕章、杨康和伙计们在厢房里睡下，他带着乌木奇来到靠近庙门的禅房里准备迎敌。

王焕章在翻山的路上已经知道了哈格旺丹的行动安排，担心他和乌木奇寡不敌众，说："哈大哥，那古庙是独眼龙的地盘，恐怕您和他们硬碰硬会吃亏，要多加小心，确保万无一失。"

哈格旺丹安慰着王焕章说："焕章弟放心，独眼龙那两下子我早就领教过，对付他们我和木奇足够用！"

子时刚过，就听庙门唰唰地响了两声。乌木奇蹲在大门后，手握钢刀，刚要往出蹿，被哈格旺丹一把按住，示意它不要动，再等等。

过了一会儿，门"哐当"一声被推开。两个黑影刚伸进半个脑袋，哎哟一声，被迎面砍来的钢刀劈倒在地。后边跟着的两个黑影见势不妙，"呀"的一声大叫，转身拔腿就跑，高喊："大哥，有埋伏！"

独眼龙提着大刀在后面督战："弟兄们，别怕，给我冲进去，见一个宰一个！"

一眨眼，刚冲进半个身子的两个黑影连中两刀，应声倒地。

"躲开！看我独眼龙的！"随着独眼龙一声尖叫，忽的一下，一个燕子翻身从门楼上飞进院子里，一跨步，举起钢刀高喊，"小子，有本事你站出来，咱们单练！"

"独眼龙，你死定了，快去阴曹地府给钢无敌赔罪去吧！"哈格旺丹和乌木奇手举钢刀，来个二鬼拍门，一瞬间就出现在独眼龙眼前，迎头就砍。独眼龙挥刀招架，火星飞溅。

"好小子，原来是你。钢无敌出卖我师父，他死有余辜！"独眼龙认出哈格旺丹，咆哮着左挡右劈，一翻腕朝哈格旺丹斜刺过去。哈格旺丹眼疾手快，左手挥刀用力一拨，顺势将右手的刀朝着独眼龙腰部砍去。乌木奇单脚一蹿，闪到独眼龙身后，手起刀落，劈在独眼龙的右臂上。独眼龙"呀"的一声倒在地上，摔了个嘴啃泥。哈格旺丹顺势弯腰一把抓住他的右臂，用力一抖，哎哟一声，独眼龙再也动弹不得。

"哈大哥！小心后面有刀！"王焕章早已站在厢房的门口，看到从门外蹿来的黑影举刀向哈格旺丹头部刺来。他大喊一声，手起刀落，两把飞镖将黑影打翻在地。

哈格旺丹听到王焕章的喊声猛地回过头来，只见黑影重重倒在身旁，"咔！"一刀下去，砍在黑影的大腿上，咬着牙说："我今天就废了你，看还敢祸害人！"

黑影趴在地上不敢动弹，咧着大嘴哭喊求饶："好汉饶命，我家里还有八十岁老娘，再也不敢了，饶命！"

躲在门外的独臂刘小三见势不妙，招呼剩下的几个劫匪扔掉凶器，仓皇而逃。

"把这几个土匪给我绑喽！都拴在庙堂里的柱子上，等着官府来收拾他们吧。"哈格旺丹吩咐完手握刀棒从厢房里出来的伙计们，又抬脚踩在瘫在地上的独眼龙身上，高声说道，"独眼龙，你在燕山一带滥杀无辜，伤天害理，明年的今天就是你的忌日！"举起手中的刀向独眼龙的脖子砍去。

王焕章见状，抄起身旁的大刀，一个健步蹿过去，"当"的一声，拦住了哈格旺丹砍下去的大刀："哈大哥，手下留人。他已经残废了，交给官府判案。他身背多条人命，自是罪有应得！"

哈格旺丹替师父报仇雪恨心切，咬着牙说："听我焕章弟的话，再让你多活几日。"

"焕章弟，多谢出手相救！你身怀绝技，出手不凡。走这趟镖得遇焕章弟，我哈格旺丹知足了。"哈格旺丹双手抱拳，对眼前这位年轻文静、稳重的王掌柜肃然起敬，刮目相看。

王焕章谦虚地说："哈大哥过奖了，只是当年和我四大爷学点皮毛。你看这天也亮了，咱还是早些赶路吧。"

哈格旺丹将手中的大刀递给身旁的伙计，高喊："弟兄们，抓紧时间整好驼队一应物件，准备出发。"

火红的太阳从东方的天边冉冉升起，巍峨的燕山被彩霞笼罩，闪闪发光。王焕章、杨康和哈格旺丹策马扬鞭，奔走在驼镖队的后面，又开始了新的旅程。

三

春暖花开之际，长城以北的广袤大地依然寒风瑟瑟。

张家口古城两天的休整，让驼镖队一扫往日人困马乏的疲态，整装待发。穿过张家口的大境门，沿着通往蒙古草原腹地城市库伦的张库大道前行。

"焕章弟，沿着此路一直往北就能到咱们的目的地绥远了。这条路可不一般，听我师父钢巴图尔说，在走西口鼎盛时期，每年行走在这条大道上的骆驼就有几十万头。"哈格旺丹和王焕章并肩骑着马，聊起天来。

王焕章目视远方，笑着说："那咱们以后的路好走多了吧？可以看着风景赶路了。"

哈格旺丹也笑了："哪有这美事呀，前面还得翻越几道山梁，越往北走就越是天寒地冻了，要多加小心喽！"他扬了一下马鞭，越过一条小河沟，侧着头说："几年前，还是师父带着我的时候，那年秋天，我们驼镖队从归绥去北京的路上，翻越前面的驼峰岭时，正巧对面过来一个驼队。两个驼队重叠行进时，在山口拐弯处，迎面拉骆驼的伙计突然被石块绊倒，手中拉着的骆驼受到惊吓，猛地向前面冲去，又撞到对面的另一只骆驼，一起翻滚到山下去了。可怜对面拉骆驼的伙计，丝毫没有防备，被骆驼带下山去，连个尸首都找不到了。"哈格旺丹越说心里越沉重。沉默了一会儿，接着说，"干我们这行的，都是脑袋别在腰带上，不知何时就丢了性命，再也回不去大草原美丽的家乡了。"

王焕章听到动情处，感叹哈格旺丹驼镖行的艰辛，安慰着说：

"哈大哥，吉人自有天相，菩萨会保佑您的驼镖队吉祥如意的。"

"借仁弟吉言，为了我那慈祥善良的额吉，为了贤妻乖儿这一大家子人，我也得好好地活着。"哈格旺丹抬高嗓门，目视着远方。

翻山越岭过大河之场景，是驼镖队行走在张库大道的真实写照。

翻过一个馒头山，眼前又是一片荒漠的戈壁滩。

"三哥，我肚子疼得厉害，眼前咋全是黑的呀？"杨康突然从马上摔下来，捂着肚子，躺在王焕章的怀里，痛苦地攒着眉头。

王焕章给杨康诊着脉，安慰他说："二弟别怕，可能是喝了寒风，着了凉。"

哈格旺丹蹲在地上，摸着杨康的头，说："我看杨康兄弟在这地界上水土不服，再加上风寒劳乏，得了眼盲症。我们驼镖客也常得此病。走过这十里戈壁滩，有一个枣林村，村里有一位老中医，人称'邹一勺'，得了眼盲症的人，喝他特制的药膏，一勺喝下去准好。"

"临来的时候，我老父亲特制了防水土不服的药丸，二弟先吃一丸缓解一下，咱们抓紧时间去枣林村找邹一勺看病。"王焕章站起来，从马鞍下边的布袋里掏出蜡封的药丸，打开一丸塞进杨康的嘴里。

"木奇兄弟，你骑杨康的马，驮着他先走，找到邹大叔把药吃上，这种急症耽误不得。"哈格旺丹吩咐着乌木奇。

杨康被乌木奇拖到马背上，感激地说："多谢木奇兄弟！我啥都看不见了。"

"没事的，您撑住鞍环别撒手，咱们走着。"乌木奇拽着马缰绳，右臂挽住杨康的腰，驱马飞也似的向戈壁滩深处奔去。

不到半个时辰，乌木奇护送杨康来到枣林村。

来到邹一勺家的门前，乌木奇将杨康抱下马说："咱们到邹大叔家门口了，您站住别动，我去敲门。"

"当，当，当！"乌木奇敲了三下门，稍等片刻，无人回应。"当！当！当！"乌木奇加大力度又敲了三下，还是没有动静。

"邹大叔！我是乌木奇，请您老给看病，开门吧。"乌木奇心里着急，冲着院子高喊起来。

门终于开了，一位满头白发的老妇人把着门边，踉跄着探出头来，热情地说："木奇贤侄，快进来。你邹叔躺在床上，病了快俩月了。"

乌木奇领着杨康，跟在老妇人后边往屋里走，老妇人问："旺丹咋没来呀？"

乌木奇左手领着杨康，右手搀扶着老妇人，说："哈大哥他们在后边拉着骆驼，走得慢，再过一会儿就到了。"

进了屋门，邹一勺已经坐在床上，招着手说："木奇贤侄，快把病人领过来。"

邹一勺示意杨康坐在自己身边，把着脉。过了一会儿，说："这位小伙子是从内地过来的吧？你这病是水土不服引起的，受了点风寒，再加上一路疲乏，免疫力下降，寒火攻心，就得了这种眼盲症。老婆子，快把那碗药膏递给我，还有勺子，一块儿拿过来。"

老妇人按照邹一勺的吩咐，取出碗和勺，送过来说："我家老头子一个多月没给人看病了，瞧这药碗还封着呢。小伙子别怕，这药吃上就好。"

邹一勺接过药碗，打开封盖，将勺子放进碗里一搅，再一提，将满满一勺黑药膏放进杨康的嘴里，说："这药有点苦，你一口咽下去，再喝碗热开水，稍歇一会儿就好了。"

邹一勺话音未落，哈格旺丹一挑门帘走了进来，高声说道：
"邹大叔，旺丹来看您啦！"

邹一勺看见哈格旺丹，顿时来了精神，他把药碗和勺子递给
老妇人，欠着身子高兴地说："旺丹贤侄，快坐快坐，可把你盼
来了。"他看了一眼走进来的王焕章，说，"你身后这位小伙子
白白净净的，也是走西口的？"

哈格旺丹把王焕章让到木凳上坐下来，说："邹大叔，您说
的这位是从北京来的王掌柜，我这趟镖就是王掌柜的。"

邹一勺兴奋地指挥着老妇人："老婆子快去冲枣花姜糖水，
让旺丹他们驱驱寒气，正正阳气。"

哈格旺丹拦住老妇人，对邹一勺说："邹大叔，您别让婶子
忙乎了，我这位杨老弟已经给您添麻烦了。"

"这话咋说的？你一来，看我家这老头子的病就好一半啦。"
老妇人迈步去拿热水壶，对哈格旺丹说。

"邹大叔，您咋啦？得了啥病？"哈格旺丹急切地问。

"唉，别提了，我得的是心病。想起来心口窝就跟针扎了一
样疼呀！"邹一勺叹着气说。

哈格旺丹双眼盯着邹一勺："到底咋啦？您老说出来，也许
旺丹能帮您做点啥。"

顿了一下，邹一勺向前挪挪身子，坐到炕沿上，叙说起来。

原来，春节前的腊八节，枣林村方圆几十里，下了一场鹅毛
大雪。这雪下了三天三夜才停下来。雪停了，最开心的就是邹一
勺的孙女枣花。只有这时，她才能跟着爷爷跑到十里开外的戈壁
滩上去采药。治眼盲症的膏方里有一味药，是生长在戈壁滩低洼

处的冬草。它四季常青，只有经过大雪覆盖后的冬草才有治病的奇效。雪停后的早晨，枣花陪着邹一勺蹚着齐腰深的积雪，走了一个时辰才找到那片低洼处的小树林。爷孙俩用木铲不停地挖雪采药，不知不觉就到了中午。枣花又累又饿，坐在小树林旁的雪地上啃起了玉米饼子。忽然，一只灰里透黄的雪兔一瘸一拐地从远处跑来，血滴在雪地上连成一串殷红的线。枣花跑过去抱起雪兔说："爷爷，您看这兔子多可怜呀，不知是哪个讨厌鬼把它的腿打伤了，您快给治治吧。"邹一勺从行医包里掏出一块纱布，给雪兔简单包扎了一下。枣花怕天冷受冻，把它暖在怀里，准备带回家去调养。

"别动，这雪兔是我打的，把它还给我！"不远处传来一个男孩子的喊声。

跑过来的男孩儿，是枣林村北路边胡记野味饭馆东家胡大发之子，小名胡狗子，跟在胡狗子身后的是他的弟弟胡二狼。

慈眉善目内心歹毒的胡大发，倚仗着在绥远警局当差的弟弟胡殿奎的势力，开了"胡记野味饭馆"。挂羊头卖狗肉，坑蒙拐骗。远道而来的客人明知被坑，只能将恶气往肚子里咽，一走了之。上梁不正下梁歪，他的大儿子胡狗子是周边出了名的浪荡公子。偷鸡摸狗，流氓成性。有一次正趴在邻居家的鸡窝里偷鸡，被主人发现了，抄起木棍把胡狗子劈头盖脸地痛打一顿。胡狗子撅着屁股跑回家，一把鼻涕一把泪地叫起屈来。胡大发提着灯笼，拽着胡狗子找到那家邻居，二话不说，将灯笼往人家鸡窝旁的玉米秸垛一扔，大火顿时着了起来。他还不依不饶地跳着脚连喊带叫："你也不睁开眼瞧瞧，再敢欺负我家狗子，连房子一块儿点！"胡狗子长大后变本加厉，胡作非为，背个长筒猎枪到处乱窜。

胡狗子见枣花正把兔子抱在怀里，伸手就抢。枣花一闪身，抱紧雪兔跑到爷爷身后躲起来。胡狗子上前一把拽下枣花头上戴的雪狐皮帽，看枣花长得貌美如花，顿生邪念，搂住枣花又亲又啃。枣花蹬腿乱踢，双拳回击难以脱身。情急之下，咬住胡狗子的中指，咔的一口将中指咬掉一截。那断掉的中指被枣花连血带肉"噗"的一声吐在胡狗子的脸上，咬着牙说："姑奶奶跟你拼了！"胡狗子疼痛难忍，一头栽在雪地里，哀号着打起滚来。

胡二狼被眼前这一幕吓傻了，站在雪地里张着嘴，不知所措。

"二狼，快跑！回家去叫咱爹，给我报仇呀！"胡狗子攥着手腕，龇牙咧嘴地呻吟着。

枣花将雪兔揣进怀里，从雪地上抄起胡狗子扔下的猎枪，顶着他的脑袋高声说道："狗娘养的畜生，再敢欺负人，姑奶奶我就一枪崩了你！"

胡二狼吓得撒腿就跑，胡狗子抱着头，趴在雪地上连连求饶："姑奶奶饶命，我再也不敢了。"

"爷爷，咱们回家，冻死这个狗东西。"枣花怀抱受伤的雪兔，挎着采药包，搀扶着邹一勺往枣林村走去。

四

枣花陪着爷爷奶奶围坐在炕桌边，正准备吃晚饭，胡大发带着几个打手凶神恶煞般地冲进门来，高喊："来，把这小丫头片子给我绑了告官。"

枣花从炕上蹦下来，抄起炕角上奶奶做针线活用的剪刀，猛地朝胡大发刺来。胡大发一扭身，躲闪不及，耳朵被扎个正着。

100

胡大发哎哟一声，捂着耳朵低头正要往后退，枣花抢前一步，抓住胡大发的脖子，把剪刀顶住他的咽喉，冲那几个打手喊："谁敢过来，只要你们再敢上前半步，我一剪刀就要这老东西的命！"

胡大发仰着脖子高喊："别过来，都退出去。"

枣花看那几个打手已退出院子，松开胡大发，厉声说道："你也快滚，村里人都怕你，可姑奶奶我不怕你！再敢过来生事，就留神你的脑袋！"

胡大发捂着滴血的耳朵，三步并两步蹿出院门高喊："小丫头片子，今天我是栽你手里了，等着瞧！"

大年初一，胡大发带着绥远警局当差的弟弟胡殿奎闯进邹一勺的家门。

邹一勺的儿子、儿媳也从绥远回到家里过年。他的儿子邹继德是诚厚堂药店坐堂郎中。

胡大发拱着手说："老人家别害怕，我兄弟俩是给你二老拜年来了。"

胡殿奎叼着烟斗，吐着烟圈说："邹老先生，你这医术真是大名鼎鼎呀，就冲你这位德高望重的老中医，就是天塌下来我也高看一眼。前些日子听说我那不争气的侄子胡狗子和你的孙女有一场误会，我哥已报了警局，警局派我来处理这个案子。我看这街里街坊的，能有多大的仇呀？这事就算了。可我哥说了，他那儿子被你孙女一口咬成了残废，娶不上媳妇了，这狗子偏偏就看上你孙女了，整天哭着喊着要娶她。你若是不答应，我只能公事公办了。"

邹一勺愤怒地从炕上跳下来，拍着桌子说："你这是欺人太甚！你们不讲理，有讲理的地方。若敢打我孙女的主意，我这把老骨头就跟你们拼了！"

胡殿奎看软的不行，掏出洋枪，"啪"的一声放到桌子上，大叫着说："我看你这老东西是敬酒不吃吃罚酒，就两个条件：第一，把你孙女嫁给狗子；第二，三天之内交赔偿狗子被咬掉指头的损失费两百大洋。若是不从，我就把你孙女绑到局子里，坐大牢蹲大狱。三天之内给我回话，否则后果自负！"

"你这哪是当差的呀，纯粹是个土匪！"邹一勺一气之下，病倒在炕上。

到了第二天，枣花娘搂着女儿，流着眼泪说："爹，胡家是出了名的活阎王，咱们斗不过他，还是把枣花带回绥远吧，那里讲理的地方多。"

邹继德给父亲熬着药说："爹，枣花娘说得对，绥远警局的局长经常派人带他老娘到诚厚堂找我看病，胡殿奎若是不想穿那身黑皮了，我就再帮他加把火。"

邹一勺躺在炕上说："孩子，咱们不能吃这个眼前亏，明天一早你俩带着枣花就赶回绥远去。家里你们放心，我和你妈这两把老骨头，胡家也不敢把俺咋样喽。"

邹继德皱着眉头说："我们都走了，您老的病咋办呀？"

"你们就放心吧，我知道深浅，你别忘了，我是行医之人。就这么定了，快去收拾东西吧。"邹一勺坐了起来，催促着邹继德。

枣花不服气，嘟囔着："警察有啥了不起，不就是有把枪吗？姑奶奶不怕他！"

"枣花，先出去躲躲，过了这一劫再说。"邹一勺劝说着。

第二天一早，邹继德一家三口逃出了枣林村。当天下午，胡大发兄弟俩又来到邹一勺家，见枣花跑了，胡大发恼羞成怒，一脚踹翻了桌子，龇着牙大喊："你这个老东西！等着瞧，我让你生不如死！"

从此以后，胡大发的两个儿子隔几天就来邹一勺家捣乱，不是砸门就是往院子里扔砖头。邹一勺担心伤着看病的客人，索性摘掉行医的牌子，关门停诊。

听完邹一勺的叙说，哈格旺丹腾地从凳子上站起来，气愤地说："胡家这群混蛋，欺人太甚，我去会会他们，见一个打趴一个！"

王焕章拽着哈格旺丹的衣角，拦着说："哈大哥，冷静。咱们若去胡家，他知道是替邹大叔出气。等咱走了，胡家更要报复，邹大叔难得安宁。还需想个两全其美的计策。"

"三哥，哈大哥，木奇兄弟，我能看见你们了，我的眼睛好了！"杨康从炕上跳下来，高兴地说。

"太好了！邹大叔药到病除，不愧邹一勺这个称号，多谢您了！"王焕章站起身，拱手向邹一勺道谢。转过身看着杨康和乌木奇说，"二弟，你和木奇兄弟去村口，咱们的驼队都在那儿等着呢。取十双鞋给邹大叔送过来。我和哈大哥商量点事情。"

杨康、乌木奇出去后，王焕章拉着哈格旺丹对邹一勺说："大叔，您静养身体，我俩先出去一会儿。"

来到院子里，王焕章低声说："哈大哥，对付胡家我倒是有个想法。咱们一会儿要路过胡家的野味饭馆，他不是总以假乱真坑害过往的客人吗？咱就去他那里吃饭，到时候见机行事。"

哈格旺丹点头称是，又低下头和王焕章耳语一番。

杨康抱着十双鞋进了大门，王焕章、哈格旺丹跟着杨康又回到屋子里。哈格旺丹说："邹大叔，邹婶，这十双鞋是王掌柜送给您二老穿的。这些日子二老受苦了。您放心，以后胡家不敢再来捣乱了，您踏踏实实养病，等病好了接着开门行医，张库大道来来往往的客人需要您。"

告别了邹一勺，驼镖队沿着张库大道向北前行。不到半里的路程，来到挂着"胡记"幌子的野味饭馆。

哈格旺丹向前高喊："弟兄们，停下脚。今天就在胡记吃饭。"

听到驼铃声，饭馆的两个伙计快步迎上来："客官，一路辛苦，在我家歇脚吃饭吧，我家可是山珍野味齐全呀！"

走进饭馆，王焕章和哈格旺丹对坐在圆桌前。哈格旺丹看着菜单："叫你家掌柜的过来，给我找几道拿手的好菜。"

"不用叫，我来了。刚去后厨安排了一下，客官，慢待您了！"胡大发满脸堆笑，哈着腰来到桌前。

"你就是胡掌柜？"哈格旺丹瞪着眼问。

胡大发仍弯着腰："我就是胡大发，这饭馆是我开的。我俩儿子打猎刚回来，您看挂着的山鸡、野兔，都是刚打回来的。我这儿还有穿山甲、鹿肉、狍子肉，您想吃哪口？"

"大哥，抓了两个贼！我们刚把骆驼拴好正往屋里走，这两个贼就用刀子割咱家的货袋子。"乌木奇和两个伙计把捆着双手的胡狗子和胡二狼推了过来。

哈格旺丹不动声色，说："好小子，光天化日之下就敢偷东西，把他俩捆好，等咱吃饱喝足送去报官。"

"别，别，客官您手下留情，这是我两个犬子，您就大人不记小人过，饶了他俩吧。"胡大发堆着笑脸，为两个儿子求情。

哈格旺丹一拍桌子，厉声说道："好啊！原来你开的这是黑店。木奇，去，把他家那幌子摘了。"

胡大发一听，顿时翻了脸，恶狠狠地说："我说各位，你们识相点，也不打听打听我胡大发是啥样人！你们一个外地拉活的，还敢在胡记撒野。伙计们，给我抄家伙，往死里打！"

几个伙计手握刀棒从后厨冲出来，朝哈格旺丹和王焕章奔来，抢刀就砍。

哈格旺丹一闪身站起来，两手攥住桌沿，提起来用力一掀，啪的一声，将胡大发和那几个伙计打翻在地。胡大发翻身从地上爬起来，一头向哈格旺丹撞去。哈格旺丹向后一撤步，抬腿就是一脚，将胡大发踢倒在地，当的一声撞在桌角上。他捂着出血的脑袋，哀号着钻进后厨，端着猎枪冲了出来："呀！我让你脑袋搬家！"瞄准哈格旺丹大叫着。

"哈大哥小心！"随着一声大喊，王焕章袖子一甩，"唰唰！"两把飞镖直向胡大发的胳膊飞去。"妈哟！"猎枪应声落地。哈格旺丹扑过去，将胡大发踩在脚下，说："木奇，把这老贼给绑喽，一块儿去报官。"

"好汉饶命！我有眼无珠，得罪了好汉，饶命。"胡大发坐起身，抱着受伤的胳膊，连连求饶。

乌木奇捆着胡大发，说："大哥，我看咱也别费劲了，就把这仨畜生捆好，一块儿扔到前面那个野山沟里喂狼吧！"

哈格旺丹揪着胡狗子的耳朵厉声说："姓胡的，还有你这两个兔崽子，倚仗着在警局当差的弟弟，在此地坑蒙拐骗，仗势欺人，做那些猪狗不如的勾当。一会儿就把你仨扔到狼窝里去喂狼！"

"别！别！我再也不敢了，爷爷饶命！"胡狗子缩着脖子，往后仰着，吓出的尿从裤子流出来，顺着砖缝流到胡大发的屁股底下。胡大发把屁股挪了挪，瞪着胡狗子："瞧你那熊样，没出息的东西！"又抬起头，央求着哈格旺丹，"好汉，您大人不记小人过。这些年我在枣林村仗势欺人，坑蒙前来吃饭的客人，我罪该万死！我知错了，今后再也不敢了，您就饶过我们这三条小命吧！"

王焕章走上前来，劝说着哈格旺丹："大哥，我看就饶他们这回吧，给我个面子。他们以后若再敢欺负邻里乡亲，再敢坑骗往来客人，不用您动手，我就替您宰了这三个畜生。"

"好，就给我兄弟这个面子，饶了你们。但你仨给我记住，这条张库路我是常来常往，只要我听说谁又被你胡家欺负了，坑了，那我就过来一次揍你们一次。看见房顶上挂着的野鸡野兔了吧？"说着，哈格旺丹掏出腰刀一甩，嗖的一声打过去，那几只野鸡野兔瞬间落在地上，"若再敢胡作非为，这几只畜生就是你仨的下场！"

胡大发看傻了眼，哆嗦着喊他那两个儿子："快，给好汉磕头，谢饶命之恩。以后再借我十个胆儿也不敢了。"

"起来吧，我谅你们也不敢了。真扫兴，这饭也不想吃了。木奇，招呼弟兄们，开拔。"哈格旺丹捡起腰刀，大声地说着，转身走出胡记野味饭馆。

驼镖队继续前行，那清脆的驼铃声，伴着盘旋在头顶上苍鹰的鸣叫声，在空中回荡，飘向远方。

第 五 章

一

驼镖队沿着张库大道一路前行，穿越戈壁荒滩，崇山峻岭。展现在眼前的，是一望无际的蒙古大草原。

王焕章一扫往日的疲惫，手拉马的缰绳，遥望着蓝天白云下的远方，情怀荡漾。他快马加鞭，飞奔在美丽富饶的大草原上。挥舞着双臂高喊："大草原，我来啦！"

终于回到自己的家乡，驼镖队的伙计们放松了紧绷着的神经，他们步履轻盈地拉着骆驼，边走边唱，载歌载舞。

杨康也被驼镖队那轻松欢快的氛围感染着，跳下马，从背包里掏出半瓶老白干，和哈格旺丹对饮起来。

哈格旺丹喝着老白干，扬头对马上观景的王焕章说："焕章弟，谢天谢地，终于回到了我的家乡。等进了城，请你喝上等的马奶酒，啃最鲜美的羊腿！"

王焕章笑着大声说："好！到时候我陪着兄弟们喝个一醉方休！"

杨康也凑着热闹开起了玩笑："三哥，到时候你可要多加小心，留神蒙古妹子把你灌醉后，扛到蒙古包闺房里去呀，哈哈！"

乌木奇走过来，正好听见杨康开的玩笑，推了他一把说："你也得留神，到时候若是哪个妹子看上你，就是哭爹喊娘也没用了。"

随着欢快的驼铃马嘶声，来到一条宽阔的河岸边。即将过桥了，哈格旺丹高声说："兄弟们，多加小心，拉好手中的缰绳，咱们过大黑河喽！"

哈格旺丹示意王焕章和杨康从马上下来，说："焕章弟走好，这条大黑河是我们绥远人的母亲河。这河既宽且长，走在桥上马和骆驼容易受惊吓。拉紧缰绳，用身体贴住马的脖子，这样走起来才安稳。"

王焕章和杨康按照哈格旺丹说的办法动作着，跨过木桥，平稳地来到河对岸。

哈格旺丹松了一口气，说："焕章弟，前年，我带过一个驼队，当走到桥中央时，一匹骆驼被飞来的一群灰鹭惊吓住了，四蹄乱晃，一下子从桥上蹿到河里。那骆驼上驮的是一对唐朝官窑大瓷瓶，是掌柜的从琉璃厂淘来的心爱之物。可把他急坏了，他搓着双手站在桥上，冲我直撇蹦。我脱下衣服一猛子钻进水里。幸亏我还有点水性，把骆驼拽上了岸。菩萨保佑，那对儿大瓷瓶完好无损。要是真摔碎喽，我这一年的驼镖就白瞎了。"

过了大黑河，又走了半个时辰，哈格旺丹说："焕章弟，前边路过一个小酒馆。快到中午了，一时半会儿还进不了城，弟兄们也累了，就在那里吃点饭，歇歇脚，再赶路也不迟。"

"好，就听哈大哥的。二弟，下马。"王焕章答应着，招呼杨康跳下了马。

"三哥，您看那草甸子都发绿了。"杨康拉着马向前走着，指着眼前的草丛兴奋地欢呼，"大草原的春天来了！"他的呼喊声惊吓到草丛里的飞鸟，它们扑棱着翅膀鸣叫着向远方飞去。

哈格旺丹坐在王焕章和杨康的对面，掏出腰间的大扁酒壶，"咕咚！咕咚！"喝了两口，说："前面不远就是小黑河，过了小黑河，再走几里路咱们就要进城了。小黑河距大黑河和绥远城都是十里地。你们往北看那座大山，叫大青山，绥远城就在大青山的脚下。"

杨康好奇地问："哈大哥，你这一会儿大黑河一会儿小黑河又是大青山的，我听着都耳生。你能再多介绍几句么？"

哈格旺丹放下酒壶，说："是啊，你和焕章弟初来此地，对啥都是陌生的。大黑河和小黑河都是黄河的支流。我就给你俩讲一段大小黑河的传说吧。"他将腰板挺直，思索着，讲了起来，"北边的大青山东段叫蟠龙山，蟠龙山东面叫官山，西面叫黑山。东面的官山住着大黑龙和小黑龙，西面的黑山住着小白龙。大黑龙和小黑龙天生爱玩，好吃懒做，不爱劳动，且经常惹是生非，殃及百姓，把山上和山前的平川搅得乌烟瘴气。这官山本来是风景如画的宝地，可大小黑龙愣是把一个人间仙境折腾得破败不堪。而住在黑山的小白龙可是好样的，勤奋好学，热爱劳动，把黑山建是松柏参天，壮美秀丽，当地百姓对小白龙顶礼膜拜，奉为造福一方之龙。大小黑龙看在眼里，恨在心上，决定杀死小白龙，把黑山霸占过去。三条龙激战三天三夜，由于势单力薄，小白龙身心疲惫，伤痕累累。危急关头，小白龙化身青烟直奔蟠龙洞，向老苍龙借出龙泉宝剑，用尽力气刺向黑云中的大小黑龙。只听两声惨叫，天空掉下两摊黑血，向西南流去，这便是今天的大黑河、小黑河。大小黑龙变为化石，蜷卧在大窑山的半山坡，就是如今的双龙山。"哈格旺丹动情地讲述着，意犹未尽，"绥远有悠久的历史和文化，街头巷尾流传着许多传说故事，几天几夜也说不完，今天我先开个头，等以后你们进城做上生意了，会听到更多的传说故事，也会慢慢地爱上这个美丽的大草原。"

乌木奇安顿好驼队，来到哈格旺丹身边坐下，接着哈格旺丹的话茬说："我说王掌柜，您到我们这地界上做生意那可是来对了，绥远城可是当年乾隆爷选的地儿。跟您说，这绥远城后有大青山，前有大小黑河，左边有哈啦沁沟，右边有红山口沟。前有灵水，后有圣山，是吉祥宝地。走西口过来的各路神仙们，一来到绥远城就不想再挪动了。那些买卖人脑瓜可灵了，赚我们蒙古人的钱，那可是哗哗的。"

哈格旺丹嘴里嚼着牛肉丝，说："木奇兄弟说的不假，那些内地人难道是吃了灵丹妙药还是咋地啦？把我们蒙古族人给涮的溜溜转，还乐颠儿地给他们数钱，你说这理可咋讲呀！"

杨康笑着说："哈大哥，还说蒙古族人不聪明，你这一路带着驼镖队，穿冰川，走戈壁，翻越雪山，过险滩，多少个艰难险阻，你都是逢凶化吉，遇难呈祥，赛过了孙悟空。你是没长毛儿，要是长了毛儿，比猴还鬼。"

王焕章也开心地笑着说："咱们这一路多亏有哈大哥这么个好镖师。来，我敬你一杯！等到了绥远城，买卖做好了，请您吃满汉全席。"

哈格旺丹高兴地站起来，双手托着大扁壶，冲着驼镖队的伙计们说："弟兄们，共同举杯，感谢王掌柜照顾咱们的生意！祝福水升斋马到成功，多给王掌柜护镖！"

伙计们都站起来，将碗中的白酒一饮而尽，高喊："马到成功！"

跨过小黑河，驼镖队一路北行。当西边的太阳在遥远的天边垂挂着的时候，一座高耸厚重的古城呈现在眼前。

"三哥，快看，前面就是绥远城了！"杨康仰着头，手指着前方兴奋地说。

王焕章双腿一夹马肚子，朝前蹿了两步，仰头看那城门楼上雕琢着"归化城"三个大字，心里嘀咕着："不是说绥远城吗？咋是归化城？"

"焕章弟，进了这个城门就是归化老城，绥远城在归化城东北方向，距离这儿还有五里的路程。"哈格旺丹手指着东北方向接着说，"早先就只有这个归化城，乾隆爷的时候，为增加兵力，在归化城边上新建了那座八旗军队的驻防城，乾隆爷专门赐名'绥远'，就是绥靖远方的意思。"

王焕章顺着哈格旺丹手指的方向，看那在晚霞中隐现的绥远城，四四方方，向上折射着金色的光芒。在还黄泛绿的大草原上，宛若海市蜃楼般的仙境，心中油然升腾着诗画般的情怀。他心中感叹："阆苑仙葩，草原明珠。"

哈格旺丹看王焕章有些疑惑的表情，解释说："那绥远城我们管它叫新城，是军事重镇。这归化城是旧城，它是商业重镇。你一进这城门就会看到买卖商铺满街筒子都是，那热闹劲儿，不次于北京的马羊市场。"

王焕章点头听着，跳下马，说："好嘞，咱们进归化城。"

走进大南街，王焕章被街道两旁密集的店铺吸引住视线。他牵着马左右光顾着街两旁店铺挂着的牌匾：明魁帽庄、复兴永药店、德和楼清真饭庄、忠义恒绸布店……走到路西德华兴帽庄匾下，他仰头仔细盯着匾额上的五个大字，对杨康说："二弟，看这几个大字，写得多带劲呀！这字体显然是出于颜真卿的《告身帖》。"

杨康看着匾额，说："是像，我看和你在柜上常临的那本字帖有点相似。"

"这字写得笔笔到家，虽无一笔出锋，却稳中见活，中锋圆笔，绵里藏针，真是耐人寻味，呼之欲出。"王焕章仔细品味着蓝底金字的大匾，赞不绝口。

杨康指着落款说："您看这署名是谢沛霖写的。"

王焕章来了兴致："这位老先生是当今鼎鼎大名的翰林大学士，难怪这书风韵味无穷。等永升斋要是在这地界儿上有一席之地，咱就在这条街上开个分店，也请名人题匾。"他望着杨康半信半疑的双眼，接着说，"我在报子街老三顺斋鞋铺附近看到过一块匾，也是当今翰林大学士写的，他叫祝椿年。听吴裕泰茶庄老掌柜说，东家在茶庄开业时，花五两银子请祝老爷子写的，永升斋若想题匾的话，老掌柜说他可以请到祝椿年。"

杨康大笑起来："三哥，您总是把事情往远处想，哈大哥他们都走远了，快追去吧。我可饿得不行了，这肚子咕噜咕噜不答应了，哈哈！"

二

归化城大南街北头的驼运店，两进院落，前院是旅店，后院有骆驼圈和存放客商货物的库房。

四月的大草原仍寒风刺骨，驼运店的窗沿被寒风吹得唰唰作响。天刚放亮，王焕章从土炕上爬起来，推开门，在院子里打了两套太极拳，仍抵不住寒风的侵袭，披上棉袍，一转身又回到屋子里，借着微弱的灯光读起书来。

一轮红日从遥远的东方冉冉升起,整个大草原笼罩在暖意融融的霞光中。

吃过早餐,哈格旺丹与王焕章结清了账,双手抱拳说:"焕章弟,我家就住在大青山上,等我下次带镖回来再来看你。你和杨康初来乍到,处处要多加小心,买卖做得如何先不说,还是平平安安为重。"

王焕章动情地说:"哈大哥,这一路多亏你的守护,我们能平安来到归化老城,感激不尽!这一袋银圆和两双布鞋是我孝敬你老母亲和老父亲的。再顺便替我给老爷子带回两瓶老酒。"

哈格旺丹双手接过鞋和银圆袋子说:"焕章弟,这一路你舍身救了我两次命,我也是个知恩图报之人,咱哥俩后会有期。吉人自有天相,盼着永升斋鞋庄早日在归化城扎根发达。"

哈格旺丹招呼伙计们拉着骆驼依依不舍地向王焕章、杨康道别。他俩把骆驼队送出大门口,直到拐进胡同不见了踪影才转身又回到驼店。

"二弟,咱俩趁着天还早,先去集市找个摊位试试运气。"王焕章话音未落,忽听窗外一声高喊:"焕章弟,我还有话要说。"

听到喊声,王焕章站起身准备出门迎着哈格旺丹,哈格旺丹手握马鞭,已经气喘吁吁地跑了进来:"焕章弟,还有一句话我要告诉你,我有一个堂弟叫哈达汗,在归化城商会当差,他为人很仗义,万一遇到啥坎儿就去找他帮忙,提我哈格旺丹就妥了。"他说着,从腰里掏出一把带着绿松石穗,棕色牛皮套,刀把上镶嵌着一颗红宝石的蒙古腰刀,"你把它带在身上,一旦遇到危险,就把它掏出来,也许好使。再见啦焕章弟,我去追骆驼队。"

王焕章接过腰刀,望着哈格旺丹远去的背影,心中默默祈祷:

"哈大哥，吉人自有天相！"

王焕章和杨康背着老北京千层底布鞋，早早来到逢单日才有的杂货集市。由于来得早，大部分商贩还没有到。他俩找到一个宽敞的摊位，用布巾擦净摊板上的尘土，打开布包，把鞋整齐地摆满了摊位。

集市上的人流逐渐多了起来，商贩们肩扛手提着各种物品，纷纷找着合适的摊位，码放好货物就高声叫卖起来。

杨康站在摊位后边，也大声地喊："快来瞧，快来看啦！新来的北京永升斋千层底布鞋，禁磨又禁穿啦！不看的您后悔，不买的您更后悔啦！"

杨康这一口纯正的北京腔，博得不少好奇的眼光。摊位前顿时热闹起来。有的人真是为了看鞋，而有些人却是被杨康的北京腔吸引而来。

"北京人，少见呀，新来的吧？"一位身穿长袍头戴棉毡帽，操着山西口音的中年人，手里举着布鞋，看着杨康。

杨康叫卖着，和中年人搭着话："还是您有眼力，昨儿晚上我们才到这归化城。"

中年人掏出钱，对杨康说："开春儿了，我正想买两双布鞋穿。巧了，想啥来啥，得嘞，给我包两双。"

一位长满络腮胡子的蒙古族青年探着身子，说："两位小哥，我想给老爹买两双，他老人家两年前穿过一双老北京千层底布鞋，是我舅舅从北京带回来的，老父亲说穿着可舒服了，一直嚷嚷着让我再给他买。我把归化城都转遍了，也没见到卖的。这下可好了，先买两双。"

王焕章把包好的布鞋递给蒙古族青年，笑着说："您拿好喽，这回就别满城找了，我们这一来就不走了，专卖自家产的老北京千层底布鞋。"

一会儿的工夫，摆在摊位上的布鞋卖出去八双。杨康的嘴紧贴着王焕章的耳朵说："三哥，旗开得胜，等下个集市还得多背点。"

王焕章会心地笑着："先摸摸行情，这个杂货集市有啥规矩还不懂，一会儿我去打听打听。"

正说着，鞋摊周围的人群突然躁动起来。只见一个下巴上长满卷曲胡须，一脸横肉的中年大汉，一把推开人群，操着山西口音冲着摊位高喊："哪个不长眼的，吃了豹子胆！敢抢占我的摊位，还不快给我滚开！"

杨康镇定自若，温和地说："这位兄弟，你息怒，我们刚来，还请多关照。"

"谁跟你是兄弟，快给我滚！"中年大汉抄起铺在摊板上的包布一撩，哗的一下，布鞋被扬得满天飞。

杨康被中年大汉无理蛮横的举动激怒了，抄起摊位下面的一截木棍准备应战。

王焕章一把拽住杨康的手臂说："二弟，何必呀！"他一挪身，站在中年大汉眼前，说，"这位老哥，我们初来卖货，也许是不懂规矩，冒犯了您，请高抬贵手。"

"还高抬贵手？我要高抬手揍扁你！"中年大汉瞪着眼不依不饶，抬手向王焕章面门打来。

王焕章一闪身，抬起左手迎着中年大汉打过来的拳，一把将其手腕攥住，向上一提，那大汉嗷的一声，像木头桩子一样被钉在地上。

"二弟，把鞋收拾起来，这摊位让给他，咱再另找别处。"

围观的人群没看出中年大汉的异常，都为这两个年轻人捏了一把汗。

　　王焕章左手向下一抖，大汉又恢复了原状，满脸横肉嘟噜着，双手下垂，龇牙咧嘴原地乱蹦。他弯下腰，低头捡着掉在地上的布鞋。一位和王焕章年岁相仿的汉族人弯下腰，小声说："这位小哥，你们刚来还不知道这儿的深浅。那个混蛋是山西人，他好吃懒做，专门欺负新来的外地人，抢夺别人的货物自己卖。集市上的人都避让他三分，如今他得寸进尺，像疯狗一样到处咬人，你俩还是到别处躲躲吧。"

　　王焕章捡起鞋，直起身子，笑着说："多谢小哥指点，我们到别处卖货。"他扬起头，拱着手，冲着围观的人群说，"给大家添麻烦了，我俩从北京初来至此，还请各位指点、关照。我们永升斋老北京千层底布鞋是自产自销，凭良心做生意，请大家记住永升斋这个牌子。"

　　中年大汉见自己吃了个哑巴亏，恼羞成怒，抽出腰刀向王焕章刺去。

　　王焕章和杨康背着剩余的鞋转身刚要走，突然听背后一声高喊："小哥留神，身后有刀！"王焕章听到喊声猛回头，看到中年大汉手举腰刀正朝自己刺来。说时迟，那时快，他拽紧肩上的鞋包用力一挥，鞋包迎住刀刃，飞起右腿向中年大汉胸部踢去，那大汉"妈呀"一声惨叫，撞向围观的人群滚到地上。王焕章跨步向前，顺势踩住中年大汉的手腕，用力一捻，"唉哟！妈哟！好汉饶命，我再也不敢了。"

　　围观的人群被这惊险的一幕吓呆了，看到令人厌恶的恶人被制服，人群中响起一片叫好声："小哥好样的！打得好！这个缺德的无赖，看你今后还敢再欺负人！"

王焕章向人群挥着手，又低头看着中年大汉，厉声说："我从今以后就在这集市上卖鞋，以前别人怕你，不敢惹你，如今没有人再怕你！你若再欺负人，我见到你一次打你一次！"

中年大汉趴在地上，托着伤手痛苦地说："好汉饶命，我再也不敢了。"

一个蒙古族年轻人从人群中钻进来，对王焕章说："小哥，好样的！刚才我看见他举着刀要砍你，是我喊的。你到我家摊位旁边摆个鞋摊吧，我家是开皮货店的坐商，有固定摊位。"

蒙古族青年把他俩带到自己的摊位前，钻到羊皮摊的下边，抽出一块木板热情地说："来，把它用砖头架起来，就可以摆鞋卖了。"

杨康接过木板说："真是谢谢了！"

"我爹可喜欢北京人了！他每次跟着皮货商到北京去送货，都会带回好吃好玩的东西给我们。"蒙古族青年坐在皮货摊的后面，揣着手，和王焕章他俩聊了起来。

王焕章坐在蒙古族青年身旁，说："真是太谢谢了，遇上您这位好心人，是我俩的福分。"

蒙古族青年摇着手说："别客气，出门在外都不容易，我最恨刚才那个无赖，仗着身大力不亏，欺负人。这回他可是遭到报应了！"

"我俩刚来到这儿，集市上的规矩也不懂，您能给我俩说说吗？"王焕章看着蒙古族青年，诚恳地说。

蒙古族青年将头凑过来，低声说："倒也没啥规矩，就是得按时交摊位费，临近中午的时候，收摊位费的人就该过来了，是个老滑头，他专门估计你摆在摊位上货的价钱，可多可少，全凭他一张嘴。见到他客气点，老滑头吃软不吃硬。再有就是你俩不要把鞋都摆在摊位上，卖一双再摆上一双。老滑头过来，就只按一双鞋的估价收你们的摊位费。"

王焕章笑着说："谢谢指点，我按规矩来。"

临近中午，带来的五十双老北京千层底布鞋全部卖了出去。杨康兴奋地说："三哥，这半天的工夫鞋都卖光了，比在北京卖的价钱还高。"

这时，收摊位费的老先生来到摊位前，冲着王焕章说："我认出来了，你就是早上打趴那个无赖的英雄好汉！我得替全集市上的人给你竖大拇指。得嘞，打今儿以后，你就踏踏实实卖你的鞋，摊位费全免了！"

王焕章不敢相信自己的耳朵，疑惑地对老先生说："别呀，老大爷，交摊位费是集市上的规矩，我俩可不能破了您老的规矩呀！"

老先生一扬手："规矩是人定的，我说不收就不收了，这就是规矩！"

蒙古族青年也凑起了热闹："滑大爷，您这规矩改得挺快，把我的摊位费也免了吧，求您啦！嘿嘿！"

老先生扭头瞪着蒙古族青年说："谁是你滑大爷？我有名有姓，再这么叫我把你眼珠子挖下来当球踢！你也想免摊位费？那就长本事，早前你小子要是能把那个无赖制服，这摊位费我早就给你免了！哈哈！"

老先生看着王焕章说："你俩坐在这半天儿了，口渴了吧，下次再来带着杯子，白开水我管够。"

王焕章站起来给老先生鞠了一躬说："多谢老大爷！下次我

就到您那儿倒水喝。我俩刚来归化城，一会儿还要到城里去转转。给您老添麻烦了，请您以后多关照。"

老先生笑着说："别客气，你来这集上，我心里踏实，以后也别去别的集上卖鞋了，就在我这儿卖，这儿的买主多。"说着，他看着蒙古族青年，"你小子以后多照应着他俩，赶上风呀雨的你就让他俩在你帐篷里避一避，别总盯着那点摊位费。"

蒙古族青年也乐了："瞧您，别总看不起我。集市门口那堵墙要不是我出钱，您可还得到处瞎转悠呢。您老放心，这俩小哥包在我身上了，您就瞧好吧，哈哈！"

老先生乐着走开了。蒙古族青年坐在摊位前，仍揣着手，对王焕章说："这个摊位是我爸买的，那个老滑头跟我爸是铁哥们。小的时候他俩在一个屯子里放牧，有一年正赶上暴风雪，差一点就把他俩埋在雪里回不去家了，后来被一只骆驼队给救了。我身后的帐篷是库房，当年也是老滑头同意我父亲建的。你俩若信得过我，可把鞋多带些来，卖剩下的就放在帐篷里，下次接着卖，省得来回瞎折腾。"

"真是遇见了活菩萨，那就多谢了！"王焕章感谢着蒙古族青年，感谢着收摊位费的老先生，感谢着美丽宽广的大草原。

三

王焕章和杨康步履轻盈地走出杂货集市，嘈杂的喧嚣被甩在身后，只有成群的麻雀在含苞待放的树梢上叽叽喳喳地叫个不停，好像是在欢迎这两位远道而来又旗开得胜的英俊后生。

来到大北街，密集的店铺映入眼帘。王焕章忘记了春寒和饥饿，平时的书法情结被一块块端庄有力的匾额激发出来。

杨康深知他的爱好，自知阻止不了他的任性，就跟在身后听着他饶有兴致的点评。

王焕章扬手指着明魁帽庄的大匾说："二弟你看，这匾是冯恕老先生写的，很有刘石庵、翁同龢的风格。"他看着杨康，加快了语速，"冯恕老先生在北京可是个大名家，浙江人，在河北出生，他也是军事家，曾当过海军军枢司司长。北京大栅栏'张一元茶庄'、西四'同和居饭庄'牌匾就是冯老先生的手笔。"

杨康不解地问："三哥，您咋知道那么多呀，北京的牌匾我倒是见过不少，可就是没琢磨过写牌匾的人都是谁。"

王焕章兴奋地说："看牌匾能学到很多知识，从书法的风格到书家的来历，人品道德，就是一本教科书。咱就说冯恕老先生吧，他虽高居官位，可也有受穷的时候，他曾为生活所迫，不得不靠卖字谋生，除为人写牌匾外，还写对联、墓志。为能养家糊口，年过六十岁的老母亲，常为他磨墨抻纸到深夜。二弟你说，人生在世，几经磨难，不容易呀！"

杨康点头赞叹："没想到这小小的一块匾，让三哥您说出这么多话，真了不起！"

王焕章看杨康对他的点评有了兴趣，拽着他来到另一块牌匾下，仰着头说："二弟，你看这'复兴永'三个大字也是颜体，多有大家风范。"

杨康饿得实在忍不住了，说："三哥，你满大街地看匾，有了精神食粮，把吃饭的事儿都忘了，我可饿得不行了。"

王焕章经杨康这么一说，也顿觉饥肠辘辘起来，抱歉地说："对不住了，我一看这名人题字就走不动道儿。得嘞，前面挂灯笼那家准是个酒馆，咱哥俩去喝两盅。"

这是一家上下两层的酒馆，客人早已把一层的餐桌坐得满满当当，看衣着打扮大多是从杂货集市赶集回来的商贩。满屋子呛人的土烟叶味和酒菜的味道夹杂在一起，五味杂陈。

酒馆伙计弯着腰，伸着胳膊客气地把他俩让到楼上，说："二位客官，只能屈尊楼上了。我家酒馆在归化城别的不行，就是蒙古小烧儿和薄皮大馅羊肉水饺有名。这是菜单，您慢用。"

小伙计斟满两碗大麦茶，弓身又到楼下去迎接新的客人。王焕章大口喝着茶，说："好清香的大麦茶，真是解渴。"

杨康也喝了一口，开着玩笑说："三哥您是真渴了，喝白开水都是有滋有味的。"

王焕章也被逗乐了，喝着茶，冲身旁陪侍的酒馆伙计说："先来一斤蒙古小烧儿酒，半斤酱牛肉，半斤羊头肉，一锅白菜粉条炖豆腐，一斤羊肉大葱饺子。"

"三哥，您这又是肉又是菜的，不想过了吧？"杨康笑着说。

王焕章把菜单递给伙计，回过头对杨康说："今儿是咱哥俩来归化城头一次卖鞋，头一次下馆子。人是铁饭是钢，吃好喝好才能保证身子骨好，才能在这儿待下去。等卖完这批鞋还不知猴年马月呢，吃饱喝足了不想家。"

酒过三巡菜过五味，两个年轻人畅谈正欢。忽然，几声清脆的竹板声从楼梯口传了过来。只见一个衣着整洁的小姑娘，领着戴墨镜的盲人老者，直向王焕章吃饭的桌子走来。盲人老者身穿长袍，左手拄着拐杖，右手打着竹板，儒雅地站在小姑娘身旁。

"两位大哥好，这是我瞎爷爷，老家是山西祁县的。我爷爷虽说眼瞎，心里可亮堂着那。当年我爷爷走西口，被土匪抢劫，伤了一只眼，后来两只眼睛都失明了，来到归化城一直靠说快板挣钱养家。我爷爷说一口好快板儿，特别是在归化城发生的事儿，他都能编成故事用快板说出来。我们爷孙俩不是要饭的，二位大哥也不必可怜，我和爷爷靠卖艺吃饭。听着好，您就给点赏钱，听得不好那您抬脚就走。"小姑娘亭亭玉立地站着，不卑不亢。

王焕章站起身，把小姑娘和瞎爷爷让到座位上，说："老先生请坐，我俩刚从北京来到这儿，人生地不熟的，还真想听些新鲜事儿，那就请您老说一段儿吧。"

瞎爷爷说："听客官这么一说，是走西口过来的，那就说一段前年发生在归化城的真人真事儿吧。"说着，他举起竹板儿打了起来：

> 竹板儿响，响连天，
> 两位客官你听我言。
> 就在去年孟春月，
> 归化城里武林战。
> 此事一说话就长，
> 听我慢表您别烦。
>
> 大盛魁商号雄塞北，
> 万只骆驼踏草原。
> 生意红火惹人妒，
> 常被土匪来暗算。
> 土匪头子流失儿，
> 武艺高强豺狼胆。
> 伸臂可举猛牛犊，

起脚踢得人马翻。

摔跤草原无人敌，

百步开弓兽中箭。

明里结交官吏做保镖，

暗里打家劫舍罪滔天。

话说祁县一高手，

姓戴名奎字寰天。

大盛魁三请治恶人，

赤胆降魔要出山。

流失儿不服下战书，

五月孟春要打三天。

流失儿身高体又壮，

形如铁牛赛罗汉。

戴奎骨瘦又如柴，

形如灵鼠赛鹰犬。

流失儿心高气又傲，

戴奎静如处子气运丹田。

就在归化驼运店，

一场恶战在眼前。

流失儿举起石磙千斤重，

双手一送砸脚前。

戴奎单脚一踢石磙飞，

一丈开外落回还。

流失儿见状吃一惊，

冲向戴奎猛挥拳。

戴奎发力连破招，

流失儿穴窝被指点。

不可一世的流失儿，

耷拉脑袋命归天。

从此塞外呈太平，

大盛魁足迹遍草原。

竹板儿响，响连天，

列位客官听我言。

若问大盛魁店在何地？

顺着大南街您往北看，

往北看……

　　瞎爷爷一口气把这段精彩故事说完了，整个二楼的客人都叫着好，鼓起掌来。

　　王焕章掏出一串铜钱递给小姑娘，说："小妹妹，感谢你爷爷的快板书，这点钱留着给你爷爷买点酒喝吧。"

　　瞎爷爷听着王焕章的话，欠起身，双手抱拳："多谢这位客官了！"

　　王焕章说："您老不用谢，我还有一事向您求教。这大盛魁商号，我们昨儿晚上进城时从大南街往北见到了，您说这个故事是真的吗？"

　　瞎爷爷说："我们盲人不打诳语，这件事全归化城的人都知道。大盛魁掌柜的那可是大善人，对我这瞎子可照顾了！"

王焕章倒满一杯茶，端过去递到瞎爷爷的手里说："老先生请您再喝杯茶，我想再听您说说大盛魁。"

瞎爷爷端着茶杯，喝了一口，说："大盛魁的总号起初设在乌里雅苏台，后迁驻咱们这归化城。他们从全国各地贩运商品，到蒙古草原来卖。组成好多个驼队，用骆驼驮着砖茶、生烟、洋布、斜纹布及针线啥的，走遍蒙古包送货上门。他们是夏天卖了货，换成羊、马，冬天卖了货换成皮革。大盛魁的买卖真是做到家了。不仅赚到了大钱，还和蒙古人交上了朋友。"

"老先生，请到楼下吧，楼下等着听您说快板儿呢。"酒馆的伙计从楼下跑上来，拽着瞎爷爷的袖口说。

瞎爷爷攥着快板儿，双手抱拳对王焕章说："这位年轻人，我虽说眼睛看不到你的真容，可我已感受到你的善良和气度，在归化城定有好运等着你，努力吧！再会！"说着，他转过身，在孙女的搀扶下，向楼下走去。

王焕章目送着爷孙俩走去的背影，两眼凝滞，坐在餐桌旁，沉默不语，想着心事。

"三哥，您刚才给说快板儿的钱可是咱们卖出好几双鞋的钱那！"杨康指着楼梯的方向抱怨着。

王焕章被杨康的话叫醒，"腾"地站起来，抓着杨康的胳膊兴奋地说："二弟，快去结账，咱们回驼运店！"

杨康结完账，跟在王焕章的身后下了楼，追着问："三哥，这么早就回驼运店干吗呀？您不是说再逛逛这几条街吗？"

王焕章迈着大步，头也不回，说："二弟，今儿这快板儿书听值了。咱老北京千层底布鞋若是能搭上大盛魁商号这趟车，那可就不愁卖了。快回驼运店找出刘苍岩兄家的地址，我想早点见到他。"

杨康恍然大悟，张开双臂，扭着身子高喊："我三哥真乃神人也！回驼运店喽！"

四

王焕章从酒馆里出来，飞奔着来到驼运店，打开行李包裹，找出特意为刘苍岩母亲买的怀表和在北京写给他的地址：归化城小召前街永和皮货店。他手里攥着地址条，恨不得一步就迈进刘苍岩的家门。

杨康气喘吁吁地追了进来，擦着汗说："三哥，您跑的咋跟兔子似的？"

王焕章换着衣服，说："二弟，你在家里先把库房的鞋整理一下，明儿一大早咱俩走街串巷去卖。"

"三哥，你穿上这身儿长袍马褂可真神气，跟新姑爷似的，到外边去办事可别被哪家姑娘瞄上，那我家三嫂子可饶不了你！哈哈！"杨康上下打量着王焕章，开起了玩笑。

王焕章走出驼运店，从大南街糕点铺买了一盒糕点，急匆匆地向小召前街走去。

找到永和皮货店，一个满脸稚气的小伙计迎了上来，热情地说："客官，您里面请。这大凉天儿还满脸是汗，您一定是有急事吧？先坐下歇会儿，喝杯茶吧。"

王焕章坐在椅子上，掏出汗巾擦着脸，说："小兄弟，我今儿来是找你家的刘苍岩掌柜，请你给知会一声。"

126

"噢，您想找的这位可不是掌柜，他是东家。您还真来着了，东家今儿上午才从包头回来，刚陪家里人吃完饭，这会儿正和老太太说话呢。请问您贵姓？我好过去通禀一声。"

王焕章说："我是北京永升斋鞋庄王焕章，前来拜访刘东家。"

"好嘞，您稍等片刻，我去去就来。"小伙计说着，快步走到后堂，向刘苍岩通报去了。

王焕章坐在皮货店大堂的八仙桌旁，喝着茶，观赏着大堂的摆设，小叶紫檀的条案、八仙桌、太师椅，摆放整齐气派。上方挂着山水四条屏，笔墨苍劲老辣，气势不凡。他走近画前，是明代大画家沈周的作品，注目赏读："真乃神品也！"条案上，摆放着小叶紫檀大理石板插屏，插屏两侧各摆放一只阔口青花瓷大梅瓶。硬木做成的柜台正面，也是雕刻精妙的工艺极品。柜台里摆放着一排平板红酸木大立柜。王焕章自言自语："这哪里是皮货店呀？纯粹是个古玩店。苍岩兄这家底儿，可真够殷实的。"

"焕章弟！好久未见，想死愚兄了！"刘苍岩人还没到，声音已传进了大堂。

王焕章快步迎过去，兴奋地说："苍岩兄！一向可好？"

兄弟俩见面格外亲切，刘苍岩拉着王焕章的手说："仁弟快到后堂，我老娘早就盼着见你一面呢。"

绕过几棵石榴树，顺着甬道来到正房，刘苍岩高喊："妈，北京永升斋王掌柜来看您了！"

来到正房的里屋，一位慈祥的老人揣着双手，坐在炕桌旁，正冲着门口微笑。

王焕章来到炕桌旁，将糕点盒放在炕桌上，双手抱拳，弓身说："给伯母大人请安！"

老夫人头戴镶嵌绿宝石的青色绒帽，耳不聋，眼不花，身子向前挪挪，伸出双手迎着王焕章，笑着说："哟，瞧这王掌柜，长得咋这么俊呀！真是可人疼。来，坐近点儿，让我瞧瞧。苍岩一去北京就带回你给我们老两口买的东西，老头子年前刚走，他健在的时候一直念叨着你，说你做的千层底儿布鞋穿着舒服，还说要是能见到你呀，好好陪你喝两盅呢。"

王焕章紧挨着老夫人坐下，说："我是跟着驼镖队走西口走到这儿的，路途远，走得也慢，没拿啥好吃的东西孝敬您，就给您买了块怀表，送给您老人家看时辰用。"

老夫人笑得两眼眯成了一条缝，摇着手说："哟，又让你破费了，真是太谢谢啦！你能过来看我，比买啥心里都高兴！从北京到这儿不容易，就多待些日子吧。苍岩，你带着王掌柜多转转，他头一次来，看哪儿都生。"

王焕章说："伯母，多谢您！我和苍岩兄是多年的好朋友，我在这儿怎么也得把驮来的布鞋卖完再回去，等我以后得空儿就来看您。"

老夫人双眼泛着愉快的光芒，不错眼珠地盯着王焕章。嘴里念叨着："多招人稀罕的小伙子呀！"

刘苍岩望着王焕章笑着说："焕章弟，看我老娘，见到你可开心啦！说起话没完没了，我在这儿傻站着连话都插不上。"

老夫人乐得合不拢嘴，说："我见到王掌柜就是稀罕，你小子吃醋也没用。得嘞，不耽误你俩了，快去说正事儿吧。"

刘苍岩说："好，遵命！妈，那您歇着吧，我和王掌柜在院子里坐一会儿。"又回过头说，"焕章弟，你看，伙计已把茶沏好了，咱哥俩就在石榴树下的茶台上品一品乌龙禅茶，只有你焕章弟来此，才有这待遇。"

王焕章微笑着向老夫人告退，转身跟着刘苍岩来到院子里，坐在一棵上百年石榴树下的茶台旁。他环顾着四周，宽敞的院子里，假山溪流、苍柏翠竹、曲径通幽，颇有皇家园林的气派。他坐在实木雕花鼓形圆凳上，感叹地说："苍岩兄，您这院子堪比北京锦什坊街的恭亲王府啊！"

刘苍岩斟着茶水，说："焕章弟过奖了，这院子早年间是蒙古族的一个王爷府。听说这家主人染上吸食鸦片的恶习，把家败得一塌糊涂。这个王爷府被一个山西过来的商人给买下来了。后来听说又倒了两次手，最后我父亲花了一百两银子买下来，开了皮货店。说是皮货店，其实不经营皮货，只是做个会所，用来接待四方客商。我家在归化城的皮货生意主要是和大盛魁合作，他们订我家的皮货，到大草原各处直销。这个院子只有我父母和我老妹子住，从不接待外人，也就是你焕章弟有这个福气。"

王焕章端起茶杯说："苍岩兄，荣幸呀！那我就以茶代酒，谢啦！"喝完一杯茶，王焕章说："仁兄，我刚听你说，你和大盛魁有合作？"

刘苍岩说："对呀，从我父亲那儿开始，就和大盛魁合作了。不光我们家，归化城不少商家都和大盛魁有合作关系。"

王焕章眼前一亮，说："苍岩兄，今儿我来登门拜访，一是前来探望伯母大人，这二来呢就是要和仁兄请教与大盛魁合作的事。我想请仁兄给搭个桥，把永升斋的老北京千层底布鞋也纳入到大盛魁商号的驼商队中，不知仁兄能否说上话？"

刘苍岩沉思着，说："仁弟，这个想法不错，若真能和大盛魁合作，你这千层底布鞋，在塞北大草原可不愁卖了。"他给王焕章续满茶水，接着说，"大盛魁乔掌柜可不是一般人，走南闯北阅人无数。他是先看人后看货，要想和他做生意，首先得过人品关，要看你人是否忠厚老实，是否诚信善良。人品这关若是过不去，别的，都是瞎掰！我和仁弟交往也不是一天两天了，你这人品那是没得挑。但你刚来这归化城，若让人家认可你和永升斋的鞋，还需有个过程。这样吧，乔掌柜带着驼商队赶牧场还没回来，等得机会把你和永升斋介绍给他。仁弟放心，这件事情我会替你想着。"

"那就多谢仁兄了！"王焕章感激地说。

刘苍岩摆着手说："好兄弟，说谢就远了。来，说说你来这儿的想法吧，我也考虑一下哪些地方还能帮帮你。"

王焕章和刘苍岩谈兴正酣，东厢房里忽然传出一曲美妙优雅的古琴声。他直起腰，抬起头，侧耳倾听。双目向琴声寻去，那清脆委婉的曲调，轻轻地拨动着青春的情愫。

刘苍岩喝着茶，看着王焕章："焕章弟，来，喝茶。这是小妹弹的古琴。她一天到晚的，不是骑马射箭，就是古琴书画。说她文吧，偏偏喜欢弓马，说她武吧，又安静得出奇，真邪性。长这么大了，女人她喜欢花木兰、穆桂英，男人她喜欢赵子龙和武松。一天到晚的总是生活在幻想中。"

王焕章点着头，端起茶杯喝光茶水，站起身和刘苍岩告别。

刘苍岩也站起来："焕章弟，你刚来此地，要做的事情还很多，我就不留你了。大盛魁这件事我一定想着，放心。"

"我再去和伯母打声招呼。"王焕章转过身，又回到正房里屋，说，"伯母，您老多保重，我回驼运店了，等过些日子再来看您。"

老夫人欠着身子说："哦，咋不多待一会儿？苍岩呀，哪能不留客人吃饭就走的啊？"

刘苍岩笑着说："王掌柜又不是在归化城只待一两天，时间还长着呢，他初来乍到的，事儿可多了。以后吃饭的机会有的是，您老就别操心了。"

"对了，王掌柜啊，有一件事儿我忘记说了。来归化城做生意的人，都要先去大召寺拜拜三世佛，听说可灵验了，你可得抓紧去一趟。这么着吧，哪天说好了，让我小闺女陪你去，她可以把大召寺给你说得清清楚楚，明明白白。"老夫人说着高喊起来，"小芹，小芹！快过来，我跟你说句话，先别弹那琴了。"

随着老夫人的喊声，东厢房古琴的旋律戛然而止。小芹像燕子一样飞到母亲身旁，她盯了王焕章一眼，脸颊绯红，低着头问："妈，您喊我啥事儿？"

老夫人扬起手比画着说："过来，我的俊闺女。给你介绍一下，这位是你大哥的好朋友，北京的王掌柜，来咱这儿做买卖。我催着他先去大召寺拜拜佛，你对那儿最熟，哪天带王掌柜去一趟。"

小芹扬起头看了王焕章一眼，说："妈，您咋还老迷信呢？吉祥不吉祥靠的是个人修行，若是自己没本事，拜啥也白搭。"

老夫人按着桌沿，瞪着小芹说："瞧你这倔丫头，又来了不是？你说哪个走西口过来的客商，不都是先拜大召寺啊！"

王焕章看着老夫人要和女儿急，忙走上前去说："伯母，您别着急，大召寺就在大南街西北角儿，我路过时已经看到了，就是还没来得及进去拜。我从小就有佛缘，明儿上午先去一趟大召寺，向佛祖报个到。妹妹说的也在理，俗话说，天上不会掉馅饼，大公鸡也是靠爪子在野地里刨食吃。"

"嘿，你这王掌柜，还替丫头片子说起话来了。得嘞，该说的话我也都告诉你了。自打看见你我就稀罕上你了，你这面相按老话说是天庭饱满，地阁方圆，一脸忠厚仁义的英俊样儿，归化城里一准儿有你王掌柜用武之地。阿弥陀佛，菩萨保佑。"老夫人捂着胸口祈祷着。

小芹拽着母亲的袖口，撒着娇说："得得，又来了，真是大召寺活菩萨下凡了。"

小芹的话，把刘苍岩逗得哈哈大笑："焕章弟，不好意思，我傻妹妹就是这样儿，人来疯。她这是没把你当外人，若换了别人，别说在这儿疯了，就是那东厢房的门槛她都懒得迈出一步。"

"哥，别瞎说，你才傻呢！"说着，小芹用手捅了一下刘苍岩，扭头冲王焕章抿嘴乐着，连跑带颠地回到东厢房。一会儿的工夫，那委婉动听的古琴声，顺着窗口，伴着春风，飘了出去……

第 六 章

一

夏至刚过，归化城异常的炎热。树叶在枝条上卷曲着垂下来，"二司，司儿，二司"的蝉鸣声响彻在杂货集市上空，不绝于耳。

杨康坐在摊位前，看着空荡荡的集市，无精打采地对王焕章说："三哥，看来今儿这鞋是卖不出去了。在这儿干坐着，还不如再到街上转转去。这大热的天儿，人都待在家里，谁还往外跑呀？"

王焕章站起身，掸着褂子上的浮土，说："看来今儿这戏是不大，咱们收摊儿。"

杨康开始收拾摊位，王焕章转身对皮货摊蒙古族青年说："好兄弟，请把帐篷门打开一下，我取出几双鞋，到街上再碰碰运气。"

蒙古族青年开着门说："王兄来这儿有三个月了吧？我看鞋真是卖了不少，今儿这天气实在太热了，我也想早点收摊，回家睡大觉去，昨天夜里蚊子可把我叮苦了。"

王焕章抱出一摞鞋，对蒙古族青年说："这阵子多亏小兄弟照顾着，把鞋存放在帐篷里太方便了。"

"王兄别这么说，能在一起混都是缘分，你们哥儿俩也没少帮我的忙。我出去批货，都是靠你俩帮我照应着生意。"蒙古族青年关上帐篷门，又坐回摊位上。

王焕章和杨康身背布鞋，走出杂货集市，顺着土路边上的树荫，来到归化城的大北街。

"老北京千层底布鞋，快来看快来买啦！"杨康跟在王焕章身后喊着，沙哑着嗓音说，"三哥，我看今儿是哪都没戏了，满街筒子连个人影都没有。"

王焕章回过头说："看来天气太热不适合做生意，咱俩顺着这条街往南走，一直到大南街，能卖几双是几双，等到了大南街瓜棚，咱俩痛痛快快吃个大西瓜。"

"好嘞！三哥。"杨康来了精神，加快脚步朝前走，高喊，"老北京千层底布鞋喽！"很快就来到了大南街，杨康向前跑着："三哥，前面就是瓜棚，我先过去挑个大的，渴坏我了！"

坐在瓜棚的阴凉地上，他俩尽情地吃起了西瓜。杨康啃着西瓜，说："三哥，您瞧这塞北的西瓜比起北京庞各庄的西瓜，是又大又甜。"

王焕章吃完一块又拿了一块，往嘴里放着说："那是你渴了，北京庞各庄的西瓜是又沙又甜，皮儿薄水多，吃起来可爽口了。早在明朝万历年间，庞各庄的西瓜作为贡品进奉太庙，谁要是能吃上它，那可是天大的口福呀。"

"三哥，您快看，前边儿过来一个骆驼队！"杨康站起来，指着南方说。

王焕章也站起身，手搭凉棚往南看，一眼望不到头的骆驼队敲着响铃，"叮当！叮当！"向大南街走来。

大盛魁商号的骆驼队回来了，归化城顿时热闹起来。

太阳落下山去，燥热不堪的归化城顿感凉爽惬意。大盛魁数

134

十只骆驼队汇聚于此，归化城顷刻间变成喧嚣热闹的不夜之城。

刘苍岩陪着大盛魁乔掌柜从大戏园看完戏出来，说笑着直奔大南街德和楼清真饭庄而去。

"苍岩小弟，这次恰克图之行，你家那批精品皮货，可给大盛魁长脸啦！两天的工夫，几骆驼的皮货被前来做生意的俄国老毛子一抢而光，都催着要下一批货呢。"乔掌柜扭过头，停了下来，"恰克图有一家俄国商社的主管叫普鲁夫斯基，向我打听你的父亲，他说和你父亲合作十几年了，近两年再也没见到你父亲，让我回来代问老人家好呢。我已把刘老爷子去世的消息告诉他，现在由你这位少东家接了班。他很动情，叮嘱我向你的家人问好。还说请你在方便的时候到他那儿去，还想与你家皮货店合作。"

刘苍岩随着乔掌柜向前走着，说："早先听我父亲说过，这位普鲁夫斯基人很好，比我年长三岁，他很热爱中国，和我父亲是老相识了。"

来到德和楼雅间，乔掌柜先坐定后说："苍岩小弟，今天就挨着我坐。"

大家依次落座，乔掌柜端着酒杯站起来，说："在座各位都是我们大盛魁合作多年的伙伴，大盛魁能有今天全仰仗着各位的扶持，我先敬各位一杯。"

全桌的客人都站起来，举着酒杯说："给乔掌柜接风洗尘，远道而来，一路辛苦，为您的凯旋干杯！"

酒桌上顿时热闹起来，大家端着酒杯纷纷走到乔掌柜面前，敬酒、道谢、问候。

连续喝了几杯后，乔掌柜双颊微红，兴致正浓。刘苍岩站起来，端着酒杯对乔掌柜说："这杯酒是替我父亲敬您的，他老人家生前叮嘱我说，大盛魁乔掌柜那可是重情重义豪爽豁达之人，要踏踏实实跟着乔掌柜做生意。"

乔掌柜也站起身一口将杯中酒喝干，说："刘老爷子令我敬重，跟他共事二十多年，就像这酒一样越喝越香，越喝越醇厚。苍岩小弟，我虽长你二十几岁，有你爹这么多年的交情，就把你当成我的小兄弟，我向来是先交人后做生意。"

刘苍岩又干了一杯，高兴地说："那我就叫您乔大哥啦！哦，对了，还有一事，我得跟您通禀一声。"

乔掌柜把头向前探着，说："好老弟，有啥事儿就直说。"

刘苍岩放下酒杯，说："我在北京做生意时交了个朋友，他是永升斋鞋庄的王掌柜，专做老北京千层底布鞋。三个月前他走西口来到咱们这儿，敬重您大盛魁商号的威名，托我向您引荐一下。我和王掌柜也是多年的交情了，他为人厚道稳重可交。老北京千层底布鞋在京城和咱们这儿卖得都不错。"

乔掌柜认真地听着，说："你也知道大盛魁的规矩，你交的朋友我还是放心的，这老北京布鞋肯定也有卖点。我看这事先不着急，我刚回来，那个王掌柜也刚来归化城，好饭不怕晚。你说的这件事我会记在心上，行或者不行我会给你一个说法。"

刘苍岩双手抱拳："那就多谢乔大哥啦！"

乔掌柜举着酒杯："哪儿的话？你小老弟给我介绍的生意，我得感谢你才是呀。来，我敬你一杯。"

乔掌柜话音未落，一阵刺耳的吵闹声从饭庄大堂传来，全桌的人都站起来，向大堂张望。

原来，大堂里闯进十几个要饭的乞丐，大堂主事的伙计正在高喊着往外推搡着他们。乞丐不管三七二十一，四散着向各桌奔去，抄起桌上的饭菜狼吞虎咽地向嘴里扒拉着，有的把饭菜连盘子带碗一块儿装进泛着油泥亮光的兜子里。正在吃饭的客人躲闪不及，身上被溅上油汤。眼见着一个小伙子被激怒了，抄起板凳向其中一个乞丐砸去。

"小伙子，别动手！"乔掌柜早已来到大堂，看着要出人命，健步来到小伙子面前，一把攥住他举起的胳膊制止着，扭过身冲着乞丐大喊一声，"都住手，再抢我揍扁你们！"

乔掌柜的喊声镇住了乞丐，大堂顿时安静下来。他走上前大声地问："你们谁是领头的，站出来，我有话说。"

一个蓬头垢面的瘦高个子向前走了两步，哆哆嗦嗦地说："我是领头的，我们也是没办法，都饿得前胸贴后背了，你们这里又是酒香又是饭香，我们也得填饱肚子，不然就会被饿死！"

乔掌柜坐在餐桌旁的凳子上，指着瘦高个子说："瞧你这副脏兮兮的模样，你也是个男子汉，就不会凭本事吃饭？你带着他们游手好闲，抢吃抢喝，不劳而获，还算个人吗？"

瘦高个子缩着脖子，吞吞吐吐地辩解说："我们也是没办法，内地老家闹饥荒，父母都被饿死了，只能来这儿混口饭吃，若是有本事挣钱，谁愿意干这种丢人现眼的事儿呀？实在没路可走了。"

这时，饭庄掌柜的从楼上跑下来，摊着双手气愤地喊："叫花子，你们吓跑了我的客人，弄脏了我的碗筷，还敢跟乔掌柜理论，你们出去吧，再不走让伙计把你们打出去！"

乔掌柜大声地拦着饭庄掌柜："张掌柜，先别急着往外轰，是我叫住他们说话的。"

张掌柜扭过身，低头拱手笑着说："乔掌柜，抱歉，这顿饭让您吃得扫兴，您那桌饭钱我结，就算我们饭庄给您各位赔不是了。"

乔掌柜摆着手说："没事的张掌柜，这都是意外。这样吧，刚才这帮人把饭庄糟蹋得不轻，把饭庄的损失记在我的账上，我来替他们赔偿。另外，请张掌柜再准备两桌饭菜，叫他们都坐下来，吃饱喝足再走，这两桌饭钱也都记在我的账上。"

张掌柜着急地说："乔掌柜别呀！您这不是打我脸吗？我这就叫小伍子他们去准备，算饭庄请客。"

乔掌柜坚决地说："张掌柜，这可使不得。我请吃饭，是我有求于他们。等他们吃完饭，全部带到大盛魁去。我那两千多匹骆驼刚进城急需打杂的人手。"

张掌柜向后退了两步，说："既然乔掌柜有这样的打算，那我就遵命了。"他回过头高喊，"小伍子，通知后厨，准备两桌饭菜，让他们吃饱为止！"

那十几个乞丐，缩着脖拥在一起，被乔掌柜和张掌柜的对话听傻了，互相看着，大眼瞪小眼，不敢相信眼前发生的一切都是真的。

乔掌柜站起来，大声地冲着瘦高个子说："你还愣着干啥？快招呼他们入座，敞开吃。"

瘦高个子受宠若惊，推着身旁的同伴高喊："快去，都坐在那儿等着吃饭。"

他们蜂拥而至，跑到两个桌子旁坐下来。瘦高个子用筷子敲了两下空碗，摇着双臂，示意大家安静："各位都听好喽，管咱们吃饭的活菩萨刚才已经说了，等吃完这顿饭，他就带着咱们去能吃饱饭的地方。大家都要有良心，知恩图报，让咱干啥就干啥，绝不能给活菩萨丢人现眼！都能做到吗？"

"能做到！大哥放心，咱们虽穷但有良心，有恩必报！"紧挨着瘦高个子坐的秃头汉抢着说。"能做到，大哥放心！"大家异口同声地答应着。

乔掌柜在雅间请客人吃完了饭，把刘苍岩他们送出饭庄，又转身来到大堂，走到瘦高个子桌前，看着他们吃饱饭后满足快乐的表情，高兴地说："大家都吃饱了，就别在这儿待着了！"他拍着瘦高个子的肩膀，瘦高个子忙站起来说："活菩萨您有啥吩咐？"

乔掌柜看着他，说："我是大盛魁商号的乔掌柜，你叫他们跟着我回去，我给你们安排事做，管吃管住还给工钱，你听明白了吗？"

瘦高个子连忙回答："乔掌柜我听明白了。我们跟着您去大盛魁。"

两桌人都齐刷刷地站着，给乔掌柜鞠着躬说："多谢活菩萨，多谢乔掌柜！"

乔掌柜摆着手，高声说道："都别客气了，赶紧跟着我去大盛魁！先去冲个澡，换身衣服，瞧这脏兮兮的，骆驼都得躲着你们，哈哈！"

瘦高个子们都被乔掌柜的话逗乐了，互相看着，捂着鼻子，摇头晃脑地做起了鬼脸儿。

二

越是干旱少雨，喜欢穿布鞋的人就越多。靠十只骆驼从北京永升斋拉来的老北京千层底布鞋，不到四个月的时间已全部卖完。

这天下午，王焕章和杨康在驼运店小歇一会儿后，开始打理生意上的账目。

杨康把算盘珠子拨拉的既快又响，噼里啪啦，随着账目上款项的增加，他的脸上洋溢着丰收的喜悦。

王焕章被杨康快乐的心情感染着，笑着说："二弟，咱们这次走西口为永升斋开出一条新路，也长了不少见识，我想在归化城把买卖做下去。"他把堆放的账本往桌子角上一推，从大褂里掏出一张纸，摊在桌面上，"二弟你看，这是我在杂货集市书摊买的一张地图，是绥远地区固定村落图。虽说蒙古人喜欢过游牧生活，但更多的还是固定在某一草场或某一条河岸边生活的。等咱们在这儿有了落脚之地，也可以学习大盛魁，用骆驼驮着布鞋，直接卖到蒙古包去。"

杨康点着头，说："三哥说得对，我看这归化城有待头儿，可时间都过去大半年了，草原旱得连草都不长，牧民们吃不上穿不上的，谁还花钱买鞋呀？"

王焕章说："二弟，你没看出来吗？归化城和绥远城的人可没少买咱的布鞋穿。越是干旱，咱的布鞋越适合穿，真要是赶上连阴天，马路上泥泞一片，谁还舍得穿布鞋呀？再说这大草原也不能总是干旱呀！下一步最重要的是找个位置好的商铺盘下来，开一个永升斋鞋庄分号。"

"焕章弟，在屋吗？"

王焕章的话音刚落，从院外传来一声急促的声音。

"是苍岩兄呀，快屋里请。"王焕章大步迈出屋门，迎着刘苍岩。

杨康也走上前来："刘先生好，您快坐，我给您沏茶去。"

刘苍岩坐在桌子旁，摆着手说："别忙活了，我坐不住。焕章弟，我是奉老母之命而来，真是急死我了！"

"伯母咋啦？身体不舒服？"王焕章急切地问。

"我老娘精神着呢，是我那个小芹妹妹得了心病。最近这些日子像中了邪一样，整天憋在屋子里，临写你送她的那本吊比干魏碑字帖。我和老娘都去喊她，让她出去透透风，咋也说不动。我进屋一看，那临过字的纸堆得满屋子都是，她说啥时超过你的书法水平了，就出门。我老娘怕她在屋里憋出病来，催着喊着让我来找你，老娘说小芹只听你的话。"

王焕章听着松了一口气，笑着说："看把苍岩兄急的，我还以为出了啥大事呢，小芹这是练字入了迷。上次去您家的时候，小芹把近期临写的吊比干给我看了，进步还是挺快的。我给她说了说临帖的要领，告诉她若想临好帖，心必须得踏实下来，别总想着骑马射箭疯跑。看来我的话把小芹给伤着了。"

刘苍岩笑着说："怪不得老娘叫我来找你，看来还是老娘最懂女儿的心。"

"二弟，你把账再核对一下，我去趟苍岩兄家，别让伯母着急。"王焕章吩咐着杨康，和刘苍岩一起走出驼运店。

来到刘记皮货店的后院，老夫人正在小芹住的东厢房门口踱步念叨着："傻丫头，真是不听话，这是着啥魔了？"她忽然发现王焕章大步迈进院子，眼睛一亮，高兴地大喊，"呦，焕章来了！这下可好了。傻丫头，你焕章哥来了，快出来吧。"

小芹手捧着吊比干字帖，蹦跳着从屋里出来，红着脸说："妈，您瞎喊啥？谁是傻丫头呀？我才不傻呢！"

老夫人伸出手指，点着小芹的头，爱抚地埋怨着："得嘞，你不傻。瞧你那鼻子，咋成黑的啦？瞧这小手脏的，都黑成猪爪子了。"

小芹跳着脚："妈，您别瞎说，这都是墨水，不小心蹭上的。"

老夫人用拐杖指着小芹，冲王焕章说："好好，我管不了你，这回能管你的人来了。焕章，你快说说她。"

王焕章来到老夫人面前，笑着说："伯母，您放心，没事的。小芹是练习写字着了迷，太用功了。"

老夫人努着嘴，说："你还向着她说，今后更不知好歹了。"

"焕章哥哥，你可来了！你看'望、舒、令、于、星、纪、十'这行字总是临不好，不是写歪了就是出不好笔锋。你总也不来，我又没地方问去，真是急死人了。"小芹拽着王焕章的胳膊向屋里走着说。

王焕章坐在炕桌旁，从桌子下面捡起两张小芹临写的字看着。小芹跑过来一把夺过他手里的字，顽皮地说："这两张字不给你看，全写坏了，给你看这张吧。"

王焕章接过小芹递过来的字，仔细看着，说："魏碑讲究横平竖直，见棱见角，落笔收笔顿挫分明，特别有力量，是男人字。看你写的'玄、武、以、涉、曾'这几个字，笔画写得有点软，笔里的水分过大笔也小了，换个大点的笔写。"

小芹盯着王焕章，俏皮地说："非让我临这'吊比干'，是把我当男人了吧？写柳体字多清爽呀。"

王焕章从笔架上取下一支"大白云"笔，打开吊比干字帖说："我最喜欢写魏碑了。来，照着吊比干再给你写几个，你一看就明白了。"他摆开架式，认真地写了起来。

"还是你临得棒，焕章哥哥你咋啥都会呀？多来我这儿几趟，看着你写字我的进步就快了。你再不来我都没勇气临下去了。求你了，老师。"小芹趴在桌子上，仰着脸，双眼流露着温情的光芒，目不转睛地看着王焕章。

王焕章放下笔，看着小芹，耐心地说："临帖下的是慢功夫，循序渐进，别着急，要坚持住，不能一口就想吃个胖子。你的心若是太急躁，就是把这临帖的纸堆成山也白搭。"

小芹整理着散落在床上的临帖纸，皱着眉头说："我是心里起急，越想往好了写越不行。我是怕总写不好，你以后不再教我了。所以就没日没夜地写，我娘和我哥叫我出去吃饭啥的，可烦人了。"

王焕章把大白云笔递给小芹，笑着说："真是个傻丫头，以后不能再这么犟了，该吃吃，该喝喝，该玩玩，把时间分配好，啥时候弹琴，啥时候临帖，都安排好，别再让伯母和苍岩兄着急啦。"

"我娘说我傻，你也说我傻，以后不跟你学了。"小芹噘着嘴，瞪着王焕章。

王焕章笑着说："好，你以后把时间安排好，不再让伯母他们着急了，我就不叫你傻丫头了。"

"那好，以后你教我写字，我教你骑马射箭行吗？我带你去绥远最大的跑马场。你不是会武功吗？咱俩到时候比射箭，你若输了，就得管我叫老师。哈哈！"小芹开心地笑着。

王焕章装作满脸严肃的样子："好，一言为定！我若输了，就管你叫小芹老师。"

两个人幸福地交谈着，从闺房里传出阵阵的笑声和墨香交织在一起，飘出窗外，向湛蓝的天空散去。

"焕章弟，我妈说了，咱们一起去大召寺旁边的张记面馆吃压饸饹面。我去驼运店叫杨康，你陪着我娘和小芹先过去吧。"刘苍岩站在院子里喊了一声，走了出去。

"又吃压饸饹，我妈就爱吃这口儿，真是服了。焕章哥先别急着走，听我给你弹一首古琴曲吧。"小芹嘴里嘀咕着，走到墙柜旁，轻轻地抱起古琴放在炕桌上，看着王焕章深情地说，"这是我专门为王老师王大掌柜弹奏的，可要认真听呦。"小芹拨动着琴弦，高山流水，滴露知音，一首委婉动听的古琴曲，从少女的心田里流淌出来，散发着清纯高洁的芬芳。

三

在归化城大南街路东，德华兴帽庄斜对面，王焕章买下一家做酱菜生意的商铺。

这家商铺的门面不大，但东西向进深较长，铺面后边是一个狭长的小院。有库房、作坊，还有三间北房，是家眷和伙计们的住房。

经过简单的装修，永升斋鞋庄就挂匾开张了，端庄大气的牌匾由王焕章亲笔题写。开业这天，刘苍岩约着几个朋友前来捧场道贺，大家异口同声地赞美王掌柜过硬的书法功底。

刘苍岩仰头看着牌匾，拍着王焕章的肩膀说："焕章弟，你这毛笔字功夫了得，真乃颜真卿再世呀！怪不得我家小芹佩服得五体投地。"

"仁兄过奖了，我这是斗胆急就之作，献丑了，等回到北京请书法大家题了匾再把它撤换下来。"

刘苍岩陪着随行的朋友走进鞋庄，里里外外转了一圈，不解地问："焕章弟，我转了半天，你这鞋庄一没见着鞋，二没见着伙计，这空城计唱的是哪出呀？"

144

王焕章低声说道："不瞒仁兄说，十只骆驼从北京驮回来的鞋全都卖光了。若等第二批货运来，就快到年底了。我已派杨康去归化绥远两城备料，招收伙计去了。"他顿了顿，抬高了嗓门，"昨儿我去了趟商会，找到驼镖队哈格旺丹堂弟哈达汗，请他帮忙在本地找两个会做鞋的工匠和一些裁剪粘贴用的铁具，准备就地取材。十天后您再来看，我这前店后厂的鞋庄一水儿的老北京千层底布鞋，定会供货充足，且保证质量。"

刘苍岩听懂了王焕章的意图，微笑着说："你这叫先开张后营业，先做广告后做生意，经营理念可够超前的呀！"

"恭喜焕章哥哥开业大吉！"门外传来小芹的喊声。

刘苍岩回过头，瞪着小芹："你咋来了？不是让你在家里陪着娘吗？"

小芹把马拴在马桩上，从马背上摘下一个大布口袋，提着往永升斋的大门里走，冲着刘苍岩说："是妈让我来的，妈送给焕章哥一对瓷瓶，让我送过来。"

王焕章伸手要接小芹手中的袋子，小芹一甩手说："不能给你，我得亲自找一个好地方，把它俩摆好。"说着，大步迈进门里。

"就摆这儿吧，客人进门都能看见。看，这俩瓶子往这一摆，别提多喜庆了！"小芹把红底金线二龙戏珠的明窑瓷瓶摆放在正对大门的八仙桌后面靠墙的条案上，后退几步，欣赏着。

大家都围了过去，夸赞着："真好看，俩瓶子放这儿，真是满堂生辉呀！""永升斋嘛，冲这俩瓶子就得来个满堂彩！"

王焕章和大家一起欣赏着瓷瓶，冲小芹笑着说："多谢伯母了，你把它摆这儿真是锦上添花，还是你有眼光！"

小芹露出喜悦得意的笑容，玩笑着说："不愧是你的老师吧！

上次说好的比射箭，谁赢谁就是老师。"又冲着人群大声说，"焕章哥上次比射箭输给我了，可他至今也没叫过我一声老师，这次当着大家的面，快叫我老师。"小芹的话逗得大家笑得前仰后合："苍岩弟，你这妹妹人长得漂亮，这嘴也不饶人呀！哈哈！"

刘苍岩向门外推着小芹，说："别跟你焕章哥闹了，快回家陪娘吧。"

小芹身子前倾着，和刘苍岩较起劲儿来："就不回去，你让我把永升斋看完再回去。"

小芹闪开刘苍岩，拽着王焕章的胳膊说："你陪我到里边看看吧，我妈还等着我回去汇报呢。"

"好，苍岩兄，你先陪着朋友喝茶，我陪小芹妹妹到里边去看看。"王焕章说着，带小芹到后院看房去了。

送走了小芹，王焕章又陪着客人喝了会儿茶。刘苍岩站起身，说："焕章弟，时候不早了，你快忙吧，我们先走一步。永升斋刚开业，若遇到啥难处，有用得着我们哥几个的地方尽管说。"

"苍岩兄说得对，王掌柜有用得着我们的地方千万别客气，祝福永升斋买卖兴隆，恭喜发财！"刘苍岩的几位朋友也站起身和王焕章道别，离开了永升斋鞋庄。

"王掌柜，我给你把人带来了。他俩可是在归化城里缝鞋的老手艺人。"哈达汗走进鞋庄的大门说。

两个蒙古族人，五十出头的年纪，典型的蒙古脸，脸上长满了络腮胡子，肩上各挎着一个工具箱，半弓着腰，站在哈达汗的身后不敢抬头。

哈达汗用手推着两个蒙古人，粗声粗气地说："瞧你这俩孬种，快过去见王掌柜。"

两个蒙古族人向前挪了两步，仍低着头说："王掌柜您多关照！"

王焕章向里让着哈达汗："多谢哈兄帮忙，请您这边坐下喝茶。"

"王掌柜，您就别外道啦，我还有别的公差要去办，就先撒丫子了，有事儿您再知会。"哈达汗双手抱拳，转身大步走出鞋庄，旋风一样地消失在大南街的人流中。

王焕章跟了出去，站在鞋庄前，目送着哈达汗，挥着手说："哈兄慢走，抽空我请您喝酒。"

这时，杨康从大南街的北头走过来，身后跟着两辆人力货车和四个刚招来的伙计。

"二弟，辛苦啦！"王焕章看见杨康的身影，快走几步迎上前去。

杨康擦着汗高兴地说："三哥，今儿这趟还挺顺，您瞧这做鞋的备料和伙计们，都给您带来了。"

把两辆人力货车拉的备料都搬运到库房里，王焕章对杨康说："二弟，把伙计们都带到后院，安顿一下，我先跟哈达汗带过来的两个工匠谈谈。"

杨康应声把新招来的四个伙计带到后院去了，王焕章招呼两个蒙古族工匠说："二位老兄，来，这边坐，咱们先认识认识。"

两个蒙古族人稍显紧张，按照王焕章手指的方向，坐在对面的椅子上说："请您吩咐。"

王焕章笑着说："我先自我介绍一下，我姓王，叫焕章，是永升斋鞋庄掌柜。请两位来，是给我帮忙，我得感谢你俩，以后就是一家人了。来，放开点儿，蒙古族大汉一个赛一个的开通，你俩就别拘着啦。"

王焕章的话，把两个蒙古族人逗乐了，他俩彻底放松了。因为哈达汗找到他俩时，把永升斋鞋庄说得可厉害了。他俩平时只会缝蒙古草原人穿的粗针大麻线的鞋，听说要做北京名牌，一下就蒙了，生怕揽不了这细致活儿。

"王掌柜，听哈大哥说您是从北京来的，做老北京千层底布鞋，这鞋我俩连影儿都没瞄过，怕给您应不了这差事。"一位蒙古族人瞧着王焕章说。

王焕章从高脖大肚青花瓷茶壶里倒了两碗茶，送到蒙古族人身边，微笑着说："这老北京千层底布鞋，是咱们永升斋独家品牌，你们没见过没关系，我从头到尾把你俩教会，就凭你俩多年缝鞋的手艺，肯定能做出我满意的千层底。"

"那就靠王掌柜栽培了，我俩有使不完的牛劲儿，您咋教，俺俩就咋做。"另外一个蒙古族人说。

王焕章高兴地说："好，我就喜欢蒙古人的直性子。先到后院收拾收拾，一会儿咱就把作坊支起来。"

"得嘞，王掌柜，您就瞧好儿吧！"两个蒙古族人提起工具箱，往后院走去。

十天后，归化城大南街永升斋鞋庄开门营业。一双双老北京千层底布鞋齐整地码放在柜台上，被来往的客人光顾着，选购着，略显窄小的鞋庄顿时拥挤起来。

一个酷热的早晨，太阳早早升起。滚烫的大南街骄阳似火，行人们走在大街上，迈着急匆匆的脚步，躲避着炙烤。只有街东边的铺面房，把街面遮盖出些许阴凉。已开门营业的铺面伙计们，索性拿个小板凳坐在铺门前，扇着扇子，纳着凉，等待客人的到来。

永升斋鞋庄坐落在大南街的东侧，杨康也在自家铺门前的阴凉下，和隔壁糕点铺的东家聊起天儿来。

糕点铺的东家姓阎，从山西走西口来到归化城专做糕点生意。前几年生意做得很是红火，在大北街还开了一个分店，今年的旱灾可把阎东家坑苦了，大草原的粮食减产，做糕点用的米面油等加工原料既贵又缺，做出的糕点价钱也连续翻番，眼看着糕点铺就要经营不下去了。为减少开销，阎东家辞退了伙计，亲自坐店经营。他坐在木椅上，仰望着似火的天空，叹着气说："这龙王爷要睡到啥时候呀？也不睁开眼看一看，大草原旱成啥样啦，您倒是下场雨呀！"

杨康搭着话："说的是呢，听说牧场饿死好多牛和羊了，牧民的日子咋过呀？"

"还牧民呢，最起码他们还守着大草原，有马有牛有羊，有肉吃有马奶酒喝。可咱们这些外来人只能等着喝西北风了。"阎东家满脸愁容，唉声叹气。

这时，从大南街的南边来了一个衣衫褴褛的老乞丐，拄着拐杖，头戴斗笠，摇摇晃晃地直奔阎东家和杨康走来，伸手哀求着："两位大人行行好吧，我都三天没吃东西了。菩萨保佑，行行好，行行好！"

阎东家从椅子上站起来，向后仰着身子说："真是晦气，这大清早的咋就遇上你这丧门星？快滚吧！我都快赶上你这副熊样了。"

阎东家驱赶着老乞丐，转身回到糕点铺，一把将店门关上，还冲着门外高喊："真是倒霉透了！"

杨康也从凳子上站起来，看老乞丐骨瘦如柴，浑身脏臭的样子，怜悯地说："您老人家先坐凳子上歇会儿，听您这口音是关内过来的吧？我家掌柜的正在后院练拳，估摸着也该吃早饭了，我去给您拿两个馍出来。"

老乞丐不肯坐在凳子上等，身子摇晃着说："多谢啦，我饿得实在撑不住了，还是进去吃吧。"

还没等杨康缓过神来，老乞丐已经哆哆嗦嗦闯进铺门，直奔后院而去。

王焕章打了一套太极拳，又做了几个骑马蹲裆式站桩，正坐在餐桌前吃饭。忽听杨康高喊："老先生不能进去，再不听话那两个馍就别想吃了！"

王焕章隔着玻璃窗看到院子里的情景站了起来，走到门口说："二弟，请客人进来吧，出来混都不容易。"

老乞丐一侧身来到王焕章吃饭的餐桌旁，端起大子粥一喝而光。又用脏手抓起一个玉米馍就往嘴里塞，大声地说："掌柜的是个大善人！大善人！"

王焕章看着老乞丐狼吞虎咽的样子，在走西口路上亲身经历和感受到的千辛万苦、忍饥挨饿的一幕幕景象又浮现在眼前。油然涌出酸楚和悲凉的心境。望着他赤着又黑又脏的双脚，被刮破的道道伤痕还依稀可见，心中感叹："这归化城，大草原，受苦之人何其多呀！"

他坐在椅子上，静静地看着老乞丐大口的吞咽，转过头对杨康说："等这位老先生吃饱了饭，带他到柜上选一双鞋穿上，再支两块银圆，记在我的账上。"

"好嘞！"杨康爽快地答应着。

老乞丐在永升斋鞋庄吃饱喝足，手提一双老北京千层底布鞋和两块银圆，被杨康送出大门。

老乞丐精气神十足，顺着大南街东侧往北走去，连跑带颠地拐了个弯儿，在一家小酒馆前停下来，回头望着，猛地大跨两步，一头钻进小酒馆里。

大盛魁乔掌柜和刘苍岩正坐在小酒馆里喝茶，专等老乞丐的到来。

老乞丐将鞋和银圆都放在茶桌上，说："二位大人，您让我干的事儿干完了，这是在永升斋吃饱饭后，掌柜的赏给我的鞋和钱。"

乔掌柜翻看那双老北京千层底布鞋，听着老乞丐述说去永升斋乞讨的经过，对刘苍岩说："这老北京千层底的确地道！若是驮到大草原去卖，绝对是抢手货。"

刘苍岩欠着身子说："乔大哥，这回您对王掌柜的人品放心了吧？"

乔掌柜笑着说："苍岩小弟，别怪我矫情。大盛魁的规矩，我是不敢越雷池半步呀。"他取出两块银圆放在桌子上，对老乞丐说："好了，你表现不错，这双鞋拿着穿去吧，再给你加两块银圆，回老家趸点儿货，做个小买卖，别光在城里混吃混喝了。"

老乞丐拿起银圆，提着新鞋，谢过恩后，弓身走出了小酒馆。

乔掌柜拍着刘苍岩的肩膀说："这么着，明天中午在德和楼饭庄，我请王掌柜吃饭，烦劳你去永升斋说一声，还得感谢你向我鼎力推荐王掌柜。"

刘苍岩笑着说："这客咋能让您乔掌柜请呀！明儿中午我做东，请您和王掌柜一起吃饭。就这么着了，还请乔大哥赏我这个面儿。"

四

王焕章在德和楼与大盛魁乔掌柜见了面，真可谓是一见如故。

他被乔掌柜那精明儒雅的风度和豪迈果敢的性格深深地感动。乔掌柜对这位英俊沉稳、厚重内敛、朴实善良的王掌柜也是厚爱有加。昨天中午刚见面，今天上午大盛魁就来人和永升斋顺利签订了买卖合同。对于王焕章来说，突如其来又盼望已久的梦想，已变成了现实。

他站在永升斋门前，仰着头，深深地吸了一口塞北大草原清馨的灵气，又慢慢地呼出来，张开双臂，遥望远方，好似一只雄鹰，即将在壮美的大草原自由自在地翱翔。

合同书中规定：第一，今年阴历八月十五之前，永升斋鞋庄向大盛魁商号提供一千五百双老北京千层底布鞋，自合同生效之日起，大盛魁预付永升斋银子二十两，余下四十两，交货之日一次付清；第二，如果永升斋生产的老北京千层底布鞋出现质量问题，按原价退赔；第三，若发生未按期供货等信誉问题，大盛魁商号将不再与其合作。

两个月的时间，王焕章将带领着杨康和两个工匠四个伙计赶制出一千五百双老北京千层底布鞋。手握着沉甸甸的合同，面对商机和挑战，他心里充满着无穷的力量。他攥着拳头，向天空挥去。敢问路在何方？路在脚下！

中秋节刚过，大盛魁商号的驼队将要远行。这一天，归化城万人空巷，都聚集在驼运广场，欢送大盛魁的驼队上路。王焕章、杨康、刘苍岩也挤在送行的人群里，目送驼队出发。

乔掌柜骑着高头大马走在最前面，潇洒神勇，威风凛凛。他双手抱拳，向送行的人们致意告别。

紧跟在乔掌柜后面的是两千余匹骆驼，数百只护驼狗分行两侧。驼铃声和犬吠声喧嚣交错，如同行进中的乐曲，高亢嘹亮，伴随着驼运队壮士们豪迈远行。

王焕章挥手欢送着驼运队，大声对刘苍岩喊着说："苍岩兄，这么大的阵势我还是头一回见呀！您看乔掌柜真不亚于率领百万大军出征的将军！"

"是呀！这壮观的场面我也不是常见，原来我跟着老爹看的时候，大盛魁还没有这个规模。"刘苍岩跷着脚目送驼队从身边陆续走过，双手举过头顶，不停地挥舞。

杨康指着走过来的骆驼说："三哥，您看那骆驼上还驮着帐房呢。"

刘苍岩解释着说："对，这骆驼队要走很远很远，不光驮货物，还要驮饮食起居，如帐房、炊具、食物等一应俱全的生活用品。随行的队伍中有盘点货物的大先生，有找水做饭的，还有放牧守夜的，分工可详细了。"

"哥，焕章哥！你们都在这儿呢，我找你们好半天了。哥，这么大的事儿都不带我出来，真烦人。"小芹跷着脚，拨开人群，探着头挥手高喊。

刘苍岩看到了小芹，向前挪了两步高声说："小芹，你咋来了？不怕这么多人踩着你！"

小芹不甘示弱，扯着嗓子说："我可没那么娇气，我若是男子汉，都想跟着驼队去闯天下"。

刘苍岩歪着头，摊开双手，无奈地对王焕章说："你看我这妹子，真拿她没办法。"

小芹靠近王焕章，拽着他的胳膊说："焕章哥，等过会儿人都散了，陪我去跑马场吧。我看上一匹刚运来的高头洋马，若能骑上它在大草原跑几圈，得多风光啊！"

刘苍岩拍了一下小芹的肩膀："真是个疯丫头，你玩得是越来越没边儿了。"

王焕章低头对小芹说："小芹妹妹，今儿还真不能陪你去骑马，我和苍岩兄已定好了，等把驼运队送走就去你家。今儿是你母亲六十五岁生日，你不会忘记吧？"

小芹一拍脑门，说："真是玩疯了，看见你一高兴，把老妈的事儿给忘了，那咱们快回去吧，我妈肯定等得着急了。"

大盛魁浩浩荡荡的驼运大军，就这样走出了归化城，踏上塞北广袤无垠的大草原，踏上更加遥远、艰辛的驼商之路。归化城又恢复了往日的平静。

永升斋鞋庄里正在召集全体人员开会。王焕章坐在大堂的八仙桌旁，向围坐身旁的伙计们说："经过大家的努力，咱们永升斋在归化城不但有了鞋庄，还与大盛魁商号成功合作了第一笔生意，在这儿我感谢大家！"他双手抱拳，站起来深深地鞠了一个躬后接着说，"这只是刚刚起步，永升斋要想在这儿发展下去，不但需要更多的人手，更需要大量的资金做后盾。从长远来看，光靠咱们几个人在这里自产自销，满足不了整个大草原的需求，要加大北京永升斋的生产规模和力度，确保源源不断地把鞋从北京运过来。昨儿晚上，我已和杨康二弟商量好了，后天一早我将随着一只驼镖队返回北京，顺便带些皮货回去，增加永升斋的销售项目，若销售得好，还打算在北京开个皮货店。这样南来北往做生意，永升斋会前途无量。我走以后，杨康二弟就是这里的掌柜，大家要听他的安排。"

工匠伙计们听说王掌柜要返回北京，心中不舍，望着他的脸，默不作声。杨康也低下头，掩饰着盈眶的泪花。

第二天中午，王焕章约着刘苍岩在德和楼喝了一顿告别酒。

酒桌上，二人四目相对，沉默不语。

王焕章端起酒杯，说："苍岩仁兄，明儿一早我就启程回北京了。在归化城这段日子得到了仁兄全家的鼎力相助，尤其是伯母和小芹妹妹把我当亲人看待，得此缘分我三生有幸，这杯酒先敬您全家。"说完，他将杯中酒一饮而尽。

刘苍岩叹着气，说："焕章弟，明天一别，不知道何时才能再相见。我娘和小芹听说你要回北京了，真是舍不得你走，小芹哭得跟泪人似的。"

王焕章又斟满一杯酒，动情地说："说心里话，我更舍不得离开您的全家。伯母待我像亲儿子一样，我和小芹亲如兄妹，我不会忘记她们。这杯酒是我敬伯母和小芹妹妹的。"说着一扬脖儿，又干了一杯。

刘苍岩端起酒杯，看着王焕章："明天你就要走了，有句话，看来必须得说了。"他一口喝干后，放下酒杯接着说，"我老娘有一心病，就是小芹的婚姻大事。这丫头天性聪明伶俐，活泼可爱，自打她一出生就是我们全家的掌上明珠。她渐渐长大了，变成一个美丽漂亮的大姑娘，又能文善武，心高气傲。周边几十里登门说媒的人不少，可她没有一个看上眼的。自从你来到归化城，小芹结识了你，她更爱美了，更爱笑了，整天沉浸在幸福、美好、快乐的生活中。我老娘看在眼里，喜上眉梢，几次催我跟你说，把小芹许配给你。平时跟你闲聊，我也留意了你北京的家庭情况，你是个有妻子有女儿之人，再和你谈婚论嫁也是难为仁弟了。可我娘一直放不下此事，说王掌柜这么好的人，让小芹做二房也行，把小芹带回北京或留在归化城，你可以根据自身情况定夺。我娘最知道小芹的心思，也知道咱俩今天相见，一再叮嘱我把这件事和你挑明，不知仁弟有何想法？来，先喝了这杯酒，再说也无妨。"

王焕章端起酒杯和刘苍岩碰着，一口干下去，浓香的醇酒把他的脸烧得通红。沉思了一下，他抬起头，真诚地看着刘苍岩，说："苍岩仁兄，万分感谢伯母和小芹对我的知遇之恩。在归化城这几个月，我对小芹喜爱有加，视她为亲妹妹。小芹是个有才有貌、亭亭玉立的黄花大闺女，我王焕章是个在北京老家大邓各庄娶妻生子，现在应该是有三个孩子的爹。一个走西口四处奔波的平庸男人，何德何能让小芹妹妹做我的二房。小芹有更加美好的生活在等待着她。堂堂男子汉，谁能无情？但我不能图一己之欢，坑害小芹一辈子。请仁兄回去后向伯母和小芹转达我的心意。祝福小芹妹妹找到如意郎君。您告诉小芹，她永远是我惦念着、关心着的好妹妹！来，苍岩兄，干杯！"

刘苍岩忙端起酒杯，微笑着说："好，干杯！焕章弟，你刚说的一席话，我听懂了，你又让我高看了一眼。说起来小芹真是为你动情了，长这么大还没见过她如此不舍、委屈地哭过。别说老娘了，就是我这个当哥哥的，心里也不好受。得，咱不说这个了。来，喝酒。"他的眼圈红着，说，"焕章弟，明天一走，又要翻山越岭、蹚戈壁、过大河，路上纵有千辛万苦，仁弟纵有一身好武功，切记多加小心，平平安安，为了你的永升斋，为了你的家人朋友！"

王焕章站起身，紧攥着刘苍岩的双手，充满信心地说："仁兄放心，就此一别，后会有期！"

第二天一早，王焕章背上行囊，拉着马，准备启程。

"二弟，就此别过，这里的一切全靠二弟了。把这个带在身

156

上，遇到过不去的坎儿时，把它拿出来也许管用。"王焕章从怀里掏出哈格旺丹送给他的腰刀交给了杨康。

杨康眼睛湿润着，双手接过腰刀，恋恋不舍地说："三哥，你放心回去吧，北京那边儿一大堆事儿还指望着你去料理呢。等你回柜上和老家时，代我向伙计和家人问好！"

王焕章双眼扫视着身后的糕点铺，说"二弟，隔壁阎家糕点铺可能快撑不下去了，你留点心，一旦他家要卖这铺子，咱们无论如何也要把它盘下来。"

"你放心，我一定盯住喽！"杨康直视着糕点铺答应着。

"二弟，送君千里，总有一别，一切多多保重！"说着，王焕章跃上马，扬起马鞭，"驾！"那匹红棕烈马得到主人的指令，猛地向前一蹿，"哒哒！哒哒哒！"四蹄飞奔，蹿出归化城，向南疾驰而去。

王焕章骑着马来到小黑河，只见刘苍岩拉着马站在桥头正向他招手："焕章弟！"

"苍岩兄，昨儿说好不送，这大早上的，烦劳仁兄在此久等了！"王焕章跳下马，朝刘苍岩走来。

刘苍岩向前迈了两步，递过一个红布包说："这回可不是我来送你，是奉老娘和小芹之命代送仁弟。"

王焕章不知所措，刘苍岩双手把红布包推到他的怀里说："仁弟你拿着，听我说。小芹虽说打小就被家里娇惯，可她是个爽快善良，明白事理的好姑娘。她连夜赶织了两双上好的纯羊毛手套，一双是红色的，另外一双是蓝色的，让我转送给你，这是她特意为你那两个宝贝女儿织的。"

王焕章打开红布包，一红一蓝两双暖融融的羊毛手套，沉甸甸地呈现在眼前。顿时，他的两眼湿润了，说："请仁兄代我谢谢小芹妹妹，我一定把这两双羊毛手套给两个女儿带过去，告诉她俩，在遥远的北方大草原，有一位好姑姑，在深深地疼爱着她们。"

刘苍岩扶着王焕章的胳膊安慰着："我知道仁弟是重情重义之人，小芹没看错你。对了，我娘说到了北京代她向你全家问好。听说北京的火车很快就通到张家口了，等方便的时候请弟妹和家人坐火车过来玩儿，到时候我去张家口火车站接她们。"

"多谢伯母！苍岩兄，在归化城能有你这位好大哥，是我的福分。伯母和小芹的深情厚意我将终生铭记。祝福小芹妹妹嫁个好人家，幸福快乐一辈子！"说着，王焕章将红布包仔细包好，揣进怀里，双手抱拳，"苍岩兄，千里相送，必有一别，我在北京恭候着您。"

"好，那就请仁弟上马赶路吧。驼镖队估计这会儿也快到大黑河了。"刘苍岩手托王焕章右臂，扶其上马："一路平安！"，王焕章跃上马，俯着身子大声说："苍岩仁兄，北京见！"扬起马鞭，"驾！"跨过小黑河，一眨眼，消失在远处的树丛里。

第 七 章

一

民国四年（1915）农历十一月十七日早晨，寒风凛冽，高耸入云的妙应寺白塔上的风铃随风摇荡。异常清脆的铃声"叮叮当当！叮叮当当！"随着枯黄凋零的残枝败叶，在西四牌楼上空旋转飘荡。突然间刮起一阵飓风，黄土沙粒弥漫升腾，裹挟着街道上的一应杂物，在空中盘旋飞舞后又砸在墙上、地面上"嘭！嘭！噼啪！"的撞击声不绝于耳。

王焕章推开永升斋鞋庄的大门，刚一探身，被迎面袭来的狂风噎了回去。他直了直身子，贴着窗户往外看，整个锦什坊街尘沙乱舞，昏黑一片。他无奈地把门关上，转身来到八仙桌旁坐下来，自言自语："这鬼天气，唱的是哪出儿呀！"

今天是阿弥陀佛圣诞日，王焕章早已备好礼品和供品，准备一大早就去妙应寺祈福还愿，拜访曾措法师。

"恶劣的天气正是考验你是否虔诚的时候。"想到这里，他站起身，把礼品供品打了个包，用一条细围巾系在腰间，再把头上的黑毡帽向下一拉，猛地推开半扇房门，侧身大步迈出门去。他迎着恶魔般的旋风，弓身低头，顺着锦什坊街东侧向北奔去。

妙应寺的大门半掩着,大院里空荡荡的,只有旋风裹着杂物顺着墙角翻滚。王焕章穿过寺院,来到曾措法师的禅房。

曾措法师身披红色棉袈裟正在打坐,透过橘红色的烛光,老法师那铜雕铁铸般的坐姿,安然沉静,散发着参禅入定的光芒。

"阿弥陀佛!本该来的施主没来,你这位年轻人却先到了,虔诚之心可见。"曾措法师打完坐,冲着在对面站着的王焕章施礼问候。

王焕章恭敬地将礼盒放在曾措法师身前的禅桌上,右手提着供品说:"阿弥陀佛,法师吉祥!晚生前来,一是替我四大爷拜访您,二是想在三世佛殿为佛祖供香祈福。"

曾措法师整理着身披的袈裟,低沉着说:"老三顺斋王掌柜往生的时候你去走西口了。那一年,他来我这里的次数最多,因年纪大身子骨又弱,都是由他的儿子陪护着前来礼佛祈福。老人最放不下的就是你这位大侄子,常常跪在三世佛前念你王焕章的名字,为你供香磕头,期盼着你平安吉祥,早日归来,阿弥陀佛。"

王焕章双手合掌放在胸前,动情地说:"四大爷对我恩重如山,终生难忘。他老人家虽然不在了,我会像他那样常来拜望您,向您讨教。"

"你走西口回来这些年没少过来看我,看来咱们都是有缘人呀。不说这些,过一会儿施主们就该来了。走,随我去三世佛殿供第一炷香,磕第一个头。"说着,曾措法师站起身,走出禅房,向三世佛殿走去。

王焕章跟随曾措法师来到三世佛殿,站在佛像前,虔诚地望着神圣的佛堂。此殿开间三间,正面佛像上方悬挂着乾隆御笔"具六神通"大匾,左右两边有佛龛和壁画。

曾措法师带着王焕章在三世佛祖像前上香跪拜礼佛后说:"你

看这东面佛龛内供奉着元代的金刚萨埵，西面佛龛内供着明代的无量寿佛。东西两壁悬挂的八幅唐卡，乾隆年间就有了。这些都是八国联军劫后余生，难得一见的吉祥珍品，趁着香客没到，你去拜拜吧，阿弥陀佛。"

在三世佛殿，王焕章得到了从未有过的礼遇，得此机缘仔细拜赏这些稀世珍宝，尤甚是在阿弥陀佛圣诞日，他更加感到莫大的荣幸和深受菩萨的福泽。他按照老法师的吩咐指引，依次虔诚地跪拜后，跟着老法师走出三世佛殿。风停了，他仰望湛蓝的天空，一缕金色的晨光照射在灰瓦高脊的殿顶上，晶莹剔透，宛如仙境。他深深地呼吸着清新的空气，身心倍感舒朗、轻松。站在妙应寺神圣之地，仿佛自己的灵魂向遥远的北方飘去，在归化城大召寺的上空徘徊，他的身心沸腾着，油然生起对北方的思念之情。

永升斋在归化城买下的那家酱菜铺面房，距离藏传佛教大召寺的大门只有百步之遥。鞋庄开张营业的前一天，王焕章走进大召寺，在三世佛前烧香祈福。他跪拜代表过去时的燃灯佛，代表现在时的释迦牟尼佛，代表未来时的弥勒佛，心里默念着："阿弥陀佛，请保佑永升斋鞋庄在归化城开张大吉，买卖顺畅兴隆。"正如王焕章所愿，几年过去，永升斋鞋庄在归化城已立稳脚跟。把隔壁阎家糕点铺早已买了下来，永升斋鞋庄扩建竣工，正准备加大投资力度和生产规模。北京锦什坊街的永升斋更是发展壮大，已是京城的名牌鞋庄。

王焕章踌躇满志，借阿弥陀佛圣诞之日，在妙应寺白塔下，为远在塞北草原和近在咫尺的永升斋祈福。他告别了曾措法师，步履轻盈，顺着锦什坊街往南，向永升斋走去。

狂风过后，锦什坊街显得更加干净整洁，各家的商铺已开门营业。暖阳高照，一群白鸽从远方飞来，那脆声声的鸽哨伴着高高白塔上风铃的梵音，是那么的美妙、和谐。

"王掌柜，早呀您呐!"

"张掌柜，您早! 闻着你家的烧饼味儿可香啦!"

"刘大哥好! 我家的大米快吃完了，一会儿派张锡贵到你店里去买。"

走在锦什坊街上，王焕章不停地同店商们亲热地打着招呼，一会儿的工夫就回到了永升斋。刚要进门，王泽民掀开门帘迎了出来:"三哥，我等您一会儿了，听说您去妙应寺啦?"

"泽民，这大早上的，你咋来了? 今儿是阿弥陀佛圣诞日，我去拜拜佛。有啥事咱屋里说。"王焕章随着王泽民来到大堂。

大堂的懒凳上坐着一个衣衫不整，蓬头垢面的小男孩，正狼吞虎咽地吃着炸油饼。

"三哥，这孩子是我亲外甥，他小名叫小清子，大号叫陈国清。今儿一大早天还没亮就敲门找我，说是村里遭绑票的了，他在柴火垛里趴了一夜才逃出来。三哥，你看我那儿庙小，留下他有点儿困难，我就直接把他带永升斋来了。我姐夫没得早，这孩子怪可怜的。清子，来，快见见你叔伯三舅。"王泽民把小男孩拽起来，领到王焕章的眼前。

王焕章坐在太师椅上，上下打量着脏兮兮的陈国清，伸出右手摸着他凌乱的发辫说:"来，让我瞧瞧。孩子，你多大了? 我看还不到十岁吧! 快跟我说说咋回事。"

见到陌生人，陈国清手攥着油饼，低着头不敢说话。

"别怕，既然到三舅这儿来了，那就是到家了! 来，坐在我腿上，先吃油饼。瞧把这孩子饿的，来，再喝口热豆浆。"王焕章将陈国清搂在怀里，招呼前台的伙计把热豆浆从懒凳上端过来放到八仙桌上。

"三哥，这孩子已经十四岁了。"王泽民低头催促着说："小清子，你倒是说话呀！"

陈国清抬起头，两只大眼睛忽闪着，泪汪汪地看着眼前这位慈父般的三舅，哇的一声大哭起来。

"瞧你这雏窝子，就知道哭，我真服了你！"王泽民不耐烦地说。

王焕章掏出手绢，擦着陈国清的脸："没关系，好孩子，咱们到家了，不害怕，慢慢说，这儿有三舅那。"

陈国清终于开口了，哭着说："前天夜里，睡得正香，我妈一脚把我从炕上端到地下说'清子快跑！到咱家后院柴火垛里躲躲，绑票的土匪来了，穿好棉袄棉裤，再抱床被子，别冻着。快穿，赶紧跑！'我从地上爬起来，穿好棉衣，接过我妈递过来的棉被，一口气钻进柴火垛里趴了一夜。整个村子都人喊狗叫的，吓得我裹紧棉被，浑身哆嗦，不敢动弹。等天一亮，跑进屋里一看，我妈满脸涂着灶灰，被土匪打伤了一只胳膊，正坐在炕头上哭呢。我跑到妈妈身边，搂着她的胳膊，哭着说：'妈您别怕，我去后院找大妈去。'我妈搂着我，哭得更厉害了，她不让我去找人，说：'孩子，家里是不能待了，快到北京城里的老三顺斋鞋铺找你舅舅去。他是掌柜的，会管你的。'就这样，我怀里揣着两个窝头，跑了一天一夜才跑到城里，找到了我舅舅。"

王焕章听着，抚摸着陈国清的头，安慰着说："噢，是这么回事。打今儿起，你就住在我这儿不走了，在永升斋学徒。正好我还没有儿子，收你为义子，就在我身边学手艺。四弟，你赶紧派人给大姐送个信儿，告诉她清子在永升斋学徒了，让她放心。"他站起身，拉着陈国清的手，"孩子，咱们到后院去，先洗个热水澡，换身棉衣服。锡贵，你去对过儿服装店，给孩子买两身儿换洗的衣服，一会送到我书房。瞧这小脏手，臭死人喽！"

"王掌柜您放心，我这就去买。"张锡贵答应着，向服装店跑去。

王焕章把陈国清带到后院书房，吩咐伙计打了两桶热水，脱着他的衣服说："小清子，来，把这身脏衣服脱下来。瞧你这棉袄，棉花都滚成蛋了，一准儿是被柴火刮的。呦，后背上咋还有两个大血印子呀？来，快洗洗。等洗干净，再换上新衣服。"王焕章爱抚地看着，往陈国清身上撩水，打着肥皂，嘴里不停地念叨着。

张锡贵手托着棉衣，来到书房说："王掌柜，衣服买来了。"

"好，先放在书桌上。你快出去吧，把门关严实，这大冷天儿别把孩子冻着。"王焕章抬起头对张锡贵说。

陈国清洗完了澡，王焕章用干毛巾给他擦着身子："瞧你这孩子，咋瘦成这样？以后在柜上要多吃，才能长大个儿。"

王焕章站起来，走到书桌前，把叠着的内衣打开抻平："过来，小清子，把新衣服穿上。"

陈国清光着身子，捂着下身害羞地说："三舅，您别管了，我自己穿吧。"他麻利地将内衣穿好，又穿上棉袄棉裤，拘谨恭敬地站在王焕章面前，低着头小声说，"三舅，外甥让您受累了！"

王焕章仔细端详着眼前这个文静清瘦的小男孩，只见他白里透红的圆脸蛋儿，高鼻梁、薄嘴唇，再加上一双水灵灵的大眼睛，一副聪慧俊秀的好模样。陈国清说的这句话，逗得他开怀大笑："哈哈哈！瞧，这小清子还真会说话，得嘞，今儿我可得了个宝儿，真得感谢你那个亲舅舅。"

"锡贵，进来一下。"王焕章冲窗外正在忙碌着的张锡贵高喊。

"王掌柜,您有啥吩咐?"张锡贵来到书房,看着王焕章。

"你把小清子领到柜上去转转,让叔叔大爷们看看,再给他说说柜上的规矩。鞋行里的事儿等过几天我给他捋捋。"王焕章对张锡贵说。

二

两年后的一天中午,天上下起了鹅毛大雪。往常喧嚣的锦什坊街,被白毛旋风挟裹着不见了人影。

王焕章坐在永升斋鞋庄大堂的八仙桌旁,青花瓷茶壶嘴中冒出的热气向上升腾着。他转过身,双手捂在茶壶上取着暖,自言自语:"这鬼天气,国清这孩子一准儿被大雪截半道儿了。"

"王掌柜,您让我算的账都结好了,请您过目。"账房先生把眼镜戴在脑门儿上,觑着双眼,手捧账本,来到王焕章面前。

"好,坐下慢慢说。"王焕章示意账房先生坐在对面,抬手端起茶壶,为他倒茶。

"王掌柜这可使不得,我自个儿来。"账房先生连忙把账本放在八仙桌上,接过茶壶,先把掌柜的茶杯倒满茶水,又给自己倒上一杯后坐下来说,"这一年的账都在这里,请您过目。"

王焕章没说话,仔细翻看着账本,一会儿眉头紧皱,一会儿又舒展开来,他抬起头,端起茶杯喝了一口,看着账房先生:"今年咱这鞋庄经营的不错,经营总额比去年多出了七成,可是购买辅料的钱也花出去不少呀!"

账房先生站起身,伸手指着账本说:"今年的收入够可人疼的,可就是因为要做粗服呢、大绒、漆底这些高档次的鞋，需用的辅料到商铺去买，成本就上去一大截。特别是漆底鞋，漆底和呢绒布都要到国外进口商店去买，价钱太贵。就说这老帆布吧，被商家一捣腾，大头都被他们赚去了，到咱们鞋庄这里，成本可就高上去了。"

王焕章点头听着，说："是呀，这样下去咱们的成本太高了，不划算。得想个降低成本、增加利润的法子。一大早儿我派国清满大街转去了，摸一摸城里那几家帆布店的底儿。我正琢磨着，咱用这么多帆布，还不如自个儿开专卖店，找个合适的人当掌柜，帆布既供咱们的鞋庄用，也可以外卖一部分。"

正说着，陈国清一挑门帘走进来，顾不上掸去身上的积雪，喘着热气说："三舅，您吩咐去的帆布店，我都跑了一遍。城里一共有五家，最大的就是南城南下洼子张记帆布店。可他家的店占地太大，听伙计发牢骚说东家经常拖欠工钱，来光顾买货的客人很少，卖那点货还不够进布料和各种开销用的呢，东家一天到晚皱着眉头，总跟他们发脾气，有几个伙计都陆续辞职不干了。看来这家帆布店早晚要关门。"

王焕章疼爱地看着陈国清说："快把身上的雪掸掸，小心着凉。南下洼子那家帆布店我去过，东家叫张之福，从他家订过几批货，人还算老实厚道，听说就是胆儿小。八国联军打进北京城那天，他吓得钻进一条臭水沟的芦苇荡里，半天下来被蚊虫叮咬得晕死过去，一头栽在泥潭里，幸亏被义和团的人救了起来，差一点儿小命就没了。他的家在河北三河，早先在沧州做事，挣了点钱，来南城开了这家帆布店。"他伸手拍了一下陈国清脖领子上的积雪，说，"你先去后院吃点饭，换换衣服。这会儿雪小多了，等你吃完饭休息一下，咱爷俩再去一趟南下洼子，找张之福商量商量，他不是缺资金吗？

那咱就多投些钱，把帆布店买下来，永升斋做东家，让他当掌柜，这可是两全其美的好事呀！"

"还是王掌柜高明，那您也赶紧吃饭去吧，我把这些账本拿回去，再盘算盘算。"账房先生从八仙桌上拿起账本，退了出去。

陈国清没急着走，对王焕章说："三舅，前门东边那家帆布店，虽说门脸小点，可生意不错，我也跟店伙计聊了两句，他们不光做北京的买卖，还在天津、张家口、山西大同、陕西西安等地都有固定的商户，光帆布一个品种就供不应求。咱们永升斋要是能有一家这样的帆布店该多好呀！"

王焕章从太师椅上站起来，拍着陈国清的肩膀高兴地说："国清长出息了，知道琢磨事儿了！好孩子，你先去换衣服，我在饭厅等着你，让后厨给你摊两个鸡蛋，再煮点挂面，趁热吃喽。瞧把这小脸蛋儿冻得，通红！"

一周以后，南下洼子张记帆布店换上了三益宫帆布店的牌匾。开张营业这天，正赶上南城大集，把三益宫帆布店也带得人流不断，顾客盈门。

"三哥，您真有两下子，帆布店一开，您又买又卖的里外里都合适！"王泽民从老三顺斋鞋铺赶过来，为永升斋新开的帆布店捧场祝贺。

王焕章迎着王泽民，笑着说："四弟，过奖了。能开成这三益宫帆布店还得托你外甥国清的福呀，是他大雪天跑到这儿来，摸清了情况，我这才和之福兄谈妥。之福兄，来，见一下我家四弟，他是老三顺斋鞋铺王泽民，王掌柜，说不定以后也是您这儿的老主顾呢！"

张之福客气地和王泽民抱拳行礼："我给焕章当这个三益宫的掌柜，是他看得起我。以后这三益宫还靠您多多照应着。"

王泽民笑着说:"客气啥,都是自家人,一家人不说两家话。"

"舅舅,您来啦!您里边请。"陈国清恭敬地向里让着王泽民。

"你这小子,在你三舅这儿干得不错,有出息,好好干。"王泽民伸手拍着陈国清的肩膀,又回过头对王焕章说,"三哥,您瞧我这做亲舅舅的还不如您这位叔伯舅舅。把小清子往您那儿一扔,我却躲清闲去了,我姐姐埋怨我好几回。"

王焕章摆着手,笑着说:"四弟,这是哪家话呀!你那时也是有难处呀。小清子是个好孩子,整天陪在我身边,就当是得了一个宝贝儿子,这我还得感谢你呢!"他扭过身,说,"国清,快给你舅舅上茶。"扶着王泽民的胳膊,把他让到座位上说,"四弟,你先在这儿坐着喝杯茶,让国清陪着你,我得去和张掌柜把店里的事儿再合计合计。"说着,拽着张之福到里屋去了。

王焕章在东来顺饭庄摆了三桌酒席,请前来捧场的亲朋好友吃了一顿涮羊肉。在这天寒地冻的季节,涮着热气腾腾的上等羊肉,大家推杯换盏,暖意融融。

送走了客人,王焕章又回到座位上说:"国清,看这架势我是喝高了,咱爷俩再坐这儿喝杯茶,等酒劲儿一过,叫个人力车再拉咱回柜上去。"

"唉!三舅,您喝得太多了,我在身后拽您的衣服,怎么拦都不管用。您这脸红得像关公了,还出一身汗,外边天气又冷,咱就踏踏实实坐在这儿喝茶。等把茶喝透了,您身上的汗也落得差不多了,咱再回家。"陈国清倒着茶,小声提醒王焕章说,"三舅,我看张掌柜这个人还行,跑前跑后地张罗着,也尊重您,就是他手下那个主事儿的,看着有点不靠谱。我看他故意灌您酒,想让您出丑,看您的笑话,我拦了他几次,他斜着眼瞪我,看我还是个孩子,根本不把我放在眼里。永升斋盘走了张记帆布店，张之福没说啥，他手下主事的倒像打翻了醋坛子，酸了起来。"

王焕章端起茶杯打断了陈国清："瞧你这小心眼子，想得还挺多。你三舅虽说多喝了几杯，可心里跟明镜似的。"

张之福结完账，走过来，坐在王焕章身旁兴奋地说："年轻有为的东家，就您这气度，您这酒量，我真是服。帆布店是开起来了，可还有呢绒布呢，那可全是从天津高成本进的货，您不妨再开个呢绒布店，您若有这个打算，我可以搭个桥儿。我家娘舅是天津的进口商，他原来找过我谈合作的事儿，可我没那胆量和经济实力。若是能和他搭上话儿，兴许您那呢绒布店也要开张了。"

王焕章听张之福这番话，酒就醒了大半，两只眼睛放着光，身子向前倾着说："之福兄，您这点子好呀！我是想再开个呢绒布店，可愁的是找不着内行的进口商。您若能帮我这个忙，那可是我王焕章的福分呀！"

张之福也来了兴致，说："好饭不怕晚，若是早两年咱哥俩有这个缘分的话，您这呢绒布店早妥了。"他喝了一口茶，接着说，"我娘舅家住在天津劝业场附近，姓吴，在天津生意场上人称吴四爷。我小的时候，常在他家住着，那时他在天津给洋人打工，交了许多外国朋友，我求他给我也找个差事挣点钱，可他嫌弃我胆小怕事，一直不管我，后来我就去沧州找事做了。他上次来北京找我合作，又把我数落了一顿。说我既没眼光又没胆量，干不成大事，守着金饭碗要饭。他要是遇见您，一准儿的成。这样，看啥时候得空儿，我陪您到天津找他去。"

王焕章高兴地站起来，端着茶杯说："之福兄，咱们一言为定，我以茶代酒先谢了。等春节一过，咱哥俩就去趟天津，会会这位吴四爷。"

陈国清扶着王焕章微微晃动的身子说:"三舅,去天津可不能丢下我,我得陪着您。"

王焕章笑着说:"好小子,我这当舅舅的没白疼你,去叫人力车吧,咱俩回永升斋。之福兄,三益宫帆布店就交给您啦,您可是我信赖的掌柜。已经到年底了,拜托您把刚刚起步的三益宫管理好,经营好!"

张之福把王焕章和陈国清送到人力车上,挥着手说:"东家放心,我张之福虽说胆子不大,可作为帆布店掌柜的我还是明白轻重,绝对不会给永升斋找麻烦!"

人力车起动了,王焕章也向张之福挥着手,大声地说:"之福兄,三益宫有问题随时联系,再见!"

三

春节将至,锦什坊街张灯结彩,人流涌动。准备带年货回家的人们,采购着各种可心的物品。

陈国清手扶着梯子,正仰头指挥师兄张锡贵,在永升斋鞋庄门前悬挂金光闪闪"迎春"二字的大红灯笼。

账房先生从大门里快步走出来,双手扶住梯子说:"国清,王掌柜叫你过去。"

"那您辛苦照应着,别把我师兄摔着。"陈国清松开手,把梯子交给账房先生,迈着大步回到大堂。

王焕章坐在条案前的八仙桌旁喝着茶,示意陈国清坐在对面。

陈国清走过去,端起茶壶,给王焕章续着茶水:"三舅,您喝茶,我还是站着听吧，有啥事儿您请吩咐。"

"国清，马上就到春节了，咱们得把节后开工用的辅料备足，特别是新式布鞋的老帆布用量最大。你马上备车，去一趟南下洼子。张掌柜回老家前我已打好招呼，到三益宫把那十匹老帆布拉回来。"说着，他掏出已写好的提货单递给陈国清，"三益宫柜台前主事儿的伙计刘家旺，是从沧州过来的，你也曾领教过他的言行。这个人表面看还算老实精明，可从他那双猥琐的眼睛看，肯定是个势利小人。我怕他欺负你，不买你的账。带上这张单据，上面有我的签字。他若是敢难为你，回来告诉我，永升斋不允许有这样的伙计存在。"

陈国清接过单据说："三舅，您放宽心，三益宫是咱家的买卖，当初若不是您发善心把他们留下来，如今还不知道在哪儿喝西北风呢！"

王焕章拍着陈国清的肩膀说："到了那边儿客气着点，对人要有礼貌。赶紧去套车吧，天寒地冻，到处是积雪，多加小心，早去早回。"

中午刚过，陈国清赶着马车在三益宫帆布店门前停了下来。院子里静悄悄的，空无一人。他在马桩前拴好缰绳，往店门里走着说："店里有人吗？提货喽！"

店里没有回应，陈国清哐当一声推开门，一股刺鼻的老烟袋油子味和醉酒的臭气迎面扑来，他身子往后一仰，退到台阶上。停了一下，还是硬着头皮迈过门槛，来到屋里。

透过昏暗的光线，陈国清看到柜台前东侧竹椅上斜躺着的醉醺醺的汉子正是刘家旺。他半睁着眼，正盯着陈国清。

"呦，你是永升斋那个小伙计吧，永升斋王掌柜的干儿子。永升斋没人了？咋把你这吃奶的孩子派来了？"刘家旺不屑一顾，甩起了片汤话。

陈国清左手捂着鼻子，右手扇着风，扭头冲着门口喊："嘿，是我走错门了吧？这屋里咋连个人影都没有呀，光听见驴叫了！"

刘家旺从竹椅上腾地跳起来，抄起手中的烟枪冲着陈国清扑过来。陈国清不动声色，身子向后撤了一步，抬起右手挡住烟枪，左脚向前一蹚，刘家旺"噢"的一声趴在地上。

"瞧你这屌样！我三舅教的那几招功夫还没用呢你就趴下了。快爬起来，咱俩再过两招。"陈国清攥紧双拳，准备出击。

刘家旺从地上爬起来，恼羞成怒，抄起竹椅旁边的方凳向陈国清打去，高喊："你才是驴，打死你个小兔崽子！"

陈国清不慌不忙，在方凳飞来的一瞬间，抬起右脚猛踢过去，方凳顺势飞出，"咣"的一声砸在柜台上。刘家旺摔倒在地，攥着被踢伤的手腕痛苦地打起滚来。

刘家旺被吓得已酒醒七分，单手支地坐了起来，哀求着："小老弟息怒，是我多喝了几盅，一时失语，得罪了。"他歪着头，斜眼看着陈国清，咬着牙根儿心中暗想："你小子不就是一个永升斋跟班的吗？狂啥呀，有你小子嗑瘪子的时候，咱走着瞧。"想着，他抬起头，仍露出一副求饶服软的嘴脸。

陈国清瞪着眼问："咋就你一个伙计，三益宫其他人呢？"

刘家旺紧走几步，把窗户打开，放着浊气，说："不瞒小哥说，快过年了，几个伙计都回老家了，这店里只剩下我和瘦猴支应着。他家在天桥住，离这儿近，回家吃饭去了，立马就回来。"

正说着，瘦猴揉着眼睛，晃晃悠悠地迈进店门。

刘家旺走上前去对瘦猴说："你总算回来了，快去提货。"

瘦猴不耐烦地说："哪天不是这点儿回来呀，你急啥？婆婆妈妈的。"

刘家旺冲着瘦猴高喊："不急行吗？库房钥匙在你腰里别着。别瞎扯了，是永升斋王掌柜，咱们的东家派人来提货！"

瘦猴听说永升斋来人了，顿时来了精神，话也变了味儿："明白，刘大哥您知道放备用钥匙的地方，咋还让人家等着啊？"

陈国清将提货单递给刘家旺，说："这是提货单，有东家签字。"

刘家旺看着提货单，嘴角一抽，低头掩盖着得意的表情，心里嘀咕着："永升斋，好戏该开始了。"他抬起头，满脸堆笑，对陈国清说："小哥，你就放心吧，马上装车。"又扭头对瘦猴说，"咱俩赶快去，把东厢房那十匹老帆布装到小哥的马车上。"

一会儿的工夫，十匹老帆布装到马车上。陈国清低头捆拴着布匹，一般刺鼻怪味从帆布里冒了出来。他感觉不对劲儿，冲着刘家旺说："这十匹帆布的味道不对头，我不能拉走。"

刘家旺来到马车前，摸着捆好的布匹说："小哥你就放心地拉走吧，这十匹老帆布是刚织好不久的上等货。说起这布来你就不如我懂行了，新织出来的布就是这个味儿。你看这钢印，这出厂时间，都是经过检验的，我拿命担保没问题。"

陈国清早就厌烦了刘家旺这副嘴脸，恨不得立马离开。拽了拽捆帆布的绳，已无大碍，没和刘家旺再多纠缠，扬鞭上路，直奔永升斋而去。

来到永升斋，正赶上张锡贵从大堂里出来，看到陈国清，转身向大堂喊："出来两个兄弟，国清把帆布拉回来了，快帮着卸车。"

陈国清将马车停住，问："师兄，我三舅在柜上吗？"

张锡贵解开捆帆布的绳子说："王掌柜刚被老三顺斋的伙计请走，说是晚上在西四牌楼砂锅居陪客人吃饭，现在估计正在老三顺斋见客人呢。王掌柜临走时吩咐我去一趟稻香村，备些年货，准备过年时带回大邓各庄去。我刚出门就遇见你了,我不急,先帮你把货运到库房后再去稻香村也不迟。"

陈国清皱着眉,自言自语地说:"又喝酒去了,一喝就得半夜,只能明天再跟三舅说了。"

晚饭后,已是掌灯时分,老帆布那刺鼻的怪味一直挥之不去。入库时,陈国清盯着伙计把帆布码放到西厢房,逐匹做了登记。他还是不放心,一种不祥的预感笼罩在心头。

午夜时分,陈国清躺在东厢房的木床上辗转反侧,像烙饼子一样翻来覆去,难以入睡。借着月光,推门来到院子里准备去趟厕所。他下意识地向西厢房望去,突然,在刚刚存入那十匹帆布的库房里,一闪一闪地泛着橘红色的亮光,一刹那又变成了绿色,一蹦一跳地在房间里乱蹿。"难道是闹鬼了?听老人说有鬼的地方才有鬼火呀!"陈国清心里嘀咕着,双腿打着哆嗦,吓得毛骨悚然,不知所措。

"着火啦!着火啦!快来救火呀!"突然间,一个男人沙哑的嗓音像闷雷一样从院外传来。顿时,永升斋鞋庄整个店铺浓烟滚滚,火光冲天,眨眼的工夫,巨大的火焰借着风势翻滚着向后院扑来,满是辅料的西厢房被淹没在火海中。住在院里的伙计们也都被突如其来的爆燃声惊醒,当跑出房门找工具准备救火的时候,那辅料库已热浪翻滚,完全爆燃起来。

陈国清和几个伙计抄起盛水的盆子,从院子正中央的大水缸中舀满水,一齐向西厢房泼去。没想到放那十匹老帆布的库房,在着水的一瞬间,如炸雷般"腾"的一声飞出两个巨大的火球,把房顶掀得粉碎。火借风势,风助火威,那滚滚热浪恶魔般地向他们扑来。陈国清捂着鼻子大喊:"快跑!这火是救不了啦,保人命吧!"说时迟,那时快,几个伙计从地上爬起来,"嗖"的一声蹿出大门,逃了出来。

174

张锡贵连蹦带跳扑打着身上的火苗大叫："国清，快去砂锅居找王掌柜！来人哪！快救火呀！"

锦什坊街永升斋鞋庄上空火光冲天，如白昼一般。街上挤满了人，来救火的，看热闹的，伴随着噼里啪啦的燃烧声，乱成一片。

王焕章从砂锅居饭庄飞奔过来，站在永升斋鞋庄前面的十字路口上，愣愣地看着大火一口一口地吞噬着他十几年风雨历程开创的基业就这样如此残酷地毁于一旦。他仰望冲天的火光大喊："苍天呀！我王焕章做事为人无愧于良心，为何如此无情地蹂躏摧残我？天理何在？！"他张开双臂狂喊着向火海猛扑过去。张锡贵和陈国清死死抱住王焕章，哭喊着："您不能这样，太危险！"

王焕章发疯地抢着双臂咆哮着"别管我放开！永升斋的账本！那里记着欠客户的款项！不行，我要去救火！"

账房先生抱着一摞账本，跪在王焕章的面前，哭着说："王掌柜，关键的账本都在这儿，我都抢出来了。王掌柜，您可要保重呀！"

王泽民站在王焕章的身前，双手攥着他的双臂，向后推着，高喊："三哥！不能再向前去了，水火无情，站在这儿要出人命的！"又冲着张锡贵高喊，"锡贵，你和国清把我三哥架到老三顺斋去！"

王焕章索性一屁股坐在地上，声嘶力竭地呼喊："我哪儿也不去，我要与永升斋共存亡！"

突然，猛烈的火焰向人群扑来，王泽民滚倒在地，惊呼："不好了！快跑！"眼看着王泽民被热浪侵蚀着，王焕章凭借武功之力，迎着热浪向前一个鲤鱼打挺，弯腰一把拽住王泽民向后用力一滚，脱离了火海。张锡贵和陈国清被热浪击倒在地，滚了两圈，又爬了起来，随着撤退的人群，守护在王焕章和王泽民的身边，向老三顺斋鞋铺跑去。

四

一天一夜的大火,把永升斋烧成一片废墟。王焕章身心俱疲,半躺着倚靠在王泽民的胸前,双眼紧闭。他突然感觉天旋地转,仿佛去到另一个陌生的世界。

王焕章病倒了,王泽民心急如焚。派张锡贵到同仁堂请来坐堂名医吴景昭老先生。

吴景昭左手向上抻拽着右臂上的长袖,伸出食指、中指、无名指诊着脉,慢声细语地说:"全仗着王掌柜年轻气盛,看这脉象腾腾的,幸无大碍。就是急火攻心,一口气憋在了胸中。等我扎上几针打通气脉,再喝上几服汤药,静养几天就没事儿了。"

王泽民听吴景昭这么一说,一块石头落了地。连忙道谢:"吴老先生辛苦您了,多谢!"

吴景昭用细长的银针扎着王焕章的经络,对王泽民说:"哪儿的话?从你老父亲那论,咱们可是老交情了。还记得吗,你父亲得病的时候,都是王掌柜亲自登门请我过去看病。如今王掌柜遇到如此灾难,天有不公呀,我得尽所能帮他一把。"

"吴大夫您请喝茶,感谢您给我三舅治病。"陈国清站在旁边,端着茶杯侍奉着。

吴景昭用手捻着针柄,对陈国清说:"先放在桌子上吧,你去找个大铜钱来,再给王掌柜刮刮胸口。"

陈国清把一枚崭新的大铜钱交给吴景昭,吴景昭看着墙柜上放着的暖水瓶:"把铜钱用开水烫一烫,消消毒,再倒点儿香油过来。"陈国清答应着,操作起来。

过了一会儿，吴景昭把扎在王焕章身上的银针拔了出来。王焕章睁开眼睛，仰望着王泽民，微弱地说："四弟，我这是在哪儿呀？"

"三哥，您醒过来了！这是咱们老三顺斋呀，吴老爷子正给您治病呢！"

陈国清高兴得热泪盈眶，小声地叫着："三舅，三舅，您可醒了。"王焕章双手撑着床铺要坐起来，说："吴老先生，又给您添麻烦了，多谢您！"

"快躺下，先别动，再忍一忍，一会儿就完事。"吴景昭说着，把已准备好的香油，斜着碗沿慢慢洒在王焕章的胸口上，手攥铜钱唰唰地紧贴着心口窝刮了起来。他的胸前顿时出现几条紫红色的血印。王泽民看着血印惊讶地说："三哥，您这前胸全成紫茄子色了！怪吓人的！"

吴景昭不紧不慢地把消好毒的银针插到黄色绒布上，又把铜钱和香油碗递给陈国清，用毛巾擦着手对王泽民说："无大碍了。他需要安心静养，别再打扰刺激他了。我开个方子，派人到同仁堂抓几服汤药，要按时吃药。"

王泽民站起身，走到吴景昭面前恭敬地说："真是遇见贵人了！您这位老神医救了我三哥一命，这大恩只待来日再报了！"

吴景昭摆着手，微笑着说："治病救人乃是我的本分，不必言谢。再说和你老父亲王四爷那时起就都成了朋友，这就是缘分。我就不多待了，病人还在同仁堂等着我，不能耽误着。"

陈国清拿起药箱，看着王泽民："舅舅，您陪着我三舅，我去送吴大夫。"

王泽民说："小清子，你走不开，在这儿侍奉你三舅，让锡贵去送吴老爷子。"说完，向窗外高喊，"锡贵，过来！"

"四爷，您有啥吩咐？"张锡贵循声走进门来。

王泽民对张锡贵说："你去送吴老爷子到同仁堂，顺便把汤药抓回来，把这包散银带上，到了同仁堂后再交给他。吴老爷子是永升斋和老三顺斋的大恩人，路上多加小心，把老爷子照顾好。"

张锡贵点着头，接过散银袋子，又将陈国清递过来的药箱挎在肩上，扶着吴景昭坐上人力车，他坐在第二辆人力车上，紧随其后，向同仁堂方向奔去。

王泽民刚把吴景昭送走，迎面走来一位不速之客。这位就是永升斋鞋庄股东之一那一邦，人称那二爷。

当时，王四爷为扶持王焕章开办永升斋鞋庄，劝说他投资入股。那一邦看王焕章稳重诚实，有股子闯劲儿，是个做生意的好苗子，就痛快地答应下来。几年过后，永升斋不仅买卖兴旺，而且创下老北京千层底布鞋的名牌，他每年按股分红，坐收红利，庆幸自己看对了人，投对了资。

一把大火把永升斋烧得一干二净，那一邦得知此消息，像猴屁股着火一样坐立不安。如此看好的买卖却毁于一旦，原来入股的本金眼看着打了水漂儿。他后悔起来："早知今日，何必当初。不行，得去找王焕章，想方设法也得把本钱要回来！"他坐不住了，穿过几条街跑到永升斋废墟前，看几个伙计正在清理未烧尽的杂物，他捂着胸口跺着脚大叫起来，"我的本钱呀，就这么被烧光了，真是倒血霉了！王焕章你这个丧门星，我咋就看上你了呢？不行，得赔我本钱，一分钱都不能少！"

几个伙计停下手中的活儿，围过来，用鄙视的目光盯着那一邦。

其中一个伙计气愤地说："那二爷，我在永升斋干了十年了，没见你来过几次呀？都是在永升斋分红的时候你才来，你是只占便宜不吃亏呀！如今永升斋遇难了，您不但不为王掌柜着急，还跳着脚骂他,我看你那二爷就是个畜生! 王掌柜正在老三顺斋治病,您要是真有良心就去关心关心人家,别像疯狗一样到处乱咬。"几个伙计也七嘴八舌地数落着:"您这不是趁火打劫吗? 还算人吗?""我在火堆里刨了半天也没刨出个臭虫,没想到在这儿冒出来一个。"

那一邦被几个伙计说得气急败坏,又着腰大骂:"你们几个是从哪蹦出来的? 也有资格说我! 我是永升斋股东,我想咋着就咋着,你们别狗拿耗子,多管闲事。瞧你们一个个穷酸样儿,别在我这儿装大尾巴蛆!"

几个伙计被激怒了,抄起手中的铁锹、铁镐向那一邦头顶砸去。他躲闪着向北跑去,还回过头不甘示弱地高喊:"你们仗着人多势众欺负人,有本事单练。跟你们说不着,我去找王焕章"。

那一邦连呼哧带喘地跑到老三顺斋鞋铺门前,一眼看见了王泽民,满脸假笑又假装同情地说:"泽民弟,听说焕章在你这儿? 瞧瞧,瞧瞧! 焕章他没烧坏身子吧? 真是人算不如天算,好好的一个永升斋,一把大火就烧得嗝屁着凉了!"

王泽民拦着那一邦:"您轻点,我三哥刚看完病,还躺着呢!"

那一邦跟随着王泽民来到房间,探着身子,吐了两下舌头,看着王焕章说:"哟,病成这样了!"

王焕章半躺在床上,说:"那二哥来了,快请坐,谢谢您来看我。"

王泽民用手按了一下王焕章:"三哥,你还病着,吴老爷子让你静养,别说话。"

那一邦在地上绕着圈走溜儿,冲着王泽民说:"哟! 焕章咋病成这样了? 永升斋烧了,人又不成了,这可咋整呀?"

"这有啥呀! 鞋庄是人开的,有人就有一切! 难道您还想讨账?"王泽民瞧着那一邦。

那一邦摊着手说:"我说泽民,这话打哪儿说起呀? 就是想要回我那股本金,也得等焕章病好了呀!"

"今儿就是不来我也准备去找你,商量一下永升斋的事儿。你来了,正合适,咱就合计合计。"王泽民拉着那一邦坐在墙柜前的长凳上,接着说,"您看永升斋入股的本金,现如今一把大火都烧没了。既然是股份制,那就要风险共担。我看,第一是让永升斋重整旗鼓,咱们还得再投点资金,帮助我三哥把鞋庄再开起来。这第二呢,是咱认倒霉,就算没永升斋这档子事儿了,您看该咋办?"

王泽民话音未落,那一邦噌地从凳子上站起来,一甩手说:"再投钱入股,没门儿! 还让我再当冤大头! 起初就不该听你爹瞎白话儿。这倒霉的事儿我更不认,永升斋是谁开的,谁就得担这个责。不管咋着,我那几个股连本带利一个子儿也不能少!"

王焕章双手一撑,坐了起来,冲着他俩说:"四弟,别跟他吵了。那兄你听好喽,就你那几个股,连本带利,我就是砸锅卖铁,求爷爷告奶奶去借,也少不了一分钱,全部退给你!"

陈国清扶着王焕章:"三舅您别动气,您这身子骨要紧呀!"

王焕章又躺了回去,对王泽民说:"四弟,请那兄先回吧,剩下的事儿,等我病好再说。"

王泽民指着门口,对那一邦说:"你请出去吧,我三哥要休息了。"

那一邦倒退着身子,迈出门去,说:"焕章,不是,我这不是心里起急嘛? 得嘞,安心养病,回见了您呐!"

王泽民坐在凳子上冲着那一邦的背影高喊:"没见过你这样的,落井下石咋的? 我把话撂这儿,若永升斋就此完了,一分钱也别想得到!"他端着水杯,让王焕章喝着,说,"真是个势利小人! 三哥,您别怕,这天塌不下来!"

真是一波未平，一波又起。张锡贵把吴景昭送到同仁堂，把散银袋子递到他的手里，又抓了几服汤药，急急忙忙地赶回老三顺斋，刚到大门口，见一群人围着那一邦正说着什么。张锡贵走上前去，听那一邦指手画脚地说："你们都别怕，人多力量大，一起去找王焕章讨账，我刚跟他讨完，大火是永升斋着的，王焕章负全责，欠账还钱，天经地义。快去吧，找王焕章算账。"

张锡贵实在听不下去了，钻进人群，抓住那一邦的脖领子愤怒地说："那一邦，你还算个人吗？王掌柜病在床上，吴大夫刚给看完病，药还没吃呢，你鼓动他们向王掌柜讨债，你是乘人之危，不得好死！你快滚，再不滚我打断你的腿！"

那一邦双手推着张锡贵的胳膊，满嘴冒着唾沫星子狡辩着说："张锡贵，你一个永升斋的伙计，也敢跟我股东无礼，你好大的胆子，我非得找人废了你！你等着。"

张锡贵用力将那一邦推出人群，高喊："快滚吧你，还股东呢，真不是个东西！你去找人吧，我张锡贵等着你！"

门外的吵闹声传到王焕章和王泽民的耳朵里，王泽民说："国清，照看着你三舅，我到外面去看看咋回事。"

王泽民走出大门，正看见张锡贵拽着那一邦对骂。他大步迈上前去，拉住张锡贵高喊："锡贵，他是永升斋的股东，你跟他较啥劲呀！"

张锡贵回过身，气愤地说："股东咋啦，股东更应该顾全大局，永升斋遭这么大火灾，他不但不帮忙，还鼓动这些人向王掌柜讨债，我真想一拳揍扁了他！"

人群中突然传出一声高喊："各位，都别吵了，听我说两句！"

听到喊声，人群顿时安静下来。那个人继续说，"做人讲的是诚信道德。咱们和永升斋合作了这么多年,大家说,谁挨过永升斋的坑,谁受过王掌柜的骗? 王掌柜的为人处世谁不竖大拇指? 如今永升斋着了这场大火受了大灾, 王掌柜又病成这样, 受了大难。在人家受灾受难之时, 咱们还找人家讨债, 这不是火上浇油? 咱们今后还有脸再和永升斋王掌柜做生意吗? 我看, 咱们还是都回去吧, 让王掌柜安心养病, 天无绝人之路。咱们帮不上王掌柜的忙, 可也不能给人家帮倒忙, 添堵呀! 大家要是把这事想明白了, 就都回去吧!"

"刘掌柜说得在理, 我回去啦。"

"是呀, 人家王掌柜正病着, 再落井下石, 那还算人吗? 我也回去了!"

看着散去的人群, 王泽民深受感动, 双手抱拳高喊:"各位掌柜, 我先替永升斋谢谢啦! 各位的往来账目都从火海中抢出来了, 账本完好无损, 大家放心, 永升斋不会欠大家一分钱, 等王掌柜病好后, 我们会重建永升斋!"

人群散去, 老三顺斋鞋铺恢复了往日的平静。王泽民走进房间, 望着王焕章说:"三哥, 一切都过去了, 您就安心静养吧。"

王焕章坐在床上, 拉着王泽民的手, 坚定地说:"四弟, 你在门外说的那些话我都听见了。多亏有你在这儿支应着, 四弟放心, 只要我王焕章在, 永升斋就倒不了!"

王泽民坐在王焕章的身边, 挥着拳头, 斩钉截铁地说:"三哥说得对! 北京城的永升斋烧毁了, 归化城那边也正在投资扩建, 正是需要钱的裉节儿上。永升斋必须要开办下去! 我已经想好了, 明儿一早我就回大邓各庄, 先把我家靠西河边那六十亩耕地卖掉, 说啥也要给三哥你投这笔钱, 重建永升斋!"

第　八　章

一

当年, 王焕章在通州小楼饭庄, 把汤木仁打瘫在地, 救出杨康, 第二天一早返回永升斋。汤木仁被手下背着, 连夜从漕运码头向南, 逃往沧州老家, 运河东岸的前辛庄。

汤木仁出生在一个渔民家庭, 他的父亲靠在大运河捕鱼贩卖挣些钱维持全家生活, 虽不富裕, 但衣食无忧, 过着平静而平淡的生活。在汤木仁出生不到三个月的那个夏天, 汤父正在运河里划船撒网捕鱼, 一群鱼鹰畅游在渔船左右追捕着猎物。突然, 一阵狂风暴雨席卷而来, 将渔船掀翻。汤父本来是个水性极佳的渔民, 可就在翻船的一刹那, 船桨竖起来扎在他心口窝上, 他昏厥过去, 掉进河里, 尸体漂到十里开外才被打捞上岸。

汤木仁从小失去父爱母亲又瘦弱多病他被大运河的水泡大, 野性十足。人之初, 性本善。十几岁的时候, 他总是赤身裸体下河, 用他父亲留下来的粘渔网捕鱼捉虾。将捕的大鱼装在鱼篓里到邻近的集市上卖, 把小鱼小虾留在家里, 供家里人吃。为能卖更多的钱, 他决定到十里开外的沧州大集市上去碰碰运气。

天刚放亮, 汤木仁光着脚, 背着沉甸甸的鱼篓, 连跑带颠地来到沧州城外的护城河旁。这里是早市大集，来往的人流不断，可热闹了。汤木仁初来乍到，两眼四顾不够用。他穿行在集市摊位两边空出的路面上，来到一个老旧的石碾子前停了下来。把鱼篓放在碾盘上，从怀里掏出一个玉米饼子，香甜地吃着，大声叫卖起来："卖鱼喽！活蹦乱跳的运河大鲤鱼呀！"

"哎，哎！哎哎！这是我家的碾子，你咋不长眼呀！把臭鱼篓拿开！我要摆瓷器。"一个瘦弱的中年人叼着土烟枪，抄起鱼篓就往地上扔去。"哗！咕噜噜！"鱼篓横倒在地，顺着土坡滚到路面上，新鲜的活鱼顺着水流从鱼篓里跑出来，在泥地上乱蹦。汤木仁手里的玉米饼子也顾不上吃了，跑下土坡，弯腰手捧已成泥蛋儿的活鱼，含着眼泪，一条一条往鱼篓里放。

一个路人看不下去了，冲着瘦弱的中年人高喊："你挺大的老爷们咋欺负小孩呀？有本事去找这条街上的黑大眼练练。欺负一个乡下孩子，瞧把你能的！"

瘦弱的中年人往石碾上摆放着瓷器，扬起头不屑一顾地对路人说："咋着？我欺负他了咋地？土掉渣的乡巴佬敢在我家碾子上卖鱼，这臭鱼烂虾熏跑了我家的好运气，没让他赔损失费就算便宜这满身冒着臭气的乡巴佬了！再说了，你算哪根葱呀？还教训上我了！惹急了，我连你一块儿揍！"

路人瞪起了眼珠子，从石碾子上抄起一个瓷瓶就要向瘦弱的中年人头上砸，被旁边卖大桃的老汉拦住："得嘞，这大早上的，都消消气，何必呢！"

路人被一个中年妇女往后推着："算了，搭理他干吗呀！咱还得去药店给孩子他姥爷抓药呢。"

路人扭着脖子冲瘦弱中年人喊："今儿就先饶了你，瞧你这瘦猴样儿! 再瞧见你欺负人, 我非揍扁了你! "

汤木仁蹲在地上正捡着鱼, 瘦弱的中年人气不打一处来, 走过来, 照着汤木仁的屁股狠狠地踢了一脚, 大骂: "都是你小子惹的祸, 还不快滚! "

汤木仁被踢了个嘴啃泥, 他趴在地上, 咬着牙忍住了这口恶气。他紧握双拳, 心中暗想: "你城里人有啥了不起? 我若不教训教训你, 你就不知道俺乡下人的厉害! "他背起鱼篓, 一口气跑回前辛庄, 钻进村东头的枣树林。他从枣树叶上捕下二十余只洋辣子, 装在一个密封的瓶子里。把洋辣子闷死后, 在运河的堤岸上找到一块平地, 倒出洋辣子, 在太阳下晒干, 再放回瓶子里上下晃动。这样一来, 洋辣子身上的毛儿都掉下来贴在瓶壁上。

下一个早集的日子到了, 汤木仁背着鱼篓, 早早地赶到沧州城外护城河边上的集市。暑热的清晨, 太阳已开始升起, 集市道路两旁的商品铺子还关着门, 只有几家早点摊的炉火正旺。滚烫的油锅炸着油饼, 热气腾腾的笼屉蒸着沧州大包子, 炒肝、豆腐脑的香味扑鼻, 专等着食客的到来。

汤木仁闻着飘香的食味, 饥饿的肚子叫个不停, 他掏不出买油饼豆浆的钱, 拍拍瘪瘪的肚子, 朝着石碾子方向走去, 伸手从裤兜里掏出两块红薯干儿, 放进嘴里, 使劲地撕咬着。

来到石碾子旁, 汤木仁望望四周, 空无一人。他放下鱼篓, 从上衣兜里抽出装有洋辣子毛儿的瓶子, 打开瓶盖儿, 底朝天向石碾子后面的石凳上磕倒几下, 洋辣子毛儿顺着瓶壁飘出, 牢牢地吸附在平滑的石面上。他又将瓶口对着碾盘靠近石凳的部位左右滑动, 瓶壁上的洋辣子毛儿顺着瓶口全部飘出来, 黏附在石面上。汤木仁松了一口气, 坐在距离石碾子不远的石阶上, 放好鱼篓, 静候着一场好戏的到来。

一会儿的工夫，集市上热闹起来。瘦弱的中年人来到自家的石碾子旁摆放着瓷器，嘴里喊着，"上等的唐山瓷，快来买啊！"一扭头看见了汤木仁，撇着嘴说，"嘿！这黑小子又来了。这回不错，算你识相，你还真是记吃又记打呀。"

汤木仁目光向前直视着，好似什么也没听到，高喊："大运河活蹦乱跳的大鲤鱼啦！刚打来的，快来买呀！"

话音刚落，只听哎呦一声大叫，汤木仁扭头看着，瘦弱的中年人从石凳上猛地跳了起来，双手摸着屁股龇牙咧嘴痛苦地哭喊："妈呀，疼死我了！这是啥玩意儿呀？"

因为天气太热，瘦弱的中年人只穿着很薄的大裤衩大背心，石凳上的洋辣子毛儿顺着裤衩钻进来，把他的屁股蜇成了筛子。

中年人撅着屁股弓着腰趴在石碾子上，疼痛难忍地惨叫着，哀号着。这一趴不要紧，他的胳膊、脸上又被散落在石碾子上的洋辣子毛儿蜇了个正着，浑身上下钻心地疼痛。他用手触摸着剧痛的脸，已经沾满洋辣子毛的手摸在脸上，不仅又把脸重重地蜇了一遭，而且那洋辣子毛儿飞进眼里，疼得他昏天黑地躺在石碾子旁，连滚带爬地哭号着。

汤木仁站在看热闹的人群里，不动声色地看着中年人那痛苦的一幕。抿着嘴，自言自语地说："乡巴佬咋啦？乡巴佬也是人！打今儿起，这个沧州大集，我乡巴佬就是要成为你祖宗！"

一来二去，汤木仁在沧州集市上专门结交当地的地痞恶棍，拜黑大眼为师，练起了拳脚功夫。几年下来，他追随黑大眼，在沧州一带欺行霸市，胡作非为，逐渐养成了流氓成性、欺男霸女、狡诈无赖的恶习。母亲因这个孽子哭瞎了双眼。村里的老人看他母亲实在可怜，就撺掇着把同村一个老实善良的姑娘许配给了汤木仁，期待着他改邪归正，过踏实的日子。

汤木仁成亲后的第二天，就跑到沧州城里，又和那些狐朋狗友混在一起。十几年来，靠坑蒙拐骗得来的钱，在沧州城里盘下一个大车店，一发不可收拾地干起了打家劫舍、挖坟掘墓的丑恶勾当。

汤木仁家不思归，长年在沧州城里包养女人，害得结发妻子独守空房，以泪洗面。生了一个儿子汤小虎，也是从小就浑打浑闹，惹是生非，总也不让她省心。

汤小虎专爱舞刀弄棒，曾瞒着家里到沧州武馆学了三年，练得一身好拳脚。无奈这武馆的师傅是沧州黑帮老大黑大眼的保镖，带着武馆弟子常替黑大眼出头平事，在一次与泊头黑帮火拼时，他替黑大眼挡了一刀，被打残左腿。黑大眼为答谢救命之恩，出资为汤小虎在沧州城开了一家汤记布店，做起了布行生意，还赏了他五根金条，让他留着急用。

汤木仁被手下抬回沧州前辛庄老家后，在土炕上一躺就是五年。在一个风高云黑的夜晚，他心力衰竭，奄奄一息。汤小虎得信儿连夜从沧州赶回村里，站在汤木仁的炕前，叫着："爸爸，爸爸！您醒醒，儿子回来了！"

汤木仁被儿子的叫声唤醒，睁开眼盯着汤小虎："虎子，你爹这辈子干了不少缺德现眼的事儿，上对不起高堂老母，下对不起你妈。你也是堂堂七尺汉子，踏踏实实做买卖，别学我，留下的都是骂名！"顿了一下，他强睁着眼继续说，"我本想在北京城里靠黑熊会挣点钱就收手不干了，回家给你奶奶养老送终，陪着你娘再过几年安稳的日子。没想到锦什坊街永升斋鞋庄那个王掌柜，他年轻气盛，专门跟我过不去，断了我的财路，还把我打成了废物，一直咽不下这口恶气。这几年你向我打听永升斋王掌柜，怕你干出傻事，把自个儿再搭上，那我更没法向老祖宗交代了。"

汤小虎双手抚摸着汤木仁的单臂，眼含热泪，凶狠地说："爸爸，您就安心养病吧，北京城我已经去过几次了，把锦什坊街那个永升斋也摸清楚了。那个王掌柜我也在暗中盯梢过，一直没机会下手。沧州江湖上有句话叫恩仇必报。您既然生了我，就是上刀山下火海，我也要把王掌柜给做了！"

汤木仁听着儿子的话，无奈地摇着头说："你咋这么犟呢！冤冤相报何时了，得饶人处且饶人。"干咳了一声，头一歪，命丧黄泉。

二

汤木仁被抬回前辛庄以后，汤小虎借去北京南下洼子张记帆布店，找同乡刘家旺做布行生意之名，先后四次来到锦什坊街，亲眼看见王焕章从永升斋鞋庄往来进出。从外表看，王掌柜身材清瘦健爽，英俊潇洒，儒雅淳厚，一表人才。不像父亲说的那样魔鬼奸诈。他通过跟锦什坊街商铺一些人聊天儿，都说永升斋王掌柜为人处世仁慈厚道，重情重义。再看看永升斋的伙计，个顶个的精明能干，待人谦和有礼貌，鞋庄开得红红火火，顾客盈门。汤小虎不来北京还好，越来北京越减退着替父亲寻仇的念头。

汤木仁的离世，激活了汤小虎为父报仇的歹心。他披麻戴孝，把汤木仁葬在运河大堤下面的枣树林里，料理完后事，匆匆赶回沧州汤记布店，把黑大眼儿赏的五根金条取出三根，用棕色丝绸布裹好，揣在怀里，咬着牙："王掌柜，报仇不过年，我此去之日，就是你永升斋遭殃之时。即使要不了你的命，也得把你整趴下，让你生不如死！"

汤小虎一瘸一拐地登上了马车，北上京城。

进京的路上，大雪纷飞。马车在泥泞的雪地里滑来滑去，马蹄打着晃，艰难前行。来到南下洼子，已是第二天的傍晚。

汤小虎在东来顺饭庄附近的一家小旅馆里安顿好后，拄着拐杖来到南下洼子帆布店。站在店前，借着灯光抬眼望去，门框上方悬挂着"三益宫帆布店"的牌匾。汤小虎有些诧异："难道是我找错店门了？"正站在雪地上犹豫，忽听店门一响，出来一个中年人，站在门口高喊："是小虎弟吧？这大雪天的，这么晚了你咋来了？快进来，别着凉。我正要去茅房，真是巧了！"

从帆布店出来的这个人，正是汤小虎要找的同乡刘家旺。他喜出望外，向前拐着走了两步，笑着说："是家旺兄呀！我一看这匾不是原来张记帆布店了，还以为走错了庙门。来，快接着，这是我专门给您带来的御河老酒。"

刘家旺紧走几步，接过酒说："多谢小虎弟，这可是咱沧州的好酒。快进屋，一会儿咱哥俩痛饮几杯。"

汤小虎站在原地，说："不进去啦，刘兄。快过年了，我这次来是特意请您吃顿饭，叙叙旧。您先去茅房，我等着您。我已在东来顺订好桌了，那里暖和，咱俩烫上两壶沧州老酒，提前过个年。"

"得嘞，恭敬不如从命，小虎弟先稍等片刻，我去去就来。"刘家旺说着，快步向院外走去。

汤小虎和刘家旺坐在东来顺饭庄二楼的一个角落里，热气腾腾的火锅周围摆满了各种荤素菜肴。

汤小虎端起酒杯说："刘兄，我先敬您一杯。我两年多没过来了，这老帆布店咋整成三益宫啦？"

刘家旺干了一杯，咂着嘴，说："小虎弟，是这样，原来这家帆布店是东家张之福的，他经营了几年，总是赚不到钱。两个月前这个店被永升斋鞋庄的王掌柜买下了，店名也换成了三益宫。主要是供应永升斋鞋庄帆布料子用，再加些外卖。真是邪门了，自打东家换成了永升斋，这买卖真就红火起来，还得说人家王掌柜厉害。"

汤小虎听着，两眼顿时泛起光来。他眉头一皱，计从心生，说："刘兄，想当年，你在沧州布行里混的时候，我可对你不薄吧？有句心里话，得跟你唠唠。"

刘家旺几杯酒下肚，满脸通红，他用袄袖子擦着脸上的汗说："汤老弟对我的好咋能忘呀！那时是我正走背字。我贪财好利偷了东家的瓷器，是老弟你在黑大眼面前求情，把我从东家的皮鞭下救了出来。我这条命是你给的，有用得着我的地方尽管说。"

"刘兄够仗义！来，再敬你一杯。"汤小虎歪着身子站起来，端起酒杯，和刘家旺碰了一下，一饮而尽。

刘家旺也站起来，醉醺醺地说："哎，小虎弟，这可不行！你站起来敬酒不是打我的脸吗？我连干三杯认罚。"

汤小虎拽着刘家旺的胳膊，示意其坐下："刘兄快坐下，您听我说，还真有一事我得麻烦老兄啦。"

刘家旺歪着脑袋说："老弟尽管说，我洗耳恭听。"

"其实也没啥，还记得我曾向你打听永升斋鞋庄王掌柜的事吗？"汤小虎说。

刘家旺兴奋地说："当然记得，那时我跟永升斋往来的少，但永升斋王掌柜的大名在布行里无人不晓。他刚把南下洼子张记帆布店盘下时我还真有点想不通，觉得自个儿都没脸干了。跟三益宫赌气、出难题。可人家没计较，把张之福和我们几个伙计都留下来继续在那儿干。我这养家糊口的饭碗都是人家王掌柜给的，他可是个名不虚传的大好人。你最清楚我这副狗熊脾气德行样儿，仍让我在三益宫伙计里主事，我得好好干，不能给脸不要脸呀！"说到兴头上，刘家旺又连干了两杯沧州老酒，直勾勾地看着汤小虎，"小虎弟别光听我说，你说呀！"

汤小虎端起酒杯一饮而尽，说："有些事儿我原来没跟你讲，就我那老爹汤木仁，你也早有耳闻，我就不多说了。他曾在北京西四牌楼附近混过几年，没承想和永升斋鞋庄王掌柜结下了梁子。后来被王掌柜打成了废人，七天前死在我老家前辛庄。可和王掌柜结下的仇，我这个当儿子的得给了断了呀！咱沧州武行里的规矩你也是知道的，恩仇必报。前辈之仇我这做晚辈的不去报，若是传出去，在沧州城里还咋混呀！"

刘家旺放下酒杯，瞪着醉眼，惊诧地看着汤小虎："王掌柜可是大好人呀！你爹和他结下的仇肯定是有原因的，你若是把王掌柜打出好歹来，那可是天理难容呀！再说了，听说王掌柜身怀武功绝技，走西口闯天下，若你再让他给收拾喽，可是得不偿失呀！"

汤小虎提起酒瓶，将刘家旺的空杯斟满，说："这件事儿我也一直在纠结。王掌柜武功高强，真要跟他面对面的打，恐怕就是几个汤小虎加起来也不是他的对手。即使不碰王掌柜，我也要祸害一把永升斋。刘兄，永升斋做鞋定会到三益宫取布料，我问您，这年底了，永升斋啥时来拉布料？"

刘家旺说："张掌柜回老家之前交代过了，让给永升斋备好十匹老帆布，一半天会过来人拉走。你问这个干啥？"

汤小虎"当"的一声，将拳头砸在酒桌上，探着头，压低声音说："太好了！我只求您一件事，若办成，定有重谢！"他看看四周，又回过头说，"你在武行里也混过，这磷粉不但可以做土炸药，而且夜里冒蓝光，遇水就会起火。为了防身，我一直把它密封着捆在腰里。今儿我求你把它撒在那十匹老帆布里，只要永升斋把粘有磷粉的老帆布拉回去，就算大功告成，我将给他来个火烧连营！"

"小虎弟这可使不得！你想找王掌柜报仇别把我也搭上呀！我虽说是个粗人浑球儿，又贪财爱占个小便宜，可东家和张掌柜都对我不薄呀！这不行，丧尽天良的事儿我不干！"刘家旺拒绝着，起身要走。

"刘兄你听我把话说完，再走也不迟。"说着，汤小虎从腰间掏出棕色丝绸布包，"当啷"一声，三根亮闪闪的金条落在桌子上。刘家旺本就是个见钱眼开的势利小人，他盯着金条，两眼放光，语气缓和下来："老弟，你这是干啥？"

"只要你答应把这事儿办成，三根金条你立马拿走，就是回沧州再开个买卖也是绰绰有余。"汤小虎盯着刘家旺说。

刘家旺终于被三根金条收买了。在一个雪花纷飞的深夜，他趁瘦猴回家睡觉，取走备用钥匙，打开库房的大门，像老鼠一样溜了进去.拿出汤小虎交给他的磷粉,依次撒在十匹老帆布的里面，再卷起来放回原处，锁上房门，返回床上，做起了黄粱美梦。

汤小虎在南来顺附近的旅店住到第五天，刘家旺步履匆匆地找上门来。他低声说："小虎弟，你交给我的事儿已办妥，永升斋来了个小兔崽子刚把那十匹老帆布拉走,估摸着这会儿快到前门楼了。"

汤小虎兴奋地从床上蹦下来,瘸着腿,拍着刘家旺的肩膀说：

"好，多谢！永升斋这一劫就在今夜。你也赶快收拾收拾回沧州吧，等我把这边事儿办完也赶回去，到沧州再请你喝酒。"

"哎哟，可吓死我了！别再提喝酒了，我这是造的啥孽呀！"刘家旺说着，转身向三益宫帆布店跑去。

终于等到夜黑风高的午夜。汤小虎蹲在锦什坊街永升斋鞋庄对面的墙角里，窥探着空荡荡的街面，从腰间掏出两个灌满汽油的瓶子，一蹿身来到永升斋鞋庄门前，迈上台阶，打开瓶盖，扬手向窗框和老松木朱漆大柱上泼去，再把剩余的汽油洒在一块棉布上，划着火柴，点燃棉布，向泼满汽油的地方扔去。"嘭"的一声，火苗乱窜，越烧越旺。只听门框和柱子噼里啪啦地燃烧起来。眨眼的工夫，火苗已窜进大堂，点燃柜上的布鞋。火借风势，风助火威，整个永升斋燃起了冲天的大火。他幸灾乐祸地享受着罪恶的快乐，大喊起来："着火啦！着火啦！快来救火呀！永升斋着火啦！"当他听见永升斋后院的呼喊声和救火的泼水声，看到巨大的火球从后院嗵嗵向上升腾，火光冲天的时候，确认难以挽回的灾难已经降临到王掌柜的头上。心中呐喊："老父亲，您这口恶气我替您出了！您老安息吧！"

汤小虎趁锦什坊街一片混乱之机，偷偷地一瘸一拐地向南城跑去。

三

王泽民回到大邓各庄，推开家门，走进后院正房，向老母亲问过安后，抱起四岁的儿子亲了两下，双臂高举，笑着说："瞧这胖小子，我可要举不动啦！"他把儿子放在地上，说："快去找你哥哥姐姐们玩去吧，臭小子！哈哈！"

夫人把孩子送出门口，转过身来到王泽民身旁，接过丈夫脱下的棉袍说："今儿回来就不着急走了吧？都到年根儿了，年货还没准备呢，你一到家我心里就踏实多了，昨儿妈还叨唠着过年的事儿呢。"

王泽民从椅子上站起来，又穿上棉袍，说："我这次回来有一件急事要办，你在家里照顾好妈和孩子们，我先去趟三哥家，看看二婶儿和三嫂子。"

夫人用手掸着王泽民棉袍上的尘土，说："二婶身子骨不太好，昨儿刚从师姑庄把高大夫请来，抓了几服汤药。高大夫叮嘱三嫂子要多加小心，老太太这病不大妙，三嫂子正着急着呢！"

王泽民皱着眉，说："真是黄鼠狼专咬病鸭子！三哥在柜上也回不来啊！"

"只有三个侄女和挺着大肚子的三嫂子在家陪护着二婶儿。"夫人推了王泽民一把，"你赶紧去吧。"

王泽民从王焕章家里出来，就直接去了小邓各庄，找到杨康的父亲杨继业。将永升斋遭遇大火，王焕章病倒在床的事述说了一遍。

杨继业听完王泽民的述说，在青砖地上蹾着步，说："这大年景的，永升斋咋这么背呀？一准儿是焕章得罪了人，报官了吗？"

"官是报了，大火把永升斋烧得一干二净，就是包拯来了也断不了这案子，该着我三哥倒霉。"顿了一下，王泽民接着说，"我今儿来找您有事相求，焕章遇上这么大灾难，我得帮帮他。我准备把我家靠西河边上的那六十亩耕地卖掉，用卖地的钱让我三哥再把永升斋开起来。这事儿太着急了，一时半会儿上哪去找买主呀？您在通州警察局干过多年，人脉广，请您老帮忙找个买家。"

杨继业沉思着，说："你家那块地我看过，可是一等的肥地呀！卖掉实在太可惜了。难得你对焕章这份兄弟之情呀！泽民，别着急，容我想想。"

"哎，巧了！北街我本家外甥张建武在通州城里开油坊，前些日子说要买地种芝麻花生，储备油料。这会儿他应该回来了，走，咱俩到他家去问问。"说着，杨继业高兴地拉着王泽民的手臂出了大院，大步流星地向北街走去。

张建武坐在家里，正发愁买不到好地。杨继业将来意一说，他喜笑颜开："真是天上掉馅饼，想啥来啥！我正为买地愁得慌，这么好的地您都卖了，可见您与王掌柜的兄弟之情谊重呀！这六十亩耕地您也别再找下家了，我全都买下。"他看着王泽民，恨不得当时就把地买到手，"咱们现在就到六十亩地那儿看看，只要您给个价，我没二话。"

"瞧你这急脾气，地价也不是凭你俩嘴上一说的事，还得找保人，评估后再交易，可不是买两斤瓜果梨桃这么简单的事儿哈哈！"杨继业和王泽民、张建武一同向西河边走着说。

评估完六十亩地的价钱，王泽民请杨继业和大小邓各庄有威望的长辈做保人，办好了一应手续。第三天一早，他怀揣着沉甸甸的银票，急匆匆地赶回老三顺斋。

"三哥，三哥！我回来了！永升斋有救了！"王泽民刚迈进老三顺斋大门，冲着屋子高喊。

经过几天的调养，王焕章的脸上有了光泽，他已能下床走动，在院子里随意散步了。他在院子里转悠累了，刚回到房间坐在八仙桌旁休息，就听到王泽民的喊声，对陈国清说："国清，快去迎迎你舅舅。"

陈国清紧走几步，挑着门帘："舅舅，您回来啦！我三舅一直念叨您那。"

"四弟，几天不见了，你可回来了！"王焕章笑着同王泽民打着招呼。

"三哥，您的病好些了吧？"王泽民风尘仆仆，满头冒着热气，顾不上多说话，到八仙桌前捧起茶壶，一口咬住壶嘴，咕咚咕咚大口喝了起来。

"舅舅您慢点喝，幸亏茶壶里的水我续得早，要不然非得把您烫成满嘴泡。"陈国清夺着王泽民手里的茶壶，着急地说。

王泽民坐在椅子上，接过陈国清递上的毛巾擦着脸，高兴地说："三哥，这几天我回了趟大邓各庄，把靠西河边上那六十亩地卖给小邓各庄开油坊的张建武了。这回咱们有钱了！"说着，从怀里掏出一个精致的布包，打开，平摊在八仙桌上，"您瞧，这就是卖地的银票。等您身子骨一好，咱就接着开这个永升斋！"

听着王泽民一片赤诚的话语，看着他那既兴奋又疲惫的面容，王焕章的眼睛湿润了，他动情地说："四弟，这阵子真是难为你了，我王焕章何德何能？值得你如此厚爱、信任呀？"

"三哥不说别的，就咱俩兄弟一场，从小在一起长大情同手足，三哥蒙难，为弟我不能袖手旁观。还记得恩师刘连喜给咱留下的《寒窑赋》吗？'天有不测风云，人有旦夕祸福……天不得时，日月无光；地不得时，草木不生；水不得时，风浪不平；人不得时，利运不通'呀！三哥，您正应了这句话。这回咱们有钱了，就借着这场大火，把永升斋烧得再旺些！"王泽民越说越激动，从椅子上站起来，向上挥着拳头，"永升斋就是要在烈火中永升！"

"是呀四弟，'蜈蚣百足，行不及蛇。雄鸡两翼，飞不过鸭。马有千里之程，无骑不能自往。人有冲天之志，非运不能自通'。永升斋虽遭此大难，但有四弟鼎力相助，我王焕章定会让永升斋更加辉煌！"王焕章也借助《寒窑赋》中的句子，抒发着自己而今迈步从头越的壮志豪情。

"王掌柜，好些了吗？我来看您啦！"门外的喊声打断了王焕章和王泽民的对话。三益宫帆布店掌柜张之福一掀门帘来到房间，"呦，两个王掌柜都在，幸会幸会！"

王焕章把张之福让到八仙桌前坐下来，陈国清将倒满茶水的茶杯送到张之福的眼前："张掌柜您喝茶。"

王焕章问："这几天三益宫的生意咋样？"

张之福摊着手，说："唉，别提了。永升斋这边着大火，我那边伙计刘家旺连个招呼都没打就跑得没影儿了，至今也没个音信。瘦猴说刘家旺临走时慌慌张张的，只拎了个布包，说了一句没脸见张掌柜，拔腿就跑了。我知道他平时贪财，爱占小便宜，以为他是偷了三益宫啥东西跑了，可我让伙计盘库检查了一遍，三益宫啥东西也没丢。真是怪了，这刘家旺中的是哪门子邪呀？好好的饭碗不端着，跑啥呀？现在柜上的伙计都回家过年去了，只有我和瘦猴在三益宫盯着，还好，有几家客商买走了三十匹老帆布，库存也不多了。"

王焕章截住张之福的话茬说："张掌柜您打住，马上封库，不许再外卖了，等过些日子永升斋重新开张营业，需要大量的辅料。全留下来，听我的信儿。"

张之福站起身，说："得嘞，我马上回去办这事儿，封库关门回家过年。"

陈国清拦住张之福说:"张掌柜您留步,有几句话我得跟您和我三舅说说。"

张之福又坐了回去,看着陈国清:"两个王掌柜正好都在,你就快说吧。"

陈国清提着刚续上水的茶壶,给他们三个人的茶杯倒上茶水,坐在墙柜前的长凳上,皱着眉头说:"三舅,有一件事儿我总觉着蹊跷,一直闷在心里没说。永升斋着大火那天您吩咐我去三益宫拉那十匹老帆布,只有伙计刘家旺和瘦猴在,是刘家旺接待的我。当时我觉着这个人不地道,还跟他打起来了。老帆布装上车后,有一股难闻的气味,我和他理论,他强词夺理对付我。把货拉回到永升斋放进库房,我还是犯嘀咕。着火那会儿我正在院子里,要上厕所。看见存老帆布屋子里一闪一闪地冒着蓝光,我以为是闹鬼了,鬼火来了,吓得我浑身冒冷汗。就是在这时,门外突然传来救火的喊声,大火也跟着烧了起来。当我们几个伙计用水泼库房的火苗时,没想到"嗵"的一声,火烧得更旺了。连着几个大火球从库房里蹿出来,掀翻了房顶,蹿到天空中,可恐怖了。这场大火着的太突然,太诡异,我觉着是有人恶意放火。但手无证据,又不能瞎猜疑。这几天我心里一直堵得慌,挺不是滋味的。"

"三哥,我看这火着得是不明不白的,小清子说的在理,那个姓刘的伙计突然不辞而别,并非巧合。要查清这场大火的真相,我看就先从刘伙计查起,顺藤摸瓜,抓住元凶,让真相大白于天下。"王泽民站起身,挥着手说。

张之福也站了起来,说:"焕章弟,这事儿若信得过我就交给我办。刘家旺是我从沧州带过来的,他的老家我也去过。这小子若真是做出啥伤天害理的事儿,就把他脑袋拧下来喂狗。"

王焕章说："好，张掌柜，就这么着。此事不要张扬，若打草惊蛇反而会帮倒忙。"

"您放宽心，我老家虽在三河城里，可我也在沧州混过几年，黑道白道都交了些朋友。正好也快过年了，顺便去趟沧州城再会会那帮兄弟。这么着，二位王掌柜先聊着，我得赶紧回三益宫，把库房封上，收拾收拾，明儿一早就杀往沧州。"张之福戴上毡帽，转身告辞。

张之福告别了王焕章，急匆匆返回南下洼子三益宫帆布店，把瘦猴叫过来："瘦猴，你小子真不赖，辛苦你啦！奉东家王掌柜之命，从现在起关门歇业。你再仔细盘点一下库房的存货，登记入账。明儿个你就放假，回家过年，等过了正月十五元宵节再来上班。"

"遵命！我这就去后院盘库。"瘦猴拿着账本、算盘，高兴地向后院跑去。

第二天早晨，张之福赶着马车，直奔沧州古城方向疾驰而去。

四

掌灯时分，张之福的马车跨过运河，在沧州古城小南门前的鸡市街关帝庙旁怡人旅店前停了下来。

马车还未停稳，从旅店里跑出一个小伙计，接过张之福手中的缰绳说："客官，辛苦了您呐！您先进店里歇会儿，我把马车赶到后院，停车卸马喂料，行李我随后给您送到房间，放心吧您呐！"小伙计快言快语，说得张之福疲劳顿消："好！小伙子，谢谢啦，老掌柜在吗？"

小伙计拉着马缰绳，说："客官，老掌柜告老还乡后就再没来过，都是少掌柜在这儿支应着。"

张之福笑着说："噢，是那个臭小子，长出息了。那几年他可淘出边儿了，敢在小南门上打秋千，差点儿摔下来，要了小命。"

"这件事儿您都知道？现在的李少掌柜可不是从前的模样了，文文静静的一表人才。"

小伙计赶着马车向后院走去。

鸡市街上有一个裕盛恒布铺，"裕盛恒"三个大字由翰林大学士华士奎题写。布铺掌柜姓张，人称张老鸢，是张之福的叔伯兄弟。张老鸢平时少言寡语，可做起买卖来却是响当当的。张之福在沧州那几年，有事没事地都往他这儿跑，言谈话语中学到不少做布行生意的本事。他能够在北京城南下洼子开帆布店，就是得益于张老鸢的鼎力相助。

天刚亮起来，小南门外挤满了人，正等待着城门的打开。张之福坐在街边的早点摊上吃着炸油饼，喝着沧州豆腐脑儿。看着挑担子的、推车的、徒步的人嘈杂嬉笑络绎不绝，他自言自语地说："呵，瞧这热闹劲儿，比南下洼子可强多了，这简直就是个西四牌楼呀！"他抬起头，跟早点摊的主人调侃起来："我说大妹子，你这豆腐脑儿做得可忒地道了，这要是拿到北京城大街上去卖，那你可发大啦！"

摆摊妇女给客人盛着豆腐脑儿，笑着说："别逗了您，俺这是小本儿生意，只能养家糊口，哪像您呀，一看就是见过大世面的人儿！"

裕盛恒布铺开门了，张之福是第一位迈进铺门的客人。伙计们各自忙碌着，一个跑堂的小伙计正在小心翼翼地擦拭着紫檀条案上的七彩瓷瓶。

"小师傅你好！打听一下，张掌柜在吗？"

小伙计慢慢地将瓷瓶摆正，回过头微笑着说："客官，您早！我家掌柜刚回到后院去，您先请坐，请问您贵姓，我好去通禀。"

张之福坐在八仙桌旁的太师椅上，说："噢，我姓张，是他三河老家的叔伯弟弟，特意从北京前来看他。"

"得话啦您呐，稍坐片刻，我去去就来。"小伙计抽下肩上的白毛巾，擦了一下脸上的汗，转身向后院走去。

"二弟，一向可好？这快过年了，你不回三河老家，来沧州干啥玩意儿这是？"张老鸢快步从后院走进大堂，冲着张之福高喊。

张之福从太师椅上站起来，向前紧走几步迎了过去："大哥！您好吧？可想您了！"

张老鸢拉着张之福的胳膊上下打量着说："一年没见了，你还是那副熊样儿。走，咱们去后堂喝茶。"

来到后堂，兄弟俩坐在墙柜前的方桌旁，小伙计端上茶碗倒满茶水后退了出去。

"大哥，无事不登三宝殿，我今儿来是有点急事儿向您请教。"张之福开门见山，双目紧盯着张老鸢。

张老鸢把茶碗推给张之福，不紧不慢地说："二弟，先喝茶，有啥话咱哥俩慢慢唠。"

"说来话长，还记得几年前您给我推荐的刘家旺吗？冲您大哥的面子，在南下洼子帆布店我还是挺器重他的，让他当主事的伙计。永升斋鞋庄的王掌柜看我那帆布店经营不下去了，就帮了我一把，买下南下洼子帆布店，改名叫作三益宫帆布店。东家王掌柜这个人厚道，不仅留下了我，还让我当掌柜。把原来的伙计也都留下了，我让刘家旺继续当主事的伙计。可就在五天前，永升斋鞋庄突然着了一场大火,把永升斋烧得根儿嘎净!嘿,没想到刘家旺在着火的第二天早上,从三益宫不辞而别。永升斋的小伙计陈国清说,着火前的中午,他从刘家旺手里拉走十匹老帆布,当天夜里就着起了大火,对他很是怀疑。我也在想,刘家旺若是心里没鬼,他跑得哪门子呀!王掌柜把查他的事交给了我。大哥您说,我得给王掌柜一个交代呀。"张之福一口气说完,端起茶碗,咕咚一口喝了下去。

张老蔫认真地听着,喝了一口茶,说:"这事儿也忒恨儿了,永升斋我去过,那王掌柜得多仁义呀!咋遭这大难呀?刘家旺在我这儿时手脚就不干净,爱贪个小便宜,可他人还算机灵,买卖上的事儿能整明白。那时你刚去北京做布行生意,我就把他推荐给你做个帮手,看来这小子真是靠不住呀!"

张之福探着身子,说:"大哥,我这次来就是想问一问,这小子在沧州城里混的时候常和谁来往?"

张老蔫抬起头,想着,说:"要说来往最多最密切的人,也就是靠近运河码头那家汤记布店的东家汤小虎了。都是做布行生意的,我也跟他有所来往。这个人还算仗义,买卖上口碑不错。听说他在武行里混过,在黑道上打斗时断了一条腿。他的父亲汤木仁曾是沧州城出了名的黑帮老大,后来跑到北京城混了几年,也没混出个人样来,几年前被人打残背回了老家。当年汤小虎来我这柜上,都是刘家旺跑前跑后地迎着,看他俩那做派就是一路子人。"

"好,我整的有点明白了。北京城布行、鞋行都知道永升斋王掌柜和黑熊会汤木仁那点过节儿,难道是?"张之福皱着眉头,突然一惊,发根倒竖,出了一身冷汗。他站起身,系上蓝色棉绒围巾,说,"大哥,事不宜迟,我越琢磨越觉得可怕。我得赶紧去刘家旺老家一趟，说不定能在那里堵住他。"

从怡人旅店出发，顺着运河大堤再往南走十里路，就是刘家旺的老家曹庄子村。张之福对这个村庄并不陌生，几年前就是从这里把刘家旺带到北京城的。

从运河大堤上下来，往左直行，再拐一个弯儿，来到了刘家旺的家门口。这是一个简陋的半砖半坯的小四合院，院外一块菜地扎着篱笆，空荡荡的菜园子，盖着白菜垛的苇席上堆满了积雪。几只芦花鸡悠闲地在雪地里用爪子捣着烂菜叶，有的咕咕地叫着低头啄食，一派田园景象。

张之福把马车拴在门口的老槐树上，提着一盒从北京买的点心，推开门刚要喊话，听见从正房的东屋里嘈杂的喊叫声："别打我，别打我！那火不是我点的，是汤小虎干的。饶命呀！快来人呀！救命，别打我，别打我！"

张之福被声嘶力竭的喊叫声吓得毛骨悚然，后退两步，转身想退回去。

"是张大哥吧？您快进来，我家那死鬼出大事了！"一个中年女子的声音从屋门口传来。张之福停下脚步，转身一看是刘家旺的媳妇，心里踏实下来，说："大妹子，屋里咋这么乱呀？连喊带叫怪吓人的，这是咋啦？"

中年女子掀着门帘，说："唉！那缺德的玩意儿！您进屋一看就明白了。"

张之福双脚迈进东屋，一股刺鼻的恶臭味呛得他身子往后直仰。只见刘家旺蓬头垢面，双手抱头，狂躁地呼喊着。

刘家旺见有生人进来，缩脖抱肩，又狂躁地大喊："饶命，别打我，别打我！这火不是我点的，你去找那个汤瘸子，都是他干的呀！"

张之福没说话，退出东屋，来到院子里，中年女子也跟了出来，他把手提的点心盒递过去，说："大妹子，把这点心拿给老人和孩子们吃，家旺连我都不认识了，几天没见他咋就成疯子了？"

中年女子站在冰凉的石阶上，像个木头人，听着张之福说话，眼泪唰的一下就流了出来。她把点心盒放在窗台上，捂着脸，蹲在地上哽咽起来。

张之福弯下腰，劝着："大妹子，别这样。到底咋回事儿？你快告诉我，我也帮你想想办法。"

过了一会儿，中年女子的情绪稍稍平稳，站起身，擦着眼泪叙说着："真是丢死人了，本想着死鬼在京城跟着你能混出个人样来。这快过年了，没想到他却被打得头破血流地爬回了家。一进门就喊着疯话，躲在炕角上不吃不喝光是喊。刚回来那几天请了邻村的大夫给他看过了，说是惊吓中风鬼迷心窍，又给扎了三天针灸，还是不见好。你看今儿病又加重了，连你都不认识，我这是造的啥孽呀？"

张之福安慰着说："大妹子，别着急。我看他是受到了惊吓，光靠邻村大夫治不好他的病，正好，我有马车，拉他到沧州城里找名医去看看。你赶紧收拾收拾，咱们这就走，看医生的钱有我呢。"

"那敢情好，真是遇见大贵人了，这死鬼要是总这样我也不活了！"中年女子擦着眼泪，往屋里跑去。

午时三刻，张之福赶着马车，拉着刘家旺来到沧州城南潘记诊所。

潘大夫是沧州十大名医，专治疑难杂症，人称"潘一刀"，刀到病除。有一次张之福贪凉中了阴风，口眼歪斜，来到潘大夫这里医治，他对准穴位埋了五个小针刀，再加上针灸疗法，只来了两次病就痊愈了。

来到潘大夫面前，中年女子刚要说话，被他拦住："这病人是你丈夫吧？他肯定是没干好事，又被一时惊吓，内攻外扰导致他得了这惊魂症。把他放倒，躺在床上，三刀下去保他还魂。"说着，潘大夫打开医箱，将小针刀取出消毒，照着刘家旺迎香穴、印堂穴和檀中穴各埋一刀。不到半个时辰，潘大夫收刀粘贴，说，"要想做坏事就得有点儿邪胆子，没这个邪胆子就踏踏实实做个老实人！你们回去吧。"

"潘大夫，这就看完了？啥时再来？"张之福向上托着刘家旺，不解地问。

"还来啥呀？没到家他的病就好了！"潘大夫擦着手，走到另一诊室继续给别的病人治疗。

真是神奇，刘家旺躺在马车上安静地睡着了。来到家门口，中年女子捅着他："当家的，别睡了，咱们到家了。"

刘家旺被喊醒，他眯着眼从马车上坐了起来："这是啥地方？我咋在马车上？"

"你这该天杀的东西！差点被打死，你都不记得了？若不是张大哥救你，你还在家里抽风呢！"中年女子戳着刘家旺的脑门数落着。

刘家旺睁开眼，一下子看见站在身旁的张掌柜，心里咯噔一下，张着大嘴直勾勾地看着他，不知如何是好。以前发生的事像过电影，在脑海里一幕幕闪现。他猛地跳下马车，扑通一声跪在张之福腿前，头重重地磕在冰冻的土地上，咚咚作响。

"张掌柜，我不是人！我是助恶帮凶。对不住你和东家呀！"刘家旺将脸埋在地上，不肯起来。

五

原来，刘家旺收了汤小虎的三根金条，在回三益宫帆布店的路上已后悔三分。但他手捧着沉甸甸的金条，贪欲又占了上风。拿人钱财替人消灾，他硬着头皮，把答应汤小虎的事做完后，胆战心惊，不敢在三益宫待下去了。第二天一早，慌慌张张地向沧州老家的方向逃去。

午夜时分，刘家旺路过沧州城，没敢停歇，又顺着运河大堤往南，向曹庄子奔去。再过一个小树林就是曹庄子村了，终于看到自家的村庄，他长出一口气，掸了掸身上的灰尘，嘴里哼着沧州木板大鼓：

> 老来难老来难，
>
> 劝人别把老人嫌。
>
> 当初只嫌别人老，
>
> 现今到了我头前。
>
> 千般苦来万般难，
>
> 听我从头细说一番。
>
> ……

刘家旺正唱到兴头上，突然，只听"忽"的一声，后脑勺挨了重重一棒。他"哎呦！"应声倒在堤岸上，肩上的包裹被甩出老远，滚下河堤。只见两个黑衣人蹿到他跟前，一阵拳打脚踢，打得他鼻青脸肿，趴在地上连连求饶："好汉饶命！咱们无冤无仇的，留我一条小命儿，我上有高堂老母，下有妻子儿女，都盼着我回家过年呢，好汉饶命！"

"拿出来！快掏出来，不然，明年的此时就是你的祭日。"一个黑衣人抓着刘家旺的脖子低声喊着。

"好汉饶命，我那包甩下河堤，没有别的东西了。"刘家旺抱着头说。

"去你娘的！"另一个黑衣人一拳打在刘家旺的后背上"当啷！"发出金属的撞击声。黑衣人顺势将他翻过来，往腰间掏去，裹着三根金条的小包被抢夺过去。刘家旺一看金条没了，顿时急红了眼，猛地翻身站起来，向其中一人撞去。黑衣人向后一闪，刘家旺用力过猛，撞了个空，一头栽在堤坝上。两个黑衣人跑过来，又是一阵乱打，打得他晕头转向，眼冒金星。因做了坏事心中恐慌，以为是东窗事发被人追杀。吓得他浑身发抖，胡言乱语："不是我干的，饶了我吧！是汤小虎放的火，饶了我吧，救命呀！"刘家旺连惊带吓，一口气没上来，"扑通！"昏倒在大堤上。

两个黑衣人抢走金条满意而归："大哥，咱哥俩可发大财了，三根金条呀这是！看那个傻家伙肯定没干好事，管他什么杀人放火，什么汤小虎、汤小猪的，有咱屁事。"

听完刘家旺的述说，张之福气愤地说："就你这副德行，别说三根金条，就是半根金条你也不值！"

刘家旺低着头："我真后悔呀！见利忘义猪狗不如。这世上没有卖后悔药的，真没脸再见你和东家了。"

"你这个寡廉鲜耻的东西，三根金条就把你卖了！东家王掌柜那么好的人你都敢祸害，狼心狗肺枉为人！永升斋鞋庄已被大火烧成平地，把王掌柜害成这样，天理难容！你遭此一劫也是报应。这就叫多行不义必自毙，咎由自取，好自为之吧。"说着张之福从腰间掏出两块银圆递给中年女子，"大妹子，这点钱收好，留着过年吧。我天黑前得赶回沧州城,有些事还得去办。"

走出小院,张之福解开马缰绳,掉转马头,上了运河大堤,往北直奔沧州城。

一夜无话,第二天一早,张之福又来到裕盛恒布店,把去刘家旺家的经过简单地向张老蔫描述了一遍。

张老蔫瞪大眼睛,吃惊地说:"这小子还真干出丧尽天良、丢人现眼的事!看来那个汤记布店东家汤小虎就是纵火的元凶!"

张之福说:"刘家旺已经供认了。大哥,想求您陪我去趟汤记布店,您跟他有生意上的往来,借机会会这个汤小虎。"

"好呀,不光是汤小虎,他家的伙计大老张跟我也很熟。说走就走,不入虎穴焉得虎子!"张老蔫说着,和张之福并肩走出裕盛恒布铺,穿过两条胡同,顺着去运河码头的石板路,转眼之间就来到汤记布店。

"嘿,老本家来啦!今儿是太阳从西边出来了,劳您大驾!看座。"大老张同张老蔫打着招呼。

"张老弟,来,我给你介绍一下,这是我的叔伯弟弟,刚从北京来,也是做布行生意的,我想把他推荐给你们东家。以后也有个照应。"张老蔫扶着张之福的肩膀,向大老张介绍着。

大老张扬起胳膊,拱着手:"欢迎,欢迎。看这位老兄挺面善的,做起买卖来定是顺风顺水,逢凶化吉。"

张之福也拱着手:"您过奖,您还得多关照。"

大老张笑着说"哪儿的话呀?要说关照那还得咱们张大掌柜,我们汤记布店和裕盛恒比起来可是小菜一碟呀!"

张老蔫也笑了:"张老弟真会开玩笑,说正经的,能把东家请出来吗?我弟弟想见他一面。"

一听这话，大老张脸色沉重起来，压低嗓门说："张掌柜，您没听说吗？东家前几天去了趟北京城，回来的路上马惊了，马车翻在距沧州城二十多里的运河大堤上，把东家压在车下，差点就没命了。还好，小命是保住了，可摔断了一只胳膊，三天前刚做完截肢手术。听说原来那只残腿也被车砸断了，也做了截肢，如今我们东家独腿独臂，只能金鸡独立，单腿蹦了，真是倒霉。唉，别提了，他家里一个瞎奶奶，还有一个多病的老妈，再加上他这个缺胳膊断腿的儿子，这家还咋过呀！这一家子要是摊在我头上，那心眼还不得窄巴死？"

张老蔫皱着眉头："是吗？你家东家可够倒霉的。"

大老张探着身子，低声说："从他老爹那儿说，可是咱沧州出了名的恶人。到东家这儿虽说改了不少，可老话讲龙生龙，凤生凤，老鼠的儿子会打洞；猫生猫，狗生狗，小偷的孩子三只手。我看这都是报应！"

张老蔫推了大老张一把，笑着说："还一套一套的，谁教你的？"

"这还用教？您张掌柜说啥不是一套一套的。"大老张也开起了玩笑。

"之福，咱俩来得真不是时候，回去吧，别耽误大老张的生意。"张老蔫说着站了起来。

大老张跟随在张老蔫的身后往外走着："客气了您，两位贵客慢走。"

张老蔫回过头对大老张说："快过年了，过几天我请你喝酒。"

"得嘞您呐，您的酒我是百喝不厌。"大老张目送着他们二人，开心地笑着。

张之福放松了心情，和张老蔫并肩往裕盛恒布铺的方向走着："大哥，这世道真怪呀！善有善报，恶有恶报，还真不是瞎说的，我可以回去向王掌柜交差了。大哥，打扰了，我请客，咱哥俩也痛痛快快地去喝两盅！"

"唉，见外了不是。到哥哥这儿来哪有让你请客的道理。我还存着几瓶沧州御河老酒，咱哥俩就去沧州饭庄，去吃那儿的羊蝎子、火锅鸡、驴肉火烧。把那老酒再喝起来，赛过活神仙呀！"张老蔫开心地说着，逗得张之福笑着捂着肚子说："馋得我口水都流出来了。"

六

第二年的春节刚过，迎来早春的信息。蜡梅树开始泛黄，含苞待放。连翘树伸展着腰肢，挂着串串棕黄色的花头随风摇曳。一排红脖白肚黑翅膀的春燕，从柳梢间飞过，落在锦什坊街出墙的梅枝上嬉闹鸣叫，伴着妙应寺白塔上那清脆的风铃声，宛若美妙动听的乐曲，唤醒着冬眠的大地。

永升斋鞋庄在废墟上重新站立起来了！开张营业这天，锦什坊街人来人往，格外热闹。王焕章身穿崭新的长袍马褂，头戴呢绒礼帽，英姿焕发，儒雅谦和地站在张灯结彩的永升斋鞋庄前，恭迎着前来贺喜的嘉宾、商客。

"王掌柜，恭贺永升斋鞋庄重新开业！大吉大利！"从锦什坊街北头过来一辆马车，穿过熙熙攘攘的人群，来到王焕章面前高喊。

"呦，李掌柜，您咋亲自赶马车来啦？国清，快把马车接过来，您老慢着点。"王焕章搀扶着李掌柜，招呼陈国清安顿好马车。

李掌柜往鞋庄大堂里走着："我们东家回天津谈生意赶不回来，临走的时候特意叮嘱，永升斋开业那天，让我代表他亲自把这车布料送来，作为王掌柜您的贺礼。"

王焕章双手抱拳,感激地说:"德义堂布店也不宽裕,送这么多布料,帮我渡过难关,我王焕章多谢了!您先给潘老爷子带个话,等他从天津回来,我再亲自登门道谢!"

"王掌柜您客气了,我们德义堂这些年没少讨扰永升斋,您都是倾囊相助,从没二话。这回永升斋重整旗鼓,东家说了,要助您这大好人一臂之力!好,您忙,我就不打扰了。小兄弟,帮我把货给卸了吧。"李掌柜说着,转身来到马车前,解开货绳,招呼陈国清卸货。陈国清又叫来两个伙计,从车上扛起布匹,送进后院的库房。卸完了二十匹布料,陈国清从马车上跳下来,说:"李掌柜,您进屋喝杯茶,歇会儿吧。"

"不啦,今儿永升斋来的人多,马车停在这里碍事。你们快接待客人吧。驾!王掌柜再会啦!"李掌柜赶着马车,掉头往北,消失在人流中。

送走李掌柜,王焕章把陈国清叫到身边,低声说:"国清,把李掌柜送来的布料一匹不少地都记上账,滴水之恩当涌泉相报。等永升斋好起来,连本带利还给人家。"

"王掌柜,恭喜恭喜!永升斋重新开业,定会吉星高照,买卖兴隆!"锦什坊街商铺掌柜们围过来,向王焕章道喜。

"各位掌柜好!咱们是这条街上的邻居,永升斋这场大火惊着大家了,我给各位赔罪!"王焕章双手抱拳,鞠躬示意。

酒馆的王掌柜双手托着蒙着红绸布的大盘子:"王掌柜,咱们锦什坊街五十余家大小商铺,为庆贺永升斋开业,特意凑了份子,推举我们这老几位,代表大家表达一点心意。这是二百块银圆,不成敬意。"

"这可使不得!锦什坊街各位掌柜的心意我领了,钱绝对不能收。大家都不容易，这些可都是各位的血汗钱呀！"王焕章推辞着。

几位掌柜把王焕章围在中间，七嘴八舌地劝说："王掌柜，这可是锦什坊街各商铺的一片诚意呀！你可不能伤了大家的心！若再不收下，就是小瞧我们了。"

王焕章听大家这么一说更加感动转瞬间想出一个办法高声说"这么着吧，二百块银圆我收下先用着，等永升斋挣到钱，我再加上二百块银圆，作为咱们锦什坊街商铺的救济金，往后谁家商铺遇到了困难，坎儿迈不过去的时候，就支取一部分救济金，具体救济多少，咱们大家共同商量着定。各位掌柜，看我这个想法如何？"

大家异口同声地表示赞同。同和药店的刘掌柜说："好呀！王掌柜这个主意好！兵荒马乱的，说不准谁家就受了难，众人拾柴火焰高！"

王焕章双手抱拳，笑着说："好！那就这样定了。今儿刚开业，先欠着各位这顿喜宴，等永升斋发达了，我请全街掌柜去全聚德吃烤鸭！"

"好！王掌柜，君子一言驷马难追，这烤鸭我们吃定了！"掌柜们哈哈大笑着欢快地各自散去。

送走锦什坊街商铺的掌柜们，王焕章扭过头，转身准备回大堂去答谢前来的客人，忽听王泽民在身后高喊："三哥！您看谁来了！"

王焕章回过头,马店马羊市场大当家田聚财正大步朝自己走来。他快走几步，伸着手高兴地说："田大人！劳您大驾，多谢您啦！"

田聚财走上前拉着王焕章的手，笑着说："恭喜呀！焕章，年轻有为的王掌柜！这么大一把火没烧垮你，不简单。"

王焕章说:"田大人过奖了,这些年多亏有您在马羊市场照应着,永升斋才有了出路。"

田聚财摆着手说:"年轻人,别谦虚了。拿着,这是马羊市场的几个掌柜给你凑的份子钱。他们正忙着腾退铺面,没时间过来。我代表他们前来祝贺永升斋重新开张营业。"

王焕章接过田聚财手中的大红包:"您先替我谢谢掌柜们,等我这儿踏实了,就去马羊市场当面感谢。"

"三哥,田大人的马羊市场要大变样了。准备建成一个超大规模的商业一条街。我昨儿过去看了,小门小店都拆了,市场外面的摊位也都拆没了,那些摆摊的小商贩将来也要入住商业街。"王泽民站在田聚财的身后,兴奋地说。

田聚财拍着王泽民的肩膀,笑着说:"泽民老弟对马羊市场感情可够深的,两句话就把马羊市场发展状况说得比我还清楚。下回聘你做马店布局设计的总顾问,哈哈哈!"

王泽民也笑了起来:"您说那个总顾问我可应不了,要说对马羊市场的感情的确深。从我爹那儿起就吃马店的鲜羊肉,要是说起来,我和焕章三哥可是吃您卖的羊肉长大的呀!哈哈!"

田聚财扬起头,眯缝着眼想了想,说:"对呀,那时我在马羊市场开了几个铺面,刚起步。你父亲王四爷专门买我家的羊肉。没想到一眨眼干起了大当家,真跟做梦似的。对了,焕章,马羊市场正在招商,这个机会你得抓住。那些门脸各个气派,可租可买。虽说北京到张家口的火车通了快十年了可从塞北大草原来的驼队、马队仍是源源不断,再加上坐火车运货过来的张家口一带商人,把我那儿带的更火了。"

"田大人,就冲我对马羊市场的感情也得来一套。这么着田大人，永升斋遭此一劫，还需缓些时日，马羊市场那儿，我先租一套商铺。拜托您先给我留一套，具体留哪个合适，全靠您做主了。三天之内我到您那儿办租赁手续。多谢田大人！您给永升斋带来了吉祥！"王焕章兴奋地说。

田聚财连连摆手："那你得感谢泽民，是他告诉我永升斋今天重新开业，我必须得到。"

天刚擦黑，王焕章正准备洗手吃饭，忽听门外传来喊声："哥哥，我嫂子派我来送钱！"

"镇平来了！快进来歇歇，正好一起吃饭。"王焕章迎着弟弟王镇平高兴地说。

王镇平将挎包放在桌子上，擦着汗："哥，这包里装的都是咱们庄和小邓各庄亲朋好友为永升斋凑的钱。他们听说永升斋要重新开张，都拿着钱到家来找我嫂子。我嫂子咋说都不行，非要送给你救急用。嫂子让我叮嘱你，别忘记乡亲们的恩情。想着将来永升斋好了，加倍报答偿还人家。这是单据，各家各户给的钱数都在上面记着呢。"

王焕章手捧沉甸甸的挎包，眼含热泪，动情地说："真是难为了两庄的父老乡亲！他们家里生活大多都不宽裕，还惦记着我王焕章，这大恩大德我何以为报呀？！"

王镇平安慰着王焕章："哥，没关系，我嫂子不是说了吗？记住人家的钱数，等你挣钱了，加倍还给人家，就算都在永升斋投资，你别再过意不去了。"

王焕章扶着王镇平的肩膀说："还是弟弟聪明，就照你说的办。"

王镇平喝了一口茶，放下茶杯，说："哥，我嫂子还让我告诉你，家里都挺好的，不用惦记，叫你踏踏实实做生意。小宝侄子前两

214

天刚刚满月，小家伙会看人了，睁着大眼总是乐，可乖了。妈说你小的时候就这模样。"

"小宝子都满月了？太好了！我一天到晚地穷忙活，儿子满月了都没能回去看看，我这当爹得不够格呀！跟你嫂子说，等忙完了柜上的事，我立马回去看她们。"王焕章站起来，从墙柜上拿起一瓶白酒，打开瓶盖，向酒盅里倒着，说，："镇平，来，这是二姑爷家酒厂特制的通州烧锅酒，咱哥俩好好喝几杯。"

清醇的酒香，顺着瓶口，在油灯的忽闪中，随着春夜的晚风，缓缓地向空中飘去。

从永升斋被烧，到如今的重建，王焕章饱尝了人间冷暖的异样滋味。永升斋重新开业的第二天上午，他来到妙应寺，拜见了曾措老法师。

曾措老法师静坐禅房，听完王焕章叙说，手捻佛珠，平静地说："听王掌柜一席话，处处流露着愤懑不平和感恩图报之气。人生在世顺其自然，种善因得善果，冤冤相报何时了？"曾措法师身子向前挪了挪，拨亮酥油佛灯，轻咳一声，说，"有几句话，你应早有耳闻，我再说给你听一次。吃些亏处原无碍，退让三分也无妨；春日才看杨柳绿，秋风又见菊花黄；春有百花秋有月，夏有凉风冬有雪；若无闲事心头挂，便是人间好时节。我再送你三个字，'向前看'。阿弥陀佛。"说完，老法师双手合十，闭目诵起经来。

王焕章拱手鞠躬："我听明白了，多谢您的点拨。下次再来听您指教。"转身走出禅房。

王焕章站在妙应寺禅院中，仰望着神圣的白塔。忽然，一群春燕从空中飞过，来无影去无踪。他长出了一口气，顿觉全身轻松自在，心灵空旷而澄澈。

第 九 章

一

　　民国十四年（1925）五月的一天，阴雨连绵，雨滴从屋顶瓦檐上流下来，打在石阶上，"滴答，滴答！"有节奏地响着。永升斋后院的两棵柿子树，不时传来花喜鹊的鸣叫声。

　　王焕章坐在书房里，正如醉如痴地品读鲁迅先生的白话小说《祝福》。这本《东方杂志》是昨天在阜成门内宫门口二条看房时，房的主人陈先生送给他的。

　　书房里，传出王焕章朗朗的读书声：

　　"旧历的年底毕竟最像年底，村镇上不必说，就在天空中也显得出将到新年的气象来。灰色的沉重的晚云中间时时发出闪光，接着一声钝响，是送灶的爆竹；近处燃放的可就更强烈了，震耳的大音还没有息，空气里已经散满了幽微的火药味……"

　　话音未落，杨康提着伞，兴冲冲地撩开书房的门帘，走进来大声地说："三哥，想死我了！我从绥远回来了！"

　　王焕章听出是杨康的声音，手捧着《东方杂志》，从椅子上站起来，高兴地迎过去说："二弟，你可回来啦！太好了！快请坐。"他搂着杨康的肩膀，扭头对后边跟过来的陈国清说，"国清，

216

快把茶沏上，我要和你杨二舅好好聊聊！"

杨康把雨伞递给陈国清，笑着说："三哥，我刚一进后院，就听您在书房里说什么'过年呀，爆竹呀'什么的，这离过年还早着哪。"

王焕章将手中的杂志打开说："咳，二弟有所不知。你看，我正读这本杂志上的一篇小说，是鲁迅先生写的《祝福》。鲁迅，作家，大文豪，你听说过他吗？"

杨康兴奋地说："噢，是鲁迅呀！绥远那边好多读书人都找他的书看。刘苍岩先生还送过我一本鲁迅的小说集《呐喊》，他说是从妹妹小芹家里拿来的。"

"你有小芹的消息吗？她嫁到哪儿去了？"王焕章拦住杨康的话，瞪着眼睛，急切地问。

"嘻！说来话长。三哥您先容我喝口水。"杨康端起茶杯，喝了一口，看着王焕章，说，"您一拍屁股，从归化城回到了北京。可小芹不行呀，她一直放不下您。一天到晚不吃不喝，脾气大得都没边了，谁劝跟谁急。一个女孩子，若是从心里喜欢上谁了，真是九头牛也拉不回去。把苍岩先生和他妈急得团团转。托人给她找婆家，可她就是不见，说除非看上一个跟您王掌柜一样的人，她才嫁呢。几年过去了，也没个结果。有一年春天，苍岩兄在包头遇见一个在学堂里教书的画家，长得清秀透亮，跟苍岩兄挺说得来。就把那个青年画家带回归化城，和小芹见了面。刚一开始小芹没看上，说他像个豆芽菜，没有你王掌柜的风度。可这位画家一眼就看上了小芹，索性住在归化城不回去了。他主动和小芹接触，交谈琴棋书画。尤其是当着小芹的面画肖像，把她画得还真像，逗得小芹很开心。一来二去的，小芹也就喜欢上那个画家了。

当年秋天，把小芹娶回包头，苍岩先生母子俩提着的心才算踏实下来。我这次回来之前，听苍岩先生说小芹的儿子都开始上学堂了。"

王焕章听说小芹已结婚生子，过上美好的新生活，心里由衷地为她高兴，说："真不错！小芹有了着落，苍岩兄全家就开心了。"

杨康说："是啊，一提起这事，苍岩先生可高兴了。苍岩先生说，小芹一嫁人，他的老母亲虽说高兴，但心里总像缺了点啥，没着没落的，总嚷着要去包头看女儿。三哥，说起包头有一件事我还得跟您说。"

王焕章看着杨康问："包头咋了？跟永升斋有关系吗？"

杨康顿了一下，说："包头那个梁记皮货店的东家梁家言老先生来信儿了，说在东街旁新建个大街叫'川行店'，正在卖铺面。当地官府准备把那个步行街建成示范商街。打算圈出一块地，集中卖给几家有经济实力，信誉好，市场销售额高的商家。梁先生说从北京过来的商铺最受欢迎，官府觉着有面子。这可是把永升斋打进包头的最佳时机呀！"

杨康看王焕章沉思不语，加快了语速："三哥，如今北京到张家口，张家口到绥远再到包头都通了火车，真是省大事了，包头可是咱们必争之地呀！"

王焕章抬起头，扬起手掌朝杨康的肩膀一拍，说："好二弟！咱哥俩想到一块儿去了，包头商铺必须拿下！"

王焕章看着杨康下巴上的山羊胡子，好奇地问："二弟，你咋整出个山羊胡子呀？"

杨康捋着山羊胡子，笑着说："三哥，在归化城做买卖，长得太年轻人家不认，把胡子留起来显老，可信度高，买卖就好做。"

王焕章大笑着说："真是应了一句古话，嘴上没毛，办事不

218

牢呀！哈哈哈！"

杨康严肃起来，说："三哥，还记得您从归化城返京时，交给我的那把蒙古腰刀吗？真是神了，它避免了咱们永升斋鞋庄一次大劫难，而且还救了我一命呀！"

王焕章回忆着说："我记得，那把刀是驼镖队哈格旺丹送给我的，我觉着留给你比我带回来有用。"

杨康说："这把刀真是派上了用场。归化城闹匪患，黑胡子们手举火把、刀棒，顺着大南街的北头商铺挨家挨户地抢掠，反抗的商家被他们连打带烧。酒楼桐掌柜跟他们动了手，结果被那帮黑胡子把他从二楼扔到大街上，当场就摔死了。真可怕！眼看着就轮到咱们永升斋了，我急忙跑进里屋把腰刀拿出来，顺着牌匾挂在门口，黑胡子喊叫着来到门口，看见还在打晃的腰刀，停了下来。我躲在门后听一个黑胡子高喊：'弟兄们，看见这把刀了吧！这可是在沙虎口曾救过咱家老大一命的那口宝刀呀！小黑子，你站这儿别动，守着。这家店谁都不准进，谁要是碰了这家店，让老大知道了，叫你吃不了兜着走！'就这么着，永升斋和我没伤着半点毫毛。"

"二弟，这太惊险了！你在归化城这些年劳苦功高，我在这儿有礼了！"说着，王焕章双手抱拳，向杨康施礼。

杨康连忙站起来，说："三哥，您这是干啥呀？我杨康能有今天，还不是靠三哥您栽培吗！"

王焕章手托着杨康的胳膊，示意他坐下："自从归化城一别，至今也没再见哈大哥一面，你在归化城知道他的消息吗？"

杨康坐在王焕章的对面，端起茶杯喝了一口，沉重地说："哈格旺丹兄弟真乃仗义豪侠之人。据说他为了躲避绥远警局的追杀，逃到大青山去了。"

王焕章瞪大眼睛，问："哈格旺丹咋把警局给得罪了？"

杨康又站了起来，在书房里来回走了几步，回过头说："这件事，还得从咱们那年走西口说起。三哥您别急，听我慢慢说。"

王焕章说："我不急，听二弟说。"

杨康直直身子，捋了一下山羊胡子，说："您还记得咱们走西口，在张库大道路过那枣林村吧？哈格旺丹替当地名医邹一勺制服了胡记野味饭馆的东家胡大发和两个儿子胡狗子、胡二狼后，平静了两年。第三年的春天，胡大发的弟弟胡殿奎在绥远警局，靠行贿买官，攀上了警局局长马大炮的高枝，当上了马大炮的参谋。他们两个狼狈为奸，豢养黑道打手，把绥远一带搞得乌烟瘴气，怨声载道，谈'马'色变。一个偶然的机会，胡殿奎陪着马大炮的母亲去诚厚堂看病，认出坐堂医生邹继德和在柜台抓药的枣花。他看枣花长得更加端庄漂亮，起了歹心。一天下午趁人不备，他派两个打手，将枣花抓进胡殿奎在城东门内的高墙大院，对枣花强行施暴。枣花已认出胡殿奎，宁死不从。胡殿奎将枣花捆绑在床，这个畜生！把枣花给活活糟踏了。枣花失踪后，邹继德急红了眼，央求马大炮的母亲看在多年治病的情分上，求她的儿子马大炮帮忙找到枣花。马大炮拧不过母亲的唠叨，将找枣花的事儿交给胡殿奎去办。胡殿奎怕丑事败露，连夜派人将枣花蒙住双眼，捆绑着扔到城门外的野草丛里。枣花顽强地打开绳索，跟跄着跑到路边，昏了过去。天刚放亮，正赶上哈格旺丹的驼镖队从此处经过，发现了躺在地上的枣花。哈格旺丹认出是邹一勺的孙女枣花，立即施救。过了一会儿，枣花醒过来，发现自己躺在哈格旺丹叔叔的怀里，"哇"的一声大哭起来说：'哈大叔，是胡殿奎那个狗东西害了我！'哈格旺丹安慰着枣花说：'枣花别怕，有哈大叔在，胡殿奎那狗东西逃不掉！'他让乌木奇把枣花放到驼背上，来到归化城。一切安排妥当后，别上腰刀，只身一人来到警局，点名要找胡殿奎。胡殿奎在马大炮家刚喝完酒，醉醺醺地向警局门口走来。守门的巡警指着胡殿奎说：'这就是你要找的胡参谋，有啥事就直接跟他说吧！'哈格旺丹冲着胡殿奎直奔过去，抬起左手，照着哽嗓咽喉就是一拳，打得胡殿奎晕头转向，原地转了三圈，捂着脖子说：'好汉饶命，有话好说。'哈格旺丹说：'我问你，邹一勺的孙女枣花是不是你祸害的？'胡殿奎抬眼一看，眼前这位不过是一个蒙古汉子，胆子大了起来，伸手就要掏枪，说：'你说对了，枣花就是我胡殿奎玩的，哈哈！你敢把我咋样？'哈格旺丹抬腿一脚踢飞胡殿奎手中的洋枪，从腰里抽出腰刀，照着胡殿奎心口窝连捅三刀。胡殿奎当场咽气见了阎王。守门巡警看傻了眼，站在那里缓不过神来。哈格旺丹拾起掉在地上的洋枪，别在腰里，冲守门巡警说：

'去跟你当官的说，我哈格旺丹替民除害，宰了这个狗东西。要想抓我，到大青山里去抓，老子在大青山里等着！'从那以后，警局把抓捕哈格旺丹的告示贴满了全城，哈格旺丹也成了绥远一带的虎胆英雄。据说枣花也被送到了大青山，后来和乌木奇成婚，跟着哈格旺丹在大青山一带拉起一支队伍，除暴安良，令当地的恶霸、强盗、贪官、污吏闻风丧胆！"

杨康一口气说完了，抄起茶杯喝了一大口，站起来，活动一下腿脚，激动的心情难以平静。

王焕章也沉浸在杨康叙述的情节中，动情地说："哈格旺丹这位仁兄，我没白交呀！真是个顶天立地的汉子！等机缘合适，我要去大青山拜见哈大哥！"

二

王焕章和杨康坐在书房里谈兴正酣，转眼就到了中午。雨停了，太阳照在永升斋后院的两棵柿子树上，晶莹剔透，闪闪发亮。

陈国清走进书房，说："三舅，天津吴四爷来了，在前厅等着见您呢。我老舅也来了。"

王焕章歪着头看了一眼座钟，说："都到中午了，这半天儿过得真快。二弟，咱们先陪吴四爷聊几句就一起去吃饭。等吃完饭带你去趟宫门口，我在那儿买了一套四合院，你三嫂子她们过来也算是有个落脚的地方了。"

王焕章和杨康一前一后从书房里走出来，顺着后院的甬路，刚迈进前厅后门，一个清瘦精明、英俊潇洒的年轻人从八仙桌旁的太师椅上站起来高声说："哥，我等你半天了，咋才出来呀？"

"是俊山呀，你不在天津律师事务所好好待着，跑到这儿干啥来了？"王焕章心里高兴但表情严肃地对小弟弟王俊山说。

王俊山低着头说："我不想在那儿干了，离家老远的，又挣不了几个大子儿，想咱妈了也回不去家，我打算跟着你干。"

王焕章走过去，抚摸着王俊山的头说："干啥都要有长性。你先跟国清去老北京饭庄，我和吴四爷聊几句后去那儿找你们。"

"一看这就是王掌柜，您这弟弟长得真够眼的，是百里挑一的俊小伙儿呀！"一位五十岁开外、体态微胖、头发稀疏的男人，操着天津口音，左手扶着桌角，右手伸过来，同王焕章打着招呼。

陈国清平摊着右手，指向吴四爷说："这位是从天津来的客人，吴四爷。"

吴四爷向前迈了两步，说："幸会，我是天津做呢绒进口生意的商人，您王掌柜我可是久仰大名啊！"

　　王焕章拱手行礼，热情地说："幸会，幸会！天津卫劝业场大名鼎鼎的吴四爷！几年前我就知道您了，一直想找您合作，只因我们永升斋出了点儿意外，就把这事给撂下了。快请坐，咱们坐下谈。"

　　"来，我介绍一下，这位是永升斋绥远鞋庄杨掌柜，刚从塞北大草原回来。"王焕章把杨康介绍给吴四爷。

　　杨康点着头说："幸会！吴四爷，您请喝茶。"

　　吴四爷快言快语，笑着说："王掌柜，我这一见就看出您是个快性人儿，我就不兜圈子啦。永升斋鞋庄还是我从表弟张之福那儿知道的，尤其是您的为人，他可是赞不绝口。我当时就琢磨了，跟这么好的人合作肯定靠谱。等了几年也没见个动静。干吗啦这是！如今这鞋行和前几年大不一样了，进口的呢绒抢手呀！我听说您不光在北京有买卖，把鞋庄都开到绥远去了，真是了不起呀。我今儿是不请自来，登门找婆家来了，王掌柜可别不给我面子哟！"

　　王焕章笑着说："哪能呢！您吴四爷可是难请的大能人儿呀！这么着吧，我想在北京城里开个呢绒批发庄，特邀您当掌柜。天津港口您是平蹚，做起生意来也顺畅。以后永升斋用的进口呢绒直接由这个批发庄从天津进口供货，省去大量中间费用，做鞋的成本也就降下来了。用不完的货咱还可以零售，这一举两得的买卖您看咋样？"

　　吴四爷高兴地说："王掌柜，这也太哏了！我就说嘛，王掌柜是个爽快人哪！没嘛说的，就这么地啦！"

王焕章一拱手说："好，既然吴四爷您答应了，批发庄的地址我都选好了，就在前门外大奇家胡同。我盘下那家老铺子闲置三个月了，今儿算派上了用场。我看就叫'永升益绒呢庄'吧，记起来方便，叫着也顺口儿。"

"哥，我早就饿了，快点过去吧！国清把菜都点好了。"王俊山从老北京饭庄跑回来高喊。

王焕章回过头来对王俊山说："瞧我这弟弟，从小就娇惯，嘴也没个把门的，你没看我正和客人谈事儿吗？"

王俊山探着头，说："谈事也不能耽误吃饭呀！天津的狗不理包子我都吃腻了，特想吃北京烤鸭。"

"吴四爷别见怪，我这个弟弟是家里老小，我奶奶最惯着他，都长成大小伙子了，还这么犟。走，咱们去老北京饭庄，那家的烤鸭和土菜还真是地道。二弟，你总在大草原吃那个牛呀羊呀的，也换个口味，吃点儿家乡菜。吴四爷，也请您尝尝同泉涌烧锅酒，咱们不醉不归。"王焕章陪着吴四爷走出永升斋大门，向南，直奔老北京饭庄而去。

闲言少叙，吃完了中午饭，吴四爷醉意十足，满面通红，走出老北京饭庄，贴着王焕章的肩膀说："王掌柜，多谢款待！这老北京土菜太哏了，烤鸭也做得很地道。到天津时我请您吃海鲜，就那个虾爬子，那叫一个鲜！"

王焕章扶着吴四爷说："我看您还真是爱吃这口儿，您常来。等把永升益绒呢庄开起来，我带您去通州的小楼饭庄，那里的烧鲇鱼可是一绝。"

王俊山拽着王焕章的胳膊说："到时候也得带着我去。"

吴四爷停下脚步，歪着头看着王焕章，笑着说："咋啦嘛这是，

224

您老家通州咋这么多好吃玩意儿呀！大顺斋糖火烧、小楼烧鲇鱼、油炸饹馇盒，还有同泉涌烧锅酒，真馋人呀！"

王焕章回过头对陈国清说："国清，等到了柜上，拿两瓶同泉涌给吴四爷带上。"

吴四爷笑着说："那就多谢王掌柜啦！俺们天津卫水质不太好，也没啥好酒，等到了天津只能请您喝五加皮了。"

"五加皮那可是上等的高粱酒，到了您那儿，虾爬子就五加皮，那得多哏呀！"王焕章和吴四爷都开怀大笑起来。

送走了吴四爷，王焕章把王俊山叫到面前，说："俊山，你在柜上喝杯茶休息一会儿就回大邓各庄吧，咱妈一直盼你回去呢。"

王俊山不情愿地说："哥，我不想回去，刚来就叫我走，偏不。"

王焕章拍着王俊山的肩膀说："俊山，你得先回去看妈，给你三天时间，到了第四天你要是回不来，我就派人把你捆回来。我准备先把开办永升益绒呢庄的事儿交给你办，天津你也熟，和吴四爷打起交道来也顺手。听话，快去快回。"

王俊山神气地说："哥，你就放心吧，我也是走南闯北的人，开办永升益小菜一碟儿！"

王焕章推了王俊山一把，说："瞎吹吧你就，总是长不大，看来真得给你压压担子，别总是没天没地地飘着。国清，一会儿把你老舅回家的车安排好，到后院书房把给家里买的点心和给小宝子买的课外书、新书包、新衣服都装在车上，让俊山带回去。"

王焕章看着王俊山被陈国清推进永升斋前厅，转身对杨康说："二弟，跟我走一趟，看看我刚买的四合院。"

王焕章步履如飞，杨康紧随其后，说："三哥，您着啥急呀？咋跟赶集似的。"

王焕章放缓脚步，回过头，抬手向北指着说："二弟，没多远，出了锦什坊街北口，穿过那条东西横跨的马路，再走几步就到了。要说直线距离，从永升斋到宫门口也就四五百米。"

"三哥，您买那个四合院，咋想的？"杨康快步跟上王焕章。

王焕章用右手推着杨康的后背往前走着，说："是泽民介绍的，开始我也没太在意，就跟着他过去了。四合院的主人姓陈，他带着我俩从前院到后院看了一遍。陈先生说那个四合院是胡同里最长的，屋顶最高。我坐在前院的石凳上，感觉很舒服，气场很好，当时就喜欢上了。当着房主的面，我还得拿着点，做出漫不经心的样子。陈先生看我买房子的兴致不高，又围着我说了一堆这个四合院的好处。当听说他家隔壁住的是鲁迅先生，我的眼前一亮，不动声色地问他，鲁迅先生住在砖塔胡同，我可是鲁迅迷，卖房子您就说这房子，可别往大文豪那儿靠。陈先生当时就急了，冒着汗说：'他是去年从砖塔胡同搬过来的，您若不信，看这本《东方杂志》，里面有他写的小说《祝福》，这本杂志就是上周他送给我的。'本来我就想买下那个四合院，一提到鲁迅，我就更动心了，当时就和房主签订协议，交了定金。"

杨康笑着说："早就领教过你这位性情中人，挨着鲁迅住，您就把四合院买下了，这要是挨着孔圣人住你还不得把那条街上的四合院都买下来，哈哈。"

王焕章和杨康说笑着来到宫门口二条的四合院，带着杨康前后院、每个房间都转了一圈。

"三哥，你的眼力真好，这四合院没挑儿。我三嫂子她们能住在这里，真是享福了。"杨康坐在大院的石磴上，四顾看着。

王焕章坐在杨康的对面说："这四合院离永升斋近，来来往往的住着方便，你三嫂子她们来北京也算是有了落脚之地。"

杨康说："真替三嫂子高兴。您那一大家子人来北京有住处了，恭喜三哥！"

王焕章说："二弟，上午的话还没说完，咱们就坐这儿再聊聊。"

杨康说："是啊，我这次急着赶回来，还有一件事，你得拿主意。咱们归化城的鞋庄把隔壁那家糕点铺盘下来后，生产和销售规模增大了三成，在当地刚又招了十个伙计。三年前在绥远城开的分号如今也跟不上卖了。我一个人在那儿实在招架不过来。还请三哥再派去个掌柜帮我支应着。"

王焕章说："二弟，你刚回来，明天先回小邓各庄陪陪家人，弟妹一见到我就抹着眼泪跟我要人，三天后你回到柜上，我准备召集股东开个会，把几件事再砸一砸。"

"还提股东呢！落井下石，我听着就来气！"杨康愤怒地说。

王焕章意味深长地说："永升斋着了那场大火后，有些事情一直在我心里压着，想不通。听了妙应寺曾措法师一席话后，我想明白了，身心都得到了解脱，汤小虎、刘家旺这两个恶人当时就遭到了报应，那二爷虽说在永升斋危难的时候不太仗义，但我念他在鞋庄开办之初解囊入股的情分上原谅了他。是泽民、德义堂潘老爷子、马羊市场田大人、锦什坊街商铺掌柜和大小邓各庄的那些好人们，让我感受到人间的温暖和生活的信心。"说到动情处，他从石磴上站起来，朝大门方向走了几步，转过身又走回石磴旁坐下来，接着说，"二弟你这几年在绥远撇家舍业独打天下，过几天的股东大会，我将宣布有你一个股，也是股东。"

杨康截住王焕章的话，说："三哥，你的心意我领了。绥远掌柜我可以当，但那一个股份我可要不得。我为永升斋只是出了力，毕竟没有投资呀！"

王焕章坚定地说："二弟，你就别推辞了。你虽没投资，可比某些投资的人对永升斋贡献大多了。"

王焕章抬高了嗓门，对杨康说："你归绥两鞋庄的掌柜都别当了。我考虑了一下，我那个内弟李之煊在泽民那儿干得不错，把他派到归化城当掌柜。你的儿子杨常宽也长大了，我看他不错，那机灵劲儿比你只上不下，我想把他带出来，派到绥远城当鞋庄的掌柜。咱们这次带着他俩一起走，把他俩先放到归绥，安顿好后直奔包头买铺面。"

陈国清推开四合院大门走进来说："三舅，已把我老舅送走了，来您这儿看看还有啥事儿。"

王焕章站起来说："国清，你来得正合适，把这个院子再清点一下家当，走时把门锁好。二弟，我们先回柜上去。"说着，王焕章拉着杨康迈出四合院大门，边走边指着隔壁的院墙小声地说，"鲁迅先生可能在书房里写小说呢，以后我还别扭了，不敢大声说笑了，这要是把先生吵着喽，罪过可大了。"

王焕章扮着鬼脸，快步走出宫门口二条，兴奋地说："二弟，没事了。你听我给你背诵一段鲁迅的《故乡》，别笑，认真听呀。"说着他动情地大声背诵起来：

"老屋离我越远了，故乡的山水也渐渐远离了我，但我却并不感到怎样的留恋。我只觉得我四面有看不见的墙，将我隔成孤身，使我非常气闷……我在朦胧中，眼前展开一片海边碧绿的沙地来，上面深蓝的天空中挂着一轮金黄的圆月。我想，希望本是无所谓有，无所谓无的。这正如地上的路；其实地上本没有路，走的人多了，也便成了路。"

228

三

王焕章带着内弟李之煊和杨康父子来到归绥。将归化城和绥远城鞋庄安排妥当后，又乘火车来到了包头。

包头，是蒙古语"包克图"的谐音，意为"有鹿的地方"，故包头又称为鹿城。

有这样一个美丽的传说：

忽必烈的祖父成吉思汗西征途经九峰山，遇见一只美丽的梅花鹿。成吉思汗便骑马追赶，追至茂林，不见了鹿的踪影，却在一块青色的石板上清晰地看见了梅花鹿的图案，他惊叹："神鹿！"并脱口而出"包克图，包克图"。成吉思汗抬起青石板，却见下面有清泉涌出。从此，这块宝地泉水潺潺，芳草萋萋，滋养了勤劳善良的人们在此安居乐业。

王焕章在归化城开办永升斋鞋庄后，曾雇驼队驮着一批老北京千层底布鞋走过一次包头。

那年正赶上大旱后的大饥荒，当地人靠掘草根食树皮为生。王焕章一路走来，路上的凄惨景象深深地刺痛着他那颗仁厚善良的心。把随行带的干粮和布鞋大部分都送给路遇倒卧的受苦人。到了包头城，只有一只骆驼背上还驮着两袋子布鞋。

"王掌柜您这是何苦呀？把东西都给了素不相识的人，瞧您这趟包头走的，自个儿倒快成叫花子了。"驼倌儿不停地唠叨着。

"嘿，你瞧我这不是挺好的吗？这一趟也别叫做买卖了，就当来包头玩一趟啦！老兄您看这不是包头城的大门口吗？"王焕章指着城门，高兴地将毛毡帽从头上摘下来，扬手向城门楼上扔去。毛毡帽在空中转了几圈，又掉了下来，驮官儿向前跨了两步，接住毡帽，转身递给王焕章，笑着说："王掌柜真开心，穷得都叮当响了，还傻玩呢！"

走进包头城，他掏出刘苍岩写给皮货店东家梁家言老先生的手书和地址，在商铺林立的东街找到了梁记皮货店。

梁家言是从山西走西口过来做皮货生意的，在包头已经营了十余年。他和刘苍岩的父亲是要好的朋友，老父亲去世后一直是刘苍岩和梁家言交往，感情甚笃。

梁家言坐在堂前，看完刘苍岩写给他的手书，捋着花白的胡须，高兴地同王焕章打着招呼："噢，好，欢迎！王掌柜一路辛苦！"

"梁大人，我这一来给您老添麻烦了。"王焕章恭敬地说。

梁家言站起身："哪里！苍岩少东家的贵客，到这儿来都是给我面子。来，把货先卸到后院，我家库房可大着呢。伙计们，去跟着王掌柜把货卸了。"

王焕章拦着梁家言，说："不用伙计们受累了，我这骆驼上只有两包布鞋，您老让伙计把库房门打开，我一手一包就提过去了。"

梁家言瞪大眼睛，不解地问："咋整的？这大老远就驮着两包布鞋，还不够驮脚的钱哪！你这可是赔本的买卖啊！"

王焕章摊着手说："唉，倒是没少驮，可这一路挨饿受苦的人太多了，我实在看不下去，就把那鞋都扬了出去。"

梁家言拍着王焕章的肩膀说："呦！我遇到大善人啦！王掌柜年纪轻轻，有这份仁爱之心，不容易！就冲这，我交定你这个朋友了。小山子，来，把驼队安顿在隔壁的驮运店，让后厨做几道菜，我陪王掌柜喝两盅。走，咱先到后院喝茶。"

后厨把做好的饭菜端到桌子上，梁家言挪着茶杯说："王掌柜，你来得真不是时候。去年是大旱，转过年跟着就是闹这大饥荒。要吃没吃要穿没穿，真是惨透了。唉，这过的是啥日子呀！"他皱着眉头，打开半瓶已发黄的老酒倒了两杯，接着说，"这瓶老酒是苍岩贤侄送给我的伏特加，他说是大盛魁乔掌柜从莫斯科带回来的。苍岩没舍得喝，拿到我这儿，平时我也舍不得喝，留了半瓶。咱爷俩把它喝完，来，我先干为敬。"说着，梁家言一口将散发着醇厚甜香的老酒喝干，真诚地看着王焕章。

王焕章站起身，举着酒杯说："多谢款待，我在此遇到您老人家三生有幸！"

梁家言示意王焕章坐下，诚恳地说："饥荒之年买卖实在难做，我这皮货店三个月没开张了。这么着，你若信得过我就把那两包布鞋留在这儿，摆在柜台上帮你代销。苍岩贤侄也在信中说了，你是想来包头看行情，打算将来开个鞋庄。今年这饥荒也不知闹到啥时候，眼下不是开鞋庄的时机，等年景好了，有机会的时候我马上给你信儿。"

王焕章站起身恭敬地说："把鞋放在您这儿我一百个放心。您老这想法好，我听您的。既然来了，我就把包头城转一转，三天后就返回归化城。来，我再敬您一杯。"

转眼几年过去了，王焕章第二次迈进梁记皮货店的大门。这里已今非昔比，原来的铺面由平房变成了二层小楼，青砖蓝瓦雕梁画栋。店前两只青山石雕的狮子威武友善地圆睁双目，迎送着来往客商。两只大红灯笼高挂在朱漆大匾两侧，喜庆祥和。

"梁大人，一向可好？"人还没到，王焕章的大声招呼已传到皮货店的大堂。

"客官您早，请进。"小伙计手搭门帘弓身打着招呼，把王焕章和杨康让进店堂。

王焕章环视着店堂的摆设，问："梁大人在吗？我们从北京来，专门拜访老东家。"

小伙计请王焕章和杨康坐在八仙桌旁，说："东家正在后院会客，二位稍等，我过去通禀一下。"

杨康叮嘱小伙计说："小老弟，告诉老东家，是北京永升斋鞋庄王掌柜来看他。"

过了一会儿，小伙计从后院走进大堂说："两位客官，直接过去吧，东家在后院恭候着呢。"

王焕章和杨康跟着小伙计来到了后院，梁家言拄着拐杖，站在客厅的石阶上招着手，笑着说："焕章，久违了，我琢磨着你也该来了！"

王焕章迈开大步走到梁家言面前，双手抱拳说："梁大人好！几年不见，您老精气神不减当年呀！"

梁家言招呼着王焕章、杨康往客厅里走着，说："我这身子骨还算硬朗，就是这段时间赶上连阴天，这老寒腿不大方便。"

"这几年我去归化城没少麻烦杨掌柜。"梁家言坐在太师椅上，看着坐在旁边的杨康笑着说。

王焕章坐在梁家言的对面，等小伙计沏好茶，端起茶杯说："梁大人，我俩冒昧来访，打扰您了！我以茶代酒先敬您老一杯。"

梁家言端起茶杯和王焕章碰了一下说："说啥呀这是，几年不见你可苍老了不少。唉，别说你了，看我这拐杖都拄上了。再不来呀，可能就见不着喽！我正憋着告老还乡呢。"

顿了一下，梁家言说："焕章，一个月前托人带给杨掌柜的

232

信儿你是知道了，真是巧了，刚从我这儿走的是两个本地官员，专门管办理川行店示范街入驻手续。如今这世道，跟官府里的人打交道难啊。"喝了一口茶，梁家言接着说，"我们梁记皮货店正准备在川行店开个分号，专门卖皮子深加工的产品。那两位活阎王一个劲儿地讨价还价，明里是打着官府的幌子秉公办事，暗里还不是想贪儿根金条走。这都民国十四年了，还是那些军阀土匪的习气。唉，先撂几天再说。"

王焕章安慰着说："梁大人您别动气，先喝口茶，再难的事儿到了您老这儿也是小菜一碟儿。"

梁家言挥着拳头，站起来说："说得也是，我本家侄子在官府里给刘主席做秘书，真把我逼急了就直接找他们顶头上司说道说道，看这俩小子还能嘚瑟几天！"

王焕章也站起身来，劝说着："梁大人，老话说县官不如现管，咱们还是想点儿变通的办法吧。"

梁家言直了直腰笑着说："还是焕章大气。这么着，你俩再坐这儿喝点茶，一会儿咱们就去对面的莜麦面馆吃饭。来包头第一顿，吃了莜麦百事顺呀！吃完饭二位就在我家客房歇着，明天上午吃完早饭，咱们就去川行店招商办事处，去会会那两个活阎王。这回还就爱谁谁了，皮货店、鞋庄非开不可！"

四

第二天的早晨，朝霞的第一道阳光射进梁记皮货店的客房。王焕章蹑手蹑脚地从还在睡梦中的杨康床边走出来，轻轻地推开房门，顺着东街往西走，延续着他平时早起散步的习惯。他仰着头，一块接着一块的匾额吸引着他的目光：如月号、复盛公、复盛西的题字苍劲有力，颇有风骨。他放慢脚步认真品味着，心中赞叹不已。走出一段路后向西望去，是一条宽阔的马路，路边竖着一个高大的木板指路牌"川行店"。一位老人蜷缩着身子，正坐在指路牌下面的石凳上"吧嗒！吧嗒"悠闲地吐着烟圈。

"老人家您咋这么早就出来坐呀？"王焕章在冷清的大街上见到了人，心中喜悦，同老人打起了招呼。

听到声音，老人抬起头望着眼前的陌生人说："噢，我习惯了，躺在炕上也睡不着，天还没亮就爬起来了，顺着这条街溜达了三圈，我刚坐下歇会儿，等我家儿媳妇把早饭做好了再回去。我家那老刁婆子，最烦的就是我这烟袋锅子，天天拿笤帚打我屁股往外轰，不让我在屋里抽。俺打不起还躲不起！这叫遛早儿抽烟两不误。我就是坐在这儿抽它一天也没人管着，嘿，要多自在有多自在。"

王焕章被老人逗乐了，弯腰向前欠着身子说："您可真逗，有一事不明请教一下，这街不叫街，咋叫个川行店的名字呀？"

"唉，这你可算问对人了，我打小就是这儿的胡同串子。"老人站起身，狠劲儿吸了一口烟，仰脸向天长长地吐出一口烟圈，接着说，"你说这个川行店呀，看这条大街，既宽敞又干净，它可是新修的。两年前京包铁路修到了包头，咱这儿就成了真正的旱码头。各地的买卖人都聚到这儿了，就看那来来往往的货车、马队、骆驼队，这人呀像蚂蚁一样，一群一群的来回蹿，可开眼啦！"老人从嘴里拔出烟袋嘴儿，弯腰将金黄色的烟袋锅向石凳磕了几下，又从腰里掏出烟叶袋子，将烟锅往袋子里一捅用手指一捻，再把装满烟末的烟锅从烟袋里抽出来，点着，"吧嗒！吧嗒"抽起来，接着说，"听你这口音是北京来的吧？这川行店说起来话就长了，你若不急着赶路我就和你唠唠。"

王焕章扭身找了一个木桩子，坐下来说："您还是坐在石凳上，免得累。我刚来包头，对这儿两眼一抹黑，真想听您讲讲。"

老人看着这位北京人诚心诚意地听他讲，也来了兴致，深深地吸了一口烟，拔出烟嘴儿，慢悠悠地讲了起来："那要从道光年间说起，山西河曲董家庄的田开生和田开成走西口来到包头。田开生的儿子田成仁长大后，给地主王羊羔当长工。这小子又傻又憨又能干，王羊羔就把闺女嫁给了他。田成仁这小子后来又买了地，开了油坊，当地人都叫他田油坊。田油坊发财后，在包头又租了俺们这块儿的土地，建起了商号和几套院子，这下可就发达了！"

老人憋不住又吸了一大口烟，咳嗽一声，漱漱嗓子接着说："真是巧了，民国十二年，京包铁路就修到俺这疙瘩。这一通火车不要紧，周边产的皮毛、粮食、药材都涌入了包头，再由包头运到北京、天津。嘿！真是一代更比一代强，田油坊的后人把他留下的六处院子，南北长约四百米的地盘改建成了这条步行街，还给这条街起了个川行店的屌名。起初我还真没听明白，后来才听明白人说这个川取川流不息之意，行就是步行街的意思，这个店就是商店的店。你说这田家人多能鼓捣。嘿！这条街一下子就人来人往的可热闹啦！你看那边还空着不少地，说是官府包下来要做示范街，正招着商哪。"老人坐得有些累了，站起身直了直腰，向前指着川行店的另一头说，"你看，这头横着的叫东街，那头横着的叫前街。川行店把这两条老街给穿起来了。东街早就是做买卖聚集地了，你再看那前街，虽说民国初期才开始修建，可也有十几年的光景。那条街上有一家叫德铭号的商铺，自打有了那条街他就盖起了两层楼，是俺们包头城里最早的楼房，老高老高的，那时看得我直眼晕。那条街如今还有一个阜德糕点铺，盖得比德铭号还高，你看那就是，最高带着塔尖儿的楼。"老人向南指着兴奋地说。

王焕章说："老大爷谢您了，您讲得真清楚，听您这么一说，就好像来过一样。时候不早了，您也该回家吃饭了吧？家里人该等急了。"

"她们才不急着找我呢，我还得再抽袋烟，要不然到家一拿起烟袋锅，我那个老刁婆子又得拿笤帚疙瘩抽我。"老人家又坐在石凳上起劲嘬着，吐着烟圈，"吧嗒！吧嗒"抽个不停。

告别了石凳上的老人，王焕章顺着川行店一直往南走，走了二百米的路程时，眼前出现了一片开阔地。他站在开阔地前面，回望着整条大街，心里说："这川行店把两条街穿在一起，四通八达，真是风水宝地。"他兴奋地举起手，攥着拳头，自言自语地说："一定要把这块儿地拿下。"

这时，太阳已从东边大地上升起，王焕章扭头看着红彤彤的太阳，猛然想起梁家言还在皮货店里等着他吃早餐。一定等急了，他顾不得再看，转身往东街梁记皮货店跑去。

回到梁记皮货店后院，梁家言正坐在餐桌前和杨康说话，等着王焕章。

"梁大人对不住了，我向来有遛早儿的习惯，又和当地老大爷聊了会儿，回来晚了，让您久等了。"王焕章洗完手，坐在梁家言对面抱歉说。

梁家言说："咳，没等多会儿，我和杨掌柜也正在闲聊，来，快吃吧。"

王焕章拿起一个鸡蛋，在桌沿上磕着，说："我刚才走到川行店，看那儿空着不少白地，真是开商铺的好地方。"

梁家言用筷子夹了一根油条，放在自己的碗里，说："自打火车通到包头，我看这包头城向前多走二十年都不为过。东街、前街中间再加个川行店，开啥铺子都得火。今天咱得过官府衙门这一关，尤其是那两个活阎王，难对付。"

王焕章喝了一口燕麦粥，说："梁大人您放心，对策我都想好了，到了那里咱们见机行事，心中有鬼的人抓住他的要害定能将他制服。"

吃完早饭，收拾妥当后，王焕章、杨康陪着梁家言来到川行店示范街招商办事处。

刚进办事处大门，坐在正面的一个中年男子说："梁老爷子，劳您大驾，昨天说的那些规矩都想通啦？"

梁家言也不答话，拄着拐杖直奔中年男子办公桌前的椅子坐下，指着王焕章和杨康说："张干事早上好！我今天请来两位北京的朋友，在北京城里做鞋的生意，归化城和绥远城也都开着鞋庄。"

中年男子在座位上抬着眼皮说："噢，从北京来的客人，二位请坐。"

梁家言说："他们两位特意从北京赶来，谈在川行店开鞋庄的事情，请哪位接待一下。"

中年男子从办公桌抽屉里拿出一本用毛笔写的商住规程不耐烦地甩给王焕章，说："北京来的咋了？我这儿山南海北的商户多了，要想入驻示范街就得符合规范要求，有一点达不了标都不成。"

"刚听梁老爷子管您叫张干事，幸会，我在北京到包头的火车上，正巧也和一位张干事坐对面。他说是西北边防督办公署刘专员手下秘书，听说我们来包头开鞋庄，非常支持，在张家口站临下火车时，他给我写了两个人的名字，下个月他就来包头，说是给一位大将军打前站。您认识这两位吗？"王焕章说着，把手里攥着的纸条递给了中年男子。

张干事摊开纸条一看，顿时两眼发直，脸上的汗珠子忽地冒了出来。腾地一下从椅子上站起来，走到桌子侧面颤抖着伸出双手攥着王焕章的胳膊说："二位先生失敬失敬，刚一上班就遇上点烦心事，一脑门子官司，慢待了，两位先生稍等片刻，等我把手头这点事儿处理完，亲自陪着您去选址。"

梁家言不动声色地说："我说张干事，你别只管北京来的客户呀！我正琢磨着，梁记皮货店若是没戏的话，只能通过我那侄子找张主席试试了。"

"别呀，梁老爷子，我这儿没说不行呀！您别敲锣边儿了，一会儿咱们一起去。"张干事说着抬起头冲着里屋喊，"李干事！把手头那点活收喽，跟我去现场。"

李干事从里屋走出来，一看是梁家言，哼了一声说："原来是您呀，咋跑这儿来了？我可没时间陪着您。"说完转身就往回走。

张干事急了，大声说："李秃子！别在这儿嘚瑟啦！要把正事儿耽误了，咱俩这饭碗就别端啦！"

李干事一看张干事真的急了，站在那儿没再说话。

"走，北京的客人和梁老爷子，咱们去看现场。"张干事将文案放进抽屉里锁好后招呼着说。

来到现场，王焕章早已胸有成竹，指着眼前那片开阔地说："就选这儿了，我不但开鞋庄还准备开个绸布店，把买卖集中起来，开着顺畅。"

238

梁家言手指前方说："焕章，我就顺着你那块儿地选了，我这皮货店紧挨着你的鞋庄互相好有个照应。"

"嘿，梁老爷子您可真是猴急呀！我还没说话呢，您把主都做了。"张干事用步丈量着王焕章指定的地块和梁家言开着玩笑。

"张干事你尽管放心，我梁家言向来是按规矩来，从不给官府找麻烦，这地价定多少钱我一个大子儿也不少给。"梁家言挂着拐杖笑着说。

张干事粗量完地块，走到王焕章面前说："您要的可是热地呀，不少商家都看上这块儿地了，都是因实力不够买不起。您若决定买下来，也算是帮助我们解决大问题了。上边早就给我们下了最后通牒，九月底前川行店的招商任务必须完成。"张干事贴着王焕章的耳朵接着说，"听西北军的人说，冯玉祥将军十月要来包头，这上上下下都麻着爪呢。"

"噢，我说刚才您一看那张纸条脸咋都绿了呢，原来包头要有大事啦。"王焕章故作惊讶地说。

张干事在公文纸上画着地块草图，标着大概尺寸，和王焕章聊着："可不吗，这身官衣可不好穿呀，这些年穿了脱，脱了又穿的，一时一个章程。这么着吧，您从北京来想必也知道买地建商铺的规矩，一应手续都带过来了吧？"张干事抬起头，冲着大家说，"一会儿回到办事处先草签一份合同协议，明天上午九点，我带着各位去办正式手续。"

梁家言、王焕章、杨康随着张干事又回到办事处，草签完协议后回到梁记皮货店。梁家言拉着王焕章的手高兴地说："焕章，今儿这事办得挺顺，先坐下喝口水，过一会儿我带你们去包头最有名的羊肉馆去吃烤全羊，喝羊汤，那滋味，肯定跟别的地方大不一样。"

王焕章高兴地说:"好,客随主便。不过,今儿这顿饭得我请。来包头一趟不容易,您得给我个略表心意的机会呀!"

梁家言大笑着说:"焕章,你就别跟我争了,等明天正式办好了手续,签完字画完押,我还要请你俩到蒙古包里去,喝马奶酒,跳蒙古舞,玩儿个通宵。你若是想请我,那就先欠着账。等明年你的商铺开业那天,再吃你的喜宴也不迟。哈哈!"

王焕章也开心地说:"好,那就一言为定!"

第二年九月,一个风清气爽的秋日,永升斋鞋庄、永升斋绸布店在包头川行店隆重开业。王焕章特意从北京赶来,迎接着前来祝贺的宾朋。舞狮子的队伍吹吹打打、欢蹦乱跳、喜气洋洋地从川行店北头走来,在鞋庄和绸布店前宽敞的大街上汇合在一起,有节奏地扭着蹦跳着,一派节日景象。

梁家言拄着拐杖高兴地说:"焕章,恭喜呀,你这是双喜临门呀。"

"同喜同喜,梁大人,我还得感谢您老人家呀!若不是您老的鼎力相助,我们永升斋哪有今天呀!一会儿酒宴上我得多敬您两杯。"王焕章拱着双拳弓着身子说。

"哪里啊,还不是早前你那张纸条力量大,梁记皮货店能在此开张营业,也是沾了你王掌柜的光了。哈哈!还别说,你一年没来了,看这川行店还真是大变样了。"梁家言眼望前方,乐得合不拢嘴。

王焕章指着前方说:"是呀,前天一来我就在川行店转了两圈,您看这大盛川票号、谦慎石印局、复兴棉布庄、德和公鞍毡铺都齐刷刷地盖起来了。"

梁家言举起手杖指着街面说："你再看这半边儿，金顺成服装店、义记糖果店、天元楼首饰店、复兴和百货店、恒大号百货店早就开张营业了。整天满街筒子都是人，那叫一个热闹。"

王焕章兴奋地说："可不吗，在复兴和百货店给我那宝贝儿子买了大骆驼还戴着铃铛呢！义记糖果店卖的那些奶糖、奶片我也买了一大兜子，上次杨掌柜带回去的奶糖、奶片我家宝子可爱吃了！"

梁家言开着玩笑："你疼儿子疼得邪乎，三句话离不开你家小宝子。等下次把他带来，也让我这个当爷爷的开个眼。"

说起小宝子，王焕章疼儿子的心更加甜蜜起来，他不厌其烦地对梁家言说："梁大人，您可不知道，我有三个女儿，就这么一个宝贝儿子，您说能不疼吗？这秋天一到，我家宝子就开学了。小宝子忒机灵了，他读的那些书过目不忘。有一天老师在课堂正教他们《三字经》，宝子和同桌的孩子捅斗起来，被老师发现了，叫他俩在前面罚站。等罚完站，老师抄起装订书本用的锥子，照着《三字经》课本就是一锥子，跟我儿子说，锥子扎到哪页，你就背到哪页，若背错了，还接着罚站。嘿，小宝子还真神了，一直背到锥子扎透的最后一页，愣是一字不差，老师也没脾气了，手指点着宝子的头说，'孺子可教也！'昨儿个我还买了几本蒙古族的小说，讲的都是蒙古人如何打仗、创业的故事，带回去让宝子读读。等把这边的事儿办利索了就赶回去，宝子在家里盼着我呢。"

梁家言笑着说："如今你这心里装的都是宝子。既来之则安之吧。一年没见了，有些生意上的事儿还得向你王掌柜讨教一二。"

"王掌柜恭喜啦！"几位客人迎着王焕章道喜。

梁家言爱抚地推了王焕章一把说："客人都到了，你快去照应他们吧，咱爷俩的话等酒桌上再说。"

第 十 章

一

王焕章从包头风尘仆仆地回到北京，他怀抱着给宝贝儿子买的骆驼玩具、奶糖、奶片、蒙古小说，坐上黄包车，飞驰的车轮在五彩斑斓的大树下穿行。

已是深秋季节，金黄色的银杏树，橘红色的黄栌从眼前闪过。仰望前方，妙应寺白塔上的风铃在秋风中摇曳，一群白鸽从白塔尖上飞过，盘旋着转了几圈，向远方飞去。旅途的奔波劳顿随着悦耳的风铃声、鸽哨声四散飘去，他陶醉在晚秋的海洋里："啊，壮美神圣的妙应寺白塔，繁华热闹的锦什坊街，兴旺发达的永升斋鞋庄，我王焕章从塞北大草原回来了！"

黄包车在永升斋鞋庄停了下来，他迈着大步走向大门，高喊："嘿，人呢？我回来了！国清！锡贵！"

"哎！三舅回来了！三舅！"陈国清在后院听到喊声，快步跑出大门，接过王焕章手中的包裹说，"三舅您可回来了！我舅舅和七舅都在后院书房候着您两天啦。"

王焕章叮嘱陈国清："拿好喽，这些东西都是给小宝子买来的，等明天跟我一起回大邓各庄时带上。"

来到后院，王泽民、王俊山已从书房出来迎候。王泽民上前两步拽住王焕章的胳膊："三哥一路辛苦，可把您盼来了！"

王焕章侧身看弟弟王俊山正低头抹着眼泪，诧异地问："俊山，你哭啥？又遇到啥委屈事了？都长成大人了，别动不动就哭鼻子！"

"三哥，您刚到家，车马劳顿的，先进屋歇会儿吧，等坐下来慢慢跟您说。"王泽民掩饰着悲伤的表情，拉着王焕章往书房里走。

陈国清躲在后面默默地掉着眼泪，将沉甸甸的包裹小心地捧放在墙柜上，端起茶壶把茶杯倒满水，送到王焕章面前，低着头说："三舅，您喝口热茶。"

王焕章坐在八仙桌前，刚回到北京时那轻松愉悦的心情，被眼前这些异样表情冲击得荡然无存。他加快了语速："你们都坐下，到底咋啦？四弟，你说吧。"

"三哥，哎哟！"王泽民声泪俱下，把头埋在八仙桌上，双手攥着桌沿，不停地抽泣。

"到底咋啦？"王焕章瞪大眼睛，拍着桌子大声地问。

王俊山站起来，用手腕擦着眼睛，哭着说："哥哥，咱家小宝子没了！"

"啥？你再说一遍，小宝子咋啦？"王焕章从椅子上腾地站起来，抓住王俊山的肩膀质问。

"咱家小宝子十天前去小邓各庄读书，因为要交作业，在学堂多耽误了半个时辰，回家的路上天渐渐黑了下来，突然从高粱地里蹿出一只黄鼠狼，从小宝子眼前跑过，宝子没有防备，被突如其来的景象吓蒙了，迷迷糊糊地跑回家里，病倒在床上。他一天到晚说着胡话，连着发高烧五天不退，送到潞河医院，没有抢救过来，小宝子死在了我嫂子的怀里。哥哥唉，这可咋好呀？"王俊山实在说不下去了，蹲在地上号啕大哭。

王焕章显得异常平静，在书房里踱着脚步，自言自语："不会的，这不是真的！小宝子那么聪明，那么活蹦乱跳，都十几岁的小伙子了，咋能被黄鼠狼吓死？不会的，这不是真的，上次我从大邓各庄回来，他还连跑带颠地送我过了西河，我都走出老远了，宝子还站在堤上向我招手呢。"

王泽民扶着王焕章的胳膊哽咽着说："三哥，您一定要挺住呀！俊山说的句句是真，三天前已经把小宝子埋进咱家的祖坟，入土为安了。"

王泽民的话，犹如晴天霹雳、五雷轰顶，王焕章只觉天旋地转，心如刀绞，他啊的大叫一声，口吐鲜血，昏倒在书房里。

王泽民大惊失色，一把抓住王焕章的后腰，王俊山也跑上前来，抱住他的肩膀，哭喊着："哥哥，哥哥！你快醒醒，你可别再有个三长两短呀！"

"快，把三哥抬到床上！国清，快去同仁堂把吴景昭老爷子请来，快去！锡贵，快打一盆热水来。"王泽民将王焕章的头慢慢放到枕头上，大声吩咐着。

天色渐晚，已是掌灯时分。王焕章躺在床上，仍昏睡未醒。同仁堂吴景昭老人将扎在王焕章头部和胸部穴位上的银针一个一个地拔下来，消好毒后分装在两个锦囊里，又打开药箱，拿出两丸金箔裹着的小药丸，放进加好热水的碗里，用瓷制的捣药柄轻轻地捣碎搅匀，示意陈国清把药灌进王焕章的嘴里。王泽民坐在床上，把王焕章的头放在自己的大腿上，左手将攥着的竹筷放进他的嘴角，撬开一个缝隙，陈国清顺势将药汤一勺一勺地喂了进去。

吴景昭老人坐在椅子上，喝着茶舒缓着气息，说："没大事了，幸亏看病及时。王掌柜真是福大命大，几年前是失火，这次是失子，他连续两次的致命打击，搁在谁身上都难以招架，他能挺过来，真是一条硬汉！"

"吴老爷子，我替焕章谢您了！您老真是神医啊！您又救了焕章一命，您对王家的大恩大德，我们终生不忘！"王泽民欠着身说。

"别客气了，咱们是多年的交情，虽说如今我已是老朽之人，治病救人那可是我的本分。再过半个时辰他就醒了，这次比上次要重。醒来后别让他乱动，不能过于激动悲伤，需要静养几日，将无大碍。他醒来后喂点小米粥，先吃些流食，三天后再让他下地活动。好，我也该回去了。"吴景昭手捋着花白的胡须，起身准备告辞。

"国清，在这儿照看你三舅，我去送吴老爷子。"王泽民从墙柜上提起早已准备好的谢礼，挑着门帘，"请您老先走。"

吴景昭拦着王泽民："泽民，你留步，有伙计送就行了。"

"那可不行，您老前来救我三哥的命，是活菩萨下凡，天也黑下来了，无论如何我也得亲自把您送到同仁堂。"王泽民转身搀扶着吴景昭走着说。

将吴景昭送到同仁堂，王泽民又坐在黄包车上，催促车夫加快脚步，直奔永升斋而来，车轮还没停稳，他就从车上蹦了下来，三步并作两步来到后院，猛然间听到陈国清的喊声传来："三舅，三舅！三舅醒了！"王泽民跨步迈进屋里，惊喜地高喊："三哥，三哥！您醒了！"

王焕章半睁着眼，躺在床上，以泪洗面。"爸爸，爸爸！"小宝子甜脆的呼唤声不绝于耳，萦绕心头，心痛欲裂。到了第二天，他不顾劝阻，执意从床上爬起来，思子之心早已经飞回了大邓各庄。

"四弟，你别再劝了，我的心思你最懂。我是想离小宝子近一些，再近些！"王焕章睁着红肿的眼睛，拽着王泽民的手臂，哽咽着。

王泽民自知阻拦不住王焕章的归乡之愿。叮嘱张锡贵和陈国清，备好马车，准备启程："三哥，我看是谁劝也没用了。好，听三哥的，我已叫锡贵、国清他俩备车去了。咱们这就回大邓各庄，我和俊山陪着三哥去看咱家的小宝子。"

来到大邓各庄的西河旁，王焕章拼命地从马车上跳下来，步履蹒跚地走着、哭着、喊着："小宝子，小宝子！爸爸回家看你来了。小宝子，小宝子！爸爸回来了！"

还没走到家门口，庄里的男女老少被王焕章撕心裂肺的哭喊声感动了，纷纷从自己的家门跑出来，紧随在王焕章身后，聚集成一队长长的人流，默默缓行，好像是在为可爱的小宝子送上最后一程。

王家大院门楼的两扇门大开着，三女儿翠娥红肿着泪眼，搀扶母亲踉踉跄跄地走了出来，见到丈夫哭喊着扑了过去："宝子他爹，咱们的小宝子没了，儿子没了！都怪我没看好，把儿子给弄没了！我没脸活啦！"说着，夫人抱着王焕章的大腿哭号着晕了过去。

站在身旁的邻居潘姊忙蹲下身，左臂托着夫人的肩，右手大拇指掐着人中说："三嫂子，别这样，孩子已经没了，您可别再哭出个好歹来，这都晕过三次了！"

王焕章蹲在地上，抱着夫人，逐渐冷静下来："宝子他娘，咱们不哭了，这么多乡亲们都在看着担心着咱们，为了小宝子咱也要活得好好的，不哭了，咱们走，去看宝子。"

来到村庄西南王家的祖坟前，王焕章双手刨着新坟大喊："小宝子，我的好儿子，爸爸来了，跟爸爸回家。有爸爸在，什么都不怕！宝子，爸爸来了，爸爸抱你回家！"

王焕章的失子之痛，爱子之情，让围观的人们无不为之动容，默默伫立，低头垂泪。

陈国清把包裹放在王焕章用手刨出的深坑里，流着泪说："宝子弟，这是我三舅从包头给你买回来的大骆驼、奶糖奶片，还有蒙古草原的故事书，都放在你身边了，你可要好好享用啊！"

"哥哥，你这双手都刨出血了！别这样，咱们回家吧。"大弟弟王镇平右手向上拽着王焕章，左手抹着眼泪。

"王掌柜节哀吧，三嫂子这些日子不知是怎么熬过来的，您再这样，三嫂子就没法活了。"众人都围过来，劝说着。

王焕章被镇平、俊山两个弟弟搀扶着站了起来，望着爱子的新坟不舍地说："宝子，你就在这儿陪着老祖宗吧，爸爸想你了就过来看你，一定要听老祖宗的话，我的乖宝贝儿！"

二

又是一年春来早，转眼到了五月槐花香的季节。一天上午，张锡贵端着一盆洋槐花，从锦什坊街北头兴冲冲地跑进永升斋鞋庄，高喊："国清，国清弟！看，刚从树上摘的槐树花，快给王掌柜熬汤喝吧！"

陈国清接过张锡贵手中的铜盆："师兄，您这又是从哪弄来的？这回可够我三舅喝上半个月了。"

张锡贵用袖子擦了擦脸上的汗，得意地笑着说："我刚去了趟车道沟，那儿的槐树可多了。有几个小孩儿正在树上摘槐花，站在树下接槐花的两个小姑娘真可爱，我说想要点槐花拿回去给病人煮汤喝，她俩二话没说，把铜盆装得满满的，幸亏我兜里装着一包江米条和几块水果糖，掏出来都送给她俩了。"

陈国清端着铜盆来到书房，高兴地说："三舅，锡贵把洋槐花弄来了，马上给您熬汤喝。"

王焕章坐在书桌前，正低头看鲁迅的小说《呐喊》，他放下书，起身扭头看着，又探身闻了闻，倒背着手说："好清香的槐花呀！难为锡贵了。"

"没事儿，我师兄说了，只要能治好您的病，每年五月槐花开的时候都给您摘去。"陈国清择着盆里的树叶，"三舅，小时候我在老家的时候，一到槐树花、榆钱开的季节，就和村里的小伙伴爬到树上一边摘一边吃，把吃剩下的带回家，我妈还给我蒸榆钱吃呢，用玉米面拌上榆钱在锅里蒸，吃的时候放点酱油香油和大蒜，可香了！"

王焕章饶有兴趣地听着陈国清的描述，直了直身子，双臂向上用力举着，放松着身心，说："大邓各庄满街都是老槐树，到了这个季节，槐树开花了，树上白花花的，不知道的还以为下雪了，那槐树花香得，全庄都成了香雪海！"顿了一下，他皱着眉头，"唉，我得的是心病，跟锡贵说，不要再去摘了。"

"三舅，您没听说吗？偏方治大病。再说了，咱这儿就是槐树多，没事的。"陈国清说着，端起铜盆转身走出书房，"您快看鲁迅吧，过一会我把槐花汤给您端过来。"

这时，张锡贵快步走进书房，高喊："王掌柜，绥远的刘苍岩先生来了！"

王焕章眼望窗外，急切地问："苍岩兄来了！人呢？"张锡贵说："他带着两个女儿来的，正在前堂候着呢。"

王焕章两眼放光，跨步奔向前堂，高喊："太好了！我的干女儿来了！"来到前堂，他伸着双臂，向刘苍岩扑去，"苍岩兄！好久不见，一向可好？"

刘苍岩从椅子上站起来，拥抱着王焕章："焕章弟，好好！真是想念呀！"

王焕章松开刘苍岩，看着他笑着说："仁兄您可有点发福呀！"

刘苍岩拍着王焕章的肩膀说："你可比前两年瘦了不少，仁弟也是快奔五十的人了，别太累，要保重身体呀！"说着，他拍着自己的肚子，"是胖了几斤，火车通了，我出来的时候倒少了。一来老母在不远行，二来在绥远商会当差，把我给拴住了。"刘苍岩转过身，招呼站在八仙桌旁边的两个女儿，"大兰小蕙过来，快见你干爹。"

两个女儿腼腆地走过来，低着头，双臂弯在胸前，轻声说："干爹好！"

"好闺女！都长成漂亮的大姑娘啦！走，咱们到后院书房，先吃些糕点，等到了中午，干爹带你俩到老北京饭庄吃烤鸭。"王焕章疼爱地搂着两个干女儿的肩膀，开心地笑着。

刘苍岩的两个女儿是双胞胎，春天出生。大女儿叫春兰，二女儿叫春蕙，王焕章每次去绥远必去刘苍岩家探望。大兰小蕙常常是被奶奶搂在怀里撒娇嬉戏，活泼可爱。他开始认不出哪个是老大，哪个是老二，经常叫错名字。后来逐渐熟悉了，只要她俩张嘴说话，他立刻就能认出谁是大兰，谁是小蕙。刘苍岩看王焕章如此喜欢这双女儿，就叫她俩认了干爹。没想到这两个干女儿从天而降，喜出望外，真是乐坏了一直被失子之痛困扰着的王焕章。

大兰坐在书房墙柜前的长凳上，吃着稻香村五仁酥糕说："干爹，我和小蕙一直想您。这回我爸来这儿不愿意带我俩，说啥都不行。后来找奶奶说他，这才带我俩来的，奶奶让问您好呢！"

"真是的！苍岩兄，您若是光自己来，那我可饶不了您！"王焕章开怀大笑，走到墙柜前，把唐家大女婿刚从通州带来的大顺斋糖火烧拿过来说，"闺女，你俩看这大顺斋糖火烧，我以前给你们带去过，但路上的时间长，有点发硬。你俩尝尝刚买来的又软又酥可香啦！来，一人先吃一块，咱还得留着肚子吃大餐呢！"

王焕章坐在刘苍岩的对面，问："苍岩兄，老母亲还好吧？"刘苍岩喝着茶，说："老妈身子骨还算硬朗，说起话来底气也挺足，就是经常犯糊涂，刚吃完炖肉再问她，愣说没给她吃，眼前的事情记不住，可以前的事儿都记着，尤其是老家苍岩山那些事，她记得可清楚了。"

王焕章站起身，走到大兰和小蕙身边，抚摸着小蕙的头说："我和你爸在这儿说会话，你俩跟着大哥哥到外边去瞧瞧，附近有妙应寺，还有西四牌楼，可热闹了！"他说着，扭头冲正在倒茶的陈国清说，"国清，这边的事先放放，叫着锡贵，带两个妹妹到妙应寺和西四牌楼那边转转，然后直接去老北京饭庄把桌定上，看她俩爱吃啥菜，可劲儿地点。"

"好嘞！三舅，您就擎好儿吧！"陈国清大声地答应着，带着大兰和小蕙走出书房，又到前堂喊来张锡贵，一起从永升斋鞋庄出来，顺着锦什坊街往北，向妙应寺走去。

还没到锦什坊街北口，陈国清手指着左前方喊："两位妹妹，你俩顺着我的手指往前看，那就是妙应寺白塔！"

两姐妹顺着陈国清的手指看去，高耸入云的白塔就在眼前，小蕙仰着脸惊呼："太高了！燕子都飞不上去吧？草原上的雄鹰能飞到天上去呢！"

张锡贵也仰着脸用手指着高飞的燕子："你俩快看，那不就是燕子吗！它们已经飞过了塔顶，快看，在那儿！"

小蕙拽着大兰的胳膊将手指向天空高兴地喊着："姐姐你快看，就在那塔尖上，燕子在飞！"

陈国清和张锡贵跟在小姐俩的身后向前走着，陈国清歪着头，对张锡贵说："师兄，我琢磨着您以后不用再给我三舅摘槐花了。"

张锡贵不解地问："为啥呀？"

陈国清笑着说："您还没看出来？自打刘先生带着两个宝贝女儿一来，我三舅那脸上就乐开了花。师兄您说，这都多长时间了，啥时候看见过我三舅开怀大笑的模样？"

"还真是这么回事，这回王掌柜的心病一准儿得好了！大兰小蕙，慢点跑，小心三轮车！"张锡贵紧走两步，向大兰和小蕙追去。

姐妹俩出去了，书房里安静下来。王焕章和刘苍岩对面坐着，边喝茶边聊了起来。

王焕章接着前面的话茬说："伯母真是不容易，在归化城一待就是几十年。"

刘苍岩说："在归化城已经住了快六十年了，前段时间一直念叨要回河北老家苍岩山。"他喝了一口茶，眼望窗外，动情地说，"想当年，我母亲嫁给我父亲时才十四岁。两家都住在苍岩山脚下，只隔着一个村庄。有一次我父亲上山打猎，正好遇见一条大蟒蛇出洞，把一个中年书生困在巨石上。我父亲从一棵白檀树的后面纵深一跃，靠近蟒蛇，猛地攥住蛇头，顺势用力提起蟒蛇的身子，快走几步将它拖回石洞里。那个中年书生是当地有名的画家，油漆彩画、人物写真最见功底，官府派他到山上修饰桥楼殿里的壁画。没想到还没爬到桥楼殿，就碰上那条大蟒蛇，把他吓得趴在巨石上浑身打哆嗦，不敢动弹。我父亲把他从巨石上搀扶下来，他说啥也不敢再往上爬了。我父亲告诉那个画家说山上的蟒蛇从不伤人，山民们都把蟒蛇当作山神来供养，每逢庙会或逢年过节，山民都宰杀家禽，到山里来喂蟒蛇。那些蟒蛇也从不祸害山民家中的鸡呀鸭的，专吃山里的黄鼠狼。"

王焕章打断刘苍岩的话，挥着拳头说："吃得好！把黄鼠狼都吃光我才解气呢！我家小宝子就是被黄鼠狼给吓死的。"

刘苍岩已从杨康那里听说了小宝子的消息，怕再伤他的心，岔开话题说："那个画家和我父亲交上了朋友，每次上苍岩山我父亲都陪护着他。后来就把女儿许配给我父亲了。"

王焕章认真地听着，说："好，多美妙的一段姻缘呀！"

刘苍岩端起茶杯，叹着气说："当时，同村的一个土豪恶霸看上我妈了，非娶她做小不可，几次派人拿着聘礼到家里无理取闹。我父亲知道后，怀揣菜刀找那个恶霸评理。他仗势欺人，找来家丁打手，把我父亲痛打一顿，捆绑在马圈里，准备第二天一早去告官。"半夜三更我父亲将绳子磨断，踹开恶霸的房门，一菜刀将他的肩膀砍成两半，按住恶霸的头举起菜刀说：'你服不服？不服就叫你的脑袋搬家！'恶霸连连求饶说：'小爷饶命，我不敢了。'就这样平息了此事。我姥爷怕那个恶霸秋后算账，让我爸妈草草成婚。第二天一早套上马车，装好盘缠干粮，把他俩送出了苍岩山，这才有后来的走西口。"刘苍岩说到兴头上，干咳了两声，喝了一口茶，说，"这次我来这儿，也是想顺便去一趟苍岩山，趁着本家的亲戚还健在，看看他们。再去拜拜祖坟，也圆了我父亲去世前的回乡梦。"

王焕章笑着说："还是苍岩兄想得周到，哪天回老家您说一声，我陪仁兄一起去，正好去登登那个苍岩山。"

"那可太好了！我也只是听老父亲说过，苍岩山可神了。隋炀帝的时候，在两山之间的峭壁上架起石拱桥，且在桥上建起了空中楼阁桥楼殿。传说苍岩山是隋炀帝三女儿南阳公主皈依佛门的道场，香火很旺，值得一去。"刘苍岩兴奋地站起来，"听说苍岩山上不仅有山鸡野禽，老白檀树下生长的山蘑可是非常难得的山珍啊！到时候咱俩在山根儿底下也饱饱口福。哈哈！"

喝了两杯茶，刘苍岩看着王焕章，认真地说："焕章仁弟，今天来到永升斋还有一事相托。你看我这两个女儿都长成大姑娘了，想在京城给她俩找婆家。仁弟人脉广，认识的人多，此事就拜托仁弟帮忙了。"

王焕章高兴地拍着桌子，说："您就放心吧！两个干女儿的婚姻大事包在我身上！回去时您转告嫂子，我会把大兰和小蕙像亲女儿一样疼爱，请嫂子放宽心！"

刘苍岩笑着说："把两个女儿放在仁弟身边我一百个放心！"

王焕章示意刘苍岩喝茶，问："仁兄如今这皮货生意如何？"

刘苍岩喝着茶，说："自从铁路从北京修到绥远和包头后，还真是大不一样了，那皮货是供不应求，我把旁边那家小吃店盘了下来，翻盖了两层楼的库房。这次来也是想看看，找个合适的地界开个分店。"

王焕章给刘苍岩倒着茶，说："仁兄，这可是个好想法。干脆，咱哥俩合作入股，我出地您经营，您看咋样？"

"好呀！省我大事儿了。焕章，就这么着了，谁让咱俩是好兄弟呢。来，以茶代酒，干杯！"刘苍岩高兴地站起来，端着茶杯和王焕章碰着，"这边儿的事还靠仁弟多照应"。

"好，干杯！"王焕章也站起来，一扬脖儿把茶水喝干，接着说，"咱哥俩一言为定，这边有我呢，一切都会安排好，仁兄把开张营业后需要的皮货准备好就行了。"

"那我就听焕章弟的安排了，哈哈！"停了一下，刘苍岩说，"仁弟，还有一件事情我得跟你说一声。就是我妹妹小芹，嫁给包头那个画家以后，刚开始她过得还算开心，可过着过着，我那妹夫一天到晚地生活在幻想的世界里，上不着天下不着地地瞎折腾，挣不来钱不说，还染上了抽大烟的毒瘾，把小芹给坑苦了。这些年都是靠我接济维持她一家人的生活。她生了个儿子如今也有十四五岁了，我妹夫整天嚷嚷着教他学画画，可他就是不学。小芹也不支持他学，怕这孩子被他父亲给带到邪路上去。小芹找过我几次，听说你在包头开了鞋庄，让我跟你说说，把这孩子放到鞋庄学手艺，等他将来有了出息也开个买卖。小芹的脾气你也知道，就爱钻个牛角尖，还特要面子。她这辈子最稀罕的就是仁弟你了，她说把儿子放在你的手里最踏实。唉，真拿她没办法。"

刘苍岩皱起了眉头，低着头，把茶杯向前推了推，不再开口。

沉默了一会儿，王焕章说："小芹妹妹真是够苦的。她是个重情重义的好女人！您外甥这事好办，我在包头开了两个店，一个是鞋庄，另一个是绸布店。让他在这两个店都学学徒，等将来学成了，真要是有出息的话，就让他当个掌柜，他若想自己干，我就帮他在川行店或前街买个店铺，开个与鞋庄或皮货生意有关的买卖，咱哥俩到时候也能帮他一把。"

"还是仁弟想得周到，一提起小芹的事我这心里就扑腾，真是替她着急！"刘苍岩无奈地说。

"哥哥，我回来了！"大院里传来王俊山的喊声。

"是俊山回来了，咱妈可好？"王焕章看着走进来的弟弟问。

"哥哥放心，家里一切都好。嫂子让我带话来了，让你无论如何也得回趟家，我嫂子有急事要跟你说。"王俊山喝了一口茶，瞪着眼睛认真地说。

王焕章笑着给刘苍岩介绍："仁兄，他是我最小的弟弟，看，是不是一表人才？"

刘苍岩扫视着王俊山，笑着说："真是名不虚传，风流倜傥啊！"

"先生您好，谢谢夸奖！打扰您了。"王俊山冲着刘苍岩抱拳恭敬地说。

"好啦，家里的事儿待会儿再说，苍岩兄，时候不早了，吃饭去，我那两个干女儿饿得也等不及了，俊山来得正好，一起去吃饭。"王焕章开心地说着，招呼着刘苍岩、王俊山出了永升斋大门，往南朝老北京饭庄走去。

三

西河边，小路旁，春草绿如茵；芦苇荡，槐花香，农田春耕忙。大邓各庄的春天，姹紫嫣红，景色怡然。

王焕章静静地站在村口，目送着顺河远游的鸭群，聆听着黄莺在柳枝上鸣唱。再看那盘旋嬉闹的花喜鹊和晨光中袅袅升起的炊烟……沉浸在故乡这诗情画意般的春光里，如醉如痴。

昨天，天刚擦黑儿，王焕章坐着马车回到大邓各庄。王家大门楼两扇大门虚掩着，透过长长的院落，正房东屋的窗沿泛着橘红色的灯光。

王焕章双手推开两扇门，“哐啷啷！”几声响动，打破了大院的寂静。“翠娥娘，我回来了！”他高喊着，穿过桃树成林的甬道，来到屋前。

“爸爸，爸爸真的回来了！妈，我爸回来了！”三女儿翠娥听到父亲的喊声，从东屋连蹦带跳地跑出来，张开双手撒娇地扑进父亲的怀里。王焕章抚摸着翠娥的头顶，高声笑着说：“瞧我这三丫头，越长越漂亮了！跟我到柜上去吧，有老闺女陪着，爸爸我得多开心！”

夫人挑开门帘也从屋中走出来：“这丫头，总也长不大，快把你爸的包儿接过来。”

“真是女大十八变，走，咱们进屋。”王焕章右手拍着女儿的后背，跟在夫人的身后向屋里走去。

夫人用笤帚扫着炕沿：“算计着你今儿该来了，我和翠娥还等着你吃饭呢。”

王焕章脱下大褂，坐在炕沿上，说：“俊山到柜上说家里有急事儿，我没敢耽误，刚把手头儿上的事安排妥当就往回赶。咋的啦？我担心妈的身体，又怕你有啥好歹。"

夫人把碗筷放到八仙桌上，说："妈身子骨儿好着呢，刚吃完饭回屋歇着去了。我也没事儿，你看我不是挺好的吗？"

"那还能有啥急事儿？你火急火燎地把我从柜上叫回来，我可没闲工夫跟你开玩笑。"王焕章不解地说。

"翠娥早就喊饿了，先吃饭，等晚上再跟你慢慢说。"夫人把翠娥端上的饭菜摆放着。

翠娥用饭勺往父母的碗里盛着大米饭，说："爸，今儿晌午我大叔来了，他问您啥时候回来呢。"

王焕章夹了一筷子香椿摊鸡蛋放在翠娥碗里，说："噢，你大叔我好久没见了，等明天我去看他。"

夫人把猪肉炖粉条的大海碗挪到王焕章的眼前："你最爱吃的，多吃点。"

王焕章夹了一块鲜嫩的红烧肉放进嘴里，咀嚼着："真香，小的时候最爱吃你奶奶炖的红烧肉。翠娥，你也吃，吃炖肉能长大个儿。"

翠娥向后躲闪着："我可不吃，太肥了。我最爱吃炖粉条，爸您多吃点，我妈今儿上午就把肉炖出来了，说等您回来吃。"

夫人笑着对翠娥说："瞧这丫头，吃饭还堵不上你的嘴，快吃饭吧，吃完饭好去陪你奶奶聊聊天儿。"她歪过头，对王焕章说，"前天顺义来人了，要给翠娥说媒呢。说是南庄头村赵家的小伙子，长得可俊了！"

翠娥捂着害羞的脸，贴着王焕章的肩膀说："妈，您别说了，我还小呢，不想嫁。"

夫人捅了一下翠娥，笑着说："瞧这丫头，那怕啥！男大当婚，女大当嫁。"

王焕章爱抚着女儿的头："好闺女，一晃就长成大姑娘了。南庄头赵家我知道，是个知书达理的大户人家，把翠娥嫁过去我放心。"

"爸，您咋这么狠心呀？我不想嫁人，还没陪够我妈和奶奶呢！"翠娥噘着嘴，佯装不快地说。

王焕章拍了一下翠娥的后背，笑着说："瞧我这俊闺女，总也长不大，都是你妈给惯的。"

夫人收拾着碗筷，抿嘴瞪着王焕章："可别这么说，你管教得好！有本事把翠娥带到柜上去，你自己管着。"

"是呀，我刚才还想这事儿呢。翠娥定亲前先到柜上去些日子，让她多长些见识，也能帮我打理些柜上的事儿。有漂亮、聪慧的女儿在身边，我得多风光呀！"王焕章慈爱地看着翠娥，脸上流露出幸福美满的笑容。

"瞧把你美的！"夫人瞧着王焕章，佯装忌妒地说。

吃完晚饭，王焕章领着女儿翠娥来到东院母亲的房间，问过安后把翠娥留下陪着奶奶，自己回到夫人的房间，坐在墙柜前的长凳上，呆呆地发愣。

夫人收拾好桌子上的餐具，用抹布擦着桌面，抬头看丈夫正在发呆，知道他又沉浸在失子的痛苦中。她来到丈夫身边，温婉地说："翠娥她爸，从柜上回来累了吧？等一会儿水开了，泡泡脚，解解乏。"

"没事儿，别麻烦了。咱俩如今年岁都不小了，你要照顾好自己。"王焕章缓过神，看着夫人。

"可不嘛，这一晃就快老了，翠娥也要嫁出去了，这家里以后就剩老妈和咱俩了，你还总不回来，一想起这些，我心里就空落落的。"夫人红着眼圈，低头扫着炕沿。

王焕章安慰着夫人："没事的，本应早点儿把全家接到城里去住，无奈老妈年岁大了，死活不挪她那老窝儿。"

夫人坐在炕沿上，掏出手绢擦着眼泪："我这年纪一天比一天大了，也不能再给你生个一男半女了，王家无后是大不孝啊！想起这事儿我心里就堵得慌！也不知道我是作啥孽了！"

王焕章走过来，抚摸着夫人的肩头："这不怪你，看咱们这三个女儿多出息呀！唐家的大女婿，刘家的二女婿个顶个的出色要强，那日子过得没挑儿，咱俩愁啥呀？"

"说是这么说，可一想起咱家小宝子，我这心里别提多难受了！"夫人抽泣着靠在丈夫的胸前。

王焕章抹了一把湿润的眼圈，说："过去的事儿就别再提了，妙应寺曾措法师开悟我说，儿女情长皆因一个缘字，有缘则长，无缘则短，既然无缘抓不住，何不欣然送一程，顺其自然吧。"

夫人擦着眼泪，抬起头，拉着王焕章坐在炕沿上，说："咱不说他了。我知道你柜上忙，来家里也待不住，我让俊山把你叫回来是有这么一档子急事儿。"

"咋的啦？"王焕章盯着夫人问。

"是这么回事儿，你听我慢慢说。"夫人端过茶杯，放在炕桌上，脱掉小脚儿鞋，盘着腿坐在炕桌对面，压低嗓门，"前些日子我回了趟胡各庄娘家。我听说胡各庄南边那个西铺村有一张姓人家，家里有个大姑娘，长得不错，今年刚好二十岁。因为张家生活不宽裕，想把女儿嫁给大户人家，媒婆正好托到我嫂子头上。我一听这事儿，立马就动个心眼儿，若是能把她娶到咱家，给你做个二房，生儿育女传宗接代可就不愁了。再说了，娶到家里我也算认个妹妹，我们姐俩平时也能做个伴儿。"夫人越说越兴奋，喝口茶正要接着往下说，被王焕章高声打断："瞎胡闹！这是哪跟哪儿呀？人家姑娘刚二十岁，嫁给我这快奔五十的老头子，成何体统！不行！"

四

　　夫人把给王焕章娶二房的想法说出来后，遭到王焕章的强烈反对。她心中暗想，这件事关系到王家传宗接代，意义重大，必须把丈夫说通。想到这里，她耐心地说："别急，你听我接着说。我把想法让嫂子给传过去没几天就回信儿了，张家愿意把闺女嫁过来，说你王掌柜重情重义，又憨厚实在，靠得住，不忌讳给你做小。我怕你回来推托，就替你把这个主儿做了。我想人家把女儿嫁给你这个老头子也不容易，答应多给张家些钱财，帮衬着置办些田产，也算是报答了张家的恩情。"夫人加快了语速，一口气说完，盯着王焕章。

　　"这么大的主儿你都敢做？我真服你了！"王焕章摊着手，无奈地说。

　　"就是！我这个做你太太的都不反对，你一个大老爷们儿还怕啥？反正生米已煮成熟饭了。这个家我就替你当了，转过月找个良辰吉日，咱们就张灯结彩把喜事办了，我还急等着抱儿子呢！我可事先告诉你，娶了新媳妇要是没良心把我们娘仨慢待喽，我可饶不了你！"

夫人从炕上跳下来，举着鸡毛掸子，笑着说。

民国十八年（1929）的冬天，王焕章与少夫人张慧德成婚后的第一个孩子降生了。

孩子降生的前几天，王焕章就从永升斋赶回大邓各庄，围在少夫人身旁转来转去，嘘寒问暖，生怕有个闪失。

老夫人看不下去了，拨拉着丈夫的胳膊，瞪着眼说："快一边去！你个大老爷们啥都不懂还总朝前凑，这儿有我呢，你陪妈说话儿去吧。"她给少夫人擦着脸，叨咕着，"当初我生孩子那会儿，别说在我身边溜达了，连个人影都见不着，看他把你给心疼的，就差替你生这个孩子了！"

少夫人挺着大肚子，坐在铺盖得暖融融的炕头上，羞涩地红着脸，说："姐姐您快歇歇吧，我自个儿能洗。"

老夫人挽着袖子，给少夫人擦完脸，把毛巾放在热气腾腾的木盆里，笑着说："行了，你别装着要强了，孩子马上就要生了。这要是弄出个好歹来，他爹还不把我给吃喽！"

少夫人微笑着，圆圆的脸颊上露出两个小酒窝儿，柳叶眉下两只乌黑发亮的大眼睛看着老夫人，温情地说："姐姐，真是的，我自打进了王家的门就让您照顾着，孩子快生了，还得让姐姐受累，真过意不去。等把孩子生下来，我好好侍奉姐姐。"

老夫人站起身，直了直腰，抬手擦了一把脸上的汗珠笑着说："妹妹这句话我爱听，把你娶过门就是一家人了。只要你给咱们王家多生几个儿子，就是要了我这条老命也值。"

一个寒冷的早晨，雪花飞舞。下了一夜的大雪，把大邓各庄盖上一层厚厚的白絮。王家大院里忽然传来几声婴儿的啼哭，打破了雪村的宁静。

"生了，生了！是个带把儿的大胖小子！看那张小圆脸儿，眯缝着大眼睛，张着小嘴儿还乐呢！三嫂子恭喜啦，母子平安！"接生婆清理着婴儿的胎盘，向站在身边打下手的老夫人高兴地说。

听着接生婆的话，老夫人喜出望外。匆匆擦着手，走近孩子看了看，又低头轻轻地把小棉被撩开一个小缝儿。看见了，是个男孩儿！她马上轻轻地给孩子盖好棉被，转过身对少夫人感激地说："是男孩儿，男孩儿！谢天谢地，妹妹受苦了！"

老夫人兴奋得满眼放光，小心地掀开棉门帘，转身忙把帘子撂下，关好门，生怕寒风吹进屋里伤着孩子和少夫人。

"孩子他爸，是个男孩儿！给你生了个大胖小子，咱们王家有后了！"老夫人兴冲冲地走进隔壁房间，冲着正翘首等待的丈夫高声地说。

"真的？太好了！我去看看。"说着，王焕章抬脚就要往少夫人房间闯。老夫人伸手拦住他说："瞧你这猴急样儿，这会儿不能看！你会把寒风带进去伤着她娘俩。"

王焕章搓着双手无奈地在屋子里转悠着："那啥时候才能过去看？"

"等太阳高高的，稍暖和些再过去看也不迟。"老夫人眼望窗外，又小声地说，"你看这雪小多了，等过会儿雪一停太阳就出来了。"

王焕章攥着拳头双臂上举，浑身上下较着劲儿，压低嗓门："苍天保佑，我王焕章又有儿子啦！"

老夫人也举起双手，捶着丈夫的胸脯说："瞧把你美的！快想想给儿子起个啥名字吧！"

王焕章踱着步，冥思苦想了一会儿说："孩子这一辈儿大排行，中间是个'维'字，咱们家以后再生男孩儿就按'仁、义、礼、智、信'排，这也是咱的家风。"

老夫人掰着手指数着，看着丈夫说："这秃小子大名就叫王维仁啦？他在王家大排行应该是一二三四五，第六，小名就叫小六子吧。"

王焕章拍着桌子，高兴地说："行，就是它了！大名王维仁，小名小六子。"

"得嘞，不跟你说了。我还得赶紧过去，光一个潘婶儿照顾不过来，可不能让咱家小祖宗受委屈喽。"老夫人说着，转身回到少夫人的房间。

王焕章独坐在房间里，幸福地畅想着美好的未来。他实在坐不住了，蹑手蹑脚地钻进产房，眼巴巴地看着正在酣睡的宝贝儿子。嘴里轻轻地叨念着："王维仁，小六子，小六子，王维仁！哈哈！"

王维仁的降生，给王家大院带来了无尽的欢乐，转眼到了年底，王焕章又从永升斋匆匆赶回大邓各庄，抱着刚出满月的儿子，疼爱地看着他一天一个样地成长，心里乐开了花。

老夫人看着丈夫抱着儿子时露出的幸福快乐的表情，开心地笑着。她从王焕章手里抱过王维仁，亲了一下他光亮的小脸蛋儿，回过头佯装不快地对丈夫说："瞧把你美的，看来还是儿子重要，柜上的事儿也不忙了！自打有了小六子，你一个月回家两趟，等儿子会叫爹了，你还不天天往回跑！娶了慧德，又有了儿子，你可不能没良心，慢待我们。"

王焕章看着刚坐完月子，身子骨略显发福的少夫人，笑着对老夫人说："哪能呀，慧德是个明理之人，她对咱妈和那三个闺女多好呀！"

老夫人抱着王维仁，用肩膀撞了一下王焕章："你别打岔，慧德跟我亲妹妹一样，没毛病。我是说你呢，揣着明白装糊涂。"说完，老夫人扑哧一笑，双臂轻轻搂抱着王维仁哄着，"哦，哦，小六子，乖宝贝儿，咱们到娘屋玩儿去喽，给你爹和你亲妈腾地方喽。"

随着王维仁的慢慢成长，永升斋鞋庄也迎来了美好的前景：

首先是从归化城和绥远城传来消息，李之煊代表永升斋与大盛魁签订一个赴莫斯科参加国际鞋帽服装博览会的供货协议，半个月之内要赶制出两千双老北京千层底布鞋；杨康之子杨常宽在绥远城，代表永升斋与当地官府签订了草原维持会巡视团队入蒙专用呢绒高筒靴的长期供货合同；包头川行店的永升斋鞋庄与梁记皮货店合作，在前街最繁华的地段，联合经营包头城第一家开放式综合集贸商城。再看北京城里南下洼子三益宫帆布店扩建改造，把京城三家帆布店收购，既保障了永升斋鞋庄用料的充足供应，又防止了各自为战，恶性竞争；前门的永升益绒呢绸布庄，吴四爷又把天津劝业场洪发呢绒进口贸易货栈拉进来，在天津口岸取得优先的供货商资格，确保进口呢绒布的批量用料需求；与刘苍岩合作的新街口皮货店已经开业，生意往来平稳有序；坐落于锦什坊街的永升斋鞋庄总店，已有员工一百二十余名，前店后厂的规模已不适应鞋业的发展进程，王焕章当机立断，决定转过年选个良辰吉日，将永升斋重新翻建。

中年得子的永升斋鞋庄大掌柜，王焕章王三爷，真可谓是苦尽甘来，踌躇满志……

第十一章

一

又是一个秋收的季节，一座崭新的永升斋鞋庄，在锦什坊街原址拔地而起。

二层楼上悬挂着由翰林大学士祝椿年老先生题写的"永升斋"大匾，端庄大气，耀眼生辉。窗前的围廊雕梁画栋，两个朱漆彩雕的通天盘龙柱高耸直立，在阳光的照射下晶莹剔透，金光闪烁。楼的后面是一个三面围合的成品库房、辅料存储间、生产工作综合区。穿过综合区，是一个标准的四合院：正房五间，耳房两间，倒座房五间，东西厢房各三间。这座由王焕章精心设计的永升斋鞋庄，为锦什坊街增添了一道亮丽的色彩。

这天早晨，王焕章站在永升斋鞋庄前，招呼着张锡贵、陈国清几个伙计，做着新楼开业、剪彩前的各项准备。他仰着头，看蒙在永升斋鞋庄大匾上的红绸布有些褶皱，喊来陈国清，指着匾说："国清，你去找梯子，把匾上的红布再向下拽拽，看那几道褶子，把它抻平。"陈国清登着梯子，伸手向下拽那块红布："三舅，您看这样行了吗？"

王焕章仰着脸，眯缝着双眼："右下角再拽拽，得嘞。就差一丁点，这样看着才舒服。好，下来吧，小心，别摔着。"

王泽民从锦什坊街北口走过来，看到永升斋鞋庄前喜庆忙碌的场面，紧走几步。王焕章正扶着梯子，仰头指挥着陈国清。他停下脚步，没去打扰。永升斋门前花团锦簇，彩带飘扬，一派喜气洋洋蒸蒸日上的气象。王泽民望着王焕章宽厚健壮的背影，心中感叹："三哥，能走到今天，真是不容易呀！"

陈国清正要从梯子上下来，脚踩横梁，双手扶着梯子低头向下，看见了王泽民："舅舅，您来得真早！"

王焕章一扭身，顺着陈国清的喊声望去，笑着说："四弟来了！过来帮我看看这块红绸布蒙得正不正。"

王泽民走向前，抬起头看着："没问题，挺正的，国清，你下梯子小心着点。"

陈国清从梯子上下来，王焕章双手松开梯子："四弟，时候还早，趁着客人还没到，先进去喝杯茶，歇会儿。"

王泽民跟在王焕章的身后，迈步来到大堂。他四顾着重新布置的柜台、懒凳、客人休息洽谈区，一套紫檀中堂桌椅摆放在正对大门的西墙边，端庄、大气。条案正中摆放着大理石天然山水风光的插屏，插屏两侧各摆一个绘着三国故事的五彩瓷瓶。条案上方的墙上，挂着一幅装裱精致的四尺竖幅，齐白石画的《荷花蜻蜓图》，画轴两边挂着潘龄皋手书的对联。

王泽民站在中堂前面，倒背着双手，欣赏完齐白石的《荷花蜻蜓图》，又诵读着对联："一无所有无不有，舍短取长短化长。潘龄皋。"他扭过头，对王焕章说，"三哥，这副对联学问可深了，你是从哪儿淘换来的？"

王焕章坐在八仙桌旁，把陈国清给王泽民满好的茶杯向对面推了推,示意他坐下,笑着说:"四弟,天机不可泄露,看这两句话,多有禅意!这副对子我存好几年了,一直没舍得挂。这回永升斋重新翻建,新楼新气象,我把它挂在这儿镇镇宅!"

王泽民坐下来,手扶着茶杯,仰头看着齐白石的画,说:"齐白石把蜻蜓画得真细,跟真的似的,我喜欢。可他画的荷叶,黑乎乎的,我看不懂,不太喜欢,这朵红荷花还行,喜庆。"

王焕章仰着头,扭脸看着齐白石的画,说:"四弟,你可别小瞧荷叶这块黑墨,胆小的人不敢这样画,笔底下没功力的人更画不出这种气势。你看这块黑墨,几笔下去,浓淡干湿焦,笔和墨的变化都有了。整幅画就靠这块黑墨压着阵呢。"

王泽民张着嘴,瞪大眼睛,仔细端详着荷叶:"嘿,三哥,听您这么一说还真是神了!我再看这块黑墨,变化无穷,它还真不是一块死墨,越看里面越有内容。"王泽民越看越感兴趣,右手一撑桌子站起来,后退几步,盯着《荷花蜻蜓图》高喊,"真是神了!这红荷花配墨叶,冲击力可真强!工笔蜻蜓往下这么一飞,嘿,满池荷风,满室香呀!"

王焕章也站起来,走到王泽民身旁,仰头看着画面,笑着说:"四弟进步不小,悟性高,都看出诗意啦!"

"还不是三哥点拨得好!"王泽民两眼瞪得溜圆,不错眼珠地盯着透明感极强,自在下落的蜻蜓,"这蜻蜓真是神了,就好像朝着我飞来似的。"

王焕章伸出右手,指着荷叶下面的荷秆说:"看这几笔荷秆,都是跟写字一样写出来的。笔下若是没有功力,出不了这种味道。我平时喜欢练书法,深知齐先生这笔墨功夫的厉害。"王泽民眼睛仍盯着画看:"三哥,就您这书法水平,可真不是练的事了,您忘了吧?"

我父亲生前咋夸的你？左手飞镖右手书法，真乃人中龙凤。"

王焕章摆着手，连连摇头："那是我四大爷偏爱，鼓励我。我可知道王焕章是几斤几两。"

王泽民走近画轴，伸着脖子，两眼贴着荷花叶下的几条墨线，咂着嘴："太厉害了，瞧这飞白留的，荷秆的质感都出来了。"

"这都是一笔写出来的效果。"王焕章也凑了过去，"未来的大师级画家，了不起！"

王泽民退到椅子跟前，坐下来喝着茶，说："三哥，我今儿个可算开眼了！看永升斋外观景象，再看这大堂里的摆设，哪是鞋庄呀？说是琉璃厂荣宝斋也不为过。你不是想开个古玩字画店吧？哈哈！"

王焕章也被王泽民的话逗乐了，摸了摸太师椅上的木雕狮子头，眼望窗外，认真地说："我还真有这个打算，等把西四北那个首饰楼开起来，留出半层，专门开个画店。这个画店可跟琉璃厂的不一样，只陈展，不外卖。别看咱是买卖人，我不打算做画儿的生意，只买不卖。"王焕章手一扬，又落在狮子头上，把檀木座椅拍得啪啪响。

王泽民一听这话，双眼直勾勾地看着王焕章，心里嘀咕着。三哥真有本事，想得远。不像我王泽民，一天到晚只会围着老三顺斋转，这都快二十年了，还在原地踏步，真得向三哥学着点。他低着头，沉默不语，想着心事。

说起开画店的事，王焕章来了兴致。看着王泽民说："四弟你咋不说话？帮我参谋参谋。"

王泽民缓过神来，支吾着说："哦，要想开画店，还得说是去琉璃厂，那条街都是做古玩字画生意的，懂画的人也多，您就是光展不卖，也得图个人气，扎堆，热闹。"

王焕章站起身，向前走了两步，又转过身，说："我看用不着，咱这马路东边跨车胡同就住着鼎鼎大名的齐白石。把画店开在西四牌楼北边，守着齐白石，可是近水楼台先得月呀。哈哈！"王焕章扭过身，又坐回原处。

王泽民抄起茶杯，喝了一口，茶水有点凉，把茶杯放回原处，看着王焕章："三哥，听说齐白石的画最近可是翻着倍地涨呀！"

王焕章俯过身，伸着脖子，低声说："四年前，齐白石刚搬过来的时候，正赶上我布置宫门口那套院子。一下子就买齐老爷子二十幅画。没想到这两年，自打陈师曾把齐白石的画带到日本后，日本人特别喜欢，带去的画都卖了出去。不少来这儿的日本人，都从荣宝斋买齐白石的画带回去。一来二去的，齐白石是里外开花，名气越来越大。前几天我去了趟荣宝斋，一看齐白石画的标价，吓我一跳。我觉着他的画还得涨，再过十年说不定就买不起了。"王焕章直起身，左手往前一伸，抓住茶壶，给王泽民的茶杯续着热茶。王泽民将茶杯举过来，接着茶水，摇着头说："不至于这么邪乎吧？七八年前，别人送我不少齐白石的画，我打开一看都是黑乎乎的，看不懂，都转手送人了。那时候他的画价钱也便宜，没当回事。如今看来，太可惜了。"

王泽民喝了一口热茶，扭身扬起头，看着齐白石的《荷花蜻蜓图》，说："从今儿起，我得向三哥学，把好画留起来，可我也不知道啥是好画呀！"王泽民无奈地摊着手，又抬眼瞄了一下《荷花蜻蜓图》。

王焕章站起来，走到王泽民身旁。左手扶着王泽民的肩膀，右手指着墙上的画说："四弟，你去荣宝斋看画的时候，不知仔细看没有？一进画店，齐刷刷挂着一排名人字画，谁的画最抢眼？最让你难忘？"

王泽民摇摇头，微红着脸说："我还真没留意过。到了画店转一圈就出来了，花花绿绿的，没记住几幅画。"

王焕章的手离开王泽民的肩膀，两只手都指向齐白石的《荷花蜻蜓图》，说："我可真留意过，齐白石的画最抢眼。他画的鱼虾、苍鹰、荷花，就是与众不同。不像某些画家，画得过细，细得就跟绣花针绣上去的一样，腻腻歪歪，无病呻吟，我不喜欢。"

王泽民拍着脑门，懊悔地说："真不该把齐老先生的画都转送出去这回听三哥的永升斋离跨车胡同近啥时候你去齐白石家买画，也叫着我，我也想买几幅存着。"

王焕章大笑起来："四弟你忘了吗? 这几年白石先生专门穿咱们永升斋千层底布鞋，他家那个看门的老尹是永升斋的常客。有的时候齐白石画累了，老尹陪着他出来散步，遛到永升斋门口还进来过几次。齐老先生真是平和慈善，文气十足，就是说那些湖南话我听不大懂，还得靠老尹传话。这些年我从他家断断续续买了点画，还有老爷子刻的章。说真的，我没想过把画挂起来卖钱，就是喜欢而已。我想给子孙留点墨宝，说不定将来哪个孙子和齐白石结上了缘，咱们王家也出个大画家呢! "说到这儿，王焕章开心地笑着，天真得简直像个孩子。

王泽民也被逗得开怀大笑，前仰后合地说："三哥，你可真逗! 联想得都快没边儿了! "顿了一下，接着说，"我可没您那么多闲钱，买几幅好画留着看看就行了。我正琢磨着，把钱投到包头去，也开个老三顺斋鞋铺。到时你得带着我去趟包头。"王泽民话刚出口，又笑起来说，"三哥，你瞧我! 三句话离不开鞋铺。你别笑话我，一天到晚的就是围着老三顺斋和大邓各庄转来转去的。到头来，也就是一个土财主加小掌柜。这回我得向三哥学了，走出京城也到蒙古大草原去闯荡闯荡。"

王焕章拉着王泽民的手开心地说:"没问题,四弟这么想就对了!下个月我就准备去趟绥远,你跟我一起去。看看归化城后咱俩再去一趟包头。把老三顺斋鞋铺开到包头,准成!"

　　王泽民攥紧王焕章的手说:"多谢三哥! 一言为定。我回去后就做准备。"

　　王焕章和王泽民谈得正在兴头上,陈国清从门外跑了进来,高喊:"三舅,舅舅,你们快出去迎接客人吧,马店的田大人,德义堂潘老爷子,锦什坊街的掌柜们都在外边的凳子上坐好了,正等着您这主角呢。"

　　"哦,都到了? 四弟,咱俩出去吧。你是永升斋大股东,今儿这主角可是你王泽民呀!"

　　陈国清贴着王焕章的耳朵小声说:"三舅,那二爷也到了,正在和田大人聊天呢。"

　　王焕章抬起头,往大门迈着步,说:"哦,那二哥来了? 好,欢迎!"

　　永升斋鞋庄建成开业典礼,在喜庆祥和的气氛中圆满结束。王焕章站在大堂门口,看着客人们结伴交谈着朝老北京饭庄走去,把陈国清叫过来说:"国清,客人马上就到饭庄了,你带几个伙计先过去招待好客人,我和你舅舅随后就到。"

　　王焕章的话还没说完,忽听背后有人高喊:"不好了! 出大事了! 王三爷,西斜街华美鞋店的伙计张春来被一群人给打得昏死过去了! 鞋店的大门也被那帮人踹掉了,店里的鞋被扔得满天飞。您赶快过去看看吧!"华美鞋店的主事伙计刘长喜,慌慌张张地跑过来,喘着粗气,结结巴巴地说完,一屁股坐在地上哭了起来。

　　王焕章一听事情不妙,抓着王泽民的胳膊说:"四弟,饭庄那些客人就烦劳你照顾了。华美鞋店那边出事了,我得赶过去。"他扭身对陈国清说,"陪着你舅去饭庄。"又冲着大堂高喊,"锡贵!先把手里的活儿放下,跟我去趟华美鞋店!"

"哎!来啦!"张锡贵听到喊声,从大厅里跑出来,跟着王焕章向西斜街奔去。

二

西斜街华美鞋店是永升斋的一个分店,以销售花鞋为主。因紧邻妓院暗娼聚集之地,顾主大多是妓女和纨绔子弟。

一天晌午,伙计张春来吃完午饭,趁着客人还没到,坐在柜台后面的长凳上双手相叠,枕着头酣睡起来。

"哎哟,这是谁家的驴呀?没拴住跑鞋店来了?"一位穿戴花俏,打扮妖艳,清秀的女子一挑门帘,冲着鼾声如雷的张春来尖声细语地喊叫着。

张春来一下子从睡梦中惊醒,猛地向上一蹿,强睁着眼大声说:"客官好,您买鞋,尽管挑!"

"瞧你,啥眼神儿呀?还客官好。没看出来我是个黄花大姑娘吗?小哥的眼神也忒拙啦!就你这迷糊样还卖鞋?早就赔到姥姥家去了,我看早晚得让你家掌柜的给休喽!你个倒霉鬼!"女子走上前,扭动着腰肢右手顺势从怀里掏出粉白相间的手帕冲着张春来一挥,佯装嗔怒。

手帕散发出来的异样香气张春来十分熟悉。他抱歉地说:"姐姐呀,对不住了!我实在困过头儿了,看姐姐您文文静静,说起话来咋这逗呢?我帮您挑。"

女子用手指着张春来的脸,大声说:"看来小哥儿你夜里是没闲着，又到哪家逍遥去了？也不怕你家掌柜大嘴巴扇你！"

张春来把柜台上的鞋向女人跟前推了推说："听姐姐的话口就跟到了家似的，姐姐是唐山口音，我可是唐山人儿呀。"

女子抿着嘴唇，扑哧乐着说："我早就听出你是唐山人儿了，所以才跟你逗逗，老乡见老乡两眼泪汪汪儿，你这胆儿也忒小了点。我家是丰润牛各庄的，你家是哪儿的？"

"忒巧了！我家是丰南张各庄的，没想到在这疙瘩还能遇见老家的人儿。"张春来高兴地说。

"那我就管你叫大兄弟儿啦。"女人伸出右手指着说，"快把那红绿帮儿的绣花鞋拿过来，让我瞧瞧。"

"哟！姐姐这胳膊咋青一块儿紫一块儿的？"张春来一把拽过女子的右手，盯着胳膊上的伤痕问。

女子红着眼圈，用力往回缩着手臂责怪说："大兄弟儿，你快松手，拽疼我啦！"

张春来拿起绣花鞋走出柜台说："这一准儿是被哪个混蛋打的吧？姐姐这是咋整的？"示意女子坐在懒凳上试穿，"趁着没客人来，快跟我唠唠。"

"我看你这位大兄弟心眼儿不赖，又是老乡，就跟你说说吧，总憋着也不是个事儿。"女子眼含泪珠叙说起来。

原来，这位女子姓牛，艺名雪花。她本是天真快乐、聪明伶俐的女孩子。十几岁的时候因唐山地区闹饥荒，为保全家活命，被父亲卖给了人贩子。人贩子又倒手转卖给了北京前门八大胡同的兴春院。老鸨看她俊眉俊眼，身条匀称，就把她当成摇钱树来调教。开始两年闭门谢客，专门学吹拉弹唱，又学了一年歌舞表演。十五岁那年，在一次寿宴歌会上，她被军阀参谋长的父亲，外号孙秃驴看中，花重金买回家做了五姨太。不到一年的时间，孙秃驴死于暴病，全家人把罪过都强加在她的头上，偏说她命硬克夫。尤其是那个大太太更是趁火打劫，叫家丁打手将她赶出孙宅。孙参谋长怕家丑外扬，把她又秘密送回兴春楼。雪花骨子里有唐山人的倔脾气，只卖唱，不卖身。老鸨在雪花身上已从孙秃驴手里赚回可观的银两，如今又白白捡了便宜，也就睁一只眼闭一只眼，任其行事。一晃四年过去了，雪花调养得更是风姿貌美在八大胡同一带声名日盛。一个中秋之夜，天桥洋车行老大陈麻子借着酒兴来到兴春楼，专点雪花包夜。雪花素来是卖唱不卖身，一口回绝了他。陈麻子吃了个闭门羹，咽不下这口恶气，用两根金条买通老鸨，在一个夜深云黑之日，企图将雪花强行霸占。雪花奋力反抗，怎奈一个弱女子抵挡不过黑道行武之人，胳膊身上被打得青一块紫一块她趁陈麻子脱上衣遮住脸的一刹那，抄起铜壶猛地向陈麻子脑门砸去，他嗷的一声昏倒在床上。雪花整了整衣衫，摸着黑偷偷地从兴春楼逃了出来。

雪花走在大街上，被晚秋的凉风吹得直哆嗦，茫茫的京城举目无亲。她想起了同做妓女生计的旧相识秋霜，快步向北来到西斜街满湘楼。

秋霜靠接客挣钱，收留了雪花。一个月过去了，雪花觉得已经风平浪静，陈麻子不会找到这儿来。为了生存，她决定和秋霜姐姐一起谋条生路。大晌午的，来到华美鞋庄，准备买一双新鞋，好捯饬捯饬，换个活法儿。这一来不要紧，正好遇到了唐山老乡张春来。

听完女人的叙说，张春来同情地说："姐姐真是太苦啦！这也不是长久之计呀？若陈麻子找过来，还是难逃魔掌呀！"张春来想了想接着说，"不如这么着，隔两条街我在那儿租了间房子，您若信得过我，就先到那儿住些日子，等风头确实过去了再想谋生的办法，

274

我在鞋店当伙计也能养活姐姐。"

"那，大兄弟你住哪儿呀？"女子说。

张春来说："我可以住在鞋店后院儿。您若搬过去住，还省得麻烦那个秋霜。这双花鞋您就拿去穿吧，就算是我送姐姐的见面礼儿。"

女子接过绣花鞋感激地说："大兄弟瞧你是个可信的厚道人儿，我先在你那儿暂住一时，等以后挣了钱再报答大兄弟。"

就这样，一来二去，两个月过去了，两个人有了感情。

张春来拉着女子的手，动情地说："姐姐呀，要不然咱俩就搭伙过吧。反正都是唐山人儿，等过上几年挣够了钱就回老家也开个鞋店，踏踏实实生儿育女过日子，我真是稀罕死你啦！"

"那你以后不准再往窑子里跑啦，若改不了这坏毛病我可撕了你的嘴。"女子伸手揪着张春来的脸笑着说。

"唉，姐姐不能哪壶不开提哪壶呀！这不是有姐姐吗！倒找钱我也不会去啦！"张春来做着鬼脸说。

"讨厌吧你就！瞧你这臭德行！从今以后不许管我叫姐姐了，叫我雪花。"女子撒娇地捶了张春来一拳。

天有不测风云，雪花逃走之后，陈麻子一直咽不下这口气，派手下满城地找，尤其是八大胡同和妓院聚集地都有人盯梢。

一天中午雪花手提饭盒走出张春来租住的房门穿行两个胡同，来到华美鞋店给张春来送饭，被陈麻子的手下认出，不动声色地摸清了雪花的行踪，跑回天桥洋车行告知陈麻子。

"小婊子，看你还能往哪儿跑！来人，你两个直奔小婊子住地，给我绑回来，你们五个去华美鞋店，把那个屌人给我打趴下，就势把那个店折腾折腾。"陈麻子咬牙切齿地布置着。

"陈爷，您就瞧好吧！"几个手下腰别凶器，高声答应着向西斜街方向跑去。

当王焕章带着张锡贵来到华美鞋店时，围观的人群还没散去。巡警吹着哨子维持秩序，跑到鞋店里查验现场，做着笔录。

张春来已经苏醒过来，躺在懒凳上，捂着仍在流血的脸颊，"哎哟，妈呀"地哭号着。见到王焕章羞愧难当，一五一十地把来龙去脉都说出来后说："这五个流氓说我多管闲事，下手可狠了，还说已经把雪花绑走了。都怪我，是我把雪花给害了。"

"行了！没把你给打死就谢天谢地了！"王焕章气愤地说。

"张春来平时老实巴交的，没想到竟惹出这么大事来。"华美鞋店常掌柜摊着手抱怨着。

王焕章看着常掌柜说："常掌柜，张春来在这儿是不能待了，把账给他结清，再多开三个月工钱，赶紧回唐山老家吧。"

张春来泪流满面，哭着说："王三爷，我不想离开这儿，回老家我也不会种地呀！"

"常掌柜先从你柜上支三十块大洋算在我的账上，拿给张春来，让他回家做个小本生意吧。"王焕章摸着张春来的头接着说，"这孩子也够苦的，连个媳妇都没找上。回到老家安分守己，娶个媳妇，孝敬父母，踏踏实实过日子。"

张春来从懒凳上爬起来，"扑通"一声跪在地上，哭着说："王三爷，您就是我的再生父母，我一辈子也忘不了您的恩情。"

"快起来，别这样。一个大老爷们，在哪儿摔倒的就从哪儿爬起来！"王焕章拍着张春来的头，转过身对常掌柜说，"常掌柜，这里的事情等巡警处置完后马上安排账房清账。打明儿起，华美鞋店关门停业。给伙计放十天假，先帮着家里去秋收。"王焕章和常掌柜说完,又扭头对张锡贵说,"锡贵,你去一趟新华鞋店,把李掌柜和账房樊二喜叫到永升斋。我这就回去,在柜上等着他们。"

"好嘞,三爷。我走了!"张锡贵答应着,迈开大步转身往南,向新华鞋店跑去。

王焕章向华美鞋店常掌柜叮嘱完盘店整顿的事项后,回到永升斋,走进大堂,张锡贵和樊二喜从椅子上站起来:"王三爷,您吉祥!"樊二喜低着头,双手下垂,恭敬地站在王焕章面前。

王焕章手扶着樊二喜的肩膀说:"咋就你一个人来了?李掌柜呢?来,坐下说。"

张锡贵把王焕章让到太师椅上,倒着茶水,说:"我一进新华鞋店,就看见二喜正趴在桌子上哭呢。他说李掌柜知道华美鞋店出事后,害怕了,扔下柜上的事,带着蝶香院的相好跑了!"

"这个李秃子!还真是不可救药了!二喜,你别慌,到底是咋回事?"王焕章抬起手,攥紧拳头,咚的一声砸在桌子上,震得茶杯盖哗哗响,在桌面上转了几圈,又落回原处。樊二喜抱着肩,哆嗦着说:"李掌柜平时仗着是您家的亲戚,不把我们伙计当人看。克扣工钱不说,遇到不顺心的事就拿我们撒气。除非有时候您来到那里,他才笑脸相迎,装成一脸和善。他刚来当掌柜时,还能约束着点,最近两年他越发的狂妄自大起来,吃喝嫖赌抽都占全了。经常是下午去蝶香院嫖小姐、抽大烟,很晚才回到柜上。他深更半夜地回来,我们还得等着门。嫌我们开门慢了,抬脚就踢。他有时为讨好蝶香院那个叫香草的妓女,就偷拿柜上的钱,给香草买东西。"

樊二喜说的这些话,把王焕章气得双眼圆睁,指着樊二喜大声地说:"你知道李秃子这样,咋不早来告诉我呀?"

樊二喜抹着眼泪说："李掌柜开口闭口地就说您是他的舅舅，对他如何如何好。我这个当伙计的账房，哪敢到您这儿告他的状呀！"

王焕章咬着牙说："这个混蛋东西！烂泥扶不上墙！二喜，你接着说，他咋跑的？"

这时，陈国清陪着王泽民从外边进来，看见王焕章，王泽民问："三哥，回来了！华美那边的事咋样？"他走过来，坐在王焕章的对面。张锡贵从条案上取了个空茶杯，给王泽民倒上茶，看着陈国清说："国清弟，你来给三爷续茶，我去后院再取一壶水。"

"四弟，客人吃得满意吧？我刚从华美鞋店回来，又在说新华鞋店的事，刚按下个葫芦，又起来个瓢。"王焕章看着王泽民说。

王泽民摆着手，说："都满意，又吃又喝的，开心！你们接着说正事吧。我喝杯茶，坐会儿就回去了。"他端起茶杯抿着热茶，"接着说，我也听听。"

王焕章看着樊二喜："二喜，你接着往下说。"

樊二喜站起来，身子前倾，对王焕章说："华美鞋店和新华鞋店就隔着一条街，谁家有点事一会儿就传过去了。李掌柜听说刘春来因为养妓女被打，把鞋店都给砸了。他当时就坐不住了，听他自言自语说了一句：'这下可坏了，别等那帮人再来整治我，先带着香草跑吧！'他慌慌张张地叫我打开柜上的钱盒，连抓带捧，把钱都抢跑了。我拽着他的胳膊不让他走，说到永升斋告诉王三爷去。一听说找您去，他急红了眼，抬手照着我的脸就是两拳。我疼得一撒手，他就跑了。您瞧我这脸，还肿着呢。"

王焕章摸了一下樊二喜的脸，心疼地说："二喜受苦了！别怕，我饶不了他，他跑得了初一，跑不了十五，先让他蹦跶几天。

就算咱们不找他，也有人会找他。二喜，一会儿让锡贵带你到后院把脸洗洗，再涂上点消炎止痛的药水，然后再赶回新华鞋店。从今儿起，上板关门，停业歇工。你抓紧时间，把那边的账结清后报给我。"他又回头对张锡贵说，"锡贵，这两天你就在新华鞋店，帮着二喜把那边的事情处理好。你先带二喜去后院吧，我正好跟泽民弟说会儿话。"

张锡贵带着樊二喜去了后院，陈国清提着开水壶也跟了过去说："锡贵师兄，这里有开水，把脸盆里的水加热再洗。"

王焕章简单地把华美、新华两个鞋店发生的事情向王泽民叙说了一遍后接着说："四弟，这两个鞋店紧挨着下处，这几年生意倒也红火，可这是非之地，不干不净的，弄不好就会出事。我想好了，把这两个店关掉，把房子盘出去，那地方的店铺好卖。四弟，你看咋样？"

王泽民捋着胡子，眯缝着眼，想了一下，说："三哥说得有道理，那些地方除了妓院就是暗门子，还是远离这些是非之地好。"

王焕章笑着说："咱哥俩想到一块去了。十天之后，华美、新华两个鞋店一起处置，这些妓院暗门子的买卖，咱们永升斋决不再碰。"

三

三年后的一天中午，暑热难耐。王焕章吃完午饭，从饭厅里出来，弯着腰，躲闪着铺天盖地的蝗虫。

跑进书房，他拿起蒲扇，扇打着吸附全身的蝗虫。嘴里不停地大骂着："讨厌的东西！你们吞食禾田，造孽饥荒。打死你！打死你！你们飞到海里就能变成鱼？要是真有本事，你们变成子弹、大炮,打小日本去呀!他们占了东三省,夺下山海关,又打过了长城,眼看就打到这儿来了。你们快飞过去咬死那帮狗日的!"

"三舅,您咋啦?谁又招惹您了?"陈国清从永升斋鞋庄大堂低着头跑出来,刚到后院,就听见王焕章从书房里传出来的喊叫声。他快跑几步,走进书房,拍着身上的蝗虫。抬眼一看,王焕章连蹦带跳的,也正在用扇子驱赶身上的蝗虫。陈国清放下心来,笑着说:"三舅,您稍等,我帮您拍。它们抓在您身上就不松爪子,光用扇子扇不动,得用手抓。"

王焕章看着陈国清说:"国清,你来得正好,我帮你舅舅买的两幅齐白石的画,请人给裱好了,上午刚送过来。抽空给你舅舅送过去,他早答应要送给包头商会会长的,听说过两天商会的人就从包头过来了。"

陈国清用手抓着王焕章身上的蝗虫,说:"好,一会儿我就送过去,我舅舅去年陪着您去包头还真把老三顺斋鞋铺开在那儿了,别提多高兴了,见着我三句话不离包头。可听说小日本都快打到城外了,包头那边恐怕一时半会儿过不来人了。"

"这叫啥世道呀?真窝囊!"王焕章推开陈国清,"行了,别抓了。蝗虫满天飞,抓不干净。"坐在书桌旁,喝了一口茶,当的一声把茶杯顿在桌面,茶水溅在桌上放着的一本书上。王焕章低下头,迅速拿起书本,用手腕擦着书的封面,心疼地说,"呦!鲁迅的《呐喊》集,可惜了,瞧我这驴脾气,一犯上来就不管不顾了。"

陈国清捡起一块布头,小心地擦着书上的积水说:"三舅,不怪您,您消消气,这天灾人祸的,都快成亡国奴了,谁还不撒个脾气呀!对了,我忘记跟您说了,刚才柜上来了个小伙子,文文静静的,是个白面书生,点着名要见您。他说是从沧州过来的,他的爷爷叫张栓柱，我好像听到过这个人的名字，说跟您家是故交。现在小伙子正在前堂候着呢。"

王焕章听陈国清提到了张栓柱，高兴地站起来，笑着说："张栓柱的孙子来了？好，好！快把他请过来。他们一家人早年可曾是我们王家的救命恩人呀！"

陈国清把小伙子从前堂带到后院书房。王焕章正站在书房门口迎候，伸手拉着小伙子的胳膊说："来，快请坐，先喝杯茶，大热的天，又兵荒马乱的，栓柱大叔可好？"

小伙子坐在墙柜前的长凳上，端着茶碗，听着爷爷的名字，眼泪唰地流出来。他低着头，哽咽着说："乡下蝗虫成灾，闹饥荒，我爷爷半个月前连病带气，已经去世了。"

王焕章站在小伙子身旁，扶着他的肩膀说："别哭，你冒险前来找我，定有急事。先喝口茶，慢慢说。"

陈国清递过一条毛巾，安慰着说："先擦把脸，来到我三舅这儿，就是到了，你咋称呼呀？有啥事就跟我三舅说。"

王焕章坐在书桌前，望着坐在对面长凳上的小伙子，耐心地等他说话。

过了一会，小伙子平静下来。抬起头，对王焕章说："我叫张秋生，我爸叫张二虎。从我爸那儿论，我得管您叫叔叔。"

"噢，秋生，秋天生的，这个名字好。当年若不是你父亲张二虎在汤木仁那儿听到郑三炮要打劫我们王家的消息，你爷爷张栓柱连夜跑去大邓各庄报信儿，我王焕章可能就没有今天了。"

王焕章看了一眼陈国清，说："秋生的爷爷就是我平时跟你们说过的那个张栓柱张大叔。"

陈国清给张秋生倒着茶点着头说："是，三舅，我刚才听着耳熟，这回算是对上号了。"

王焕章看着张秋生说:"秋生,你接着说吧。"

张秋生答应着,叙说起来。

张秋生一家,在距离沧州城不远的张家村里种着几亩薄地。他的爷爷张栓柱是种田的一把好手,一年到头,不但把自家的地种得根深苗旺年年好收成,常被邻村和邻居们请去帮着干农活。张秋生的父亲一直在沧州城里的饭馆里当伙计,挣些零钱散银,贴补家用。一家人的生活虽说不上富裕,但也过得殷殷实实,衣食无忧。张秋生的母亲是从邻村李家疃村娶过门的贤惠媳妇,读过两年私塾,识文断字,是张家料理日常生活的能手。她为张家生了两儿两女,张秋生的两个姐姐几年前都嫁到沧州城里去了。张秋生是老小,和他哥哥张大生是双胞胎。哥俩虽长得模样相同,可性格截然相反。大生好动善跑,身体壮实;秋生喜静好学,身体俊秀。到了上学的年龄,由爷爷做主,把大生送到沧州武馆习武,舞刀弄枪,样样精通;把秋生送到沧州学堂,识文断字,满腹文章。三年前,军阀中原大战期间,大生的健壮身体和一身好武功被西北军一个连长看中,招进军中,做贴身护卫。一走就是四年,至今未归。秋生学成之后,被留在河北省立第二中学当教员,1931年九一八事变后参加抗日救亡运动的学潮,被学校辞退,回到张家村,陪着母亲和爷爷,边农耕种田,边潜心苦读,等待重返学校教书育人的时机。没想到,一场突如其来的蝗灾席卷了整个河北大地,沧州地区是重灾区,荒芜的农田颗粒无收,大饥荒的恐怖随之而来。一天下午,从运河对岸过来一群人,像疯子一样,逢村必抢。把张秋生一家仅存的六袋救命粮抢夺一空。张栓柱趴在粮袋上拼命护粮,被疯狂的夺粮之人连踢带打,昏厥在地。张栓柱年事已高,本来就体弱多病,连惊带气,病倒在土炕上,

282

不到十天就离开了人世。老人自知活不了几天，临终前把儿子张二虎和孙子张秋生叫到身旁。喘着气对张二虎说："虎子，遇上天灾了，必有人祸。我死以后，你把秋生娘带到沧州城去，那儿有我两个孙女在，咋也能让她活下去。秋生向来心性高，又有学问，不能让他在这儿荒废着。"张栓柱咳了一声，又转过头看着张秋生说，"你顺着大运河一直往北，去京城西四牌楼找永升斋鞋庄王掌柜，他是咱家的世交，我曾对你们说过那段事。十几年前我去过一趟永升斋，附近有一个白塔，找到白塔就能找到永升斋王掌柜。你王叔是个善良憨厚之人，他定会收留你。你哥哥大生当兵打仗，是生是死，至今也没个信儿，你到了永升斋也许能打听到他的消息。记住喽，无论到哪儿去，都要把心眼放正，这是做人的根本！"张秋生把张二虎夫妇俩交到两个姐姐手里后，简单收拾一下行装，顺着大运河往北，辗转来到了永升斋。

王焕章听着张秋生的述说，两眼湿润着，低头不语。

陈国清提着开水暖瓶，往茶壶里续着水，说："三舅，秋生等着您说话呢。"

王焕章从悲伤中回过神来，叹着气说："兵荒马乱，天灾人祸，真是国难当头！"他从裤腿上抓起一只蝗虫，啪的一声扔到书房门口，提高嗓门说，"兵来将挡水来土掩，咋着也得活呀！秋生，既来之则安之。国清，从今儿起，你带着秋生尽快熟悉柜上的情况，把鞋行的生意经讲给他听。秋生是做学问的，不能大材小用，你白天跟着国清干一些柜上的事情，晚上腾出半个时辰，给伙计们讲讲课，让他们也多学些文化知识。等过些日子踏实了，我再帮你介绍几位大学里的朋友，跟他们结上缘，以后对你好有个照应。"

张秋生从长凳上站起来，感激地说："多谢王叔！我都听您的！"

王焕章拍着张秋生的肩膀说："好小子！我身边又多了个文化人。"扭头对陈国清说，"国清，先带秋生把住处安顿好，再带他去吃点饭，和伙计们见个面，以后就是一家人了。"

陈国清拉着张秋生边走边说："三舅，您放心，我会把秋生当弟弟看待。"

目送着两个意气风发的年轻人走出去的背影，王焕章欣慰地微笑着。他坐到书桌旁，喝了一口茶，打开茶渍未干的鲁迅《呐喊》集，翻到《药》的最后一个章节，认真地品读："这一年的清明，分外寒冷；杨柳才吐出半粒米大的新芽。天明未久，华大妈已在右边的一座坟前面，排出四碟菜，一碗饭，哭了一场。化过纸，呆呆地坐在地上；仿佛等候什么人似的，但自己也说不出等什么。微风起来，吹动她的短发，确乎比去年白得多了。……"

四

张秋生被王焕章收留，白天跟着陈国清做一些永升斋生意往来的事情，晚饭后用一个小时教伙计们识字、诵读诗文，顺带着讲一些国内发生的新闻、故事。几个月过去了，伙计们好像都变了个人，干起活儿来都精神饱满、有板有眼，对永升斋外面发生的事情也开始关心和思考。

一天晚上，张秋生正手捧鲁迅的小说集《呐喊》，给伙计们解读《祝福》中的内容。张锡贵坐在前堂课桌的最后一排，高举着手大声地说："张先生，祥林嫂的故事还是先停停吧，我最想听抗击小日本的事儿，你识文断字，看得多，听得也多。先跟我们讲讲如今这眼前的事儿吧。"

284

坐在前排的几个伙计也应和着说:"对,锡贵说得对。张先生,俺们都想听打小日本的事儿!"

张秋生放下《呐喊》集,语调沉重了许多,说:"当年,宋哲元将军的二十九军,固守长城喜峰口防线,用大刀和手榴弹杀死五千多小日本。我哥哥几年前就去了宋将军的西北军当兵,那时候还不叫二十九军。这几年一直没有他的消息,是死是活还不知道呢。"说到这里,张秋生在讲台前走了两步,转过身,抬高嗓门说,"宋将军在夜袭日军敌营前曾对将士们说:'抗日救国,乃军人天职,养兵千日,报国一时,只有不怕牺牲,才能为国争光。'我真希望哥哥张大生仍在那个部队抗日杀敌!"

张秋生激扬的情绪,打动着听课的伙计们。张锡贵挥着拳头高喊:"抗日救国,为国争光!"

"抗日救国,为国争光!"伙计们都跟着高喊起来。

王焕章和王泽民在砂锅居请北京大学主管后勤的黄一帆先生吃饭。黄一帆的父亲黄少华是易经高手,国学泰斗级知名学者。老三顺斋鞋铺掌柜王四爷生前曾带着王泽民前去拜访求教。经过几次接触,王泽民和黄少华之子黄一帆成了要好的朋友。王泽民介绍王焕章与黄一帆在砂锅居相识,是王焕章有一事相托:请黄一帆把张秋生带进北京大学,听几堂大课,感受一下高等学府的氛围,得到高人的点拨,为张秋生以后的发展铺路。

黄一帆没有推辞,痛快地说:"王掌柜,您惜才爱才,黄某鼎力相助!明天上午您让他到北大找我,先见个面,其他的事情您就交给我办吧。"

吃完饭,王泽民陪着黄一帆先走一步,王焕章结完账,跨步迈出砂锅居的大门,兴冲冲地朝永升斋走去。

走近永升斋，阵阵呼喊声从灯光明亮的前堂传来。王焕章放缓了脚步，轻轻走到窗前，侧耳细听，是张秋生的声音。

"各位师傅、师兄们，日本人发表了侵华宣言以后，听说宋庆龄、何香凝等一千七百七十九人签名，发表了《中国人民对日作战的基本纲领》，号召中华民族武装自卫，把小日本驱逐出去！"

"太好了！这才是咱们中国人的骨气！"张锡贵高喊。

"秋生，你会唱那首新歌吗？我在大街上听着人家唱，嗓子都痒了，我想学。"陈国清大声地说。

"噢，你说的是《义勇军进行曲》吧？我能唱。我先唱一遍，一会儿再教大家一起唱。"

起来！不愿做奴隶的人们！

把我们的血肉筑成我们新的长城！

中华民族到了最危险的时候，

每个人被迫着发出最后的吼声。

起来！起来！起来！

我们万众一心，冒着敌人的炮火，前进！

冒着敌人的炮火，前进！

前进！前进！进！

王焕章被高亢嘹亮的《义勇军进行曲》感染着，攥紧拳头，一转身，回到锦什坊街上。他怕打扰伙计们热情高涨的课堂，踱着步，顺着锦什坊街的西侧向北走去。他抬头望着月光下巍峨圣洁的白塔，又回过头来品味灯光闪烁、琳琅满目的商街和端庄大气的永升斋，情不自禁地哼唱："起来！不愿做奴隶的人们！把我们的血肉筑成我们新的长城! 中华民族到了最危险的时候, 每个人被迫着发出最后的吼声……"

张秋生和黄一帆一见如故, 两个人交流时情趣、志向相投, 很快就成了知心朋友。黄一帆不仅帮他推荐一些演讲式课程, 还介绍他认识几位青年讲师、教授, 受益良多。半年时光飞逝而过, 他已不安于永升斋鞋庄的生意往来了, 暗下决心, 准备远走高飞, 去追求自己向往已久的远大梦想。

1935 年初夏的一天下午, 张秋生来到北京大学, 准备把自己的人生选择告诉黄一帆。刚进黄一帆的办公室, 只见对面坐着一名俊秀的军人, 二人正高兴地交谈。张秋生犹豫了一下, 向后退着说: "打扰了, 我过会儿再来。"

黄一帆招着手说: "秋生, 进来, 没关系, 正好介绍一下, 这位是刘团长, 我的老同学, 二十九军的战斗英雄。"

张秋生走过来, 恭敬地看着刘团长, 说: "刘团长好! 幸会!"

刘团长盯着张秋生上下打量着, 惊讶地大叫起来: "大生, 你咋穿上便衣了? 你也认识黄先生?"

张秋生被刘团长的话问住了, 愣着神说: "您认错人了, 我叫张秋生, 没当过兵。"

黄一帆听着他俩的对话, 问: "你俩早就认识?"

刘团长站起来, 拍着脑门说: "我有个连长, 叫张大生, 和他长得一模一样, 真是活见鬼了!"

"哦, 您说张大生? 他是我哥哥, 我俩是双胞胎! 您有他的消息吗?" 张秋生走到刘团长身旁, 急切地问。

刘团长恍然大悟, 拍着桌子大笑: "是这回事儿呀! 大生是你的哥哥! 这几年光练兵打仗了, 没想到他还是双生! 哈哈!" 说着,刘团长又坐下来，把军帽从桌子上拿起来托在手上，说，"我们刚从张家口来到清华园附近增防，等安排妥当了，叫你哥俩见一面，真是无巧不成书。哈哈！"

黄一帆也听明白了，高兴地说："这个事儿，刘老弟可想着，到时候我做东，把泽民和王掌柜一块儿都叫着，咱们吃个团圆饭。哈哈！刘老弟，咱可说好喽，一言为定呀！"

刘团长一脸严肃的样子，抬高嗓门说："军中无戏言，一言为定！得嘞，时候不早了，军务在身，不敢耽误，下次听我安排。"说着，刘团长给黄一帆行了军礼，转身走出屋外，一眨眼，消失在北大校园的树荫里。

军务间歇，刘团长终于放了连长张大生半天假。永升斋王焕章的书房里，久别重逢的双胞胎兄弟沉默着，不知该从何说起。

经过战争洗礼的张大生，黝黑的面孔上两只炯炯放光的圆眼疼爱地看着张秋生，静静地听着弟弟说着家事。

"爷爷死得太惨了！爸爸妈妈有家不能回，咱俩当儿子的又不能守在二老身边，替他们分担忧愁，真是不孝呀！"张大生右手捶着大腿，悲愤地说。

张秋生低着头问："哥哥，你这一去就不回头，连个信儿也没有，把家里人都急坏了。"

张大生扶着弟弟的肩膀，停顿了一下，说："中原大战那年，西北军的潘连长看上了我，招到他的连里当勤务兵。结果，西北军战败，潘连长带着我们随西北军零散的部队退回山西。后来被整编成第二十九军。小日本占领山海关后，二十九军奉命从山西调往冀东，防守华北前线，准备和日本兵决一死战。在山西那两年，二十九军从北平请来武术总教官，可神了。听说他干过镖师，教过杨小楼猴拳，传授过梅兰芳剑术。他来到二十九军，专门组成大刀队，他在全军比武选拔大刀队的士兵。我在比武中获胜，被编到大刀队，先由总教官直接传授'无极刀'刀法，再由我们下到连队传给官兵。"张秋生瞪着眼听着，不解地问："无极刀法？是那位总教官发明的？"

张大生解释着说："无极刀法是总教官精心设计的。我们用的刀有一米长，刀面略窄，形似宝剑，两面开刃，靠近刀把的地方才是一面开刃。刀把比平常的刀把长出一倍，可以两只手同时握刀，砍向敌人。"

张大生看弟弟似懂非懂，耐心地说："我告诉你无极刀法的秘诀，听完就明白了。出刀时，刀身下垂，刀口朝自己，一刀撩起来，刀背磕开步枪，同时刀锋向前画弧，正好砍敌人的脖子。因为劈、砍是一个动作，敌人来不及回防小命就丢了。"张大生起身跨步，双手做出握刀的姿势，双臂上扬又用力向下方劈去。

"二十九军在喜峰口狙击小日本的战斗，大刀队杀敌无数，轰动了全国。那时我就想，要是我哥哥在大刀队就好了，多杀几个小日本，多解气呀！没想到那大刀队里还真有你！"张秋生双眼出神地望着张大生，幸福地微笑着。

提起喜峰口那场战斗，张大生双眼凝重地盯着张秋生说："喜峰口那场仗打得太惨烈了。当时，我们刚到喜峰口，日本鬼子的炮弹就打过来，大约有两千日军，在十二辆装甲车的掩护下，密密麻麻向喜峰口以北的孟子岭爬来。我们的旅长高喊：'弟兄们，你们看到了吧，敌人就在前面，你不消灭他们，他们就会消灭我们，生死在此一举。弟兄们，冲啊！'小日本见我们冲过来，用机枪疯狂地扫射。我们冒着枪林弹雨，拔出背上的大刀，大喊着冲入敌阵，跟小日本拼死肉搏。大批日军死在大刀下，吓得屁滚尿流，溃退而逃。那场仗咱们也伤亡惨重，我们的黄连长和几位好兄弟都死在小日本的枪口下。我的左肩被日本刺刀捅了一下，当时没感觉，等下了战场才发现。"

张秋生听着张大生激奋的描述，双手抚摸着哥哥的左肩，关切地问："伤口长好了? 没事了吧?"

张大生上下活动着左肩，说："早就好了，你看，一点事儿都没有了。多亏我习武之身，再加上无极刀法的神功，砍起小日本就像切菜一样! 哈哈!"

张秋生也轻松地笑起来，说："哥哥你别吹了，小日本都快打到这儿来了。"

张大生止住了笑容，咬着牙说："这次，我们三十七师从张家口火速赶来增防，就是要狙击小日本的侵犯!"

"秋生，你们哥俩说完话了吗? 我舅舅、我三舅和黄先生他们早就到砂锅居了，等着给张连长接风呢。"陈国清来到书房，挑着门帘说。

张秋生拉着张大生的胳膊说："哥，王叔特意把书房让出来，叫咱俩好好说说话.怕你军务在身不能久待，早就去砂锅居点菜去了。他说要好好犒劳一下你这位大刀英雄!"

张大生拿起军帽戴在头上，痛快地说："好! 快走吧。我早就想见王叔了。"

第 十 二 章

一

　　民国二十六年（1937），春节刚过。呼啸的西北风挟裹着团团飞雪，击打在永升斋鞋庄楼顶、墙壁上砰砰作响。妙应寺白塔上的风铃，被漫卷的飞雪抽打出叮叮当当的声音，随风飘荡。锦什坊街的门店紧闭，商铺上挂着的各色幌子，经不住寒风暴雪的蹂躏，有的已脱开挂绳，像气球一样蹿向高空，无助地摇摆着，不知所往……

　　王焕章坐在书桌旁，默念着一封张秋生留给他的辞别信：

　　王叔，我的恩人。

　　请您宽恕侄儿的不辞而别。

　　我在无助中被您收留，至今已近两年。您正直、宽厚、善良之品德，侄儿崇敬之至。您的言传身教，我受益良多，倍感荣幸。是您把我介绍给北大的黄一帆先生，得以结识许多具有渊博学识、远大抱负和爱国豪情的讲师教授。在那里，我亲身感受着青年学生们，以挽救民族危亡为己任，"反对华北自治运动""打倒日本帝国主义""停止内战，一致对外""誓死不当亡国奴"的爱国热情和牺牲精神。侄儿是个热血青年，不甘于只做旁观者。我走了，到一个神圣的地方去。那里有我的理想，有希望的曙光。

王叔，当您看到此信时，我已踏上了长途跋涉，穿越封锁线，奔向光明的征程。

王叔，我的恩人。今日一别，我已将生死置之度外。我向往着像哥哥那样，浴血沙场；我向往着把侵略者赶出中国的那一天早日到来。

您多多保重！

侄儿张秋生

匆匆写之

一九三七年三月五日

王焕章手捧着张秋生的辞别信，被年轻人的满腔爱国之情深深感动。他红着眼圈，将信叠好，放在书桌的抽屉里，自言自语地说："好孩子，我早就看出你是个心志高远的不俗之人。永升斋这座庙太小了，装不下你。王叔看好你，展翅飞翔吧！"

"三舅，您看谁来了！"陈国清踩着积雪，探着身子，推开书房的门高喊。刘苍岩紧随其后迈进书房，转身迅速将房门关上。

一股寒风从门缝中钻了进来，王焕章拽了一下棉袄袖子，扭头一看，惊喜地从椅子上蹿起来，高喊："苍岩兄！"

"焕章仁弟！"刘苍岩身披雪花，脚带凉风，跨步走来，张开双臂，紧紧地和王焕章拥抱在一起。

王焕章走到墙柜前，拿起笤帚给刘苍岩扫着羊皮大衣上的积雪，说："苍岩兄，好久未见，一切可好？老妈身体咋样？"

刘苍岩接过王焕章手里的笤帚，自己扫着上衣说："老母亲去年刚过完中秋节就过世了。这两年日本鬼子在绥远一带折腾得厉害。我在绥远商会一直忙着筹备抗战物资。从敌战区过来，真是不容易。"

王焕章把刘苍岩让到书桌前坐下，端起陈国清沏好的茶递给他说："苍岩兄冻坏了吧？瞧这大雪天，鬼哭狼嚎的。快喝口热茶。"

刘苍岩摘下头上的狐狸皮长耳棉帽，放到双腿上。接过茶杯喝了一口，又将茶杯放到书桌上，说："焕章弟，我这次前来，可有要事相求呀！"

王焕章看着刘苍岩，玩笑着说："仁兄的脾气秉性我最门儿清了，您向来是无事不登我这永升斋呀！哈哈！"

刘苍岩向前倾着身子，低声说："傅作义将军的部队在绥远一带抗击日寇，打了好几个漂亮仗。大青山一带有几支抗日游击队，配合大部队作战。他们大多是当地人，用的是土枪土炮，再加上生活困难，打起仗来很惨烈，如今正是冬季，急需各种物资支援，特别是棉衣棉鞋、药品和粮食。我急着过来找仁弟，就是请永升斋助抗战一臂之力。"

王焕章站起来，挥着拳头说："我就爱听打胜仗的消息！这几年听到的不是失守就是后退，别提多窝火了！仁兄的话我也听明白了，抗日前线需要物资支援。您就直说吧，让永升斋做啥？"

刘苍岩也站起身，说："绥远商会正在筹集各种急缺物资。计划十天之内做出五千双棉鞋，送到抗日前线。只有靠归化和绥远两城的永升斋鞋庄来完成这项任务了。"

"没问题！这个活儿永升斋接下了。仁兄稍等，我这就给两城永升斋掌柜写函件，叫他们全力去办好！"王焕章斩钉截铁地说着，坐在书桌前，抄起毛笔写了起来。

刘苍岩走到书桌前，低着头看着，说："焕章仁弟办事果断利索。

咱可说好，这五千双棉鞋可是白送呀！"

王焕章扬起头，笑着说："保家卫国，打小日本！别说这五千双棉鞋，就是把两个永升斋都送过去，我也心甘情愿！"

他把写好的信函递给刘苍岩，说："仁兄收好，这正经事儿办完了，我得陪仁兄喝两壶。狂风暴雪的天气不宜出门，就在这儿吃了。"说着，他对正在提壶续水的陈国清说，"国清，到后厨叫宋师傅炒几个菜，端到书房来，再从库房取两瓶同泉涌老烧锅酒，今儿个我要和苍岩兄痛痛快快地喝。"

陈国清答应着退出书房。刘苍岩笑着说："焕章仁弟酒瘾还是这么大呀！我可不能多喝，明儿一大早还要坐火车赶回绥远，可不能误了大事。"

王焕章皱着眉，佯装无趣地说："仁兄若是喝不痛快，我可不开心呀！这两年真没咋喝，总也遇不到高兴的事，喝起来也是没滋没味的。唉！"停顿了一会儿，王焕章两眼放光，兴奋起来说，"今儿咋着也得多喝几盅，您还得给我讲讲绥远抗日的事儿，让我也高兴高兴。"

刘苍岩笑着说："那就听仁弟的，一会儿咱就边说边喝。"

"别呀，这菜上齐还得等会儿呢，我听说年前傅作义将军在绥远打败了小鬼子，到底咋回事，您先跟我说说。"王焕章给刘苍岩续着茶水，急切地说。

刘苍岩双手捂着茶杯，喝着热茶，眼望窗外的飞雪，动情地说："年前绥远一带的最后两个月，经常是这种鬼天气，大雪封山，天寒地冻。十一月初，小日本在嘉卜寺召开侵绥军事会议，决定以匪首王英、蒙奸李守信两部为主，分三路进犯绥远。武器弹药均由日本人提供。傅作义将军得到可靠情报后，召开紧急军事会议，坚定地说：'日寇占我察北，占我绥远，是我全军将士的耻辱，如若不打，绥远人民不答应，国人也要骂我们。我们一定要打！'战斗最激烈时，傅将军亲往集宁前线指挥。当天晚上，各路大军秘密集结到红格尔图西边的丹岱沟一带，第二天凌晨发起总攻，分路包抄，打了日伪军一个突然袭击。打到上午七时，日伪军全线崩溃，落荒而逃。在红格尔图战斗中，当地的蒙汉百姓发挥了很大作用，他们冒着枪林弹雨，给部队当向导、送弹药。听说从大青山下来的哈格旺丹，带着手下二百余名兄弟，也随着大部队参加了战斗。"

王焕章认真地听着，高兴地说："真痛快，打得好！哈格旺丹也去打小日本了？真是英雄好汉！"

"百灵庙一战打得更痛快！"刘苍岩抬起右手，挥着拳头，接着说，"红格尔图战斗后，日本鬼子怕咱们的军队乘胜攻打伪蒙政权，在百灵庙挖工事，建碉堡，把二百余名日军军官派到伪蒙军队当指导官，监督伪蒙军作战。还从赤峰调来日本兵、伪满军到多伦、百灵庙等地，准备攻打绥远东部和北部。傅将军识破了日伪军的侵略企图，决定先发制人，以远程奔袭手段收复百灵庙。他率领各路大军冒着零下二十多摄氏度的严寒和齐腰深的积雪前进。由于日伪军事前毫无察觉，仓促应战，已无还手之力。不到半天的时间，日伪军彻底失败。共打死敌人三百余名。其中打死小日本二十余人，俘虏四百余人。十二月二日夜里，日伪军向百灵庙反扑。经过三个小时战斗，将敌人击溃，还打死了西北防共自治军副司令雷中田。"

"打得好！真解气！来，苍岩仁兄，菜上齐了，咱哥俩趁热开喝。"王焕章开心地笑着，抄起同泉涌酒瓶，满起酒来。

"苍岩兄，第一杯酒我先敬您故去的老娘，岁月催人老，不老的是母子之情。"王焕章站在桌前，将酒杯端起来，说着，低下头，将酒洒在地上，"伯母，您到天堂享福去了，给您请安了。"

刘苍岩也站起来，端着酒杯，说："谢谢仁弟！我老娘最后那两年不认人了，但一提起永升斋王掌柜，她就两眼放光，显得非常开心。这么多年一直把你当儿子那样惦记着。"他弯下腰，将酒杯横过来，把酒洒在青砖上，"妈，王掌柜给您敬酒啦，我替您谢谢他。"

二人坐下来，沉默着。王焕章将两个酒杯倒满酒，意味深长地说："提起您的老娘，我也想起我的母亲。老母亲一生操劳。她老了，本该我当儿子的守在她身边尽孝。可我在城里做买卖，一年也回不去几趟家。老母亲四年前去世。临终前都没能见她一面，没能再听老娘说说话。如今一想起老娘我就有愧疚感，真是遗憾呀！"

刘苍岩劝着王焕章说："仁弟别太自责了，大妈知道你是个啥样的儿子，她会为有你这个有出息的儿子高兴自豪的！来，为老娘干杯！"

王焕章和刘苍岩碰着酒杯说："老娘最疼我了。小的时候我说话晚，全村的人都以为我将来是个哑巴，只有我娘不信。一字一句地教我背唐诗宋词，背《三字经》。等到我能说话的时候，张口就是唐诗宋词，把《三字经》说得滚瓜烂熟。这世上还是母亲伟大，对儿女只有关爱，从不嫌弃。好了，咱不说了。越说越伤心，酒也喝不好。来，苍岩兄，再干一杯。"

三杯酒过后，刘苍岩的脸泛起红来。他拿起酒瓶把两个空杯倒满，说："焕章，我的酒量你最清楚，也就是五杯的量。这两杯先放这儿，咱哥俩慢慢喝。有一事还得问你，跟哈格旺丹还能说上话吗？"

　　王焕章吃了一口菜，沉思着，说："我跟哈格旺丹那是三十多年前的交情，第一次走西口是哈兄给我领的镖。一路上同甘共苦，我们哥俩就成了好兄弟。后来他的驼镖队走南闯北，一直没机会再见面。曾听杨康说哈兄为救枣花姑娘杀死了绥远警察局参谋胡殿奎，逃到大青山去了。今儿我这才听您提起他，有啥事需要我做的吗？"

　　刘苍岩说："是有一件难办的事。哈格旺丹在大青山一带养着二百多号弟兄，日本鬼子没来之前，他领着这伙人经常下山杀富济贫，去劫贪官污吏、土匪恶霸的镖，救济不少穷苦人，在大青山一带威名远扬。几年前，日本鬼子侵占了东三省，从山海关又打到绥远这一带。哈格旺丹把猎枪、土炮对准了小日本，利用熟悉的地形，在草滩戈壁中跟日本兵捉迷藏、打埋伏。从清朝蒙古世袭而来的苏特右旗郡王，被称为德王，四年前联合几个郡王在百灵庙成立了蒙政会。他看中哈格旺丹在大青山的威望，将其招至蒙政会。两年以后，德王公然和日本关东军高官见面，投靠了日本人。哈格旺丹是个爱国的汉子，发现德王的势头不对，借机拉出自己的二百号弟兄，和德王分道扬镳，在大青山一带继续和日本鬼子周旋。我在绥远商会得到消息，大青山一支抗日游击队想把哈格旺丹收编过去，集中力量去和日本鬼子干。"

　　王焕章听着，想了一会儿说："哈兄被德王这么一折腾，更不会轻信别人了。这么着，我给哈兄写封信，把您介绍给他。到

永升斋 /297

了大青山，就得看您那边的缘分了。"

刘苍岩把桌上的两杯酒同时举起，将其中的一杯递给王焕章，高兴地说："这杯酒算是我替绥远百姓敬你焕章弟的，若是能把哈格旺丹那二百号人拉进来，打日本鬼子的底气就更足了。来，干杯！"

王焕章将空酒杯放在桌子上，拿起酒瓶满着酒，说："这同泉涌老烧锅酒虽算不上啥名酒，可它是我二姑爷刘家酒厂的特酿，这瓶酒是三十年窖龄酒，喝着够味，舒坦。一会儿让国清给您拿四瓶，明儿一早带火车上去。两瓶送给您，另外两瓶麻烦您带给哈格旺丹。

库房里还存几瓶五十年窖龄老酒，先留着。咱哥俩说好，啥时候把日本鬼子打回老家去了，再拿出来喝个痛快！到那时，把哈兄也请过来，就在永升斋，来个桃园三结义，不醉不罢休！哈哈！"

王焕章和刘苍岩越说越高兴，不知不觉就多喝了几杯，脸都泛起红来。四目相对，看着对方的脸大笑。王焕章把空酒瓶推到桌边说："苍岩兄，今儿个咱哥俩喝到此为止了，就一瓶。知道您明儿一早得走，不能耽误正事。来，一人一碗炸酱面。"

刘苍岩微低着头，摆着手说："焕章弟，我真是喝高了，炸酱面是吃不下了。我得先歪会儿。"说着，他半靠在墙柜前的长凳上，打起鼾来。

王焕章望着从敌战区封锁线上一路奔波劳顿，匆匆赶来的刘苍岩香甜的睡姿，双眼泛起泪光，他轻轻地走到墙柜前，将叠放整齐的棉衣长袄打开，缓缓地披在刘苍岩的身上。小声吩咐陈国清，安排完明天一早送刘苍岩上火车前的事情，又小心翼翼地坐在书桌前，提笔给哈格旺丹写起了书信。

天色渐晚，风小了，雪还在下着，气温骤降。飘下的雪花粘裹在一起，顿时形成冰块，砸在厚厚的雪地上唰唰作响。永升斋的后院书房里亮着橙色的光，从窗棂映出。那玻璃窗上挂满的冰花，像龙腾，像狮吼，像马嘶。

二

七月初的一天凌晨，突如其来的隆隆枪炮声，把王焕章从睡梦中惊醒。他猛地从床上爬起来，蹿到院子里，侧耳听着一阵紧似一阵的交火声。

"三舅，看来是打起来了！您快回屋躲躲吧！"陈国清和几个伙计也都跑出来，拉着王焕章的胳膊就要往屋里拽。

顿时，嘈杂的跑步声、呼喊声从锦什坊街传来："快跑呀！打起来了！""咱们的军队和小日本开打啦！""听，是卢沟桥！""别怕，城里有驻军，小日本打不进来。"

王焕章挣开双臂，执意登上永升斋二楼的楼顶，眺望西南方向，战火中的硝烟依稀可见。他心里默念着："将士们，终于开战了！我王焕章不能扛枪打仗，只能在这儿祈祷了，盼着你们能早日把日本鬼子打回老家去。"

王泽民气喘吁吁地从老三顺斋鞋铺跑来，仰头一看，王焕章正站在楼顶上踮着脚尖张望，他一拍大腿，高喊："三哥！快下来！您不要命了？枪子儿可不长眼！国清，快把你三舅拽下来！"

王焕章被陈国清和张锡贵连拉带拽，从楼顶上扶下来。他掸着身上的土，看着王泽民："四弟，你来得正好，走，咱哥俩到书房去谈。"

来到书房，王泽民急切地说："三哥，我刚从报子街跑过来，满大街都是人，恐怕要乱。"

王焕章说："别怕，驻军守着呢，他们可不是吃素的！"他示意王泽民坐下，平静地说，"我四大爷活着的时候曾经说过，国难当头的时候最能量出人格，做人讲的就是良心和骨气。"他猛地站起来，挥着双拳，大声地说，"如今日本鬼子都打到咱家门口了，谁还忍得了这种欺侮啊！我恨不得像你父亲和张大生那样，拿起大刀，扛起长枪，痛快地宰他几个小鬼子！"

王泽民也站起身，扶着王焕章微微颤抖的肩膀说："三哥，您说出了大家的心里话，可咱们一个开鞋铺的，能做点啥呀？"

"四弟，你先别急，我琢磨着，炮火连天的战场咱沾不上边儿，这仗一时半会儿也打不完，部队打仗需要后方支援。古话讲，兵马未动，粮草先行。粮食、衣服、鞋、治伤的药品都用得着。咱们开鞋铺的，不光有成品的鞋，还有尼龙布、老帆布、鞋料，都能派上用场。"

王泽民摊着手说："有是有，可咱们送给谁？往哪儿送呀！再说了，将士们穿的可都是军鞋呀。"

"改做军鞋还不是小菜一碟！咱们不能像没头的苍蝇到处瞎跑，不但帮不上忙，还会添乱。仗刚打起来，也没人顾上搭理咱们。先盘盘库，做好准备等着。"

"您这个点子好，既然上不了前线，咱就做力所能及的。老三顺斋虽没有永升斋那么大的实力，但也不能落后，留好库存备着。三哥，那我回去了，到柜上盘库去。"王泽民向王焕章告辞，转身走出书房。

300

王焕章追了出来，高喊："四弟，路上多加小心，注意安全呀！"他望着王泽民远去的背影，消失在惊恐的人流中，转回身，冲着前堂高喊，"锡贵，国清！马上到我的书房来，有事儿。"

张锡贵、陈国清答应着，跟在王焕章的身后来到书房。王焕章招呼他俩坐下，说："有件急事儿要派你俩速办。"

"三舅您吩咐吧！"陈国清望着王焕章刚毅坚定的眼神。

"你俩都听到了这震耳的枪炮声，日本兵一旦攻破卢沟桥打进来，咱们的小命难保。将士们正在舍身杀敌，咱们永升斋不能在后边缩着。前方如果需要布匹、鞋料的支援，咱就是倾家荡产也不能拖后腿！"王焕章将拳头狠狠地砸在书桌上，"锡贵，你马上去一趟前门，到永升益绒呢绸布庄找到吴掌柜。国清，你去南下洼子，到三益宫帆布鞋店找张掌柜。传我的话，让他们立马关店盘库，听候我的安排。"

"三舅，您放心，我一定找到张掌柜。"

"王三爷，您留步，我立马赶到永升益。"

"如今这城里人心惶惶的，你俩路上要多加小心！"王焕章站在永升斋门前，目送他俩远去的背影，高声叮嘱。

王焕章转身来到前堂，将账房老刘叫到八仙桌旁，说："你马上盘算盘算咱永升斋鞋庄的家底儿，把库存的布料、鞋面料、鞋底子料、成品鞋和可用的现金都拉出清单，放我书房。听说你老家热河已被日本人占领了，也不知道家里人情况如何，等这边稳定了，也回老家看看吧。"

"多谢您惦记着，您看小鬼子把咱这儿都围上了，哪儿还有啥家呀！前几天听从热河逃过来的人说，老家的人死的死逃的逃，一个村子一个村子的都被日本鬼子扫荡遍了，连个人影都没有。

小日本真他妈王八蛋！"账房先生抹着眼泪说，"王掌柜您稍等，按您的吩咐现在就去办。"

两个小时以后，王焕章正坐在书桌前看账单，忽听门外高喊："三舅，我回来了，张掌柜跑了！"

王焕章站起身，迎着陈国清："国清别着急，到底咋回事儿？坐下慢慢说。"

陈国清用手背擦着脸上汗水，跺着脚，说："我一大早儿跑去三益宫报信儿，一进门看见瘦猴和两个伙计在柜台前呆坐着，一问才知道，张之福听见卢沟桥的枪炮声，吓得浑身直哆嗦，他拿着柜上的专用现金跑了。"

"这个没骨头的胆小鬼！他就是今儿个不跑，将来也是个汉奸胚子！"王焕章站起身，一手按着八仙桌，另一只手抓起茶壶高高举起，狠狠地砸在地上，"啪"的一声，茶壶被摔得粉碎，茶水在青砖上冒着白泡，缓慢地流淌。

"王三爷，您这是咋的啦？兵荒马乱的，您可别伤着身子骨呀！"吴掌柜跟在张锡贵身后来到王焕章面前，正好看到怒摔茶壶这一幕，连忙劝说着。

"吴四爷，您来得正好，快说说永升益的情况。"王焕章平复着心情，示意他俩坐下。

吴掌柜坐在长凳上，操着天津口音："如今天津也被小日本儿给围住了，这呢绒布出不去也进不来，我正发愁呢。锡贵去我那儿带过您的话，我怕您着急，就一块儿过来了。放心吧，咱们永升益的存货还不老少呢。"

王焕章点着头说："好，我放心了。"他用手指着窗外愤怒地说，"就您那个娘家外甥，日本人还没打进来呢就被吓出尿来了，

302

撇下三益宫他先逃跑了，啥人性呀！"

吴掌柜明白了王焕章摔茶壶的原因，劝他说："唉，就我那个屌外甥，从小就是个熊蛋包。真是七岁看大，八岁看老。您消消气，看在他孬着胆子跑到沧州，把永升斋那场大火的来龙去脉摸清楚的分上，原谅他吧。"

"算了，不说他了。吴四爷，永升益我可就托付给您了，要确保永升斋随时提货。"王焕章盯着吴掌柜说。

吴掌柜拍着胸脯，说："三爷，我在永升益干掌柜的，全是冲着您的为人，您就瞧好儿吧！"

一个月后的一天晚上，锦什坊街一片宁静，偶尔传来几声犬吠和野猫的撕咬声。永升斋鞋庄大门紧闭，后院的书房里亮着橘红色灯光，把两个身影照射在窗棂上，宛如正在遭受着烈焰的炙烤。

王焕章和王泽民对面坐着，沉默不语。

"这是咋啦？转眼之间就成亡国奴了。"王焕章抬起头，不解地叨念着。

王泽民叹着气，说："这场仗打得太惨烈了。日本人鬼把戏太多，狗日的！明着说跟你谈判，暗地里调兵布阵，最后给你来个大兵压境，狂轰滥炸。驻守在南苑、北苑、西苑的将士浴血抵抗还击。张大生那个连在西苑和日本鬼子肉搏中全部战死，以身殉国。"

"你这是听谁说的？大生那刀功剑法无人能敌，杀小日本如探囊取物，咋可能全都没啦？"王焕章不肯相信，不解地问。

"武功再高强也抵不住日本鬼子的机枪大炮。我是听黄一帆说的，他消息灵通。我还听说国立北京大学正筹备南迁呢。"王泽民压低声音，解释着。

"四弟，我想去趟沧州，看看小虎兄弟。他的双胞胎儿子大生和秋生都是有出息的孩子。大生为国战死了，秋生呢，是他爷爷临终前让他来找我，这是栓柱叔信得过我。可我倒好，没看住，人走了！也不知道秋生这会儿在哪儿，没个信儿来。唉，咋向他爹交代呀！"王焕章叹着气，小声叨咕着。

　　王泽民把嘴贴近王焕章的耳朵："三哥，这段日子哪儿都不许去，日本兵到处是，还有伪军、汉奸，都在为日本人卖命，太危险了。去沧州的事儿还是等些日子再说吧。"

　　王焕章点着头，说："有些人跟变色龙似的，平时看上去老实本分的，眨眼的工夫就变成汉奸了。光锦什坊街就出了不下五个汉奸。还有三益宫那个张之福，胆小，跑回老家躲起来不就完事了，可他偏跑到天桥给日本人当汉奸去了。他这哪是胆小呀？是坏了良心！"

　　王泽民低着头说："三哥，我今儿来还有一件事与您相商。报子街来两个汉奸，催我开张营业。我拿不准，您看咋办呀？"

　　"锦什坊街也来人催了，上午和几个掌柜碰了碰。强顶着，看来不是办法。咱们是民族产业，做老北京布鞋的买卖，服务对象主要是普通老百姓。若总是停产停业，挣不来钱，支援抗战的资本就没了，反而会耽误大事。"王焕章低声说着，拍着王泽民的肩膀，"孙子兵法有三十六计，前两计是瞒天过海，围魏救赵。咱也来个顺水推舟，将计就计，静待时机。"

　　"当当，当当当。"突然，传来微弱的敲门声。

　　"谁？"王焕章警觉地问。

　　"王叔，是我，张秋生。"

　　"秋生，是秋生！秋生来啦！"王焕章兴奋地站起来，跨步来到书房门口，将门打开，"秋生，快进来。"

张秋生迅速迈进书房，转身将门关上，插上门闩："王叔，您好！"他和王焕章打着招呼，扭头看见王泽民，笑着说，"四叔好！真巧了，正想过会儿找您去呢。"

王泽民站起来，拍着张秋生的肩膀兴奋地说："你小子！说曹操曹操就到。一猛子扎下去就不回来了，你王叔正念叨你呢！"

王焕章看着张秋生，又惊又喜："快坐下，先喝杯热茶，瞧你这满头大汗，别再中了暑。拿着，扇扇风。"王焕章把手中的蒲扇递给他，"瞧你，又黑又瘦的，脸上咋还多块疤呀？你这孩子！不踏实在永升斋待着，非要出去找罪受。"王焕章从洗手架上摘下一条毛巾，"擦擦汗，还没吃晚饭吧？有菜团子煮水饭。"

张秋生接过毛巾，擦着头上的汗说："王叔，我在外边吃饭了。您坐这儿歇会吧，我跟两位叔叔有话说。"

张秋生坐在王焕章和王泽民的对面，看着王焕章说："王叔，上次我不辞而别，还请您多原谅我的无礼。当时我和几位志同道合的朋友去了陕北。半年来，太多的经历和磨难，更加坚定了我追求光明的理想和信念。我已经知道大生哥哥战死在抗日的战场上。我为有这样的好哥哥感到骄傲和自豪。他的血不会白流，血债还要血来偿。"张秋生控制着激动的情绪，接着说，"侵略者是兔子尾巴，长不了！"

"秋生，你刚进门时说要去找我？啥事？"王泽民问。

"四叔是这样，我这次来主要是想着见一下黄一帆先生。还得麻烦您给他送个信儿，明天下午五点钟，我在妙应寺门口等他。我考虑了，只有您找他最安全。"

王泽民看着张秋生，犹豫着，说："黄先生正张罗南迁的事儿，学校内外戒备森严，他的一举一动被盯着呢。要是因为我去找他出点啥事，那可对不住人家黄先生呀！"

"四叔您放心，我找黄先生关系到民族大义上的事情。只求您明天一早把信儿带给他，黄先生定会有办法脱身去见我。我哥哥都为国捐躯了，难道您还信不过我吗？"张秋生诚恳地望着王泽民。

"四弟，你今儿是咋的啦？婆婆妈妈的。秋生是啥样的人咱还不清楚？你就痛痛快快答应了吧。也就是一句话的事儿。"王焕章看王泽民有些为难，劝说着。

王泽民挥着蒲扇扇了两下，笑着说："三哥，我信得过秋生，就这么着吧！秋生，明儿一早我就去找黄一帆。也谢谢你，没把四叔当外人。"

"王叔，我还得在这儿待上一阵子，也许一年半载，也许几年，啥时走不好说。您能再收我当永升斋的伙计吗？"张秋生看着王焕章，说出了自己的想法。

王焕章拍着张秋生的肩膀痛快地说："秋生，我早就说过，永升斋就是你的家。你原来住的那间房子一直没动，一会儿让国清他们再帮你收拾收拾。"

"多谢王叔！您不用叫国清了，我熟，待会儿我直接过去就行了。"

"三哥，让秋生早点歇着去吧，我也先回去了。明儿一早我就先去找趟黄先生。鞋铺啥时开门营业，我听您的话儿。"说着，王泽民起身告辞。

"四弟，路上慢点，黑灯瞎火的，我叫国清去送你。国清！把你舅舅送回去。"

陈国清从侧屋跑过来，突然看见了张秋生，惊喜地冲进来，拥抱着他："秋生，你可回来了，想死我了！"

张秋生拍着陈国清的后背亲切地说："我也想国清兄！你先去送四叔，我不走了，咱俩有的是时间聊天。"

陈国清撤回身去，笑着说："好，先去送我舅舅。你若再跑一去不回我可不饶你！"

送走了王泽民，王焕章转过身，把张秋生拉到座位上，说："秋生，总算把你盼回来了，我心里这一块石头落了地。快跟我说说陕北那边的事儿，还有你这脸上的疤是咋弄的？"

夜深了，书房里的灯光依然亮着。张秋生耐心地向王焕章叙说着半年来的所见、所闻、所感。王焕章认真地听着，一会眉头紧锁，一会儿又点着头会心地微笑。不知不觉中，霞光从窗外照进来，交织着橘红色的灯光，折射在二人的脸上，散发着红彤彤的光芒。

三

三年后，锦什坊街的早春，满枝金黄色的连翘花，在青砖灰瓦的商铺间清香吐艳；泛绿古槐的长枝上，镶嵌着棕红色的花蕾在春风中摇曳；天空中不时传来鸽群的哨声和妙应寺白塔上的风铃声。看那群美丽的和平鸽，正围绕着巍峨矗立的白塔上下盘旋，猛然间直冲云天，向朝霞灿烂的东方飞去。

王焕章坐在永升斋鞋庄后院的书房里，聚精会神地读着鲁迅的散文《从百草园到三味书屋》："我家的后面有一个很大的园，相传叫作百草园。现在是早已并屋子一起卖给朱文公的子孙了，连那最末次的相见也已经隔了七八年，其中似乎确凿只有一些野草；但那时却是我的乐园。……"

"三舅，时候不早了，您快去吃早点吧。"陈国清走进书房，王焕章依然沉浸在散文的情景里。

陈国清坐在长凳上，静静地等着，不忍心再打扰。心中暗想，都知道三舅是个鲁迅迷，这么多年了，抱着鲁迅的书就不撒手，四年前，听说鲁迅去世了，三舅整夜整夜不睡觉，把那几本书都快翻烂了，真怕他得了魔怔。想到这里，陈国清干咳了一声，大声说："三舅，玉米粥都凉了，您先去吃饭吧！"

"噢，国清来了。好，咱去吃饭。"王焕章抬起头看看窗外，向上伸开双臂，舒展着身子，合上书，起身刚要走又停下来，"等等，国清。吃完早饭你要去办一件事。"

陈国清站在原地，看着王焕章："三舅，您说，啥事？"

"你从柜上拿五双布鞋，给齐白石老先生送过去，老爷子一直穿咱家的千层底儿。老尹有些日子没过来了，再给他带一双。"

陈国清答应着，说："昨儿我从跨车胡同路过，看见尹师傅了，正在门口扫地。他说白石老人一年多没怎么卖画了。老爷子脾气犟，辞掉北平艺专和京华美专的教授职务，发誓不给日本人画画。如今日子过得可清苦，还有那么一大家子人靠他养着。尹师傅说起来直心疼。"

王焕章叹了一口气，说："这老爷子，真不容易。"他向书房门外走着，抬高了嗓门，"白石老先生这股子犟劲儿我佩服！你再请齐老爷子给画两幅秋荷，画的价钱由齐老爷子定。"

陈国清摊着双手，说："就齐老爷子那犟脾气，我可怕，他若不让我进门咋办？"

王焕章走出书房，站在院子里说："让尹师傅带你进去。白石老爷子早就和永升斋熟识。如此有骨气的老画家，咱得变着法儿帮他。"

　　"对了，国清。昨儿晚上我找出十幅已裱好的画轴，是八大山人、齐白石的作品，还有两轴白石学生李苦禅画的芭蕉小鸟和墨荷。都在书房墙柜上放着。等你从白石家回来，把那十幅画送到西四北首饰楼去。我已同郎掌柜说好了，让他把墙上挂的那些玩意儿都撤下来，专门挂这三位画家的画。只挂不出售，馋死那些狗娘养的小日本儿。"说着，王焕章抬起右脚狠狠地跺在地上。

　　"呦，齐白石老爷子咋还收了个当和尚的学生呀？"陈国清不解地问。

　　王焕章微笑着说："嗐，我原来也以为李苦禅是个和尚呢，后来一打听才知道，他是个山东大汉，靠拉洋车挣钱学画，真是够苦的。如今他可也是很有成就的大画家了。他的画笔墨苍劲有力，看着痛快，我喜欢。"

　　吃完早饭后，王焕章整了整衣服，迈出永升斋大门。顺着锦什坊街往北走到街口，往右刚拐到阜成门内大街上，右肩膀突然被一只大手拍了一下，只听一声低语："焕章仁弟。"

　　王焕章猛一回头，惊喜地喊："苍岩兄！您来啦！"

　　刘苍岩的声音压得更低了，贴着王焕章的耳朵说："仁弟，这里不是说话的地方，还是去永升斋吧。"

　　"好，仁兄，真是太巧了。再多走一步咱哥俩就要擦肩而过啦。"王焕章笑着，和刘苍岩并肩向永升斋走去。

　　来到永升斋大堂，王焕章仰着头冲楼上喊："锡贵，来客人了，把茶沏好送到我书房去。"

"三爷，知道啦！"楼上传来张锡贵的声音。

走进书房，王焕章请刘苍岩上座，急切地问："仁兄，绥远那边可好？"

"唉，都被日本鬼子占领了，和这儿没啥两样。"刘苍岩语气沉重，"仁弟，刚才匆匆忙忙地往东走，要办事去吧？可别让我给耽误了。"

王焕章笑着说："也不是啥急事。前两天一个朋友给我介绍一处房产，在安匠胡同。离这儿不远。听说那房子虽年头长了点，可是一水儿的好房，赛过小王府。前出廊子后出厦，中间有腰房，五间北房，五间南房，后院是个大花园。花园后边还有两排房子。我被他说动心了，趁今儿有点空，想过去看看。仁兄来了，我哪也不去了，专陪仁兄。哈哈！"

张锡贵提着茶壶，端着茶碗走进来，和刘苍岩打着招呼："刘先生好，您一路辛苦啦！"将茶壶、茶碗放在桌子上，又把两个茶碗倒上茶水，说，"三爷，我先回楼上了，有啥事您再喊我。"

王焕章将其中一个茶碗推给刘苍岩说："仁兄，如此危险的局势，你还跑到这儿来，有啥要紧的事情吧？"

刘苍岩喝了一口茶，说："你说对了，有几件急需要办的事情，特此赶来同你面谈。"

王焕章端起茶碗喝着，问："是绥远的事儿？还是包头的事儿？"

刘苍岩微皱着眉头说："两边的事情都有。"他揉了一下弯曲的右腿，露出一丝痛苦的表情。

王焕章探过身去："仁兄，您这腿咋啦？我看看。"

刘苍岩将腿向后挪了挪，摆着手说："没大事，去年和哈格旺丹一起打游击，挨了一枪。如今伤早好了，只是留下后遗症。坐火车的时间太长了，有点酸痛。"

王焕章把手伸过去，摸着刘苍岩的伤腿心疼地说："又是小日本儿打的！来，我给您揉两下。"

刘苍岩推开王焕章的手，笑着说："不麻烦仁弟，缓一会儿就好了。咱哥俩说正事吧。"

王焕章直起身子，认真地说："好，听仁兄的。"

"先说包头那边吧。三年前，日本鬼子占领包头后，烧杀掠抢无恶不作，害苦了当地的老百姓。就是在三个月前，驻守在河套一带的傅作义将军，发动了攻打包头的战役。将士们冲进城内，浴血激战三天三夜。包头商会组织商民送粥、食物等慰劳官兵。日本兵在战役中损失惨重，迁怒于包头商民。上个月，关闭城门，搜捕慰劳国军的商会成员，逮捕商会会长在内的商民八十多人。他们受尽酷刑，坚贞不屈。永升斋杨掌柜和我那个在永生斋绸布庄当掌柜的外甥均受到牵连。杨掌柜得到消息后连夜逃到乡下，躲在一个羊圈里得以脱身。我那外甥被日本人抓走后遭到毒打，他装死后被扔到郊外野地里。虽死里逃生，可那两条腿已经被打残废了，现正在我妹妹家调养。我妹妹小芹整天以泪洗面，说儿子若是有个三长两短她也不想活了。"刘苍岩红着眼圈，低着头，沉默着。

王焕章站起身，扶着刘苍岩的肩膀说："仁兄，别太伤感。杨康和您外甥都是有骨气的商人，回去后给小芹妹妹带个话儿，天塌下来有永升斋我王焕章顶着。"

"三舅，我从齐白石老爷子家回来啦！"陈国清人还没到，兴奋的声音已传进了书房。

王焕章望着刚跨进门的陈国清，说："国清，你看谁来了？"

"刘大爷！您一向可好？"陈国清恭敬地打着招呼，走上前去，将桌子上的两碗茶续满，向后退了一步，冲着王焕章笑着说，"白石老爷子让我进画室了！他很高兴的样子，说了几句湖南话，我也没听懂，就听懂四个字'要得要得'。尹师傅让我一个星期后再过去取那两幅荷花图。"陈国清用手擦着脸上的汗，接着说，"我把这十幅画取走，送到首饰楼去。"

王焕章拍着陈国清的肩膀笑着说："不错，白石老爷子身子骨还硬朗吧？十幅画在那儿，你拿去吧。"

"老爷子身体可好了，尹师傅说他每天都是笔不离手。三舅您快和刘大爷说话吧，我得走了。"陈国清从墙柜上抄起捆好的画轴抱在怀里说，"刘大爷一会儿见。"

刘苍岩看着陈国清，微笑着说："国清这孩子一晃也长成大人了，看这胡子都满腮了。"

"来，仁兄，喝茶。咱哥俩接着聊。"王焕章端起茶碗，喝着。

刘苍岩也端起茶碗喝了一口，接着前面的话题说："这件事已经过去了。临来时商会已安排好人手，专门照顾杨掌柜和我外甥，确保他俩的人身安全。有件棘手的事，我得跟你合计合计。"

王焕章看着刘苍岩，坚定地说："只要是跟打日本鬼子有关的事儿，您尽管说，我没二话。"

"我深知仁弟的秉性！近两年在包头中滩一带和绥南、绥中、绥西活跃着一支八路军大青山抗日游击队。哈格旺丹也带着手下弟兄加入了这支队伍，是一个分队的队长。游击队经常偷袭日军军营和要地，打得日本兵胆战心惊，可解气了。但他们总是在恶劣的环境下藏身，风餐露宿，缺衣、缺粮、缺药品，急需各种物

312

资的支援。"

王焕章扬脖喝干了茶水，挥着手，说："仁兄，您不用再说了。包头，再加上归化、绥远两城，永升斋共有四个买卖。我听不太明白啥八路军游击队的这些新词儿，但只要是打小日本需要的东西，我们永升斋无条件捐助！如果千层底布鞋不适合他们穿，立马按要求做成能上战场的鞋。包头绥远两地存的各种布料都由您代办安排。"

"焕章弟真君子也！来，以茶代酒，我替抗日的将士们敬你一杯！"刘苍岩站起来，抄起茶碗和王焕章手中的空碗碰了一下，兴奋地说。

"苍岩兄，您不说我倒给忘了。自打卢沟桥事变，我就发誓戒酒，至今已有四年了，滴酒未沾。今儿您来了，我开戒！要和仁兄喝个天翻地覆！"王焕章像个孩子一样，开怀大笑。

刘苍岩拉着王焕章的胳膊说："你先坐下，还有一件事没说呢。"

"嘿，仁兄可真沉得住气呀。我酒瘾上来了，咱哥俩先喝酒去，边喝边聊。"王焕章爽朗地笑着，拉着刘苍岩走出书房，向东厢房饭厅走去。

"三舅！"陈国清从外面跑进来，高喊。

"国清，我和你刘大爷在东厢房。啥事？"王焕章听到陈国清的喊声，答应着。

陈国清跑进东厢房，来到王焕章身边，高兴地说："首饰楼那十幅画挂上了。您猜咋着？刚挂上就来了买主儿。就是宫门口住的那个日本翻译，我跟他说，奉我家王掌柜之命，这十幅画只挂不卖。我心说，馋死你！"

"好小子！国清，你来得正好，快去库房拿两瓶同泉涌三十年陈酿，今儿要和你刘大爷好好喝一顿。"王焕章坐在刘苍岩的对面，吩咐着。

陈国清瞪着眼，不解地说："三舅，您可四年没碰酒了，不是戒了吗？"

王焕章笑着大声说："这不是你刘大爷来了吗，今儿开戒了！"

"三舅，您稍等，我这就去取酒，"陈国清答应着，转身刚要走，被王焕章叫住："国清，你可帮我记好喽，那几瓶五十年陈酿可是留着的，我早就跟你刘大爷约定好了，啥时把小日本赶出中国了，啥时喝！"

陈国清向屋外走着，说："得嘞，您放心吧，我记住啦。把五十年的给您收好喽！"

刘苍岩被他俩的对话逗乐了，笑着说："焕章，我记着呢，你不是说到时候把哈格旺丹也请来，一块儿喝吗？我早就把话儿带给他了。哈兄弟答应得可痛快啦！他说一直很想念你。等抗战胜利了，他还要请你去大青山老家去，给你喝最好的马奶子酒，哈哈！"

王焕章听着，开心地大笑着："我跟哈兄那可是生死之交呀！"他忽然想起什么，顿了一下，把头靠过去，对刘苍岩说："您还有事没说完，趁着酒菜还没上，咱先把正事说了吧。"

刘苍岩也探过头，压低声音说："绥远总商会知道我和你的这层关系，特意派我来和你沟通。包头那个永升斋鞋庄占了川行店快半条街了，店大房子也多。想借用那块宝地，给大青山游击队作为存放物资的秘密库房。等将来一旦大部队打进包头城，把那儿也作为将士们休整的藏身之地。不知仁弟是否答应此事？"

王焕章拍着桌子，痛快地说："好呀！既然总商会看得起我们永升斋，我早就说过，只要是打小日本儿，没二话。"

"太好了！我这趟冒死前来真是值了！多谢，好兄弟！"我替大青山游击队感谢你！"

一会儿的工夫，菜和酒都上齐了。王焕章站起来，端着已满好的酒杯说："苍岩兄，您看这菜也上了，酒也满上了，该说的事儿也妥了，剩下的就是喝酒吃菜。您远道而来，一路辛苦，我先干为敬。"

"焕章弟，我替包头、绥远两地受苦受难的百姓干了这杯酒，谢谢永升斋，谢谢你这位大仁大义的王掌柜。"刘苍岩眼含热泪，将杯中醇香的佳酿一饮而尽。

第二天一早，刘苍岩告别了王焕章，又回到塞北抗日的战场。

半年来，大青山抗日游击队根据地捷报频传。王焕章把酒当歌，心潮澎湃。

夏末秋初，三天三夜的大雨，把压抑、燥热的锦什坊街冲洗得晶莹剔透。雨停了，似火的骄阳挂在天边，水蒸气向上升腾着，被阳光折射出缤纷的彩虹。无数只蝉鸣从古槐上传来，妙应寺白塔泛着圣洁的光芒。

王焕章步履轻盈地迈出永升斋大门，来到报子街老三顺斋鞋铺，推开门高喊："四弟，四弟！绥远又打了胜仗！小日本这是兔子尾巴，长不了！"

王泽民迎着王焕章，低声说："三哥来了，您这声音赛过洪钟，不怕隔墙有耳，把小鬼子招来？"

王焕章往后院走着，仍大声地说："我一直压抑着，实在憋得慌，想大声地喊！大声地唱！"

"我看您这是要疯了！快进屋喝茶，瞧这大热天儿，走出一身汗了都。"王泽民用大蒲扇给王焕章扇着风，"三哥来得正好，我刚淘来一幅齐白石的仕女图，您给掌掌眼。"

"今儿咱不看画儿，我请你到一个地方去，跟着我开开眼。"王焕章笑着拉着王泽民就往外拽。

王泽民往后退了两步说："三哥，您平时见着齐白石的画就走不动道儿，今儿是咋了？还有更让我开眼的？"

王焕章神秘地笑着说："你就快跟我走吧！到地方就知道了。"

王焕章把王泽民带到安匠胡同的一个门楼前停下来。从腰间掏出一串钥匙，打开大门，说："四弟，请进，咱到家啦！"

王泽民跟着王焕章跨进院门里，瞪着大眼睛环顾着豪华的院落，惊讶地问："三哥，啥时候又倒腾到这么气派的房子？"

"这才刚进门，只看到一点皮毛。走，跟我来，逛一逛这一步一景的小王府。"王焕章带着王泽民穿过宽敞的大院，领略着世外桃源般的王府美景。

王泽民眼睛左顾右盼着，感叹地说："真是神仙住的地方！三哥，我三嫂和小嫂子的福分可不浅呀！"

王焕章把那串钥匙递到王泽民手里，郑重地说："四弟，这小王府是特意给你买的。打今儿起，这儿的主人就是王泽民。"

王泽民推开王焕章拿着钥匙的手，双手倒背着说："这可使不得！

我哪能要三哥的房子呀？不行，绝对不行！"

"四弟，你别急。来，咱哥俩坐这儿，听我慢慢说。"王焕章拉着王泽民，坐在小花园凉亭的围廊上，继续说，"四弟，我开办永升斋鞋庄风风雨雨几十年。从背包握伞二十双、三十双地跑着去马店马羊市场卖鞋，到冒着生命危险走西口去归化城，再到一把大火把永升斋烧得一干二净，你宁可回大邓各庄去卖地，也让我重兴永升斋之业。眼下，永升斋已发展壮大，光锦什坊街总店就有二百来号人。我常琢磨，这几十年走的每一步，都是靠我四大爷和四弟的帮助扶持，永升斋才有今天。现在虽说兵荒马乱，还当着亡国奴，可也挣了不少钱。我最不应该忘记的，最该感恩的就是你们父子二人。你爹在世时，我没有能力报恩，如今有这个能力了，也到了该报恩的时候。所以特意把这套房子买下来，供你和弟妹安享晚年之用。四弟，这是我的一片赤诚之心，你就别推辞了，你最清楚我的脾气秉性，就别再让我于心不安了。"王焕章眼睛湿润，诚恳地盯着王泽民。

王泽民涨红着脸，说："三哥，您的心意我领了。别忘了，您那一大家子人还没地方住呢。您看，我三嫂子年岁一天比一天大了，还在大邓各庄住着。小嫂子又给您生了维仁、维义、维礼三个大儿子，也都渐渐长大了，还有我那英敏、英丽、英秀、英琴四个侄女，也都需要房子住。这么着吧，您先把一大家子人接过来住这儿，等以后有了富余房子我再住也不迟。"

"四弟，你听我慢慢捯。我在宫门口不是有一套房子吗，让家人先凑合住着，虽说孩子多，挤了点，也没啥大问题。再说了，前些日子我在福绥境胡同北头看上一块地，这一沾'绥'字就想到了绥远，天生跟'绥'字有缘，真是亲切。准备在那儿盖三套四合院。

这样一来家里人也都够住了，把你三嫂子她们也接过去住。还能空出一些房子做库房，存布料、鞋料用。我这么一说，你踏实了吧？你若再推辞不要，就等于打我的脸了。"

听着王焕章一席话，王泽民热泪盈眶，双手扶着双膝，仰望天空大声地说："苍天有眼呀！父亲，您地下有灵，定也感受到了我三哥王焕章的感恩之心吧！"说着，他望着王焕章，"从我懂事时起，就知道我父亲疼你胜过我这个亲儿子。老人家临终前，您正在绥远创业。他叮嘱我说：'别离开你焕章三哥，他的出息大于你，又仁义忠厚，对他要像亲兄弟一样，在鞋行混不容易，要互相帮衬着。'开始我还真有点不以为然。可后来亲眼看着您的为人处世，信服了父亲的教诲。我庆幸在这个动荡的年代有三哥的陪伴，终生无憾！"

王焕章动情地说："我也记着曾措老法师生前说过的话，他说感恩一切，坏的是他人给我的磨砺，好的是他人给我的施予。他还说人生最大的拥有是感恩，一个人能够感恩、惜福，他就是人生最大的拥有者了。走，咱哥俩再去趟妙应寺，为我四大爷和曾措老法师请炷香吧。"

忽然，一阵微风吹来，两只花喜鹊站在坠枝的桃树杈上喳喳地叫起来。王焕章抬头望着，心里充满了希望的喜悦。高声笑着说："四弟，双喜临门！吉人天相！"

四

又是一年秋收时节，王焕章带着儿子王维义和小儿子王维礼来到大邓各庄。

刚到西河边，他叫停了马车，说："你们两个秃小子下车吧，再认一认咱家门口的河，看看河里的芦苇、鸭子和鱼，总在胡同里住着非傻了不可。"

王维义蹲在岸边，探着身子向河心处指着说："爸爸，快看，那儿还有两只大白鹅呢！"

王维礼踮着脚，抬头仰望着父亲说："爸爸，抱着我，我啥都看不见。"

王焕章弯腰抱着小儿子，贴着小脸亲了一口，左手指着正在水中觅食的鸭群："你这个小尾巴根子，爸爸可快抱不动你喽。快看那群鸭子，游得多欢实啊！"

"嘿嘿！爸爸快看，那只鸭子还嘴对嘴打架呢，真好玩！"王维礼拍着手，欢快地喊着。

"傻孩子，那可不是在打架，你看那只黑色的鸭子，嘴里叼着一条小鱼，正在往小黄鸭的嘴里送，是教它的儿子学本事呢。"王焕章把王维礼的右手攥住，指着那只黑鸭子，"你看它教儿子多认真呀。"

王维礼低着头看着王焕章，调皮地说："我是您儿子，那您咋还不教我学本事呀？"

"你快点长大呀，等像你大哥二哥那样大就送你去学堂，学本事。"王焕章双手举着王维礼，往上一抛又稳稳地接住笑着说，"小尾巴根子，你又长肉了。哈哈！"

王维礼躺在父亲怀里咯咯地笑着："不行，爸爸还要再举一次，真好玩。"

"来，我抱着你吧，若是把你爸腰闪着，回去你妈该揍你了。"陈国清从王焕章怀里接过王维礼，高高举在天上，又猛地放下来，吓得他紧紧搂住陈国清的脖子，咧着小嘴说："陈哥哥别扔了，我害怕。"

王维义已跑下河坡，来到芦苇旁，弯腰看见芦苇丛中有一条长蛇在游，吓得他后退着高喊："爸爸！快来看呀，这河里还有蛇呢！"

王焕章往芦苇边走着说："别怕，水蛇不咬人，是绿色的还是棕色的？"

"是深棕色的！一眨眼就钻进芦苇塘里去了。"王维义半蹲着，扭过头看着父亲。

王焕章来到王维义身边，望着芦苇塘里的水波，说："噢，那是鳝鱼。我小的时候常在塘边的泥里挖黄鳝和泥鳅，拿回家去后你奶奶就给我们炒着吃，可香了！有的时候你爷爷把鳝鱼和泥鳅晒干了当药引子，给人家治病，可见效了。"王焕章弯着腰，指着眼前的泥眼儿说，"你看，这儿，有个泥眼儿，要是顺着泥眼儿往下挖，一定能挖出鳝鱼或泥鳅。"

王维义站起来向后退着说："我可不敢挖，若是挖出条蛇来，非把我手指咬断不可。"

王焕章笑着说："胆小鬼！我在你这么大的时候，整天光着屁股在河里泡着，别说是鳝鱼了，就是河里的水蛇我都敢和它玩儿。"

"三舅，咱们回家吧，维礼非要玩儿水，他趴在那儿把手放进水里一个劲儿地撩，您看他两只袖子都湿了。"陈国清左肩扛着王维礼爬上河坡，"小淘气，快到家看娘去喽！"

王焕章抱过王维礼，一弯腰放在地上，对陈国清说："你赶着马车先走，我领着他俩走着回去。"他领着王维礼向前走着，"走吧，不许再让抱着了，跟着你二哥，咱们走回家。"

跨过西河，顺着东岸往南来到王家大院的门楼前，陈国清陪着老夫人已经站在门前等候了。

"娘，娘！"王维义拉着王维礼跑到老夫人身边高兴地大叫着。

"哎！哎！瞧我这俩乖儿子，都长这么高了。"老夫人爱抚地摸着小哥俩的头，乐得合不拢嘴。

"维仁呢？他咋没出来？"王焕章盯着夫人问，探着头往院子里找。

"他在学堂念书呢，还没回来。"夫人说。

陈国清双手托着王维礼的胳膊，迈过高门槛，高声笑着说："进院喽！你看那只大公鸡，多威武。"

来到正屋，老夫人从墙柜上拿起一筐笸花生放在八仙桌上，招呼小哥俩："快来吃，刚炒的花生，可香了，在城里可吃不着这么鲜的。"

"谢谢娘！"王维义说着从笸箩里捧出一把花生转身送到弟弟手里，又返回抓了一把放到自己的口袋里，拉着弟弟说，"走，哥哥带你去院子里看大公鸡。"

"国清，你陪着他俩去吧，那两只大公鸡可凶了，会看家护院，看见陌生人就扑，瞅着他俩点儿，别让大公鸡给鸽着。"老夫人不错眼珠地看着他俩，叮嘱着陈国清。

陈国清把两个孩子带走了，老夫人用笤帚扫着丈夫身上的尘土说："今儿咋想起回家了？城里那儿老婆孩子一大群围着，还想得起我们娘俩？"

王焕章体谅夫人的牢骚埋怨，岔开话题说："维仁最近咋样？都十四岁了，明年送他到北平第四中学去读书。你也这么大岁数了，该去城里享几年清福了。"

老夫人拽着王焕章把身体转了半圈，用笤帚扫着丈夫的后背，说："我在这儿习惯了，真要是到城里去住，这老身子骨还不知道出啥幺蛾子呢？维仁要是进城，那我得跟着！十多年了，一天看不见他我心里都不踏实。"

王焕章坐在八仙桌旁，剥着花生，说："福绥境的房子都盖好了，孩子们也都搬进去住了。这次来是想跟你合计合计，春节前就搬到城里去住，咱们全家在一起过个团圆年。"

老夫人将手里的笤帚向上一挥，将飞过来的苍蝇轰了一下，回过头说："对了，有件事正想跟你说呢。前几天三丫头翠娥带着咱外孙子赵深来了，给我送来一个小皮袄和一个皮褥子，怕我这老寒腿到冬天再犯，让我一入冬就把褥子铺上。"老夫人说着，打开墙柜盖儿，拿出叠得整齐的皮袄和皮褥子，打开让丈夫看。

王焕章高兴地说："噢，翠娥来了，她还好吧？咱这外孙比维仁小不了几岁，也长成大小伙子了吧？"

"那是，都好着哪！那天正好维仁也在家，和他那个外甥可亲啦，到河边上疯玩儿了一大圈。回来的时候一人一身臭汗，翠娥给他俩烧了一大锅热水，把脱下来的脏衣服也都给洗了。"

"翠娥这丫头打小就勤快爱干净，我一年多没见她了，等闲着的时候叫她带着孩子到城里住些日子。"王焕章翻着羊皮袄，"瞧这羊皮又软毛又长，这丫头真孝顺。"

"我跟翠娥说了，让她给维仁找个媳妇，闺女给找的儿媳妇，将来会跟我贴心。"

"维仁这孩子刚多大呀！就张罗说媳妇，他还在念书呢！"

老夫人叠着羊皮袄，说："念书怕啥，娶媳妇也不耽误念书，身边有个伴儿，书会念得更好！再说了，你老来得子，得让他早点成家立业，好传咱王家的香火啊。"

王焕章把老夫人叠好的皮袄、皮褥子放回墙柜里，合上柜盖，转过身，坐在八仙桌旁，说："维仁是你带大的，就随你的心思来吧，等我回去后再和他妈念叨一声。跟翠娥说，一定找个家庭好、八字合、贤惠善良的好姑娘，这可是咱家的掌门儿媳妇！"

"这些用不着你提醒，我都跟翠娥叮嘱好了，你就放心吧。"老夫人笑着说。

王焕章抬头看着墙上的全家合影照片，说："等大丫头和二丫头来看你时，也和她俩说，叫她俩带着那两个外孙子唐文增和刘浦田一块去福绥境，那儿的地方大，房子多，都住得下。和咱们这群孩子一块多玩儿多亲近，等将来长大了互相也有个照应。"

正说着，王维仁挎着书包走了进来，看着父亲，腼腆地说："爸，您回来了！"

老夫人忙走过去，摘下王维仁肩上的书包，拍着他的肩膀说："来，维仁，我跟你爸正说你呢。看见你俩弟弟了吗？"

王维仁从老夫人手里接过书包，转身放到墙柜上，说："看见了，国清表哥正带着他俩在河边玩儿打水漂儿呢。维礼手里攥着一把瓦片，一个劲儿地往河里扔，说啥也不跟我回来。"

王焕章把维仁叫到身边，抚摸着他的头，说："让他俩玩儿吧，回趟老家总也稀罕不够。明儿带他俩到庄稼地里转转，长这么大，别连个高粱玉米都分不清楚。"

王维仁靠在父亲的大腿上，回应着父亲的问话，不知不觉过了半个时辰。老夫人从厨房里出来，向屋里喊："维仁！你去趟河边，把他们找回来，该吃饭了。看这天黑的，一天比一天早。"

掌灯了，孩子们围坐在一起，快乐地吃着老夫人精心准备的饭菜。王家大院热闹起来，老夫人坐在旁边，幸福地享受着可爱孩子们的嬉笑吵闹的场景，平日的操劳牵挂和孤独的心绪，早已平复得无影无踪。

第二天一早，刚吃完早饭。王维礼一个劲儿地催着哥哥王维义到外边去玩儿，拉着哥哥的胳膊说："哥哥，快带我去草地里捉蚂蚱吧。"

王焕章端着一碗白玉米粥喝着，对陈国清说："国清，你带着他俩先往场院去，那里草多，有蚂蚱，等我吃完饭和维仁说几句话，再过去找你们。"

王维仁吃完饭，背起书包正准备和弟弟们打招呼后去学堂读书。听父亲这么一说，停下了脚步。坐在父亲身边，恭敬地看着他。

王焕章放下粥碗，看着王维仁说："维仁呀，你也不小了，我准备春节前接你娘俩到城里去住，我已经给你找好了学校，和维义一起在第四中学念书。这三个月也别松劲儿，把书读好，放学回家照顾好你娘。"

王维仁低下头，双手攥在一起，说："爸爸您放心，我一定好好念书，陪好娘。"

老夫人瞪着丈夫，埋怨说："瞧把孩子吓的！都不敢抬头看你了，快让维仁上学去吧。再耽误着就迟到了。"

王维仁站起身，挎着书包，向父亲鞠着躬说："爸爸，我得赶紧走了。等晚上回家后再和弟弟们玩儿。"

王焕章爱抚地说："快去吧，把外衣穿上，路上加点小心。"

老夫人把王维仁送出大门外，又转身回到院子里。王焕章头戴礼帽，手拿拐杖也从屋里走出来说："我去趟场院，找他们去。再带他俩到咱家地里看看。"

老夫人伸手正了正丈夫头上的礼帽，说："早点回来，我到菜园子里给孩子们摘点菜瓜去，等他俩玩回来吃，解渴。"

王焕章来到场院，看陈国清正带着维义猫腰蹦跳地捉着蚂蚱，维礼手上提着的毛毛草上，穿着成串的蚂蚱还在蹬腿乱踹着。

王维礼跳着脚儿喊："哥哥，快过来，这边有只大的。"

王焕章高喊："国清，你们三个过来，跟我到咱家玉米地去转转。"

"哎！维义，你爸爸喊咱们呢，快过去吧。"陈国清快走两步，喊着王维义拽着王维礼向王焕章走来。

"这回疯够了吧？走，到咱家庄稼地去，认一下高粱和玉米。"

"爸爸，我早就认识玉米和高粱了，那个秆中间长果实的就是玉米秆，在秆尖上长穗儿的就是高粱秆儿。"王维义跟在父亲的后面边走边说。

陈国清逗着王维义说："玉米秆尖上也长穗呀！"

王维礼抢着说："那就是秆上有果实，尖上长穗儿的是玉米秆儿。"

陈国清拽着王维礼，走着说："高粱秆又细又高，尖上的穗是红红的果实，沉甸甸的，玉米秆儿又粗又矮，尖上穗子长的是花粉，轻飘飘的，到了地里一看就分出来了。"

来到一片青纱帐的地头，王焕章用拐杖指着眼前的玉米高兴地说："你们看，这就是咱家的玉米地。满地的玉米秆，结的棒子又大又长。"

正说着，只见从玉米地钻出两个人头，一看有人，忙把头缩了回去。

陈国清快步跑过去，追上那两个人说："你俩跑啥？快出来！到我们家地里干啥来了？"

那两个人背着筐，无奈地从玉米地里走了出来，低着头，抖着身子："我俩是燕郊的，在小邓各庄打短工，家里穷，孩子又想吃老玉米，没办法就偷着钻进这块地里掰了两筐，我们公母俩都知错了，是打是罚还请您手下留情。"

陈国清拽着中年男子的筐，说："你俩说话真不靠谱，若孩子想吃，掰几个就行了，咋还背着两个大筐来呀？"

王焕章走上前去，拦着陈国清说："国清，好好说话，别吓着人家。"

"这是我家王掌柜，有话你俩跟东家说吧。"陈国清松开手，向后退了一步。

王焕章双眼扫了一眼柳条筐，伸手托了托中年男子背的筐底儿，说："快把筐放在地上，总背着多沉呀。你俩家里肯定有难处，要不然也犯不上为这两筐玉米低头。别怕，站这儿歇会，我看这筐还能再装点儿，国清，你带着维义去地里找些大个儿的再掰几个，把这两筐填满。"

夫妇俩放下筐，被王焕章的话说蒙了，像木头桩子一样，呆呆地傻站着。

一会儿的工夫，陈国清和王维义各抱着几个老玉米从地里钻出来，把两个筐塞得满满的。

陈国清单手扶着筐沿，看着王焕章："三舅，两个筐都装满了，您看咋办？"

王焕章来到筐前，用拐杖捅了捅筐里歪躺着的玉米，看着他俩说："惊住两位了，没事儿了。你俩赶紧背着筐回家吧。国清，维义，你俩帮助抄一下，别闪着腰。"

夫妻俩瞪大眼睛，如做梦一般，不敢相信眼前发生的事。等他俩背上沉甸甸的玉米筐，准备转身回家的一刹那，中年男子眼泪唰的一下流出来，鞠着躬说："多谢您的大仁大量，我这是遇见活菩萨啦！我俩这辈子忘不了您的大恩大德。"

326

王焕章笑着说："得了，别说了。背着筐挺沉的，回家去吧。若还不够吃，再来掰，谁要问你，就说王焕章叫你们来的。"

王焕章望着夫妇俩步履蹒跚远去的背影，冲着王维义和王维礼说："你俩记住喽，人活在世上，总会遇见不如意的事情，总有过不去的坎儿，要学会包容，懂得感恩，做厚德善良之人。"

"好啦，咱们再到前面看看，那块地里种着高粱，你们看，最矮的那片地种的是花生和红薯。"

王焕章的话音刚落，王维义拽着王维礼连蹦带跳地向前跑去，陈国清大步追着，高喊："维义，维礼你俩慢点跑，别摔着。"

第二天的早晨，朝霞从苍茫的原野深处冉冉升起，大地脱下了睡衣，宛如金色的海洋。

王维仁抱着仍在酣睡的弟弟王维礼，跟在父亲的身后走出门楼。早已备好马车等待出发的陈国清迎了过来，从王维仁的怀里接过维礼，小心地放在铺着厚厚褥子的平板车上。

老夫人拉着王维义的手走出大门，叮嘱着："维义啊，你已经长大了，要专心用功读书，平时在家里照顾好弟弟妹妹们。一天凉一天了，别忘记把娘给你妈做的新棉袄提醒她早点穿上。"

王维义搀扶着老夫人的胳膊答应着说："娘，您就放心吧，照顾好您自己，等春节前放了寒假再跟着爸爸来接您和哥哥回城里去。"

老夫人摸着王维义的头，疼爱地说："好孩子，坐在车上扶着点，看好维礼，别摔下来。"

陈国清赶着马车在前面慢慢地走着，王焕章和老夫人并肩走在车的后面，王维仁和王维义左右陪伴着父亲和娘。马上就要过西河了，王焕章停下脚步，侧过身，扶着夫人的肩膀说："就送到这儿吧，该收秋了，有五弟镇平一家帮着，你就别太操心啦，场院里还得再搭两个粮囤，我已和镇平交代好了。维仁的婚事就让翠娥给张罗吧，三丫头办事稳当，我放心。"

老夫人左手拽着维仁，右手拽着维礼："维仁，快和你爸、陈表哥和弟弟们告别吧，送走了他们你还要赶紧去上学。"

王维仁答应着，紧走几步，来到马车跟前，说："表哥，您辛苦了，等下次再见。"

陈国清拉着马缰绳，扭过头来说："维仁，快回去吧，照顾好我三舅妈。很快我们就回来接你们娘俩的，再见！"

王焕章坐在马车上，顺势把王维义也拽了上来，他回过头高喊："快回去吧，我们走啦！"

"三舅妈，再见了！"陈国清啪的一声鞭响，马车向前奔了出去。王焕章身子向后一仰，盘着双腿稳坐在板车上，又回过头挥着手，"回见吧，你娘俩多保重！"

身板硬朗，耳聪目明的老夫人，倚靠在王维仁的胸前。站在西河边，向前探着头，目送着渐渐远去的马车。那慈爱、安详、期盼的目光，穿过青纱帐，久久地向遥远的天边凝视。

西去的马车，在古树、村庄、田野围绕的路上穿行，转眼之间就来到北运河的东岸，刚跨过运河大桥，被长长的马车、人流队伍挡住了去路。

停下马车，陈国清和站在前边排队的中年人搭讪着："老兄，今儿是咋啦？这队都快排到河边了。"

中年人摊着双手，无奈地说："唉，我也是才听说，日本兵在东关城楼前边堵着城门，举着枪挨个搜查呢，听说是抓捕一个抗联的什么头儿。我刚从运河里打了这十几条鲇鱼，准备给小楼饭庄送去。

看这架势还不知要等到猴年马月呢，鲇鱼要是干死了，我这大半夜算白忙活了。"

在马车上坐久了，王焕章两腿有些发麻。他直起身，一扶车辕，从马车上跳下来，说："国清，你赶好马车排好队，往前蹭着。维义，你坐在车上别动，看好弟弟。我到前边溜达溜达。"说着，他正了正礼帽，拄着拐杖，踒着步向城门方向走去。

突然，从城中冲出一支马队，飞奔着向大运河方向驰来。王焕章躲闪不及，眼看就要被马撞倒。他大喝一声，单腿着地，一个鹞子翻身，飞下土坡，稳稳地站在地上。

王焕章一直腰，刚要顺着坡底往前迈步，就听马队里传出几句日本话。只见荷枪实弹的日本兵从马上跳下来，端着枪冲下土坡将王焕章围住。一个头戴圆毡帽，鼻梁上架着黑色墨镜，身穿便服的瘦高个子，低头听着军官模样的日本兵训话后，冲着王焕章说："皇军有话，看你这身打扮和翻跟头的功夫，有抗联的嫌疑，要把你带回去问话。"

瘦高个子话还没说完，那个军官挥着白手套，手一挥，七八个日本兵一拥而上，将王焕章倒背着手绑了起来，马队掉转头，连拉带拽地把他抓进通州古城。

这惊险的一幕，被陈国清看个正着。他叮嘱小哥俩坐在车上别出声，心中暗想，三舅被日本兵抓进城肯定凶多吉少，老爷子如今这么大岁数，若是身子骨扛不住，再出个三长两短，咋向舅妈和小表弟小表妹们交代！他拉着马缰绳急得直冒汗。不行，得赶紧想办法救人。陈国清冷静下来，脑子里像电影一样闪着。他一拍脑门儿，想起了家住通州城东北，运河岸边王家场村的二姑爷刘家。刘老爷子在通州开办同泉涌酒厂，势力大人脉广，定有办法。想到这里，他掉转马头，又原路回到运河东岸，顺着一条南北方向的土路，向左一拐，快马加鞭，飞奔而去。

王焕章在日本兵营里，不明不白地遭到日本人的审问、拷打。他咬牙切齿，恨不得再年轻几岁和日本兵来个鱼死网破。王焕章被绑在柱子上，瞪大双眼，冲着日本兵大喊："老子是堂堂正正的中国人，要杀要剐随你们的便！"说完，他一言不发，宁死不屈。

日本军官抓住王焕章，满以为得到一根救命草，想从他口中有所收获。当瘦高个子把王焕章的话翻译过来时，把日本军官气得像热锅上的蚂蚁，手握着马刀高喊："明天一早就把他吊起来，架到火上烧死！"

就在这危急时刻，同泉涌刘老爷子找到邻村亲家杨保长，拿着金条，几经周折，买通了瘦高个子。他说服了日本军官，才从虎口里把王焕章救了出来。

王焕章获救后，刘家派车，由二姑爷陪着直接送到福绥境新居卧床疗养。

少夫人坐在床头，用毛巾擦着丈夫青一块紫一块的伤痕，流着眼泪低声抽泣。在家的六个孩子拥在一起，被老父亲的遭遇吓蒙了，有的向前伸着头，张着嘴直愣愣地看着，有的抹着眼泪，不知所措。

王焕章靠在床头，喘着粗气说："今儿你们都看见了，我身上的伤是被日本鬼子打的，差点儿去见了阎王爷！都别怕，打起精神来，你爹扛得住！"他向上挪了挪身子，大声地说，"咱们王家自古就传下来忠义仁厚的品性，人活一口气，这气就是堂堂正正做人的气节！"

"对！焕章仁弟说得对！"刘苍岩一挑门帘，迈步来到王焕章的床前。

　　"苍岩兄！"王焕章双手支撑着从床上坐了起来。

　　刘苍岩双手扶着王焕章的肩头，说："快躺下，仁弟受苦了！我去柜上听国清说了。日本鬼子太可恶，他们也蹦跶不了几天了！"

　　王焕章坐在床上，已经忘了伤痛，他拉着刘苍岩的手急切地说："苍岩兄远道而来，又遇到棘手的事儿吧？有需要我王焕章的，仁兄尽管说！"

　　刘苍岩坐在王焕章床旁的木凳上，不慌不忙地笑着说："焕章弟这回可猜错了，我今天是给你道喜来啦。"

　　王焕章瞪大眼睛问："这国难当头，喜从何来？"

　　刘苍岩从书包里掏出一个红布包，轻轻地打开，手捧着绥远总商会颁发给永升斋的荣誉状，举到王焕章眼前，郑重地说："这是绥远总商会为表彰永升斋在归化城、绥远城和包头川行店四个分店，在抗日民族统一战线大业中做出贡献颁发的荣誉状，特意委派我来，亲自向你王焕章王大掌柜颁发此状。请仁弟受纳。"

　　王焕章支撑着虚弱的身子，双手接过沉甸甸的荣誉状，眼眶湿润着说："请仁兄代我转达对绥远总商会的谢意。永升斋经营四十余年，虽说是头一回得这一纸荣誉状，但它价值千金！它是誓死不当亡国奴的荣誉状！我王焕章知足了！"

　　刘苍岩笑着说："焕章仁弟，你有一句话我可还等着兑现呢，不会忘记了吧？"

　　王焕章眼睛一亮，高声地说："哪能忘呀！五十年陈酿老酒一瓶不少地收藏着，专等着那一天到来的时候和苍岩兄、哈格旺丹兄开怀畅饮呢！哈哈！"

刘苍岩和王焕章的双手紧紧地握在一起，激动地说："这一时刻已经不远了，一醉方休！"

刹那间，一阵激扬澎湃的歌声从福绥境最北端的王家大院里传出来，飘向金色的原野，飘向秋高气爽的蓝天。

大刀向鬼子们的头上砍去！
全国武装的兄弟们！
抗战的一天来到了，
抗战的一天来到了！
前面有东北的义勇军，
后面有全国的老百姓，
咱们军民团结勇敢前进，
看准那敌人，
把他消灭、把他消灭！冲啊！
……

尾 声

1945年夏末的一天，酷暑难耐，热浪滚滚。王焕章坐在永升斋鞋庄的书房里，满头的汗珠子顺着花白的发际往下直淌。他放下手中的《新华日报》，从书桌前站起来，擦了擦脸上的汗水，手拿着蒲扇，扑嗒扑嗒扇着黏热的风，踱起步来。

一大早，张秋生快步来到书房，从挎包里掏出一份报纸，递给王焕章："王叔，这是今天的《新华日报》，您看后一定高兴！"

王焕章接过报纸，攥在手里，低声说："秋生，你整天拿着这种报纸满大街地跑，可得多加小心，别再让人给盯上。快坐下，凉快凉快。"

张秋生坐下来，接过王焕章递过来的蒲扇，扇着，说："王叔您放心，如今大不一样了。抗战马上就要全面胜利，日本侵略者的末日到了！"

王焕章兴奋地一拍桌子，说："我早就盼着那一天，终于该来了，我这把老骨头没白等！秋生，这《新华日报》你可想着拿给我看呀。"

张秋生将蒲扇又递到王焕章手里："王叔，您扇吧。"顿了一下，接着说，"王叔，谢谢您这几年收留我、照顾我。有永升斋这个安身之处，我才能在日本鬼子的眼皮底下完成一个又一个的光荣使命。今天我是来跟您告别的，又要到很远的地方去。您放心，无论走到哪里，我都是为了追求光明，实现梦想。只是这一走不知何时能再回来看您。"说着，张秋生眼圈发红，低下头，控制着激动的情绪。

王焕章瞪大眼睛，认真地听着，平静地说："秋生，你在永升斋这些年，无论去干啥，虽说我从不过问，但我心里明白，你做的都是正经事。最让我不放心的还是你的安全，所以派锡贵暗中保护你。秋生，你是个有志向有追求的青年人。从你的身上看到了未来，看到了希望。你又要走了，虽说我舍不得，但知道那遥远的地方肯定是有更大的未来，更大的希望，在等着你去做、去追求。还是那句话，永升斋就是你的家。"

张秋生站起身，动情地说："王叔，感谢您对我的知遇之恩，我现在不能报答您的恩情，等有那么一天，我回来了，定守在您的身边，孝敬您，陪您到老。"说着给王焕章深深地鞠躬。

王焕章扶着张秋生的双臂："孩子，别这样，有你这句话，王叔别提多高兴了！"

"王叔，不多说了。时间紧急，我马上就得出发。《新华日报》我已经安排人送，让国清兄再转给您。您的年纪大了，要多保重身体，恕小侄无礼，先走一步。"张秋生双手抱拳转身疾步走出书房。

望着张秋生走去的背影，难以割舍的心绪油然而生。王焕章感觉身心都是空空的，没有着落。又坐到书桌前，打开那张新的《新华日报》翻看起来。

"三哥，我回来了！"杨康手拄拐杖，捋着花白的胡须，大汗淋漓地穿过大院，高喊着来到书房。

"二弟！可把你盼回来了！"王焕章放下手中的报纸，站起身伸着双臂，大步冲向杨康，二人紧紧地拥抱在一起。

"快坐下，瞧这鬼天气，把二弟折腾苦了吧？"王焕章拉着杨康的手，让他坐在身边，摇着蒲扇，问，"绥远那边的仗打完了吗？

报纸上说抗日武装扫清了平绥铁路沿线日伪军据点，真是大快人心呀！你刚从那边过来，还有啥好消息？"

杨康掏出手绢擦着头上的汗，高兴地说："八路军发起了战略大反攻，绥远一带取得了抗战的最后胜利！"

王焕章大笑着说："二弟，好消息呀！绥远抗战胜利，就等着全中国这一天啦！我已和刘苍岩兄约定好，这一天到来的时候，都来到这儿，咱们永升斋大摆酒席，开怀畅饮！把常宽、之煊他们也都叫回来，痛快地喝！"

杨康听到刘苍岩三个字，花白的头发一下子支了起来。他低头沉默着，眼泪从眼角流了出来。

"二弟，你这是咋啦？哭啥？"王焕章探过身子，急切地问。

"三哥呀，刘苍岩先生已经牺牲了！"杨康埋着头，抖着身子，哽咽地哭出声来。

王焕章猛地从凳子上站起来，紧拉着杨康的胳膊高喊："二弟你可别吓唬我，这不可能是真的！你快告诉我，苍岩兄还活着！他很快就会过来看我的！"

杨康抬起头，睁着泪眼："三哥，我说的是真的！刘苍岩先生在大青山抗日根据地反扫荡战场上，为了掩护一位苏联客商，被日本鬼子用机枪给打死了！"

王焕章怔怔地坐在凳子上，仰着头，两眼盯着房顶发呆。

书房出奇的寂静，只有茶杯中的热气冲破黏热凝固的空气，缓缓地向上升腾。

"苍岩兄，我的好兄弟！您不能如此狠心离我而去！苍岩兄！"王焕章缓过神来，双手捶胸呼喊着，双眼涌着泪水，哽咽着大哭起来。

杨康站起来，扶着王焕章的胳膊，哭着说："三哥，您别这样，咱们都是上年纪的人了，可经不住再折腾了！"

静了一会儿，杨康从怀里掏出一个布包，放在桌子上，说："三哥，这是我回来时绥远总商会托我给你带来的，是刘苍岩先生写给你的一封信，你快打开看看吧。"

王焕章直起身，双手捧着布包，自言自语地说："苍岩兄，您来了！"他打开布包，一封浸润着殷红血迹，折叠齐整的信件呈现在眼前。他坐下来，摊开血书，泪眼模糊地看着：

焕章弟，见字如面。

北平一别，已两月有余，不知仁弟伤痛是否痊愈，为兄甚念！

抗日烽火从塞北草原点燃，已成燎原之势，日本侵略者即将灭亡，指日可待。和仁弟约定欢聚畅饮的那一天就在眼前。明天一早，我将跟随大青山抗日游击队，奔赴狙击日本侵略军大扫荡的前线。配合大部队争取敌占区商户们的支援，特别是保护好从苏联等国专程赶来支援抗日的国际友人。我已是年过七旬的老朽之人，还能奔赴抗日前线，直面炮火为国出力，深感荣幸。无奈，战局惨烈，枪炮无情。哈格旺丹支队长已在一次狙击日伪军的扫荡中，为掩护战友，壮烈牺牲。明天，我就要走向沙场，将像哈格旺丹那样用鲜血捍卫着民族的尊严。今后恐难再见，故提笔写之，以表四十余年同甘共苦兄弟之情谊。因愚兄有重要事情将前去办理，不能与弟多叙，兄内心愧憾！

停笔之前，用一句《抗日同盟军新军歌》中的歌词与吾弟共勉之：

"国家兴亡……纵死在沙场精神也快活。"焕章吾弟，天地共鉴，若有来生，仍为兄弟！

愚兄，苍岩绝笔。

一九四四年十一月二十一日

王焕章老泪纵横，抽泣着读完血书。他抬起头，眼朝着北方，大声地说："刘苍岩，我的好兄弟！您安心地去吧。您听，这惊天的号角，这如雷的战鼓，这把日本侵略者赶出中国的声声巨吼，就是您最渴望、最壮美的心声！"

九月三日，中华民族终于获得了八年抗战的胜利！此时此刻，中国沸腾了！大街小巷汇成了幸福、快乐、狂欢的海洋！

伙计们在永升斋待不住了，跑到大街上融入到欢庆的人流中。整个永升斋，只有王焕章仍安静地坐在书桌前沉思默想。陪伴着他的，只有刘苍岩生命最后时刻写给他的血书和一张刚刚得到的《新华日报》。

九月三日，对于王焕章来说既快乐又悲伤。他自言自语地告慰着刘苍岩："我的好老兄，咱俩约定的那个日子终于来到了！此时此刻，本应该是你、我和哈格旺丹咱们三人正坐在一起把酒言欢！可您和哈兄都不在了，这五十年的陈酿老酒只我一个人喝还有啥意思？咱先留着，等我去了绥远，在您和哈兄的墓碑前，咱老哥仨再痛痛快快地喝。"

王焕章眼含热泪，守着血书："苍岩兄啊，您躺在这儿别动，听焕章给您念一段《新华日报》上刚刚发表的诗篇吧，就算是咱老哥俩共同庆祝这个天大的喜庆日子吧！"他戴上老花镜，清清嗓子，那铿锵淳厚的音符，充斥着空荡荡的书房，飞出大院，传向遥远的北方。

黎明的信号

作者：鲁藜

啊，大锣，大锣

啊，大鼓，大鼓，大喇叭

鼓哟，打哟

同志们，吹得正响吧

狂热得更狂热哟

把我们的生命更加美丽地

装饰起来吧

啊来了，又来了

妈妈也抱孩子来了

来吧，来吧

把可爱的孩子举在头顶上

把孩子送到星空里去

把我们美丽的幻想

送到世界更宽阔的地面

上去啊

……

向天上，向天上

把红色的太阳点起来

338

听吧，听吧

兄弟姐妹们

黑夜已经走到了末路

晨鸡已经叫唤了

黑暗开始从东方崩溃

那祖国的土地上

已吹起了黎明的信号

看吧，看吧，

看光明要泛滥了东方

让我们行进吧

兄弟姐妹们

向海洋，天空，大地前进吧

把那同志流血的地方

变成新主义的地方

播种自由和幸福

……

金秋十月，收获的季节。

这天上午，福绥境胡同最北端王家大院，张灯结彩，喜气洋洋。两扇朱漆大门"忠厚传家久，诗书继世长"的楹联和"为善最乐"的横批，沉稳端庄，大气耀眼。门楼两侧的灰色砖墙上，贴着红底金色硕大的喜字，闪光夺目。

今天，是王焕章的长子王维仁与大家闺秀李会明成亲的日子。

王焕章端坐在正堂老檀木中堂前的灵芝椅上，沉静儒雅地微笑着，和前来参加婚礼的亲朋好友热情地叙旧、交谈。王泽民坐在王焕章的对面，将身子靠过来，探着头，笑着说："三哥，恭喜啦！你瞧，这一晃，我大侄子维仁都成家立业了。等明年侄媳妇再给您生个大胖孙子，你可是家大业大，后继有人呀！恭喜，恭喜！哈哈哈！"

王焕章点着头，大笑着说："借四弟吉言，是得让维仁带个头，给我多生几个大胖孙子，谁让他是我的大儿子呢！"

杨康坐在王焕章的身旁，被老哥俩的对话逗乐了，捋着胡子说："三哥，维仁结了婚，过不了几年维义、维礼也排上队了。到那时，您的孙子得一个接一个排着队给您请安，您就准备着发红包吧！哈哈！"

吉时已到，鞭炮齐鸣，锣鼓喧天。王维仁头戴礼帽，身穿红袍，胸前佩戴大红花，用红绸带牵着红衣红袄红盖头、高挑俊美、贤惠善良的新娘李会明，缓步跨进王家大院，幸福地步入神圣的婚姻殿堂。

到了父亲致辞环节，王焕章从灵芝椅上站起来，走出正堂，站在台阶上，环视着喜气洋洋、亲朋满座的王家大院，心中感慨油然而生。王家大院顿时安静下来，无数双祝福、敬重的目光，看着这位年过六旬，精神矍铄，豁达平和的永升斋鞋庄老掌柜。

王焕章平复着喜悦的心情，大声地说："今天是我的儿子维仁和儿媳会明结婚的大喜日子，也是王姓家族大团圆的日子。感谢各位亲朋好友的到来！刚才，坐在那掐指一算，我王焕章正好六十五岁。我安慰着自己，不晚，七十岁前肯定能抱上大胖孙子！"

王焕章的话把大家说乐了，大院里响起了开心的笑声。他摆着手，接着说："当着各位亲朋好友的面，我给维仁、会明提两个要求。

一是：记住祖训，叫作忠厚传家，诗书继世；淡泊名利，宁静致远；脚踏实地开创基业。二是：爱国爱家。维仁是家里的长子，你们俩要起到表率作用。往大了说是要爱国家，往小了说是要爱小家，亡国奴的滋味不好受！"

说到这里，大院出奇的安静。王焕章抬高嗓门说："好了，下一个节目是开席，请大家吃好喝好！"

王焕章话音刚落，大院里顿时热闹起来。那美酒佳肴的醇香，伴着欢快的说笑声，在王家大院的上空升腾，飘向远方。

第二天早上，永升斋鞋庄大堂里，张锡贵带着几个伙计正忙碌着，将五百双新式千层底布鞋分拣、包装、打包、准备运往绥远。

杨康和他的大儿子杨常宽一同从绥远赶回来，参加王家婚宴之前，已经回小邓各庄住了几天，享受着儿孙绕膝的快乐。今天，他们父子将押着这批货，乘火车返回绥远。

杨康父子来到永升斋，看着伙计们已将五百双鞋整齐地打好了包装，杨康对常宽说："你先和锡贵他们去火车站办理托运。我去和你三大爷说会儿话，咱们在火车站见吧。"

杨常宽答应着，和伙计们一起向外抬货。回过头叮嘱父亲："爸，您抓紧时间，可别误了火车。"

杨康向后院书房走着，笑着说："放心吧，你老爹啥时候磨蹭过？"

来到书房，杨康看王焕章正一头扎在墙柜里找着什么。陈国清站在书桌旁，张着手，准备接王焕章将要取出来的东西。

陈国清见杨康进来了，打着招呼说："杨二舅，您这么早就过来了？"

杨康冲陈国清点着头，来到王焕章的身后，伸长脖子，往墙柜里看："三哥，您这是找啥？老身子骨可不经折腾，快把头抬起来换口气。"

王焕章双手往上抱着两坛酒，直起腰，喘着粗气，扭头笑着对杨康说："二弟，快过来帮我一把，这老腰弯工夫大了还真不成。"

杨康连忙接过一坛酒说："三哥，这玩意儿放在墙柜里可不保险，万一坛子碎了，您柜里的衣服被褥就别要了！"

"我小心着呢！自从苍岩兄上次从这儿回绥远后，叫国清把四坛五十年陈酿从库房里取出来放在墙柜里。"王焕章把手里的另一坛酒递给陈国清，又将头埋进墙柜里。

陈国清小心地将酒坛放进布袋里，用布绳捆紧袋口，又接过杨康捧在胸前的酒坛，装进另一个口袋里："三舅让我准备四个袋子，上火车时我和常宽各提两个袋子，您和三舅空着手上火车。"

听陈国清说的话，杨康有些摸不着头脑，看着王焕章，问："三哥，你也要坐火车？"

王焕章又取出两坛酒，递给陈国清和杨康说："昨儿光忙着维仁的婚事了，还没来得及跟你说，一会儿我和国清陪着你俩去坐火车，一起去绥远。"

杨康抱着酒坛，瞪大眼睛，摇着头着急地说："三哥，这可使不得，绥远一带正在打仗，包头那边的火车半个月前就停开了，绥远这边的火车能不能开还难说。隔三岔五地打仗，太危险了，您还是等消停消停再过去吧。"

王焕章关上墙柜盖，转过身，说："二弟，绥远在打仗，我从报纸上都知道了。再过几天就到了苍岩兄的周年祭日，我已和苍岩兄约定好，绝不失约！"

杨康最了解王焕章的犟脾气。他决定去做的事情，九头牛也拉不回来，这仗打起来一时半会儿也停不了。是福不是祸，是祸躲不过，杨康不再阻拦，说："三哥，那你就快准备吧，若耽误着，恐怕就赶不上火车了。"

"很快，就差这四坛子酒了，其他要带的东西，昨儿晚上就让国清准备好了。二弟，咱们去火车站。"王焕章招呼着杨康，抄起拐杖，走出书房。

由于绥远一带战事紧张，来往两地的买卖人减了大半。火车站候车大厅没有了往日的喧嚣。

上了火车，杨康父子坐在王焕章和陈国清的对面。已到了发车时间，还空着半车厢的座位。杨康笑着说："三哥，今儿这趟车，是我这几年赶上人最少的一次，好像是咱们的专列。"

王焕章隔着车窗向外看着，一队荷枪实弹的官兵，从窗前疾驰而过。他叹了一口气，小声地说："抗战八年，可把小鬼子打跑了。没想到内战又打起来了，这还有完没完呀？"

杨康向前挪着身子，把手放在嘴边，低声说："三哥，我在绥远、包头待了这些年，枪炮声都把我耳朵震出茧子了。绥远到包头的火车已经不通了，张家口至绥远这段铁路还能通多长时间也不好说。咱们永升斋的货越来越不好运过去了。真要是断了货，那边的买卖就不好做了，您还得早做打算。"

王焕章想了想，说："这仗一打起来，还真说不准啥时能停。咱先等等看，实在不行，还像刚起步时那样，从这儿调过去几名技师，当地再聘点人手，就地取材，随做随卖吧。"

"呜呜！——"火车拉响了汽笛，眨眼间，车厢开始晃动，车轮转动起来。

"哐当！哐当！——"火车驶出前门站，穿过护城河。

"呜呜！——呜呜！"随着一声高过一声的汽笛长鸣，这长长的列车，好似一条北去的巨龙，风驰电掣般地在秋色斑斓的大地上穿行。

"三舅，您快看，从北方飞来一排大雁，就在火车的东面。您看，大雁都把翅膀伸直了，正朝咱们这边儿看呢。"陈国清仰着脸，贴着窗户，指着窗外，"常宽，你回过头快往上看，看见了吗？"

杨常宽扭着头，贴着车窗看着说："看见啦！我在绥远经常看到大雁，尤其是到了夏天，成群的大雁都来到大草原的草洼子里、大黑河边觅食、玩耍，可壮观了。国清哥，等到了夏天再去的时候，我陪着你去大草原里玩儿几天，可开心啦！"

陈国清玩笑着说："常宽，你可要说话算话，不能反悔。"

杨康也扭着头靠过去，看着窗外，笑着说："下次再来，带你去包头玩几天，包头的那达慕，那可是非看不可呀！"

从北方飞来的大雁，触动了王焕章思念的心弦。他沉默着："南飞的大雁，难道是苍岩兄、哈格旺丹兄知道我正在去看他们的火车上，派你们来迎接我吗？两位仁兄，我离你们越来越近啦！"他动情地想着，自言自语地说出声来："大雁知秋南飞去，定有知音等汝来。"

杨康理解到王焕章此时此刻的心情，将身子挪回原处，目视着王焕章，换了一个话题："三哥，还记得我陪着您第一次走西口，在半山腰上，我骑的马摔到山下去，我差点就没命了吗？那一刹那，把我都吓傻了。"

王焕章回过神来，窗外的群山从眼前闪过，他指着窗外兴奋地说："二弟，你快看，马摔下来那座山，就是那儿。看不见了，已经闪过去了。"

王焕章回过头，挺直腰身，靠在靠背上，望着杨康，说："二弟，这几十年，你跟我没少受罪，把常宽都搭上了。可以说，没有你杨康，就不会有永升斋的辉煌。"

"三哥，你过奖了。我从十几岁就跟着你，直至今日，我是跟对了人。虽然风风雨雨几十年，出生入死，几经磨难，但是我无怨无悔。没有三哥你，就没有永升斋，更不会有我杨康的今天。"杨康红着眼圈，动情地说。

火车在山洞里穿行，车厢里忽明忽暗，左摇右晃。陈国清和杨常宽趴在小桌板上，睡着了。杨康也低下头，随着车厢的晃动，打起了瞌睡。

王焕章睁着双眼，没有一丝的睡意。他想起了背着千层底布鞋，徒步跑到马羊市场卖鞋时的情景，结识了刘苍岩，第一次走西口又和哈格旺丹交上了朋友，一路北去，生死难忘；他想起了第一次走进归化城门，带给他一片崭新又陌生的世界，在苍岩兄的引荐下，认识了大盛魁乔掌柜，认识了包头梁记皮货铺梁家言老先生，永升斋在塞外草原才得以立足；他想起了刘苍岩的老母亲和清纯美丽能文能武的小芹妹妹，善良纯朴的一家人，让他在塞北草原得到了温暖和快乐……

北去的列车，正穿越着群山峻岭，戈壁大河，向辽阔富饶又战火纷飞的大草原奔驰着。

王焕章感到有些困倦，闭着双眼，进入梦乡：

刘苍岩扬着双臂，从大黑河桥头跑来了！哈格旺丹骑着骏马，从大青山上跑来了！王焕章提着两坛五十年陈酿酒奔跑过去！

他们紧紧地拥抱在一起，尽情地跳着、乐着、喝着……

那南飞的大雁，在他们的上空盘旋、鸣叫："当春天到来的时候，定会再追着北去的列车，飞回来！"

后 记

记得小的时候，从长辈们的交谈中，知道了我的祖父王焕章和他创办经营的永升斋鞋庄。而今，人们口口传颂的一代儒商王焕章那铁骨铮铮、厚德重义的人格魅力和爱国爱家的民族精神，像一座不朽的丰碑，矗立在我的生命里。

为了家族的传承和对家族责任的担当，也为了祖父王焕章赋予我对永恒生命真性的追求和真善美的艺术灵感，我写成了这部长篇小说拙作《永升斋》。

永升斋鞋庄艰苦创业五十年，随着老掌柜王焕章的离去而逐渐衰落，但是永升斋的精神就像一棵根植于大运河畔的百年老树，拥抱着时光的年轮；感触着运河两岸日新月异的时代脉搏；守望着从苍茫大地冉冉升起的太阳，给古老而文明的大运河披上绚丽多彩的道道朝霞……

在《永升斋》付梓之际，我要感谢为小说创作提供翔实历史资料和素材的各相关政府文史部门、知名学者们；感谢在小说写作过程中接受采访的亲身经历者和家族的长辈们；感谢鼓励我、帮助我，给予我坚定信心和勇气的亲朋好友们。

特别感谢中国文联出版社的支持和信任。

2017 年 7 月 9 日

于十里河畔海天楼晴窗